*Les trois saisons de la rage*

Victor Cohen Hadria

# Les trois saisons de la rage

ROMAN

*Albin Michel*

*Prologue*

Elle a demandé à Madame Maurasse d'ouvrir les volets et les fenêtres de façon à chasser les miasmes de l'hiver. La demeure paraît vivante, comme ressuscitée, tout juste si elle ne perçoit pas les parfums de rôtis et de confitures flottant dans le couloir. Le carrelage en damier du vestibule est légèrement terni, abrasé par les pieds des malades qui l'ont piétiné pendant trois générations pour rejoindre l'antichambre.

Elle entrebâille la porte du cabinet. La forte odeur de tabac gris imprégnée sur les murs et les meubles la surprend. Elle s'était évaporée avec ses jeunes années. Elle passe le doigt sur la moulure dorée de la méridienne où son père s'allongeait pour lire, parfois jusque tard dans la nuit. Quand elle était enfant, il n'était pas rare que, descendant en pleine obscurité pour se dérober à un cauchemar, elle le trouve étendu à cette place, parfois riant tout seul de sa lecture. Il se levait et la prenait dans ses bras pour la consoler.

Des pas résonnent dans le couloir. Les lourds sabots ferrés raclent les faïences du carrelage. Maurasse, le métayer, est là, dans l'encadrement de la porte, les deux autres derrière lui. Ils ont revêtu leurs blouses bleues, amples, des grandes circonstances et tiennent leurs chapeaux à la main. Ils sont respectueux, un peu suspicieux aussi.

Elle les a connus jeunes gens. Ce sont maintenant des hommes. Avec leurs moustaches qui les vieillissent encore plus, ils ressemblent étrangement à leurs pères. Ils en ont le sérieux empesé. Leurs corps se sont noués et leurs visages bruns, rasés de près pour l'occasion, se sont ridés. Leurs yeux sont devenus plus perçants. Ils guettent.

Ils forment condoléances. Ils ne sont pas fâchés de ne plus avoir affaire à son époux.

Il avait une façon de lui dire « ton bien », comme si cette tutelle lui était une charge sans aucun bénéfice pour lui. Il englobait d'un même mouvement arithmétique les bêtes, les terres et les familles qui y vivaient, quand, tous les mois, il lui rendait, par principe, des comptes sur lesquels il n'était pas question qu'elle eût la moindre influence.

Il fallait bien ordonner la gabegie instaurée par son père, prétendait-il. Toujours à l'arrêt, il épiait le moindre détournement, au centime, à l'œuf près. Comme si la tradition n'autorisait pas d'arrondir un peu les profits.

Ce n'était pas le méchant homme que croyait son père, mais il pensait la raison avec lui.

À présent, qu'importe ! de toute façon le malheureux a assez souffert pour se racheter de tout.

Montent des larmes qui picotent le nez. Elle feint d'être incommodée par l'atmosphère d'ancienne poussière. Elle agite doucement son mouchoir devant sa figure. Les fermiers parlent, les uns après les autres, avec leur accent de rocaille. Leurs mots accrochent leurs lèvres comme les pierres de leurs champs le soc de la charrue.

Elle s'installe derrière le bureau, à la place de son père. Elle caresse le volume toilé et la chemise de maroquin vert devant elle.

Elle les invite à s'asseoir.

Les graviers de l'allée crissent sous les roues et les sabots. Entre le notaire. Il est en chapeau haut de forme, tout de noir vêtu. La poussière de la route a marqué son costume de traces blanchâtres et s'est coagulée sur son cou, au faux col.

Il a des phrases courtes, précises. Il commande pour elle.

Elle ne dit rien. Son mari était ainsi péremptoire. Elle se tait donc. L'autre agit pour le mieux ; entre gens du même monde, il faut se soutenir.

Maurasse et les deux autres écoutent en silence. Ce qu'ils entendent est un moindre mal. Elle aurait pu vendre. Ainsi, ils savent que, l'instant passé, ils reprendront leur vie ordinaire.

C'est bien. Elle l'a voulu ainsi.

Ils sortent. Elle reste seule. Tout est en ordre. Elle regarde alentour. Quand elle reviendra, si cela se fait, rien n'aura bougé. On ouvrira les fenêtres pour chasser les émanations du temps et la demeure renaîtra comme ce matin même.

Elle pensera qu'elle n'est jamais partie.

Qu'importe tout cela, à présent elle est libre.

Orpheline, veuve et libre.

Elle devait accomplir ces dernières formalités avant son départ. Dans quelques jours, elle embarquera pour l'Amérique.

Dehors, on commence à barricader les volets.

Elle a effleuré du bout des doigts la couverture toilée d'un cahier marqué 1859. À côté, la chemise de maroquin vert contient une vingtaine de feuillets, des lettres. Elle prend le tout, qu'elle lira pendant la traversée.

Elle sort en évitant la tache sombre sur le tapis.

*Les lettres de Délicieux*
*La rage de vivre*

Aubergenville, en marche, le 15 février 1859.

Docteur et cher confrère,
Le soldat Brutus Délicieux, mon ordonnance, est illettré, ses parents également. Il m'a demandé d'être l'interprète de ses sentiments auprès d'eux et de sa promise.
Je me fais l'entremetteur d'un amour que je crois sincère et franc. J'ai aidé ce garçon à donner un tour plus galant à ses inclinations quelquefois grossières. Je ne suis que le porte-parole et je m'interdis pour ce qui suit toute influence sur cet homme.
La lettre adressée à sa fiancée, Louise, cher collègue, ne doit être dite qu'à elle seule. Vous le comprendrez.
Il voulait la conclure par quelque formule que je trouvai trop osée pour une jeune fille. Là encore, cher ami, je vous institue seul juge, car en tant que médecin des corps vous êtes aussi un familier des âmes.
Je vous suggère de garder par-devers vous cette feuille et éventuellement de la détruire après l'avoir lue à l'intéressée. Nul ne peut ignorer ce qu'il adviendrait de la pauvre

femme si, en cas de malheur, ces billets tombaient en des mains moins avisées que les vôtres.

Les parents Délicieux résident à Bazoches-au-Houlme, dans la dernière ferme du village sur la route de Falaise, quant à Louise, son habitation est *Au chien qui fume*, au lieu-dit Le Détroit.

Cette correspondance n'aura peut-être pas de suite, mais il est de notre charge de soulager la douleur de ces braves gens.

Vous voudrez bien m'adresser les réponses à la poste aux armées, au compte du troisième régiment de marche.

Permettez-moi, Docteur, de vous transmettre les amitiés respectueuses de Délicieux et agréez mes plus cordiales salutations confraternelles,

Je suis votre dévoué,

Médecin-major – Charles Rochambaud.

*Louise,*

*Nous sommes aujourd'hui le jour de la Sainte-Aimée et en ce dimanche nul bienheureux ne conterait mieux ce que je ressens pour toi. Je sais déjà que je garderai beaucoup de ce que j'ai dans le cœur. Tu dois être affligée de mon départ, mais je n'ai pas eu d'autre choix, la somme que proposait le vieux Durant pour que je prenne le numéro de son gars allait aider mes parents à sortir des ennuis dans lesquels ils étaient depuis si longtemps et c'était aussi la garantie la plus sûre pour notre mariage et pour notre établissement.*

*Cinq années, ce n'est pas long pour un aussi grand amour que le nôtre. Quand je retournerai nous aurons tous deux vingt-cinq ans, il sera encore temps de tout.*

*Louise, je me languis de toi. Je respire encore juste avant*

*de m'endormir le parfum de tes cheveux et il me semble
avoir ta gorge sous ma main en m'éveillant. Nos actes nous
lient pour toujours. Tu le sais comme moi.*

*Louise, je voudrais tant pouvoir te causer de vive voix de
tout ce que je sens comme il y a un mois dans la futaie au
Belin. Ce moment reviendra, mon aimée. Tu comprendras
si je te dis de te rappeler le dimanche avant l'Épiphanie.
J'arrête là de te parler, car cela me coûte trop de me souvenir de ce qui me rend si heureux.*

*Ton Brutus.*

*Père, maman, frère et sœurs,*
*Depuis que j'ai vu disparaître le clocher derrière le bois
au Belin, je me languis de vous. J'ai rejoint mon bataillon à
Flers. Peu après mon arrivée à la caserne, nous avons reçu
notre ordre de départ vers Paris, et je n'ai guère dormi par
la suite.*

*Mais vous me connaissez, je me contente de peu et me
satisfais de rien. Le trajet a été long et douloureux pour
mes pieds, la cause aux chaussures que je n'ai pas l'habitude
de porter, si bien qu'à la fin, j'ai dû emprunter la carriole
de l'ambulance. C'est une chance pour moi, parce que c'est
ainsi que je suis devenu l'ordonnance du Major. J'essaie de
le servir de mon mieux. Comme Père me le disait, on peut
faire n'importe quoi du moment que cela soit bien.*

*Nous sommes aujourd'hui, quatrième dimanche avant
le carême, à Aubergenville. Nous cantonnons à trois lieues
de la ville, et de là où nous sommes, je vois les boucles de
la Seine entre les falaises. Je n'aurais jamais cru qu'on ait
la capacité d'aller si loin.*

*Ainsi, nous avons avancé au travers de la campagne.*

17

*Depuis dix jours, le temps s'est placé au froid. Cela nous entraîne à marcher plus vite et mieux. Les nuits sont glaciales, et nous n'avons qu'une mince couverture.*

*Vous avez dû, Père, commencer les labours à la ferme Durant comme convenu, je souhaite que mes bras ne vous font pas trop défaut, surtout que le pays a sûrement durci depuis mon départ. Je suis heureux que nous soyons venus à bout de notre propre lopin avant. Ainsi vous ne manquerez de rien.*

*Je n'ai guère de camarades dans mon régiment. Ce sont tous des Bretons, je ne comprends rien à ce qu'ils racontent, ni à cette façon qu'ils ont de boire sans rire.*

*Je mets de côté la moitié de ma solde comme vous me l'avez recommandé, d'ailleurs mes besoins ne sont pas tels que je puisse la dépenser en entier.*

*J'espère que cette lettre vous trouvera en bonne santé ainsi que les sœurs et le frère.*

*Il court sans doute les champs comme moi au moment de ma jeunesse. Lorsque je reviendrai, je lui montrerai la fosse aux grenouilles que je ne voulais pas lui dire avant mon départ. Je regrette tant de n'être pas parmi vous, tant que je ne puis même le murmurer. Embrassez les sœurs pour moi. Un soldat ne pleure pas et pourtant…*

*J'ai encore bien des choses à dire, mais je crains d'abuser du temps du Major. Transmettez à la Louise et à son père mon souvenir fidèle et voyez en moi, mon cher Père, Maman, frère et sœurs, votre aimant et dévoué fils et frère.*

*Brutus.*

Rapilly, le 1<sup>er</sup> mars.

Mon cher confrère,

Voici donc la réponse des parents Délicieux au courrier que vous leur avez adressé le mois passé.

J'ai profité de ma tournée hebdomadaire pour aller le leur lire chez eux. J'ignore pourquoi ce garçon a cru bon de nous faire les dépositaires de ses confidences en vous demandant de me joindre mais il s'agit d'un devoir auquel nous ne pouvons nous soustraire. *Res est sacra, miser*[1].

Je connais peu cette famille que je traite de loin en loin. Il me semble avoir accouché la mère de ses deux filles. Ne voyez là aucune désinvolture de ma part ; je suis le seul médecin à vingt lieues à la ronde et ne puis me souvenir, malgré que j'en aie, de tous mes patients. Je n'en entrevois certains qu'à leur naissance pour ne les retrouver qu'à l'heure de leur trépas.

Tout notre art n'est que d'accompagnement et seule la Nature guérit, même si nous tentons de soulager de notre mieux.

La vallée de l'Orne où j'exerce ne compte guère de subtils esprits et moins encore de scientifiques. Ce ne sont que hobereaux rétrogrades avec lesquels je dois avouer peu de points communs.

Notre ami Brutus en prenant le numéro du sieur Durant a vraiment sauvé sa famille de la ruine. Ce sont de pauvres gens. Ils parviennent à vivre avec de grosses difficultés sur un petit lopin et les bras manquent.

---

1. « Une chose est sacrée, la misère. »

Le père seul parla et la parenté écouta dans un profond silence interrompu par les reniflements de la mère.

La première lettre est sortie tout d'une seule traite, comme longuement remâchée.

Je suis ensuite allé chez la fiancée. Son père tient une auberge, *Au chien qui fume*, à la borne du lieu-dit Le Détroit. L'homme est une brute au tempérament apoplectique et il ne faut rien préjuger des réactions de ce type de caractère. La donzelle accomplit toutes les tâches nécessitées par le commerce de son père. Il fait aussi relais de poste pour la diligence de Flers à Rouen, ce qui favorise une belle animation. Elle ne voulut pas que je lui parle dans la taverne de son père ; je l'ai donc engagée à passer à ma consultation du mercredi, puisque Le Détroit n'est qu'à une lieue de ma demeure.

Le 3 mars.

La demoiselle Louise est venue à ma visite très tôt hier et je lui ai lu la lettre de Brutus. Elle a insisté pour garder votre feuille ; je la lui ai donc remise.

Après m'avoir dicté son message, la jeune fille s'est enfuie avec le diable aux trousses. Comme ma salle d'attente était déjà pleine, elle est sortie par le jardin à travers champs.

J'ai jadis connu un Rochambaud, Félix, à la faculté de Rouen, lui seriez-vous apparenté ?

Recevez, cher confrère, ma meilleure considération,

Le Cœur, médecin à Rapilly.

*Fils,*

*Les labours à la ferme Durant ont été pénibles, à cause des gelées des jours derniers. Les deux bœufs ont été vaillants. Nous sommes venus à bout des cinq hectares sans autre peine. C'est heureux, car je ne sais si nous aurions pu supporter une défaillance de nos bêtes. Les deux tiers du grain et du fourrage que je tenais en réserve ont été réquisitionnés pour les nécessités de l'armée. Nos espérances, une fois encore, risquent d'être déçues. Il nous reste tout juste de quoi subvenir aux besoins des animaux et aux nôtres.*

*Ainsi ton départ apporte un peu plus de subsistance à ton frère et à tes sœurs. Je voulais que tu connaisses la grandeur du service auquel tu t'es astreint. Ta mère pleure un peu, tu lui manques et à moi aussi.*

*Ton frère te fait dire qu'il sait très bien où est la fosse aux grenouilles, pour l'heure elles dorment sans doute sous la glace qui la recouvre. Je ne crois pas avoir vu de telles gelées de toute mon existence, et nous nous sommes installés dans l'étable pour y trouver un peu de chaleur. On raconte pourtant que le temps va virer à la douceur. Il le faut.*

*Tes sœurs poussent bien.*

*Les Bretons sont difficiles d'approche mais ensuite ils deviennent vraiment de très bons camarades, sois donc honnête et amical avec eux et ils ne te nuiront pas. Heureusement que tu es l'ordonnance du Major qui me paraît un brave homme, comme ça tu risqueras moins de mourir s'il y a une guerre.*

*Ne t'inquiète pas de la tâche, j'y pourvoirai avec ton frère. Tout le monde t'embrasse ici.*

*Ton père.*

*Mon Brutaux,*

*Je ne sais pas faire de phrases, surtout que bien des gens vont lire ce que je veux te dire. Cinq ans, ce n'est pas aussi long que cela nous semble. Je t'attendrai. Je suis bien contente que tu as trouvé un emploi dans l'armée qui te convient. Ici l'auberge me donne bien du travail comme tu imagines. Le père, à présent, me laisse tranquille, je te raconte cela pour que tu n'aies pas de souci pour moi. Tu te doutes que je suis de force.*

*Raconte-moi comment tout s'est passé depuis que nous nous sommes quittés dans la grange de Rabodanges, cela m'apportera l'impression d'être un peu avec toi. Reviens vite.*

*Ta Louison.*

Fort de Charenton, en cantonnement, le 20 mars.

Cher confrère,

Le Félix Rochambaud que vous avez connu à Rouen est mon oncle, c'est grâce à lui que j'ai embrassé notre profession. Ma vie est une cote mal taillée entre mes désirs propres et ceux de mon père, qui fut général et n'envisageait pas d'autre carrière que militaire pour moi.

Mon oncle Félix est décédé voici trois ans, et mon père l'a suivi dans la tombe, ma mère, elle, était trépassée en me donnant le jour. J'ai donc été élevé par ces deux hommes sans présence féminine outre celle de ma nourrice dont je ne garde pas de souvenirs, et des servantes, engagées par mon père, qui se sont succédé au gré de sa fantaisie.

Je profite de la circonstance pour poursuivre avec vous un entretien qui me permette de surmonter mes deuils et de m'imaginer quelque famille dans ce coin de l'Orne où vous résidez.

Notre régiment va sans doute faire marche vers le Midi. La résolution de l'Empereur est de nous mener de victoire en victoire comme son oncle jadis. Pour le soldat, cela est une bonne nouvelle, mais pour le médecin, l'inventaire est moindre, et de loin. Ce sera là ma première campagne. Je n'envisage pas sans appréhension de me retrouver sur le champ de bataille.

Délicieux a écouté votre lettre, arrivée le dix-neuf de ce mois, en pleurant. Pour lui, l'Italie est au bout du monde. Il n'y trouve aucun des agréments dont un esprit instruit est capable. Il s'éloigne de tout ce qu'il aime et c'est uniquement ce qu'il voit. Ni les palais florentins, ni la douceur des plaines lombardes, ni les forteresses du val d'Aoste ne pourront jamais compenser cela. Il reste dans la nostalgie de son morceau de Normandie, de ses parents, de sa promise. C'est ainsi.

Le 23.

Nous sommes sur le départ. Je vous écris sur une caisse qui sera chargée dans l'ambulance dès que j'en aurai fini.

Nous prenons bien le chemin du sud. Nous allons intervenir en Italie où l'Empereur a, paraît-il, de profondes attaches de jeunesse. On parle beaucoup de l'unité italienne et de la personnalité exceptionnelle du roi de Savoie, mais tout cela est bien loin de nous.

Nous ne sommes pas habilités à juger des décisions des puissants, mais je ne puis me retenir d'un sentiment d'amertume quand je vois la condition qui est faite à nos concitoyens dans cette grande et belle capitale qu'est Paris. Je ne puis chasser de mon esprit les enfants en haillons que nous avons rencontrés dans les faubourgs avant de passer les octrois. Le peuple ne bénéficie guère de toute cette pompe, malgré les larges avenues tracées au cordeau et les magnifiques constructions dont la cité s'enorgueillit. S'il est évident que Paris est la plus admirable ville du monde, je doute que ses habitants en soient les plus heureux.

Mais mon devoir est dans l'obéissance aux ordres quels qu'ils soient, je n'ai donc pas à tant raisonner.

Veuillez, cher confrère, recevoir l'expression de ma parfaite amitié.

Rochambaud, médecin-major.

*Ma Louise,*

*Lorsque nous nous sommes quittés après ce que tu sais, j'ai traversé l'Orne pour rejoindre par les prés Landigou et La Carneille, puis Flers. Je me retournais tout le temps en croyant te découvrir derrière un arbre ou au détour de la route. Peut-être alors aurais-tu pu faire en sorte que je rebrousse chemin et rende au gars Durant son argent. Parce que, il faut que je te dise, tout l'espace qu'a duré ma marche vers Flers, je n'ai pensé qu'à ça. J'avais la sensation que j'étais en train de gâcher ma vie pour simplement quelques centaines de louis. Chaque fois que je voyais un arbuste, un champ, une église au-delà d'un bois, je songeais à tout ce que j'allais laisser. Je suis arrivé en ville à la nuit tombante et je m'en suis allé au casernement, en annonçant que je prenais le numéro du fils Durant.*

*Je suis dans une compagnie de Bretons, je me suis restauré avec eux et je suis allé me coucher sur une paillasse dans la chambrée. Le lendemain, je me suis réveillé avant l'aube, pour me diriger vers la place d'appel. Là on m'a envoyé vers l'intendance, j'ai signé mon engagement et l'on m'y a remis mon paquetage.*

*Pendant les jours suivants, nous avons été consignés à la caserne et nous avons fait nos exercices. Je puis démonter et remonter mon fusil, marcher au pas et répondre aux commandements. Je me sentais comme un jeune cheval que l'on débourre.*

*J'aurais bien voulu me rendre à la cathédrale de Flers et y mettre un cierge à la Sainte Vierge comme tu me l'avais recommandé, mais je n'ai pas eu le temps. Au bout d'une semaine, nous sommes sortis avec la musique dans les rues de Flers.*

*Notre colonel trottait en tête sur une belle bête pomme-lée ; elle s'écartait vers la foule qui nous regardait passer. Nous allions au pas et je n'étais pas peu fier dans mon uniforme à pantalon rouge. Dieu sait que je n'ai pas besoin de cela pour me trouver mâle, mais le groupe nous entraînait et la fanfare me battait les tempes. Nous avons avancé pendant près de cinq heures et vers midi nous nous sommes arrêtés dans le bois communal de La Lande-Saint-Siméon. Il faisait clair, le ciel semblait chanter.*

*Nous avons repris notre route vers le nord et nous avons cheminé jusque chez toi, nous sommes arrivés au Détroit à la nuit tombée et nous avons cantonné près de la ferme aux Jusants. C'est là que j'ai pris ma première garde. Au bout du champ j'ai vu passer la diligence de Rouen qui allait à l'étape Au chien qui fume, alors je pensai à toi, je me disais que j'allais laisser à cette place tout mon barda et venir te retrouver.*

*Le lendemain nous sommes repartis à l'aube et nous avons traversé en silence le village qui dormait encore. Nous nous sommes présentés d'un bon pas à Falaise et alors toute la troupe a commencé à chanter la chanson de marche de l'armée du Rhin. Je ne la connaissais pas, mais je l'ai apprise au fur et à mesure, et à la halte je savais le refrain par cœur. Nous avons poursuivi ainsi le long de la route jusqu'à Berville. Je n'avais encore jamais été jusque-là de toute ma vie et c'est comme ça que j'ai vraiment quitté le pays.*

*Maintenant nous sommes à Charenton, près de Paris. Dis-moi si tu vas, et surtout quel temps il fait sur Le Détroit parce que je suis un peu inquiet de toi. Attends-moi, Louise, prends bien soin de toi, je t'aime.*

*Ton Brutus.*

*Chers Père, Maman, frère et sœurs,*
*Voilà, je suis désormais un militaire. Après avoir beaucoup marché, nous sommes arrivés à Paris où nous cantonnons depuis une quinzaine. Les bruits courent que nous allons avancer ainsi jusqu'en Italie, c'est-à-dire, Maman, là où est le Pape.*

*Je me porte bien, après que j'ai beaucoup souffert de mes pieds. Mais cela est passé. J'espère que ma lettre vous trouvera en santé tous les quatre. Vous aviez raison, Père, de me dire que les Bretons étaient des braves gens. J'ai même appris un peu de leur langue, des injures surtout mais ça va. Ils boivent une sorte d'hydromel qu'ils appellent chouchen*

*et qui tape dur. Voici seulement quarante-neuf jours que je*
*suis parti et j'ai l'impression d'avoir vieilli de dix ans.*
*Je vous embrasse tendrement,*
*Votre Brutus.*

Rapilly, le 12 avril.

Cher ami,
Vos réflexions vous honorent. Quoi qu'en pensent les
bons esprits de notre temps qui découvrent dans la réussite financière le summum de la bénédiction des dieux et
qui s'acharnent dans la poursuite des biens matériels, il
n'est pas douteux que la trop grande distance de situation
entre les êtres ne soit un profond facteur de discorde et
que le déséquilibre ainsi engendré n'aille, au contraire du
progrès, vers de sanglantes frictions.
Notre peuple devient de plus en plus instruit et, par
conséquent, gobe moins ce qui est fait pour le distraire de
sa misère. Bientôt, des voies de chemin de fer relieront
entre elles les plus petites bourgades, et il sera alors nécessaire à chacun de se préoccuper de voisins de plus en plus
éloignés.
Je ne sais que peu de chose des mœurs des armées en
marche, mais j'imagine que vos étapes ne vous permettent
guère de contempler les paysages et de goûter les vins, ce
qui est bien dommage.
Je vous envie d'aller ainsi par tout le pays et de pouvoir
admirer l'aimable diversité de nos vallons et de nos plaines.
Certes, mon but serait tout autre que celui de votre troupe,
mais combien plus enivrant que ma tournée de quelques

27

dizaines de lieues par jour, au travers du bocage, pour revenir chez moi crotté l'hiver et en poussier l'été.

Depuis quinze ans que j'exerce dans cette vallée, je ne suis pas toujours capable de feindre une connaissance que je ne possède pas, et cette conscience de mon impuissance contre les tempêtes intimes de nos corps est de plus en plus perçante.

Quelquefois, je me demande si je vaux tellement mieux que le sorcier de La Forêt-Auvray que je traite. Il prétend soigner les fluxions et les inflammations à l'aide de décoctions ignobles qu'il administre avec force *Ave* et *Notre-Père* à ses fidèles, il leur impose de longues veilles au bord des gués ou près de ces pierres errantes qu'un géant semble avoir semées sur la plaine, il pend leurs hardes pleines de sanie sur un arbre non loin de chez lui et qui est tout décoré de ces défroques sanglantes et pourrissantes.

Il n'y a pas si longtemps, on l'aurait sans doute crucifié sur une porte de grange et l'on aurait eu tort, car il parvient tout de même à guérir, tant est puissant le désir de vivre chez nos rudes paysans.

Lorsque son cœur le malmène, il m'envoie chercher par une petite souillon avec laquelle il loge dans une hutte de charbonnier abandonnée. Au début je le regardais avec mépris et constatais dans ses appels une preuve de l'impuissance de ses simagrées et de la validité de mes méthodes, aujourd'hui je n'y vois plus que l'affirmation de la nécessaire entraide entre les humains. Je le traite avec quelques gouttes de belladone.

Il arrive même que nous nous entretenions des patients que nous avons en commun, car il n'est point de malade qui se fie à une seule face du soulagement. Ils gravitent entre lui, le curé de Taillebois qui jouit d'une forte réputation de thaumaturge et moi. Ils sacrifient ainsi à de multiples dieux, à l'antique Esculape, à la sainte Trinité et au culte ancestral des géants, dont tous les contes de la région sont pleins. Pourtant, aucun de ces trois visages ne parvient à les soustraire aux souffrances des péritonites, cancers et autres gangrènes. Le seul avantage de notre science est de nous amener à constater notre ignorance et de nous éviter de tomber dans l'illusion de nos capacités.

C'est donc ma tournée de demain qui me mènera vers Bazoches-au-Houlme, où de toute façon le destin du père Durant m'appelle. Selon mon sorcier, il ne passera pas la Pâque et nous entamons la semaine des Rameaux.

La jeune fille a beaucoup pleuré en écoutant la lettre.

Je perçois, sous-jacente à son comportement qu'elle veut désinvolte, une mesure cachée qui ne demande qu'à émerger. Souvent, je découvre chez certains patients, et avant qu'eux-mêmes ne s'en rendent compte, l'atteinte d'un mal. Quelque chose de liquide et de souterrain coule dans son regard.

Le sort du père Durant est scellé. Son visage présente une pâleur qui est l'estafette de la mort. Il est allongé sur son lit depuis lundi et ne se relèvera plus. Il voit comme une grâce divine de pouvoir réunir autour de lui sa famille et régler ses affaires en ce monde. Lorsque je suis arrivé à son chevet, maître Descœuvre, le notaire de Flers, le laissait. Il m'a fait un signe de connivence avant de me céder la place. Le père Durant était droit sur les coussins blancs qui soutenaient son dos, ses longues mains posées sur le revers du drap qu'il savait être son linceul.

En peu de jours, il est devenu statue de cire à la peau diaphane marquée du spasme de ses muscles. Je lui ai ausculté le pouls. Il battait très faiblement et je me suis étonné de lui trouver encore de la conscience.

Le vieux Durant va sur ses soixante-cinq ans, c'est un homme rude dont le père a construit une petite fortune avec les domaines de l'Église. Toute la famille en a longtemps subi les conséquences et il a appris ensuite à aller, sans se soucier des avis des autres, ce qui lui a permis d'augmenter les biens légués par son père et qu'il entend à présent transmettre à son unique fils, Jean, dont notre ami Brutus a pris la place aux armées.

C'est lui qui m'attendait au sortir de la chambre de son père, et sa mère et ses sœurs s'étaient resserrées dans un coin de la pièce comme un troupeau de chèvres effrayées. Il était d'un seul coup le chef de la tribu, en un instant son front s'était affermi et une étrange tension s'était emparée de ses yeux. Je l'ai informé que son père n'excéderait pas huit jours, un genre de nuage est passé dans son regard dont je ne puis dire s'il était de soulagement ou de peine. Il m'a serré la main et je suis parti sans que les femmes esquissent le moindre geste.

Ensuite, je me suis rendu à Bazoches-au-Houlme pour ausculter comme je l'avais promis la sœur de Brutus, Françoise.

C'est une fille trop belle pour le sort que la destinée lui a réservé. Dans un autre milieu, cette beauté lui eût procuré un atout pour la vie, mais ici, ni son teint de pêche, ni la fragilité exacerbée de ses sens ne donneront quoi que ce soit de bon. Elle est habitée par un tourment qui la poussera à des actes qui ne sauraient qu'ajouter encore aux craintes de son père ; l'homme le voit bien qui fait tous ses efforts pour empêcher le malheur d'entrer dans son foyer.

Je lui ai conseillé de la porter aux carmélites de Lisieux : quelquefois toute cette frénésie se peut résoudre dans l'amour de Dieu. La sainteté ou la perdition sont de semblable nature. Peut-être y a-t-il dans notre corps une forme électrique qui prédispose à un destin hors du commun pour le pire comme pour le meilleur. Vous n'ignorez pas aussi qu'un déduit rapide et un mariage accompli réduisent les contrecoups de ce trop-plein d'énergie.

L'état des mœurs nous oblige à celer cette constatation vénérienne que nous avons trop souvent faite. Peut-être, un jour, le règne de la science sera-t-il à ce point permanent que les causes et les effets s'exprimeront en toute liberté, ce n'est hélas pas encore le cas.

Je n'ai guère d'occasions de parler de cette manière et de délivrer ce que je crois.

J'espère que cette lettre vous trouvera en bonne santé et je vous prie, cher ami, de recevoir mes meilleurs vœux de réussite dans vos entreprises.

Je reste vôtre,

Le Cœur, médecin à Rapilly.


*Mon Brutus,*
*Il pleut aujourd'hui sur Le Détroit.*
*Je veux te dire, maintenant que tu es loin de chez nous,*
*j'ignore si j'aurai la force de supporter un tel déversement si*

*longuement. Ne te soucie pas d'un malheur qui viendrait à tes oreilles par quelqu'un d'autre que moi. J'ai bien vu passer ton régiment au Détroit, à l'instant de votre départ.*

*L'arrivée de la diligence de Rouen m'a heureusement délivrée de mes pensées. Parmi les voyageurs, il y avait un commerçant qui vendait des pièces de drap, les plus belles que j'aie vues depuis longtemps, j'en ai acheté qui me serviront à enrichir le trousseau de mariage que je vais me constituer pendant ton absence.*

*Le père n'a pas été au courant de mon achat, il aurait encore pris une de ces colères effrayantes qui lui sortent les yeux. Ensuite j'ai été emportée par le travail, tu sais que le lundi est marché. Ce jour-là, plus que les autres, parce que l'intendance de l'armée avait occasionné de nombreuses et bonnes affaires aux éleveurs, qui venaient fêter leurs bénéfices. Tout s'est terminé sur les deux heures de la nuit, j'étais alors trop fatiguée pour songer à autre chose que tomber sur mon lit et dormir.*

*Depuis que tu es parti, il ne me semble plus être une femme, je ne suis plus que la bête de somme que mon père voudrait, mais cela n'a pas d'importance. J'ai planté l'oignon de tulipe que tu m'as donné, je le garde dans ma chambre, ainsi lorsque la fleur sortira, elle me fera penser à toi.*

*Je t'aime mon Délicieux.*

*Brutus,*
*Pour une fois, tout se présente bien dans la ferme. La Clorisse est grosse et nous pouvons compter sur un vêlage pour les mois à venir, j'avais craint que la saillie qui nous avait coûté plus que de raison n'aboutisse pas, mais là, j'envi-*

32

sage d'y mener aussi la Noire, deux veaux à engraisser nous apporteront quelques bénéfices.

Les labours se sont heureusement terminés au jour dit et nous avons les pommiers de la crête qui commencent à monter leurs pousses. C'est une joie, au matin, de les trouver tout blanchis.

J'ai plaisir à entendre que tu te portes bien et que tu parviens à commercer avec les Bretons de ton régiment. Ta mère te fait passer que si tu vois le Pape, il te faut être respectueux de Sa Sainteté. Demande-lui de prier pour nous.

Ton frère s'est désormais attelé au travail avec la même fougue qu'il mettait à s'amuser au bal. C'est un garçon plus courageux que je ne l'imaginais.

La vieille Martine est morte la semaine dernière, elle s'est assise sur le banc devant la mare et ne s'est plus relevée. Elle est ainsi disparue sans souffrance mais, hélas, sans avoir pu satisfaire ni aux soins de son âme ni à ceux de sa fortune. Tous ignorent où elle a caché les profits qu'elle avait tirés de la vente des Herbaux aux Durant. C'est grand dommage pour tes sœurs, car elle réservait cette somme pour leur établissement. Dieu me préserve de disparaître ainsi soudainement sans avoir réglé mes affaires et en laissant mes proches dans l'incertitude.

Hier, le fils Durant est venu me demander ta sœur Marguerite, il m'a recommandé de n'en parler à personne avant Pâques. Il craint son père dont on dit qu'il est à l'article du trépas. Je ne sais pas trop quoi penser, parce que, d'une part, connaissant le père, je suis sûr qu'il refusera cette union, puisque ta sœur, la malheureuse, ne pourra rien apporter comme dot. D'un autre côté, c'est une chance qui peut-être ne se reproduira pas. Donc je vais me taire.

*Il me reste à te causer de Françoise, ta cadette. J'aperçois dans ses yeux passer de plus en plus souvent les nuages de cette folie qui l'a prise l'été dernier et qui la poussait à prononcer ces paroles indécentes. Je te tiendrai au courant de son état.*

*Voici, mon cher fils, ce que j'avais à t'instruire. Tu vois que depuis ton départ l'existence a poursuivi sa course. Tu nous manques, à ta mère surtout qui se soucie pour ta santé, quant à moi, je vais avec confiance, j'espère que ce mot te trouvera de même. Reçois, mon enfant, ma bénédiction paternelle et accomplis ton devoir.*

*Ton père.*

Courson-les-Carrières, en route, le 6 avril.

Cher confrère,
Depuis que nous avons quitté Paris, il y a une quinzaine, nous avons progressé dans la campagne sans trêve ni repos. Ce n'est pas une marche forcée, mais nous abattons tout de même quinze lieues par journée. Nous avançons en une interminable colonne bigarrée. Il est étonnant de voir ce déploiement de costumes étranges et colorés qui parcourent ainsi des pays nullement habitués à tant de presse.

De temps à autre, un escadron de cavalerie de la Garde impériale nous jette sur le bas-côté en passant au grand galop. Ils ouvrent le chemin de trains d'artillerie qui eux aussi nous dépassent à bride abattue et je me stupéfie de ne pas trouver plus de membres cassés et de corps écrasés par ces charges furieuses. Il faut dire que nous les enten-

34

dons venir de loin, ils vont dans un fracas de tonnerre qui se répercute le long de notre cortège et chacun de nos soldats relaie les cris de leurs équipages.

Tout dans notre bande sent l'improvisation. Nous avons cantonné pendant près d'un mois entre Saint-Cloud et Paris, et à présent nous allons à vive marche, comme pour rattraper un temps que nous aurions perdu.

Je ne puis que constater l'impréparation des troupes.

La plupart ignorent ce qu'est le feu et ce qui nous attend dans les plaines transalpines. C'est heureux, car s'ils le savaient, j'en vois un bon nombre qui échangeraient une campagne pour une autre et qui sa Bretagne, qui sa Normandie, pour un état en Bourgogne. C'est dans cette prévoyance que les hommes sont menés à la baguette et cernés de détachements de gendarmerie.

Nous devançons le premier régiment des zouaves de la Garde qui recueille les ovations de la population, par l'attirance que créent leurs bizarres pantalons bouffants, leurs gilets damasquinés et leurs turbans rouge et blanc. Ces troupes ont d'ailleurs une assez fière allure. Elles sont précédées d'une musique exotique et cliquetante qui sonne fort étrangement.

Juste devant nous avance la toute nouvelle Légion étrangère. J'ai discuté avec leur médecin-major, nous partageons d'habitude le même logement réquisitionné. Il m'a raconté la conquête de l'Algérie, à laquelle il a participé avec le général Bugeaud, là encore soyez témoin de ma perplexité.

Nous sommes allés en Alger, paraît-il, pour enrayer les raids de pirates barbaresques qui empoisonnaient notre commerce en Méditerranée, pourquoi alors avoir poursuivi à l'intérieur des terres une aventure qui ne pourra à l'avenir nous apporter que des désagréments ?

Je n'ai pas cette fibre qui était celle de mon père et qui lui donnait à considérer l'art militaire comme un des beaux-arts, je vous avoue que je suis trop sensible pour cet usage de la chair humaine.

À présent, je dois vous dire mon désappointement à l'égard de Délicieux. Cet homme n'a rien de l'état de nature que je lui prêtais. Je me suis fourvoyé en l'auréolant de sentiments ingénus qu'à l'évidence il ne possède pas.

Notre séjour à Paris a été long et ennuyeux. J'ai essayé pendant cet interminable intermède rythmé par des exercices de manipulation d'armes, auxquels il échappait la plupart du temps en faisant valoir son travail à mon service, de lui inculquer quelques bases d'écriture et de lecture car sans doute ne sera-t-il pas soldat toute sa vie et retrouvera-t-il sa campagne et sa promise.

Ma démarche se référait à un idéal de culture, dont je crois qu'il est indispensable au peuple pour comprendre vraiment les desseins de l'élite et s'y soumettre avec conviction.

Je lui ai enjoint de se présenter à mon quartier tous les matins, à neuf heures, muni d'une plume et de papier, j'ai usé d'une métaphore agricole : le champ inculte ne saurait porter de fruits quelle que soit la qualité de la terre mais en revanche la pire des glèbes amendée, retournée, sans cesse maniée par l'industrie des hommes finit toujours par donner.

Cette canaille souriait, le regard en dessous, et acquiesçait à tous mes arguments, avec toutes les apparences de la bonne volonté.

J'étais très ému par cet état de choses et me découvrais une âme de pédagogue sage et juste.

Je comptais ainsi faire œuvre de bien tout en trompant mon ennui car pire qu'une huître dans sa coquille, la substance de la ville se refuse à quiconque lui est inconnu. J'enrageais de savoir que derrière les façades fermées du boulevard Saint-Germain ou de la place des Vosges se cachaient des trésors de pensée hors de ma portée et auprès desquels j'étais incapable de me présenter.

Quittant Rouen, je rêvais de pouvoir participer de ce monde éclatant. J'imaginais avec joie rencontrer quelques grands hommes. Je n'en ai point vu ; seulement des bretteurs hâbleurs et sans distinction, qui flânaient dans les salons, jouaient au whist, cherchaient querelle aux plus forts et se moquaient des plus faibles avec une ironie acerbe. Le mess regorgeait d'officiers d'état-major dont le moindre me regardait comme une pièce rapportée et inutile. Les meilleurs étaient ceux qui finissaient la nuit dans les bordels de la rue Breillat, ivres de sueur, d'humeur et de mauvais cognac.

Je savais Délicieux aussi isolé que moi et pensais naïvement que, malgré notre différence de classe, nous nous épaulerions comme il sied à deux êtres humains.

Imaginez donc ma déception. Au bout de deux jours, le bougre rivalisait d'excuses pour ne pas aller plus loin dans son étude, il invoquait une infection au doigt occasionnée par l'encre, un mal de tête dû à l'attention de ses yeux sur le papier, le tout accompagné d'une tarentelle de précautions oratoires destinées à se maintenir dans mon estime malgré sa paresse. J'apercevais bien son jeu ménageant la chèvre et le chou.

Le goût de l'apprentissage ne coule nullement de source. Il ne peut s'agir dans un premier temps que d'un labeur de terrassier, seul capable de déblayer la couche des anciennes habitudes.

Je voyais cela comme une épreuve nécessaire et incontournable et j'étais prêt à m'y soumettre avec patience mais acharnement. J'avais tout au moins la certitude que je travaillais une matière digne de mes efforts. Je décelais cela dans le ton respectueux dont il usait avec ses parents et dans sa fidélité à l'amour qu'il portait à sa promise.

Quelle ne fut pas ma surprise d'apprendre, le troisième jour, que cette canaille était détenue au poste de garde pour avoir causé un scandale dans la maison réservée qui borde les fortifications à une demi-lieue de notre casernement. En moins de deux, le bougre s'était trouvé une gueuse qui le comblait de ses faveurs et dont, paraît-il, il percevait bénéfice pour améliorer son ordinaire, incapable de ce minimum de décence qui invite à ne point quitter son état.

Le pire de cette histoire est qu'il a rossé un sous-officier qui voulait aller sur ses brisées. J'aurais dû laisser l'affaire s'acheminer à son terme, le conseil de guerre et la forteresse, mais je n'ai pu m'y résoudre et je l'ai sorti de ce mauvais pas contre la promesse solennelle de ne jamais voir se renouveler de tels emportements.

Ce garçon se révèle pourtant d'une certaine finesse, mais je vous l'avoue, je ne sais comment agir avec lui, j'attends votre prochain courrier et vos lumières.

Je reste cher ami votre dévoué,

Rochambaud, médecin-major.

*Père,*

*Je m'adresse d'abord à toi et ceci te sera lu sans que nul autre ne l'entende. Je crains de voir se réveiller mes transports de l'an dernier. C'est de lignage que parfois le feu du ventre domine sur toute considération. Je tiens cela de toi, tu le sais, comme tu le tiens de ton père.*

*Nous devenons alors des chiens en poursuite et d'un autre côté, le diable est ainsi constitué, les femmes sentent nos humeurs en furie et s'y soumettent presque malgré elles. C'est ainsi que cela s'est passé dans une tolérance près de notre quartier.*

*J'y étais allé sans autre dessein que celui de distraire l'extrême désespérance qui naissait de mon éloignement de la famille et du pays. Théophile Le Bouerch', un Breton de Quimper, avait pu me convaincre de l'accompagner dans cette virée de première permission parisienne.*

*N'étions-nous pas plus tôt entrés dans cette auberge qu'une des ribaudes s'est approchée de moi et m'a abordé. Elle s'est assise à notre table nous portant à nous griser plus que de raison, et je suis revenu à la caserne à la nuit profonde, aussi démuni d'argent qu'à l'heure de mon départ de chez nous.*

*Au matin, je me suis rendu compte de la gravité de ce débours et j'ai voulu tenter de récupérer ne fût-ce qu'un peu de ma perte. Je croyais ne retourner que dans ce but, mais quelquefois nos actes ne sont pas le fruit de l'imagination que l'on en a. Je trouvai la fille occupée à sa lessive à l'arrière de la cour.*

*Je lui dis mes remontrances et c'est alors qu'elle m'engagea à la suivre dans la cabane qu'elle habite. Tu imagines la suite, mon père qui m'as fait. Je recouvrai plus que mon bien.*

*Mon Père, auteur de ma chair, tu me comprends. J'ai besoin, comme la dernière fois, tout au moins que tu saches mon comportement, parce que je le tiens de toi comme tu le tenais de ton père et ton père du sien.*

*Brutus.*

*Père, Maman, mes sœurs, mon frère,*
*Voici tantôt deux semaines que nous avons quitté Paris. Depuis nous marchons en vaillance nos quinze lieues par jour au travers de pays qui sont semblables au nôtre sans y vraiment ressembler.*

*Peu à peu, l'allure des habitations change, nous sommes passés des colombages normands aux pierres de taille, puis aux briques vernissées de la Bourgogne, et à présent nous sommes à Courson d'où, paraît-il, on extrait le moellon qui sert à construire Paris. Nous cantonnons aux confins d'une des carrières. Au début ce n'est qu'une large grotte. Mais en y pénétrant, on est empoigné par la fraîcheur et plus on entre dans le sein de la terre, plus le froid nous saisit et l'on découvre alors, à la lueur de brûlots, une immense salle arrachée au sol par des générations de carriers, aussi vaste que la nef de la cathédrale de Flers, où, de jour comme de nuit, des hommes travaillent. Il arrive parfois de graves accidents occasionnés par les masses énormes de calcaire que l'on roule à la lumière sur des billots graissés. Je me languis de vous. Qu'a donné la saillie de la Clorisse ? Je ne sais que penser, emporté que je suis par ce voyage.*

*Je vous embrasse tendrement,*

*Votre fils et frère, Brutus.*

*Ma Louise,*

*Paris est une grande et belle cité sans fin et qui finit pourtant brutalement pour laisser place à la campagne. Nous n'avons pas eu beaucoup l'occasion de vraiment voir les bâtiments. Nous l'avons traversé à l'aube d'un bout à l'autre, entourés par des escadrons de gendarmerie à cheval qui prenaient bien garde à ce que nous ne nous égarions pas dans les petites ruelles qui partent de la Seine. Nous avons suivi la rivière d'un octroi à l'autre, comme si nous n'étions pas conviés dans la capitale. Vois-tu, ma fée, Paris est une ville de riches ; ils n'aiment guère les pauvres qui ne leur servent de rien. Nous étions comme des étrangers dangereux dont il convenait de se prémunir avec la prévôté, voilà. Sitôt entrés dans Paris, nous en sommes donc sortis et nous nous sommes retrouvés par-delà les fortifications dans une caserne où nous avons été consignés pendant quatre jours.*

*Ces quatre journées écoulées, nous avons eu droit d'aller en permission, malheureusement nous étions interdits de passer la douane, nous nous sommes rabattus sur un cabaret où nous nous sommes un peu amusés entre hommes.*

*Le surplus du temps s'est déroulé à nous transformer en soldats d'une façon absurde, comme si nous étions des idiots incapables de comprendre ; il s'agissait de nous occuper et de nous épuiser afin de nous éviter des bêtises. Heureusement, mon emploi auprès du Major m'a permis d'échapper le plus souvent à ces corvées inutiles et avilissantes pour tout le monde.*

*Plus mes pas me portent loin de toi, plus les traits de ton visage s'estompent. Il ne me reste plus que quelques odeurs auxquelles je me retiens du mieux que je peux.*

*Je t'aime toujours,*

*Ton Brutus.*

Rapilly, le 26 avril.

Cher ami,
Je suis allé à Bazoches-au-Houlme pour lire les impressions de notre protégé – ne lui déniez pas ce titre, je vous en prie, pour les peccadilles que vous me contez – d'abord à sa famille, puis à son père en particulier.

Mercredi au petit matin – j'étais encore en chemise –, ma servante m'informa de la présence de la mère dans mon salon d'attente. Elle avait couvert les trois lieues qui nous séparent, dans la nuit, pour être sûre de me trouver chez moi assez tôt. Elle se tordait les mains et marchait de long en large, incapable de rester assise sur un fauteuil. Je craignais quelque malheur, mais elle voulait simplement ajouter quelques mots pour son fils.

Cela accompli, elle s'en est allée sur la route de Bazoches.

Je l'ai regardée s'éloigner en méditant ces injustices terribles qui s'abattent sur ceux qui le méritent le moins. Je songeais à ma propre fille si heureusement établie à Caen, à moi-même qui bénéficie d'une aisance sans commune mesure avec les plus folles espérances de ces pauvres gens et qui, somme toute, tire mes revenus de leur misère.

Un peu plus tard, au Détroit, je me suis installé avec Louise dans la grande salle car elle était tenue d'attendre la diligence de Rouen. Elle était anxieuse. Elle s'est contentée de me dicter quelques mots et de ressasser que c'était tout ce qu'elle avait à rajouter. La malle-poste est arrivée en même temps que le père. J'ai engagé Louise à passer chez moi quand elle le désirerait. Mais je n'ai eu ni le courage, ni le loisir de l'interroger plus avant. Tout cela me laisse dans un état partagé et m'inquiète un peu. Nous allons bien voir ce qui va advenir.

Je suis vôtre

Le Cœur, médecin à Rapilly.

*Fils,*

*Le père Durant est mort ce vendredi saint à treize heures, au même moment que Notre-Seigneur s'éteignait sur sa croix. Il est parti m'a-t-on dit dans d'horribles convulsions qui me semblent punition suffisante pour les méfaits dont son père s'était rendu coupable et qu'il n'a pas eu à cœur de trop réparer. On n'a pas pu le mettre en terre avant le mardi, rapport aux fêtes de Pâques et à son lundi. Il est donc resté trois jours en veille et ta mère qui est allée auprès de ses cousines passer les nuits près du corps en a été fort incommodée.*

*Au lendemain, le fils Durant est venu me demander ta sœur Marguerite que je lui ai donnée. La noce est fixée en septembre. Le malheur est que je ne puis vraiment octroyer de dot à ta sœur et qu'elle ira donc à l'autel avec le champ de Bourdeuil qui est mitoyen au bois des Flagues. Durant s'en contente, et j'ai vu aux sourires complices entre ta sœur et lui que cette affaire s'était réglée, sans doute, promptement dans quelque grange. Mais comme le mariage se fait, tout est bien.*

*Je suis allé porter ton autre sœur aux carmélites de Lisieux. Je l'ai décidé ainsi pour son bien. Nous sommes partis tous les deux pour Lisieux par Falaise en carriole au petit jour et nous ne sommes arrivés devant le couvent qu'à la nuit tombante. Françoise est demeurée silencieuse pendant presque tout le chemin, les yeux fixés sur la croupe de la jument. C'est alors que ta sœur m'a remercié pour ma décision. Elle avait depuis le matin le cœur en joie et jamais elle ne s'était sentie aussi bien.*

*La mère supérieure a accepté de la prendre, même sans dot. Si tout va bien, elle prononcera ses vœux l'année prochaine et, en attendant, restera au couvent. Ta mère, lorsque je lui ai conté cela, en a été satisfaite, d'autant que le curé de Taillebois avait travaillé pour nous pendant les deux jours de mon absence.*

*Pour ce que tu me dis dans ton mot à part, mon fils, je n'ai les moyens de rien te conseiller d'autre que de prier.*

*Mon fils, fais ce que tu dois, fais ce que tu peux et que Dieu t'ait en sa sainte garde.*

*Reçois tout notre amour.*

*Ton père.*

*Brutus, mon garçon,*

*Je voulais te parler sans que ton père entende, ce n'est pas que je me défie de lui, mais les moments que nous passions ensemble, seulement toi et moi, me manquent. Ta sœur Françoise sera donc religieuse, ton père pense qu'elle en a décidé ainsi mais moi, je sais qu'elle n'avait pas d'autre choix que celui-là. Elle a, je crois, hérité des compositions de ton grand-père, ces dispositions qui semblent celles d'un heureux et viril caractère quand on les regarde de loin et qui indisposent chacun quand elles surviennent dans le sein de la famille. Combien de fois ai-je été dans l'obligation de lui rabattre son caquet alors même que j'étais l'épouse de son fils et que cela aurait dû le contraindre ? Cela était plus fort que lui et assez incommodant, mais c'était un homme et il pouvait dénicher des satisfactions alentour, ce dont, Dieu ait son âme, il ne s'est guère privé. Pour Françoise, semblable manie la mènerait au plus funeste déshonneur. Qui désirerait donc une femme si prompte à se dénuder devant tout le monde ? Elle aurait fini à la ville dans quelque cabaret. Pourtant, l'idée de la voir devenir religieuse m'a occasionné bien du tourment, et le pire est que je ne sais pas pourquoi. Ta sœur Marguerite quant à elle a heureusement trouvé chaussure à son pied. Elle m'a avoué avoir connu le fils Durant, tous les jours, depuis plus de deux ans. Crois-le si tu veux mais je ne m'en doutais pas. Cette confidence m'a plongée dans le désarroi et j'ai discerné plus de danger dans ce comportement que dans celui de Françoise.*

*J'imagine ce que ces petites révélations doivent te causer de peine, toi qui es loin, toi qui es parti justement pour que reste celui qui va être ton frère dans le mariage, cela est bien injuste.*

*Je t'embrasse mon Brutus, que le Seigneur te maintienne dans sa garde.*

*Ta mère.*

*Brutus,*
*Il n'arrête pas de pleuvoir sur Le Détroit. Je ne sais plus quoi faire pour y échapper. Depuis que tu es parti, tout cela redouble, je n'en puis plus, je t'aime.*

*Ta Louise.*

Varennes-sous-Dun, en cantonnement, le 10 avril.

Cher confrère,
Puis-je encore abuser de votre temps et de votre sympathie en vous faisant part de mes doutes et de mes espérances et, pour une fois, n'être entremetteur que de moi-même ?

Je viens d'être promu au grade de chirurgien en chef, en place du colonel de Mortmieux. Cette promotion inattendue, qui m'a été notifiée dans le courant de la semaine passée, a occupé toutes mes journées depuis. Ce n'est que fatras d'organisation, le train d'une armée en marche ne se prête pas à la rigueur que demande la mise en position efficace d'un hôpital de campagne. Lorsque nous arriverons à Lyon, je m'attellerai à ordonner les matériels et à réorganiser tout mon monde de la meilleure façon.

Je succède à un être qui ne se préoccupait guère de la douleur de ses semblables. Je plains les soldats de la Garde impériale qui n'obtiendront nulle pitié auprès de lui ; quant à moi, je vais faire tout mon possible pour considérer les hommes autrement que comme des bœufs destinés à l'abattoir. Tout est dans ce grand écart entre la science qui exige des gestes violents, souvent atrocement douloureux, et l'art qui nous lie à l'humanité de nos patients.

Je ne doute pas que mon prédécesseur ait été lui aussi habité par cette terrible contradiction, et que le temps n'ait réduit la part de sa bienveillance à néant. Nul ne saurait souffrir vraiment pour autrui, et quand la compassion domine sur le devoir, comment trouver le courage de trancher dans les chairs à vif, même pour sauver celui auquel seule cette action peut épargner la mort ?

46

Il n'y a pas de nuit où je ne sois hanté par des images que j'ai observées au cours de mes études et qui me reviennent comme des caillots de honte. Non que je n'aie jamais eu quoi que ce soit à me reprocher, mais parce que toute notre activité est plongée dans l'indécence.

Encore si toute cette douleur était le fruit exclusif de la fatalité, mais j'enrage de penser que nous sommes nous-mêmes les auteurs de ces malheurs. Je regarde passer ces jeunes gens, je discerne l'admirable mécanique de leurs corps sous les uniformes et, dans le même temps, je les vois déjà brisés sur le champ de la bataille. Comment pourrais-je croire aux miracles alors que je connais la puissance des hallucinations ?

Brutus Délicieux me suivra dans ma nouvelle affectation, il reste mon ordonnance, je n'ai pas eu le cœur de me défaire de lui. De plus je ne sais si, laissé à son libre arbitre, il n'en viendrait pas à des actes qui lui porteraient préjudice, tant il a de multiples facettes. D'un côté, il présente tous les caractères du bon fils travailleur, d'un autre, c'est une brute affamée de stupre. Le plus singulier est qu'il ne tire nul remords de cette duplicité. Il se comporte avec moi à la façon d'un chien, attentif à la flatterie et hargneux à la remontrance. Si je manque de lui signifier qui le commande, il sort les griffes et montre les crocs. Mais si j'emploie le ton acerbe du maître, le voilà qui s'ingénie à me satisfaire avec une obséquiosité gênante.

Rochambaud, chirurgien en chef.

Lyon, en cantonnement, le 14 avril.

Cher ami,

Je vous disais dans ma dernière lettre ma nomination au poste de chirurgien en chef et mes appréhensions au vu de l'héritage du colonel de Mortmieux. Lorsque nous sommes arrivés à Lyon, j'ai fait procéder à un inventaire circonspect des matériels.

Toutes mes inquiétudes étaient au-dessous de ce que je trouvai là. Le comte avait emporté tout son attirail personnel dont il aime tant à se vanter dans les salons et n'a laissé que les instruments de l'équipement ordinaire. Le tout était dans un état de crasse indescriptible, des scies étaient rouillées, édentées, démanchées, les ciseaux émoussés, jetés pêle-mêle dans des caisses poussiéreuses et dégondées. De plus, rien n'était moins âgé que les guerres de la Révolution.

Les trois médecins qui se retrouvent sous mes ordres ont encore moins d'expérience que je le craignais.

Le premier est tout juste en train d'achever sa thèse, c'est un aspirant issu d'une famille fortunée, méprisant du peuple qu'il accuse de toute la saleté du monde. Ce jeune godelureau entend réfuter les arguments de Rudolf Virchow sur les causes de la fièvre typhoïde qui ravagea la Silésie. Je n'ai, tout au long de l'entretien, rien perçu d'autre qu'un fatras de lieux communs, mêlant la présomption et le dogme à l'ignorance la plus crasse, le tout prononcé sur le ton de la plus grande vacuité. Tout son verbiage m'a donné la nausée et j'ai eu du mal à contenir ma colère.

Le second de mes adjoints a de bonnes lumières d'anatomie et dessine admirablement les systèmes musculeux.

Il a pratiqué deux ans à l'Hôtel-Dieu de Paris dans le service de Trousseau. Il s'est plaint à moi des agissements du colonel comte de Mortmieux. Il m'a raconté comment il s'était affolé devant une hémorragie soudaine et en était resté tout titubant, incapable ni de la maîtriser ni de porter le fer alors que son patient se vidait en hurlant, maintenu par les infirmiers.

Il m'a ensuite entretenu d'expériences d'anesthésie qui nous viennent des Amériques. Il s'agit, m'a-t-il dit, d'une application d'éther qui endort le malade et nous permet d'avancer à notre guise.

Je lui ai demandé s'il avait déjà usé de ce procédé, il m'a répondu que le sinistre Mortmieux le lui avait interdit sous peine de conseil de guerre au prétexte que rien de bon ne peut arriver d'outre-Atlantique. Voyant mon attitude, il m'a enfin avoué qu'il avait essayé sur des lapins et même un cheval avec d'excellents résultats.

Nous tenterons cela sur des hommes à la prochaine occasion qui risque, hélas, de survenir bientôt.

Le dernier semble avoir perdu toute foi dans notre métier. Il appartient à une noble famille dont la parentèle s'étend sur toute l'Europe, ce qui lui a permis de beaucoup voyager. Pour l'heure, sa crainte est de se retrouver au cœur de la bataille face à quelque ami rencontré à Vienne.

Il y a séjourné pendant plus d'un an et y a connu un médecin, hongrois je crois, qui prétendait que les décès de la fièvre puerpérale étaient dus non à la montée de lait des parturientes et à l'infection venue du corps des malades, mais bien à celle apportée par les mains des chirurgiens, puisque c'était dans le service de ceux qui faisaient de l'anatomie et de la chirurgie que se produisaient presque toutes ces atteintes. Peut-être ! Mais il a ensuite élargi son propos à notre pratique ; selon lui, des tabliers propres, des instruments lavés avant les actes, des ongles soigneusement brossés seraient suffisants pour épargner un nombre considérable de vies.

Autant l'usage de l'éther m'a séduit, autant ce discours m'a semblé de la plus grande légèreté. Certes, le bon état du matériel est nécessaire et cette fantaisie de carabin qu'ont les chirurgiens de porter la blouse le plus sanglante possible est une pose inutile, mais de là à faire de cette manie la principale responsable d'un fléau qui ravage les hôpitaux depuis qu'il en existe, c'est pousser le bouchon un peu loin.

Je lui ai dit que, quant à moi, je ne l'empêcherais nullement de se laver les mains ou toute autre partie de son anatomie avec du chlorure de chaux, avant les interventions s'il le désirait. Il m'a regardé d'un air désabusé.

Voilà donc, cher ami, avec qui, avec quoi, je vais en guerre.

Le 12 du mois.

J'ai lu à Brutus la lettre de ses parents. Il avait un rire enfantin en écoutant celle de son père, mais son attitude a vivement changé à la première phrase de Louise. Il s'est mis à me dicter une réponse en proie à une agitation que je ne lui avais jamais connue. Il tremblait de tous ses membres et scrutait droit devant lui, comme pour tuer le mur de mon bureau.

Quelque drame familial se cache là mais à tous mes questionnements, Brutus a opposé un silence buté. Je sentais monter en lui une rage impuissante. Cette violence a dû lui faire peur, car il est sorti brusquement, sans me saluer.

Le 16 du mois.

Brutus est allé faire du scandale dans un estaminet du quartier de la Croix-Rousse. Il a été ramené par la maréchaussée et a écopé de trois jours de salle de garde, dont j'ai un peu rechigné à le tirer. Il s'est contenté de m'assener le sourire un peu niais dont il use pour se débarrasser de ses corvées.

Je ne me doutais certes pas en vous écrivant pour la première fois d'Aubergenville, le vingt février dernier, que nous nous retrouverions à comploter contre un cabaret du fond de l'Orne dont je ne sais rien et dont je suppose que vous n'êtes guère plus informé. Je dois vous avouer que le drame bucolique qui semble se jouer là éveille ma curiosité, j'y perçois un mystère romantique, qui pourrait donner matière à une divertissante esquisse de la France de ce siècle.

Je n'ose vous demander de vous renseigner plus avant sous ce seul prétexte, mais peut-être tout cela n'est-il pas si anodin qu'il y paraît. Je compte donc sur votre sagesse et vous prie, cher ami, de recevoir mon plus amical souvenir.

Bien à vous,

Rochambaud, chirurgien en chef.

*Ma Louise,*
*Le Major vient de me lire ta lettre qui me désespère. Quoi qu'il ait juré sur les saints Évangiles, il n'a donc pas cessé.*

*J'ai reçu cela comme un coup de poing au cœur, je t'en conjure, mon aimée, ne va pas vers des actes qui seraient catastrophiques pour nous deux. Je suis trop éloigné pour avoir les moyens d'agir. Tu as le droit d'en discuter avec mon frère qui peut intervenir presque aussi bien que moi. Courage, mon amour.*

*Je n'ai pas la force après ce que je viens d'apprendre à te faire le récit de ma vie depuis que nous avons quitté Paris. Je ne veux pas ajouter à ma peine, ni à la tienne. Je me porte bien et rien ne me détachera de toi, car je te chéris plus que tout. De penser à toi, alors que tu es si loin, m'est une douleur insupportable. Des fois, dans la nuit, je rêve que je retourne au pays et que tu es là qui m'attends. Tu imagines la suite...*

*Je t'embrasse, toi que j'ai de plus cher.*

*Ton Brutaux.*

*Bien-aimé Père,*

*Le taureau de la ferme des Julien est une bonne et vaillante bête. C'est pour cela que j'étais plein d'espérance en partant. Je te recommande de lui mener la Noire. Dis au père Julien que tu lui apporteras d'autres saillies de l'alentour et il te fera un prix. J'ai bien de la peine pour la vieille Martine, elle est allée rejoindre la fée Morgane et les géants du pays des Maures. Je suis sûr qu'elle était souriante quand vous l'avez trouvée au bord de la mare, je me souviens qu'elle disait que c'était l'entrée du Paradis. Ne te fais pas de souci pour l'argent des Herbaux ; le tout est enterré sous la huche de la grange. Marguerite pourra marier le fils Durant la tête haute et non comme une pauvresse. Il faut la mettre en garde contre la Geneviève Durant, qui est une méchante fille. Que Marguerite évite de trop lui montrer le plaisir qu'elle prend au commerce de son frère, elle aurait tôt fait d'en concevoir ombrage. Vous devriez demander à l'abbé Bucard de la paroisse de Taillebois de célébrer la noce, ce serait le plus sûr.*

*Je me porte bien, je me nourris de même, bien que l'ordinaire ne vaille pas la moindre omelette de Maman. Je vous embrasse tous, votre soldat,*

*Brutus.*

*Pierre, mon frère.*

*Je ne sais si tu seras capable de déchiffrer cette lettre. Si tu le peux, évite qu'elle ne te soit lue, sinon fais en sorte que le docteur Le Cœur, qui est un homme sage, te la dise loin des oreilles indiscrètes.*

*Tu sais, mon frère, que je suis épris de la Louise du* Chien qui fume, *tu as souvent dit que nous étions ensemble toi et moi, alors que j'étais avec elle. Même si nous ne sommes pas encore passés devant le curé, elle est comme ma femme, je te dis tout cela pour que tu comprennes combien je tiens à ce que tu fasses ce dont je vais te charger.*

*Le prochain lundi, jour de marché, tu te rendras au* Chien qui fume *au Détroit. Tu te mêleras à ceux qui viennent fêter là leurs heureux marchandages. Lorsque tu verras le père de Louise bien entouré de chalands, tu t'approcheras et tu lui lâcheras de façon que tout le monde entende : « Mon frère Brutus m'a tout dit et m'a fait garant de votre parole sur l'Évangile. »*

*Je te recommande de n'être pas seul avec lui quand tu lui sortiras cette phrase ; tu sais comme il s'emporte parfois et je ne voudrais pas qu'un coup lui échappe. Ensuite, tu*

*rentreras chez nous et tu n'iras plus au* Chien qui fume *que je ne te l'aie dit.* Sache qu'ainsi tu me rendras un service dont je te serai toujours redevable.
À toi, mon frère,

Brutus.

Lyon, en cantonnement, le 19 avril.

Cher ami,
Je ne puis résister au plaisir de prendre à nouveau la plume pour mon propre compte.
J'ai aujourd'hui trente-cinq ans, ma nomination au grade de colonel et au poste de chirurgien en chef n'est pas la moindre de mes fiertés, puisque j'atteins là à un état auquel bien peu sont parvenus à mon âge. Ce contentement est tempéré par les circonstances issues de la guerre qui me font ainsi accéder à ce qui répond aussi bien à l'ambition formée par mon père qu'à celle dont mon oncle caressait l'espérance.
Je suis encore célibataire, et bien peu de femmes sont entrées dans ma vie. J'en dénombre en tout deux de sérieuses. Ces deux demoiselles, dont, bizarrement, je chéris toujours le souvenir, sont maintenant établies et pourvues d'enfants, et des moments que nous avons passés ensemble, il ne me reste plus que de vagues réminiscences. Inutile de vous dire, mon cher ami, que tous ces instants mis bout à bout n'empliraient qu'à peine l'espace d'une nuit.
Le nécessaire exutoire de ma virilité fut de conjugaisons stipendiées et abritées par les maisons réservées. Jusqu'à

présent, mon ardeur n'a jamais eu les moyens de se contenter d'une seule amante, et il me fallait aller de corps en corps pour tenter d'épuiser ma singulière vigueur. Jamais je n'aurais su donner une parole de fidélité sans la trahir aussitôt et de la manière la plus vulgaire.

Aujourd'hui, mon cœur bondit, mes mains tremblent à l'évocation d'une femme qui, d'un impérieux regard, a balayé tout cet établissement que je pensais inaltérable. Oui, une seule œillade a suffi, et ne croyez pas qu'il se soit agi de ces douceurs évaporées et platoniques qui laissent tout supposer sans rien affranchir. Une subite pulsion animale s'est saisie de nous au même instant. Imaginez, cher ami, le flux soudain qui enflamma mon corps et le sien, puisque sans nous être concertés le moins du monde, sans qu'une seule parole de connivence soit prononcée, nous nous sommes rencontrés dans les arrières du jardin, où nous nous sommes follement assemblés, dans la tiédeur de mai.

Vous dirai-je, cher ami, que tout fut chassé comme par le vent d'autan qui fait place nette des nuages. Bref, son père est le professeur de Mourienne de la faculté de Lyon, à qui ce matin même je m'en suis allé demander sa main qui me fut accordée. Nos fiançailles seront annoncées au cours d'une soirée organisée demain et le mariage aura lieu à mon retour d'Italie, ainsi que l'a exigé le général.

Nous reprenons la route ensuite en direction du sud, plus tôt nous en aurons fini, plus vite je reviendrai.

Je suis, vous le concevez, le plus heureux des hommes et reste vôtre,

Colonel Rochambaud, chirurgien en chef.

Rapilly, le 29 du mois d'avril.

Cher ami,
À peine avais-je achevé ma lettre précédente, que Louise venait cogner à mon carreau pour me donner vos deux courriers arrivant par la diligence de Rouen et dont elle s'était emparée, je ne sais par quel subterfuge. La fille devait sentir, grâce à quelque intuition féminine, que ces missives apportaient réponse à sa détresse.

Le crépuscule commençait à chuter. Je m'apprêtais pour la nuit. Ma gouvernante tenta bien de renvoyer la donzelle jusqu'au lendemain, mais rien n'y fit et force me fut de descendre en chemise. Je lui lus donc le mot que Brutus lui adressait. Elle était restée debout devant la fenêtre, et je ne voyais plus d'elle que sa silhouette se découpant sur le ciel qui sombrait. À peine eus-je prononcé la dernière phrase, que j'entendis un choc sourd. Elle venait de tomber lourdement sur mon tapis.

J'appelai à l'aide, Honorine accourut en me jetant des regards suspicieux. Nous relevâmes Louise et je laissai ma bonne l'installer. Lorsque cela fut accompli, je me portai auprès d'elle pour lui donner les soins que nécessitait son état.

La jeune Louise est enceinte d'au moins trois mois, peut-être quatre, j'aurais dû m'en douter en observant la façon dont elle soutenait son corps et se tenait parfois les reins. Je lui administrai quelques gouttes d'ammoniaque et elle revint à elle. Dès qu'elle se vit ainsi allongée et revêtue d'autres habits que les siens, elle éclata en sanglots. J'attendis que s'écoulent ses larmes, avant de l'interroger plus loin.

Louise ne connaissait pas sa position. Aussi étrange que cela paraisse, ni ses nausées, ni ses vertiges, ni son aménorrhée ne l'avaient renseignée sur sa grossesse. Je m'enquis du père, elle tomba alors dans un grand trouble, puis me lâcha le nom de Brutus.

Pourtant, j'ai voulu pousser plus avant mes investigations, car j'avais remarqué sur ses bras, sur le haut de sa gorge et de son dos dénudés par la chemise des hématomes à divers stades de la résorption. Elle s'est alors enfermée dans un silence farouche, les yeux brillants, la bouche tordue, présentant tous les symptômes précurseurs de la crise nerveuse. Je me suis donc contenté de lui servir une forte tisane de tilleul. Je vais maintenir Louise chez moi jusqu'à ce que j'aie résolu les tenants et les aboutissants de ce que je vois comme un drame familial assez crapuleux.

Le 30 au matin.

La petite dort encore. J'ai envoyé mon commis à Bazoches-au-Houlme pour quérir le frère de Brutus qui, je crois, nous permettra d'éclaircir l'affaire.

La vie est ainsi faite qu'elle ne lésine ni sur les heureux dénouements, ni sur les tragédies.

Notre profession est à la fois le refuge des pires égoïsmes et des plus grandes forces d'âme, le choix de la route appartient à chacun. Je ne suis pas sûr que notre confrontation permanente avec la réalité souvent absurde de la fortune des hommes ne nous entraîne pas plus sur le chemin de la lassitude que sur celui du sacrifice.

Votre prédécesseur en est un exemple. Son destin est

évidemment tracé par tout autre chose que son action, il l'est par la naissance et la fortune.

Je crains, hélas, que toute lutte soit vaine à ce propos. Voyez-vous, mon ami, l'époque n'est pas aux fermes résolutions, à l'établissement des valeurs et à leur défense héroïque, mais bien au pillage des biens de tous par quelques-uns et à la transgression des principes mêmes sur lesquels ils fondent leur légitimité.

Vous allez, mon ami, au-devant de bien des déconvenues en imaginant que toutes ces organisations ont pour but l'efficacité des thérapeutiques et pour tout dire le bonheur des hommes. Tout cela n'a pour vocation que d'assouvir le goût de l'ordre et de la panoplie qu'ont tous ceux qui ne s'animent que de médiocrité. Qu'importe en effet la douleur des malades si son abrogation met en péril un confort établi depuis si longtemps ?

Je sais que mon devoir est dans le soin que je prends de mes patients en tentant de pallier les violences du temps. C'est bien dans cette pensée que j'accueille chez moi la jeune Louise. C'est aussi dans cet esprit que je vous conjure de considérer l'attitude de Brutus Délicieux.

Vous me faites le confident de votre amour et je ne puis en être que parfaitement satisfait moi-même. Nul doute que cette promise ne soit celle qui devait compléter votre être et vous apporter tout ce que vous désirez pour votre vie.

Le 30 au soir.

Je reprends la plume à la suite d'une rude journée. Allons droit aux réalités sans épiloguer sur tout le scabreux de la situation dont je n'aurais jamais pu imaginer l'indignité. Depuis plus de dix ans, le père de Louise abuse d'elle et la vend aux clients de passage au *Chien qui fume*. Elle a, cette année, vingt ans, cela a donc commencé alors qu'elle n'était qu'une enfant, juste après le décès de sa mère. Je ne saurais vous conter le sentiment d'horreur qui m'a envahi lorsqu'elle m'a raconté son calvaire. La fameuse phrase qui nous avait intrigués dans ses lettres – « *Il pleut sur Le Détroit* » – signifiait que son père l'avait forcée à ce sinistre commerce une fois de plus.

Brutus Délicieux est au courant de tout cela. Cet automne, il a été voir le père et l'a menacé de mort si de tels actes se reproduisaient. Le bonhomme avait juré sur les Évangiles mais, sentant la contrainte s'éloigner jusqu'à disparaître, il a récidivé en usant de la force durant tous les mois de février et de mars. J'ai voulu apprendre qui étaient les hommes qui s'étaient ainsi saisis de son innocence et ma surprise a été grande de retrouver là, et surtout dans la période où elle n'était encore qu'une enfant, un certain nombre de personnalités honorablement connues du canton et même de Caen.

La liste que j'ai sous les yeux me ferait douter des dires de la fille si je n'y voyais une évidence de sincérité. J'y ai reconnu une conjonction de noms et de dates qui ne risquent de me tromper, j'ai vérifié ces corrélations avec le journal que je tiens au jour le jour depuis plus de vingt ans, elles sont malheureusement aveuglantes. Particulièrement un certain commissaire-priseur de Rouen amené par mon gendre, qui lui n'y figure heureusement pas. Si je n'avais pas entendu sa confession de mes propres oreilles et n'avais su me construire une opinion de visu, sans doute aurais-je moi-même quelque défiance. J'ai donc résolu de ne rien faire qui puisse aggraver cette affaire et de m'en remettre aux décisions de Brutus qu'en la circonstance je crois des plus avisées.

Le 2 mai.

Je ne puis vous dire, cher ami, la joie qu'ont déclenchée les mots quant au pécule caché de la vieille Martine. L'alcool aidant, les langues se délièrent et j'eus droit aux habituels récits de sorcière et d'aiguillettes nouées que je connais depuis si longtemps que je n'y attachais guère d'importance. Pourtant, ce jour-là, était-ce à cause de ce que j'avais appris la veille concernant le sort abominable de Louise, était-ce par la vertu de la liqueur, ce coin de campagne et ses habitants me sont apparus sous un aspect bien différent. Si en trente ans d'exercice tout m'avait échappé des mœurs et des coutumes de l'auberge du Détroit, sans doute toutes mes certitudes n'étaient-elles fondées que sur du sable. En rentrant chez moi, une singulière vague de lassitude m'a envahi et je me suis couché sur le coup de sept heures pour ne me réveiller qu'aujourd'hui à l'aube. J'ai alors constaté que Louise s'en était allée.

Le soir en revenant de ma tournée, j'ai trouvé son père devant ma porte. Il présentait tous les signes de la plus grande fureur. Il a bredouillé quelques phrases incompréhensibles mais dont le ton laissait entrevoir la menace avant de s'en retourner sans ébaucher le moindre geste. Pourtant j'ai bien senti que s'il en avait eu le moyen, il m'aurait massacré devant le seuil de ma maison sans autre forme de procès.

Jeudi, je me rendrai à Caen pour voir ma fille, j'en profiterai pour rencontrer Monsieur de Flavigny qui est le procureur de l'Empereur et maître Desœuvre qui pourront tous deux être de sûr conseil sur ce qu'il me faut faire à propos de Louise. L'abstention en cette matière serait pire qu'un crime.

Voyez en moi, mon cher ami, votre dévoué

Le Cœur, médecin à Rapilly.

*Brutus mon frère,*

*Je ferai comme tu le désires. Je sais que tu ne me ferais rien faire qui soit contraire à l'honneur et à la loi. Sois rassuré quant au sort de Louise qui est présentement chez le docteur en sécurité. Il faut que son père soit un bien méchant homme pour que tu me charges de cette besogne et je m'en acquitterai en me faisant accompagner par le fils Durant, qui, tu le sais sans doute, sera bientôt marié à notre sœur Marguerite.*

*Je t'embrasse,*

*Ton frère Pierre.*

*Fils,*

*Le docteur Le Cœur vient de nous lire ta lettre. Elle nous a mis en joie. J'ai immédiatement pris ma pelle pour aller fouiller sous la vieille huche ainsi que tu me l'avais dit. Contrairement à ce que je croyais, j'ai découvert une somme considérable bien plus importante que ce que j'avais pu supposer pour prix de ce pauvre bout de terrain des Herbaux. Il y avait là largement de quoi établir ta sœur et même de quoi nous mettre à l'abri pour de nombreuses années. Je ne sais où la Martine avait bien pu se procurer une telle fortune, peut-être que les racontars que l'on disait à propos d'elle et du vieux comte de Flers étaient vrais, car, outre les livres qui*

61

*venaient de la vente aux Durant, je trouvai près de six mille francs en anciens louis d'or d'avant la Révolution. La vie nous est soudainement apparue plus légère. Si nous avions connu cela plus tôt, sans doute n'aurais-tu pas eu besoin de racheter le numéro du fils Durant et tu serais avec nous aujourd'hui pour te réjouir de notre chance.*

*Nous n'avions pas compris que notre pays était en hostilités. Nous pensions que tu ne risquais pas grand-chose à l'armée, mais à présent nous savons que ton voyage en Italie pourrait bien avoir des conséquences funestes. Mon fils, me pardonneras-tu jamais de t'avoir envoyé là-bas ? Sache qu'ici nous allons tous prier pour toi et pour que notre présent bonheur ne soit pas entaché par une sinistre nouvelle. Mais je vais avec confiance, Notre-Seigneur permettra que tu reviennes bientôt parmi nous. Ta mère t'embrasse tendrement ainsi que tes sœurs et ton frère.*

*Ton père affectueux.*

Rapilly, le 2 mai.

Cher ami,

Je vous félicite de votre promotion. Nous sommes les instruments d'un destin dont nous sommes bien incapables de déchiffrer pleinement les desseins.

Mon fils Gaston s'en est allé avec les armées de la conquête algérienne et dort quelque part sous un djebel ou une dune. Mon benjamin François est aux Amériques et je ne reçois plus de nouvelles de lui depuis tantôt deux ans. Ma tendre épouse s'en est allée de ma main, je puis vous en faire l'aveu, le jour où l'envahissement de ses seins par le cancer ne lui a plus laissé d'autre espoir qu'une atroce fin. Ma fille Hortense s'est, quant à elle, unie à un jeune homme de Caen dont je ne puis comprendre l'affairisme, ni la singulière attention qu'il porte à l'ordonnancement des choses. Un homme tel que moi a à se défier de cette aigreur qui vient avec l'âge, je n'ignore pas que cette soumission ne peut vous satisfaire, comme elle ne me contentait pas jadis, mais de quoi sert toute l'agitation, toute la gesticulation, sinon à nous inciter à croire que nous sommes vivants, comme si le fait de boire, de manger, de sentir nos organes fonctionner et remplir tous leurs emplois ne nous en était pas une preuve suffisante.

Nous sommes à un point d'observation privilégié de la nature humaine. Nous savons bien que les humains sont comme des arcs tendus par le temps, dont le seul but est de revenir à leur état antérieur. Vous m'avez fait le témoin, dans votre dernière lettre, de vos doutes, permettez que je fasse de même. *Amicus certus in re incerta cernitur*[1] et l'amitié n'est-elle pas cela qui offre à chacun de dire ce qui ne saurait être exprimé à nul autre ?

Je suis donc votre ami,

Le Cœur, médecin à Rapilly.


Alexandria, en cantonnement, le 15 mai.

Cher ami,

Nous sommes donc entrés en Piémont par le col du mont Cenis, le vingt-neuf du mois d'avril. De quoi a-t-il

---

1. « Un ami sûr se révèle dans l'adversité. »

suffi pour que je me soumette ainsi à ce dieu barbare qui nous dirige à présent ? D'un peu de musique, du côtoiement de la troupe dans la marche, de la liesse populaire, de l'affirmation des chefs, d'une succession de petits riens, qui, vus de loin, sembleraient anodins et dont la somme a créé un assemblage d'acier qui m'emporte, à tel point que les quelques termes que je viens de vous écrire me paraissent trahison de moi-même et de mes hommes ! Nulle intelligence, nulle pensée ne pourrait analyser ce que nous sommes devenus.

J'observe le comportement de Brutus. Je l'ai convoqué pour lui lire vos lettres qui ne nous sont parvenues qu'avant-hier en suivant les détours de la poste aux armées.

Je n'ai pas jugé utile de dire à Délicieux l'état de Louise, il ne m'appartient pas de lever le voile sur le secret de votre consultation et de l'intimité de votre cabinet. Je me suis donc contenté de lui dire les mots qui le concernent.

Il a effectivement connu d'autres filles, et une particulièrement qui nous suit depuis Turin, à une lieue de notre arrière-garde, et qu'il va rejoindre dès qu'il le peut. Il semble s'être mis en ménage avec elle. J'aimerais, mon cher ami, regarder tout cela avec votre bonté. Mais, d'une part, il tient un langage poétique de fleurs et d'amour, et de l'autre, il est le pire de soudards, sans pitié ni honneur. Je ne sais plus s'il est l'être de ses mots ou celui de ses actes. En quelques mois, il a si bien pris les mœurs de la troupe que je ne puis le distinguer des autres et, ne serait cette astreinte de faire son courrier à laquelle je me suis engagé, je le verrais comme une simple brute. Qui trompe-t-il donc ?

Je me trouve d'une complaisance coupable envers lui, le bougre sent bien mon malaise : il en profite. Me faisant témoin de sa duplicité, il m'en fait également son complice et use du privilège qui lui permet de venir me visiter pour me dicter ses lettres pour laisser supposer une amitié avec moi qui le rend supérieur à ses compagnons.

Comme j'avais résolu de me débarrasser de lui en le reversant dans le rang, j'ai demandé à Clampard de me chercher une nouvelle ordonnance. Bruit qui avait couru et qu'il se préparait à contester. C'est alors que j'ai compris que je me laissais bêtement entraîner par mes sentiments. Puisqu'il avait acquis cet ascendant sur ses camarades, il fallait que mon unité en profite. Je lui ai donc annoncé que je le nommais infirmier en chef, que sa promotion prenait effet immédiatement et que je le chargeais de se débrouiller pour que tout soit en ordre et en parfait état en toutes circonstances. Je lui ordonnai de rompre et de se mettre au travail.

Cela vous semblera, mon cher ami, sans doute assez bas, mais son visage stupéfait, ses yeux ronds, la chute de sa mâchoire ont été un efficace antidote à mes humeurs.

Quant à l'affaire fort gênante de Louise et de son père, je vous en conjure, mon ami, ne choisissez pas de position dans cette dramatique histoire, il y a grand danger à insérer le doigt entre l'arbre et l'écorce et nul ne peut savoir ce qui résulterait de l'alliance explosive de la petite bourgeoisie de province et du maquignonnage humain. Quelle que soit l'ignominie des événements que vous me racontez, sachez qu'il est déjà trop tard pour la fille qui a subi depuis si longtemps la corruption humaine, qu'elle-même doit en être profondément atteinte. Vous ne voyez que la misère, car vous êtes un honnête homme, or il y a tout à craindre d'une telle conjoncture. Voulant agir pour le bien, vous risquez de vous retrouver dans une situation telle que vous pourriez bien vous voir présenter la facture de toutes ces vilenies. Laissez les Délicieux régler cette affaire, ils pourront user d'arguments qui ne sont pas dans vos moyens. Gardez un œil sur votre bibliothèque et un autre sur votre exercice, vous ne pouvez rien d'autre que soigner, et cela est bien suffisant. Pardonnez ces conseils mais ils viennent de la préoccupation que j'ai de vous car je suis votre dévoué,

Colonel Rochambaud, chirurgien en chef.

*Mon frère,*
*Je te remercie de ce que tu as fait pour Louise. Je ne sais pas comment nous allons sortir de cette guerre. Nous sommes allés par marches forcées en Piémont au travers des montagnes aux neiges éternelles. Bien que nous ne soyons pas loin d'un été qui s'annonce chaud, nous avons beaucoup souffert du froid dans nos cantonnements en rase campagne. Je ne sais pas ce qu'il va advenir de nous mais nombreux seront ceux qui ne reviendront pas et dormiront pour toujours sur cette terre étrangère. Nous allons nous affronter à une troupe aguerrie alors que je ne sais même pas me servir convenablement de mes armes.*
*J'espère que je parviendrai à survivre à cette épreuve qui nous attend, mais je ne suis plus aussi sûr de rentrer que lors de mon départ. S'il m'arrivait quoi que ce soit, je te charge, mon cher frère, de prendre soin non seulement de nos parents dont tu resteras le seul soutien, mais aussi de Louise à qui je me suis promis en secret depuis décembre. Je croyais*

*que nous finirions nos jours ensemble. Le destin et les circonstances en ont décidé autrement.*

*Il faut que je te dise que tu entendras des choses qui ne sont guère belles et que je connaissais quand je l'ai prise. Quoi qu'on te dise sur elle, sache mon frère que c'est une bonne fille qui sera une solide épouse, que ce qu'elle a fait ne l'a été que sous la contrainte d'un père indigne et qu'elle en souffre plus que je ne pourrais le raconter. J'enrage d'être ici, au péril de ma vie pour le fils Durant, qui va se baguenauder dans les bras de notre sœur Marguerite. Je sais combien je serais utile chez nous pour ceux que j'aime. Je n'ai pas grand-chose à faire des États latins que je dois défendre. Ces gens me sont étrangers et la seule idée de verser une goutte de mon sang pour eux me révulse mais on ne me demande pas mon avis et si je le faisais connaître on me ferait bien vite rentrer mes mots dans la gorge.*

*Voilà ce que je voulais te dire. J'espère que rien de tout cela ne se produira et que je reviendrai chez nous en entier.*

*Je t'embrasse fraternellement,*

*Ton frère Brutus.*

*Marguerite, ma sœur,*

*J'aime à penser que tu seras heureuse avec le fils Durant, dont j'ai pris la place aux armées en ignorant que vous vous étiez promis l'un l'autre. Sache que je ne vois pas là d'autre injustice que celle qui nous a fait naître lui fortuné et moi dans une famille de peu. Je suis heureux que ce mariage te sorte de cet état dans lequel nous étions.*

*Tu vas entrer dans une maison où tu auras les moyens de subvenir aux besoins de nos parents. En épousant le Durant, tu pourras faire en sorte que la fatalité ne s'acharne sur eux.*

*Ma sœur, c'est mon sacrifice qui va te rendre riche et satisfaite. Pour le cas où je ne reviendrais pas, prends soin de ceux qui t'ont donné le jour, une femme aimante a toujours possibilité de conduire son époux comme elle le désire.*

*Nous avons cheminé plus vite et plus loin que je ne croyais le faire un jour. Nous avons parcouru des paysages où les hommes avaient les mêmes gestes que de par chez nous. Je les voyais accomplir pour leurs familles ce que j'étais bien en peine de faire pour vous. J'ai traversé leurs vies comme un vagabond alors qu'ils s'employaient à affermir leur travail, à labourer leurs champs, à cueillir les fruits de leurs arbres, à surveiller leurs plantations et à travailler pour un avenir meilleur.*

*Je ne suis pas un guerrier, même si on nous l'affirme. Je sais bien qu'il s'agit de donner notre existence à un but qui nous échappe. Sois heureuse ma sœur, mais ton bonheur sera aussi celui de tes parents.*

*Reçois mon baiser fraternel,*

*Brutus.*

*Maman,*
*Nous avons longuement marché et nous voici à l'autre bout de la terre. Nous sommes actuellement dans une grande ville qui a nom Torino. Nous avons été accueillis dans une liesse du peuple qui voit en nous des sauveurs. Nous ne saisissons pas grand-chose à ce qu'ils nous racontent, mais il nous suffit de les regarder pour comprendre combien nous étions attendus ici.*

*Tout cela pour te dire, Maman, que tout ce long voyage n'était peut-être pas inutile. Tu me verrais à présent, tu serais contente de moi, dans mon uniforme que je te montrerai quand je reviendrai. Alors, nous irons tous les deux à Flers, à*

*la grande messe du dimanche, et tu seras bien fière d'avoir à
ton bras un enfant aussi solide et fringant que je le suis devenu.*

*Pour ce qui est de notre sœur Françoise, je sais que la sépa-
ration d'avec elle a dû être douloureuse, car c'était, sinon ta
préférée, du moins celle à laquelle tu donnais le plus d'attention parce qu'elle était la plus fragile. Elle sera une bonne
religieuse et je suis sûr que ses prières feront que le bon Dieu
nous permettra de vivre en paix pendant de longues années.*

*Je ne savais pas, comme toi, les liens qui unissaient le fils
Durant et notre sœur Marguerite, mais songe que le vieux
père Durant aurait, de son vivant, tout fait pour s'opposer à
ce mariage et que les deux amoureux ont agi sagement en
se cachant. J'ignore comment les sœurs et la mère Durant
regarderont cette union, mais je sais qu'elles se soumettront
au désir de leur chef de famille, comme elles l'ont toujours
fait. Toutefois, je te recommande de prendre bien garde
aux manœuvres de la Geneviève Durant, dont tu connais
comme moi les mauvaises méditations et actions.*

*Il faut, maman, que je t'avoue que la Louise du* Chien
*qui* fume *et moi, ne sommes pas seulement de bons amis,
comme tu devais t'en douter déjà. J'avais l'intention de la
marier l'année prochaine. Le destin en a décidé autrement,
mais il n'en reste pas moins que je me dois à elle, comme
elle à moi. Dans la guerre qui est là, je ne risque pas grand-
chose tant que je suis à l'ambulance mais on ne sait jamais.
J'aimerais, Maman, que tu la considères comme une de tes
filles, ce qu'elle deviendra à mon retour. Peu importe ce que
tu entendras raconter d'elle. Je te dis, moi, que c'est une
brave personne et que je me la suis choisie.*

*Je t'embrasse de tout mon cœur,*

*Ton fils, Brutus.*

*Père,*

*Nous voici donc jetés dans la guerre. C'est une histoire de mâles dont je ne puis parler qu'à un mâle. Je regrette vraiment la décision que tu as prise de me demander de remplacer le fils Durant. Je me sens bougrement frustré de ma vie par cette résolution, d'autant qu'elle n'aura servi à rien quand je songe à la fortune que me laissait la vieille Martine en me confiant son secret. Je puis trépasser demain ou finir estropié, dans ce cas, je n'aurais pas eu de destinée.*

*Tu peux considérer cette lettre comme un testament dont je te fais le garant. Car dans cette guerre bien des hommes vont succomber en terre étrangère.*

*J'ai quelques débits au cabaret de la grande auberge auprès de la fille Jacinthe que tu connais, je compte sur toi pour les régler. L'argent de la Martine est réputé me revenir puisque c'est à moi qu'elle avait donné la confidence. Le reste m'est donc dû. S'il m'arrivait malheur, prends ce qu'il te faut pour te débarrasser des dettes de la ferme et il demeurera assez pour veiller à l'établissement de la Louise du Chien qui fume avec qui elle désirera, sans te préoccuper de l'affaire que je vais maintenant te raconter comme elle me l'a dite.*

*Depuis la perte de sa mère, quand elle avait neuf ans, son père l'a vendue. Au début j'ignorais cela et je l'ai aimée d'amour, celui-ci ne s'est pas éteint quand j'ai appris l'histoire et j'ai fait serment de la délivrer de toute cette horreur, comme de n'en rien conter à personne. J'ai été voir le vieux et sous menace de mort, je l'ai amené à jurer sur les Saintes Évangiles que cela ne se reproduirait plus.*

*Lors de mon départ pour l'armée, il s'est parjuré et a repris ses agissements. Nul doute que, me sachant loin, il tente de récupérer sa fille et les revenus qu'elle lui procurait. Il n'hésitera devant rien pour cela.*

*Je l'aurais épousée sans crainte des racontars si j'avais été là. C'est donc à toi de prendre ma relève dans le cas où un malheur m'adviendrait. J'espère que tu agiras de telle manière. Je te sais de taille, mon père, à tenir à ma place le serment que j'ai fait à Louise.*

*Pour le reste, Dieu nous protège.*

*Brutus.*

*Louise,*
*Nulle lettre de toi depuis le petit mot où tu me disais qu'il pleuvait sur Le Détroit. J'ai pris les dispositions pour que cela change. Ton père aura affaire à toute ma famille réunie et je doute qu'il puisse résister à un tel assaut.*

*Louise, je ne sais si nous nous reverrons. Depuis que nous avons traversé les Alpes et que nous sommes entrés en Piémont, nous sentons bien que la bataille est proche. On entend les canons tonner au loin et une fièvre singulière s'est emparée de nous. Pour la première fois de ma vie, je vois que mon cœur peut cesser de battre du jour au lendemain.*

*Les phrases sont trop peu de chose pour porter ce que je ressens et ce que mon corps flaire tout entier.*

*Je t'aime,*

*Brutus.*

Rapilly, le 8 mai.

Cher ami,
Je suis allé consulter mes proches de Caen à propos de Louise. Je devais de toute façon passer chez ma fille

Hortense, épouse Mortier, dont je vous ai déjà parlé. Leurs soirées m'ennuient. Il faut dire que mon gendre ne côtoie les gens qu'aux instants où ils peuvent le plus se tromper dans leurs engagements. Ceux que je vois n'ont souvent que l'angoisse de la mort, pas celle du profit.

Je les ai trouvés extrêmement gênés par mes révélations. Ils m'ont pressé de chasser tout cela de ma conscience et de persévérer dans mon ignorance. J'ai assez mal pris ces avis, mais finalement ils n'avaient de préoccupation que ma tranquillité. Je ne puis me défendre de penser à cette fille abandonnée de tous, qui s'est enfuie de chez moi. Où donc a-t-elle pu chercher refuge ? Elle attend un enfant et parvient à son quatrième mois de grossesse, où donc chercher l'inhumanité de n'en être pas préoccupé ?

Le lendemain, j'ai poussé jusqu'au bois des Herbaux voir mon sorcier. Il n'a nullement été surpris de ma visite, j'aurais même cru qu'il m'attendait, il a sorti une bouteille de calvados.

Nous avons avalé la bouteille comme de vieux amis. Je l'ai questionné sur l'auberge du Détroit et son propriétaire. Il a planté ses yeux bleus dans les miens et m'a demandé : « Voulez-vous que je fasse quelque chose ? » Cette question sonnait si étrangement que je me suis contenté de refuser de la tête, il s'est alors enfermé dans un mutisme dont il n'est pas sorti avant que je parte, si ce n'est pour me souhaiter une bonne journée comme s'il ne s'était rien passé.

Je me suis ensuite rendu chez l'abbé Bucard, le curé de Taillebois.

Il a longuement écouté ce que j'avais à lui dire, qui n'a pas semblé le surprendre outre mesure. Je lui ai demandé conseil sur ce qu'il convenait de faire.

Il a posé sur moi ses yeux d'un bleu de ciel délavé en souriant. Je ne suis pas de sa paroisse et sans doute était-ce une manière de me le faire sentir. *Si non potes intelligere, crede ut intelligas. Præcedit fides, sequitur intellectus*[1].

À la fin de l'après-midi, le frère de Brutus, Pierre, est passé, accompagné du fils Durant. Ils étaient tous les deux comme s'ils venaient de livrer bataille. Je les avais vus venir de loin. Ils riaient comme deux dadais sur le chemin. Ils voulaient me dicter de toute urgence un mot pour Brutus.

Ainsi que vous pourrez le voir, mon cher ami, je suis bien attrapé avec mes délicatesses. *Asinus asinum fricat*[2]. Quelques gifles ont fait plus de travail que moi avec toutes mes consultations. La vie est une véritable bouffonnerie où Arlequin donne le bâton à Pantalone, je me demande pourquoi j'ai pris tout cela autant à cœur. Allez, mon ami, je ne m'intéresserai plus à cette affaire qui se règle aussi bien sans moi. Je vais retourner à mes chères études, à mes livres et à un repos bien mérité. Je suis votre dévoué,

Le Cœur, médecin à Rapilly.

*Brutus, notre frère,*
*Nous avons fait comme tu as dit et nous sommes allés de concert voir le père Bayard à l'auberge du* Chien qui fume.

---

1. « Crois et tu comprendras ; la foi précède, l'intelligence suit. »
2. « L'âne frotte l'âne. »

*Nous lui avons dit comme tu voulais et alors il est devenu
tout blanc. Jean Durant lui a tendu un missel qu'il avait pris
à sa sœur et il l'a forcé à jurer ce que tu voulais. Tandis que
nous partions, nous avons entendu qu'il nous injuriait tout
bas, alors nous sommes retournés dans la taverne et nous
avons tout cassé jusqu'à ce qu'il demande pardon humble-
ment. Sur cela nous lui avons promis de l'étriper et de l'estro-
pier et de l'esbigner si tu nous le demandais. Il a eu tellement
peur qu'il en a pissé dans sa culotte et cela nous a fait bien
rire de voir ce vieux bougre se souiller dehors comme il l'est
dedans.*

*Tu vois, mon cher Brutus, que tes deux frères sont bien
capables. Si tu veux que nous recommencions, dis-le-nous,
cela se fera avec plaisir.*

*À tes désirs.*

*Jean et Pierre, tes frères.*

Milan, en cantonnement, le 15 juin.

Cher vieil ami,

Vos courriers viennent de me parvenir à Milan où nous
sommes entrés en vainqueurs, après Magenta. La fièvre
populaire y avait atteint son comble.

Pourtant, cette bataille fut jusqu'au bout indécise, et la
journée du quatre juin s'est achevée sans que nous sachions
si nous avions remporté cet assaut ou non. La décision
semble bien être venue de la prise du Ponte Nuovo par les
zouaves. Cette action a permis à la Garde de marcher sur
Magenta malgré une brutale contre-offensive des Autrichiens arrêtée à Ponte Vecchio. Le combat s'est poursuivi

là avec une fureur incroyable, au corps-à-corps et à la baïonnette. Notre ambulance était à San Martino où se tenaient l'Empereur et son état-major. Vers dix-huit heures, les zouaves du général Espinasse sont arrivés en renfort et les Autrichiens se sont enfin retirés en laissant libre la route de Milan. Espinasse m'a été amené alors que le soir tombait. Il était blessé à mort, son poumon avait été perforé sur six pouces par la mitraille et je n'ai même pas pu sonder la plaie. Que faire d'autre que de lui tenir la main ? Il est passé vers vingt heures, ainsi que son aide de camp. Nous avons à peine pu soigner les blessés qui se sont présentés, tant le feu avait été dense. Pendant tout ce temps là, les troupes du roi de Sardaigne sont restées l'arme au pied. Le lendemain, Sa Majesté s'est rendue en personne sur le champ de bataille. Quelle âme pourrait ne pas être ébranlée par ce spectacle de désolation ? Toute la plaine a été labourée par les boulets de l'artillerie, elle était parsemée des taches rouges et blanches des cadavres de soldats qu'on n'avait pas encore enterrés. J'ai fait placer les corps du général Espinasse et de son aide de camp côte à côte dans une calèche fermée pour les mener au cimetière de Milan. L'Empereur les a salués au passage. Je l'ai vu d'une tristesse extrême. Il semblait vraiment navré de tout ce sang versé.

Mes hommes se sont fort bien comportés. Ils se multipliaient auprès des blessés. Darmengaud est parvenu à amputer un bras en vingt secondes, mais jamais je n'oublierai ces hurlements de désespoir qui sont montés de la plaine durant toute la nuit. Combien sont morts sans aide, isolés dans le noir ? Et je ne parle pas des soldats autrichiens que leurs ambulances avaient abandonnés en se retirant. Il est inhumain de le dire, mais nous avons composé notre premier tri en fonction des uniformes.

Le général Mac-Mahon a été fait maréchal et duc de Magenta et le général Regnault de Saint-Jean-d'Angély a lui aussi reçu le bâton. Brutus Délicieux a été nommé caporal, quant à moi, le général de Canrobert m'a élevé au grade d'officier de la Légion d'honneur. C'est une bien grande récompense pour le peu de résultats que j'ai obtenus.

On a bien raison de dire que la guerre est une affaire où s'entre-tuent des hommes pauvres qui ne se connaissent pas du tout pour que vivent des hommes riches qui se connaissent fort bien et ne s'entre-tuent pas.

Nous sommes entrés dans Milan le huit juin. Le roi et l'Empereur caracolèrent de concert jusqu'à la villa Bonaparte où ils logent. La ville s'était couverte de drapeaux français et italiens. Je cantonne dans une auberge où le patron me regarde comme un second, ou plutôt un troisième Napoléon.

Tous les officiers ont été conviés à la Scala où l'on donnait pour l'occasion *La Muette de Portici*. Nous avons fait notre entrée au théâtre en grand uniforme. Une folle ovation nous a accueillis, les cris les plus puissants venaient du poulailler qui débordait de monde, au point que j'ai craint en voir quelques-uns tomber comme des fruits trop mûrs.

Les *bravi* interrompaient les airs des chanteurs que la foule reprenait ensuite en chœur. La ville tout entière est dans un état de grande excitation. Je suis allé à une soirée chez le comte de Valpoli-Visconti et vous n'imaginez pas, mon cher vieil ami, combien j'ai été sollicité par les charmes des belles Italiennes de la plus haute société, combien j'ai reçu d'œillades assassines et de compliments allusifs. Une femme du meilleur monde, une vicomtesse, je crois, s'est même approchée de moi pour me palper la cuisse mine de rien, mais résolument. Bref, les invites sont constantes pour tous les hommes que nous sommes.

Bien sûr, nous assistons à la naissance d'une nation, l'Italie est proprement en train de se faire sous nos yeux, la Toscane est passée sous l'administration piémontaise.

Je crains hélas que la pause ne soit que de courte durée, nous oublions un peu vite que nous n'avons pas réduit les ambitions autrichiennes et que leurs troupes doivent commencer à se regrouper pour mener un nouvel assaut.

J'ai lu à Brutus les lettres de ses parents que vous m'avez adressées. Il a bien ri en écoutant le récit de son frère et de Durant. Il y avait une jubilation qui me l'a rendu encore plus antipathique, bien que tout compte fait le père de Louise n'ait subi qu'une bien légère punition par rapport à ses torts.

Aussi incroyable que cela puisse paraître, il m'a ensuite, avec un grand respect, félicité pour ma décoration et m'a assuré de sa fidélité, à laquelle je dois avouer que je ne crois guère.

C'est bien malgré lui que cet homme me hérisse, et le pire est que je ne sais pourquoi, ce qui est parfaitement injuste.

Il a ensuite tourné les talons de la façon la plus régle-mentaire et a disparu dans la nuit. Il n'a pas cillé lorsque je lui ai lu la lettre de son père, mais il n'y a rien répondu. Je sais avec certitude qu'il est en ménage avec la fille de Turin et que chaque soir, il quitte le camp pour la rejoindre. Je devrais le mettre aux arrêts, mais tant qu'il est de retour pour le matin, je ne dis rien. J'ignore aussi pourquoi.

Mon cher vieil ami, le comportement des hommes, leurs souffrances, leurs contradictions sont désormais des faits que je renonce à comprendre.

L'unique raison qui puisse encore m'empêcher d'aller au-devant de la mitraille et de partager le sort des troupiers est l'amour que je ressens pour Fabienne. Oui, mon ami, ce n'est pas l'importance de ma responsabilité qui me retient ni le besoin de sauver ce qui peut l'être, mais simplement mon désir impérieux de retrouver cette femme. Voilà ! Cela doit vous paraître bien vulgaire et bien bas, mais c'est ainsi. J'étais, avant l'atroce expérience de Magenta, un homme de passion et de devoir, animé par une véritable préoccupation de mes semblables, tout cela s'est enfui, a été annihilé quand il m'a fallu décider qui je soignerais, qui je laisserais dans la boue en fonction de la couleur des uniformes.

Le même jour au soir.

Délicieux m'attendait sur le pas de ma porte. À mon regard interrogatif, il m'a dit qu'il voulait ajouter un mot pour Louise à sa lettre, si toutefois je ne l'avais pas encore donnée au vaguemestre. J'étais fatigué, mais j'ai tout de même accédé à son désir.

Il y a encore une semaine je l'aurais sermonné, je lui aurais montré son devoir, aujourd'hui je me suis contenté d'écrire ce qu'il me dictait et de le renvoyer dans ses quartiers. Je revenais d'une réunion d'état-major. L'Empereur a décidé de poursuivre les Autrichiens, nous partons à l'aube pour Brescia. Demain, ma journée sera longue.

Je reste votre ami,

Colonel Rochambaud, chirurgien en chef.

*Pierre, mon frère.*

*J'imagine le vieux plein de pisse et je m'en réjouis plus que tu ne peux le supposer. Ce n'est pas assez pour cette charogne et j'aurais aimé que vous le trempiez encore plus dans ses excréments. Mais tel que je vois que vous avez agi toi, et le fils Durant, il n'osera certes plus s'en prendre à Louise. Vous formez une bonne équipe tous les deux et je ne doute pas que lorsque je reviendrai nous pourrons tous les trois abattre plus de travail et nous rendre riches les uns les autres, d'autant que lui ayant épousé Marguerite et étant le seul homme de sa famille, il conviendra de regrouper nos efforts pour ses biens et les nôtres.*

*J'ai hâte de rentrer maintenant que nous sommes vainqueurs.*

*À bientôt donc, ton frère,*

*Brutus.*

*Père, Maman, Marguerite,*

*Je viens d'être nommé caporal sur le champ de bataille. Cela n'a pas fait un pli et nous avons donné une bonne raclée au roi d'Autriche. Cette guerre n'aura pas été trop dure et nous sommes bien vainqueurs. Vous n'avez pas à vous faire de souci pour moi, je passe au travers des balles. N'empêche qu'il est bien triste de voir tous ces morts avec qui on avait parlé l'instant d'avant et qui d'un seul coup tombent avec la gueule arrachée. Parmi nous ce sont les zouaves qui ont le plus pris, mais je n'avais pas beaucoup de rapports avec eux, parce que ce sont presque tous des Mauresques qui ne sont pas vraiment comme nous, bien que leur sang vaille bien le nôtre quand il s'écoule par terre. Mais je ne veux plus penser à tout ce que j'ai vu et qui est à présent un mauvais souvenir puisque nous avons gagné la guerre.*

*Je vous embrasse, votre fils et frère,*

*Brutus.*

*Louise,*
*Je crois que nous devons regarder les choses en face. Je ne sais pas si je reviendrai. Si tu le veux, je te rends ta liberté. Je ne sais pas si nous pouvons construire une vie ensemble, ni si je ne resterai pas en Italie, même si la guerre se finit. Voilà ce que je voulais te dire.*

*Ton Brutus.*

Rapilly, le 16 juin.

Cher ami,
Je viens de recevoir votre courrier d'Italie du quinze juin. Depuis ma dernière lettre, tout semble s'être apaisé dans notre coin de l'Orne. Nous vivons un magnifique printemps qui agit sur mon corps mieux que n'importe laquelle de nos médications. À mon âge, on craint chaque soir de ne point se réveiller au matin et cette fâcheuse habitude s'est évaporée au soleil.

Lorsque je suis parvenu à la ferme, on tuait le cochon en prévision des noces de cet été. De très loin en arrivant, j'ai entendu ces hurlements d'un désespoir atroce. Dieu merci, nous n'avons pas à rendre compte du sort que nous faisons subir aux animaux. Ce n'est certes pas la première fois que j'assiste à cette cérémonie barbare, mais ce jour-là, plus que jamais, la violence de ce rite m'est apparue. Je me suis demandé si l'attente du Jugement dernier et la résurrection des morts qui est, paraît-il, notre espérance ne serait pas plutôt l'impatience du boucher, et si quelque part dans le ciel quelque divinité grimaçante ne se repaissait pas de la douleur des hommes, comme nous nous sustenterons à l'automne des jambons fumés, des saucissons vieillis dans la cendre, des côtelettes confites et du sang de ce cochon agonisant. Le père Délicieux avait encore trop à faire pour même écouter les lettres de son fils.

Je suis reparti avec au cœur un malaise enfantin dont j'ai encore honte ; il ne s'agissait que d'un cochon après tout, et mettre là-dedans je ne sais quelle comparaison avec notre sort tenait du mépris de l'humanité et même du blasphème.

Ma tournée devait me conduire chez notre sorcier, qui m'avait envoyé chercher car il se plaignait de douleurs persistantes dans la poitrine.

Notre bonhomme va sans doute mourir rapidement, peut-être l'air chaud de l'été le maintiendra-t-il encore un peu, mais il est certain qu'il ne pourra passer l'hiver. Comme notre science ne ferait guère plus que ses manigances, je ne vois pas de quel droit je me permettrais de les juger. J'ai donc laissé, là encore, la chose aller et nous avons bu notre alcool comme deux vieux amis, en attendant la mort.

À mon retour à Bazoches, j'ai pris le père à part pour lui lire la lettre de Brutus, dont je savais qu'elle contenait quelques mots un peu rudes.

Nous nous sommes donc installés dans la salle commune, que l'éclat du soleil dehors rendait encore plus sombre. Le père est resté dans l'ombre pendant que je lisais. Ses yeux brillaient. Il a attendu un long moment en silence. Les mots sont ensuite sortis de sa bouche comme si sa langue les pesait un à un.

Quand la mère et la fille sont entrées fort à propos pour me tirer de mon embarras, le père m'a demandé de lire leurs lettres, exactement comme si rien ne s'était passé et que nous nous étions contentés de deviser en les attendant. Ils ont ensuite décidé de composer ensemble une réponse. Tous les poids et les nombres ont fait l'objet de discussions et de marchandages, comme à la foire.

Le soir.

Je suis impressionné par l'effet que produit une armée en marche. Mais vous avouerais-je, mon cher ami, que je suis fort détaché de cet esprit de groupe, parce que rien de ce que vous me dites ne peut soulever mon enthousiasme au même point que l'aurait fait ma présence effective parmi vous. Cela m'a permis de comprendre pourquoi les soldats de retour de la guerre aiment à se retrouver et abandonnent bien vite toute envie de parler à ceux qui n'ont pas été avec eux. Les mutismes de mon fils, à ses retours, s'en sont éclairés. C'est donc le regret de n'avoir pas su, de n'avoir pas pu parler avec lui alors qu'il était encore de ce monde que m'a inspiré votre courrier. Cette mélancolie qui m'étreint à présent ressemble à celle que j'ai cru déceler chez le père Délicieux pendant que je lui lisais la missive de Brutus.

Quant à lui, que voulez-vous, mon cher, il est devenu tel que notre société souhaitait qu'il soit. Votre initiative de l'élever alors que vous ne pensiez qu'à vous en séparer montre bien comme les idées et les actes contradictoires sont à la racine des rapports qui nous régissent les uns et les autres.

N'ayez aucune crainte pour moi, à propos du drame de Louise, j'ai résolu de m'en détourner, d'autant que la demoiselle semble bien avoir disparu. *Carpe diem quam minimum credula postero*[1].

Vous me voyez donc serein en cette belle fin d'après-midi, et je reste votre dévoué

Le Cœur, docteur à Rapilly.

*Mon fils,*
*J'ai bien entendu ta lettre qui m'a fait grande peine. Je ne pouvais pas savoir ce qui allait advenir quand en ce maudit dimanche de janvier je parlais au père Durant. J'avais pensé agir pour le plus grand bien de tous, comme il fallait. Tu ne peux pas dire que je t'ai forcé, puisque tu en avais convenu toi-même. Tout cela n'est qu'à mettre sur le compte de la fatalité qui continue à s'acharner sur nous, même quand arrivent de bonnes nouvelles.*

*Je savais bien qu'il y avait quelque chose entre toi et la Louise, mais je ne voulais pas m'en mêler, car je pensais que c'était une amourette sans autre conséquence que celle que tu avais avec la Jacinthe par exemple. Pardonne-moi de te dire cela, mais je ne la considérais pas autrement qu'une fille*

---

1. « Cueille le jour présent, en te fiant le moins possible au lendemain. »

*d'auberge qui ne valait pas plus que quelques liards pour le lit. À présent, tu me révèles que tu t'es promis à elle. C'est une grande sottise, mon fils, que de ne pas considérer ce qui pourrait survenir quand on prend une vraie épouse, pour la vie, le travail et les enfants. Dieu sait que je serais mal placé de condamner les amusettes que l'on accomplit dans les granges et que je n'aurais guère de droit à t'enseigner ce que tu devrais faire de tes humeurs. Mais songe que je suis vieux déjà et que mes jours s'ils ne sont pas comptés ne sont pas éternels. Moi mort, qui prendra soin de la ferme, des bêtes et de la famille, si ce n'est toi et l'épouse que tu te seras choisie ? Ce n'est pas la Louise qui se lèvera au matin pour tout ce qu'il y a à faire, je te prie de me croire ! Pardonne-moi de te dire cela tout brut, mon fils, mais c'est ton bien que je défends.*

*Ce que tu me racontes sur son père ne m'étonne pas et me conforte dans l'opinion que je viens de te dire. De mauvaise souche ne peuvent naître de bonnes graines, c'est ainsi que la terre est faite.*

*Tout le monde ne meurt heureusement pas à la guerre, et tu vas revenir parmi nous. Tu pourras ainsi régler tes affaires toi-même et tu auras tout le temps de réfléchir à ton devenir.*

*Ton père.*

*Brutus,*
*Nous venons de tuer le cochon, c'était une belle bête de neuf cents livres qui nous a donné bien du travail. Nous en avons tiré vingt livres de saucisses, dix livres de boudin, quatre gros jambons à fumer de quinze livres chacun. Tu verras cela lorsque tu rentreras. Ta mère et ta sœur sont*

*heureuses de savoir que tu te portes bien et que tu es en sécurité avec ton poste dans l'ambulance. On raconte que cette guerre ne durera pas bien longtemps et que tu reviendras bientôt. Ton futur beau-frère a dit à ta sœur qu'il connaissait quelqu'un à Rouen qui interviendrait pour te faire muter près d'ici. En tout cas pour que tu puisses être là pour le mariage. Pierre me dit de te dire que tout va bien pour ce que tu sais et que nous ne savons pas, mais ce n'est pas grave.*

*Nous espérons tous que tu te portes bien.*

*Tes parents.*

Rapilly, le 21 juin.

Cher ami,

Louise se cachait tout simplement chez moi. Mon jeune commis la logeait dans la grange juste au-dessus de l'écurie. Honorine s'en est aperçue parce que le gamin abusait de la nourriture et en emportait avec lui après les repas. Je les ai convoqués tous les deux dans mon bureau et les ai vertement réprimandés de ce manque de savoir-vivre. En fait, je dois vous avouer que j'étais surtout outré de leur défiance, j'aurais en effet estimé mériter plus, compte tenu de ce que nous avons fait pour elle et Brutus. Je lui ai tout de même lu la lettre de Brutus que je gardais à son intention.

Elle l'a écoutée avec une grande nervosité avant de m'avouer qu'elle ne l'aimait plus et qu'elle avait résolu de faire sa vie avec un autre qui accepterait son enfant.

Elle a continué en me disant qu'elle n'aurait pas les moyens d'attendre le retour de Brutus dans cinq ans, qu'il risquait de mourir dans cette guerre et qu'il la laisserait seule, ne pouvant compter sur personne avec la honte d'être une fille-mère, une femme de rien.

Son visage se fermait et son front se butait, comme si tous ces pauvres mots d'amour n'avaient pour effet que de l'affermir dans sa décision.

J'ai voulu savoir qui était l'autre, mais elle a pris une attitude de défi, prête à sortir les griffes. Je lui ai aussi dit que Brutus n'était pas au courant de son état. Elle s'est mise à rire en affirmant que cela arrangeait tout.

Peut-être vaut-il mieux que Brutus, s'il n'est pas informé de la grossesse de Louise, l'ignore pour toujours.

Je ne sais quel parti prendre et vous laisse seul juge, vous qui le connaissez, de ce qu'il convient de dire ou de ne pas dire. C'est une bien triste nouvelle dont je me fais l'interprète et que je ne vous envie pas de devoir annoncer au jeune homme. Nous nous étions trompés sur cette fille, et je crois que nous avons mal placé notre confiance, mais c'est ainsi.

Toute cette histoire me laisse un goût amer dans la bouche.

Le soir.

Je pense que le nouvel amant de Louise n'est autre que mon commis. Il est en effet venu, il y a un instant, m'informer de son désir de partir pour les Amériques et m'a demandé son compte. Je l'ai sommé d'attendre que je trouve quelqu'un pour le remplacer.

J'attends de vos nouvelles mon ami, pour me remonter un peu. Et je reste votre dévoué

Le Cœur, médecin à Rapilly.

*Brutus,*
*Je veux te dire que notre histoire est finie. J'ai rencontré*
*un autre homme que j'aime et à qui je me suis promise. Je*
*crois que je vais quitter Le Détroit avec lui et aller travailler*
*à Rouen ou ailleurs. Tu es trop loin et je ne veux pas rester*
*encore cinq ans à t'attendre, d'autant que tu me dis que tu*
*connais d'autres femmes. Si cela t'est à ce point impossible*
*de respecter ta promesse, je sais moi que je ne veux plus*
*souffrir. Voilà ce que je tenais à te dire pour que tu te*
*sentes libre de faire ce que tu veux dans ta vie et que tu ne*
*te préoccupes plus de moi.*
*Adieu.*

*Louise.*

Brescia, en campagne, le 28 juin.

Cher vieil ami,
Nous sommes en train de lutter contre une épidémie terrible de typhus. Depuis trois jours, les hommes tombent comme des mouches. Nous ne savons plus où donner de la tête. Cette guerre est à présent achevée, puisque l'Empereur et François-Joseph d'Autriche ont signé hier un armistice à Villafranca.

Il s'est tant passé de choses depuis ma dernière lettre que les idées et les images se bousculent dans ma tête, je vais vous relater tout cela en commençant par le début, c'est-à-dire par notre départ de Milan, à l'aube du treize juin.

Mes ordres étaient de marcher sur Brescia, en arrière de

l'armée de Canrobert. Les troupes étaient à la recherche des Autrichiens. Nous avons appris ensuite qu'ils avaient établi leurs lignes de défense sur le Mincio, un peu au sud du lac de Garde, alors que nous croyions les talonner. L'aurions-nous su que cela nous aurait épargné bien des angoisses, car nous pensions sans cesse, pendant les jours qui ont suivi, être surpris. Mais nous sommes entrés à Brescia le treize au soir sans encombre et toujours dans une immense liesse populaire.

La bataille de Magenta a soudé mon petit groupe de façon extraordinaire ; des caractères aussi différents que ceux de Darmengaud ou Clampard s'assemblent alors que rien ne semblait les rapprocher.

Malgré la façon dont les Italiens les ont accueillies, les troupes sont mécontentes, car nous n'avons pas pu être ravitaillés en biscuits et en café. L'intendance a distribué de la farine de maïs pour faire de la polenta, mais cela a dégoûté presque tout le monde, les langues et les bouches n'étaient pas habituées à cette nourriture exotique. Les hommes ont vidé leurs marmites dans les fossés. Brutus quant à lui a fourni notre ambulance de jambon de Parme, de pancetta et de bouteilles de chianti, ce qui a encore plus établi sa popularité dans l'hôpital, parmi les hommes et les officiers. Nous nous sommes bien gardés de nous renseigner sur l'origine de ces denrées que nous avons dévorées sans états d'âme. Nous sommes ainsi restés cantonnés à Brescia pour nous occuper des blessés qui meurent autour de nous après que la troupe a quitté la ville le seize et l'Empereur le dix-sept, en direction de l'est.

Nous vivions dans la puanteur extrême qui vient de la décomposition des corps. En désespoir de cause, j'ai essayé de traiter certains amputés avec une solution de chlorate de chaux, comme me l'avait suggéré Clampard et, je dois l'avouer, sans y croire. Pourtant, cela a commencé à donner des bénéfices et toute notre réserve y est passée, ensuite nous avons poursuivi en réquisitionnant les alcools forts de la ville avec des résultats analogues. Mais si la méthode semble prévenir les débuts de gangrène, elle ne peut plus rien quand l'infection s'est mise dans la plaie, nous n'avons plus alors qu'à tenter de la précéder en taillant dans le vif.

Au fur et à mesure que le jour monte et que la température augmente, l'odeur devient insupportable et je n'ai d'autre choix que de mettre les plus atteints dehors, sur des paillasses de fortune. Les matinées sont étonnamment fraîches en comparaison des journées qui sont étouffantes.

Le vingt-trois au matin nous avons eu ordre de marcher sur Castiglione et d'y établir notre hôpital de campagne. Nous y sommes arrivés dans la nuit. Je me suis installé dans l'église à la lueur des lampes à huile. Durant cette avance, Brutus a disparu, sans doute surpris par notre départ impromptu dans le lit de sa maîtresse turinoise.

Malgré les incursions des éclaireurs, nous n'avions pas la moindre idée de l'endroit où se trouvaient les Autrichiens. À midi, Canrobert a ordonné des ascensions en ballon qui n'ont rien donné d'autre qu'un fort afflux populaire pour voir monter ces bulles d'air blanches dans le ciel.

On attendait une grande bataille, mais nul ne savait quand elle allait se produire. Nous nous faisons une réputation d'ivrognes. J'ai à nouveau mobilisé toutes les bouteilles d'alcool fort de la ville et des environs. J'ai annoncé que je m'occuperais personnellement de tous ceux qui oseraient en boire.

À l'aube du vingt-quatre, une patrouille de la Légion étrangère s'est heurtée aux avant-gardes autrichiennes à une lieue de Castiglione. L'Empereur est arrivé en hâte, choisissant notre clocher comme poste d'observation.

Je me suis donc trouvé mêlé au commandement sans l'avoir voulu. L'Empereur a ordonné au roi d'Italie, qui formait l'aile droite, de marcher et d'attaquer Pozzolengo. Le maréchal Baraguey-d'Hilliers allait sur Solferino au centre du dispositif, le duc de Magenta sur Cavriana, le général Niel vers Guidizzolo et Canrobert, qui vient de recevoir son bâton de maréchal, sur Medola. La Garde impériale, quant à elle, est restée à Castiglione. Tout cela était rythmé par les estafettes partant au grand galop pour porter leurs ordres et revenant pour rendre compte.

À six heures du matin, le canon a commencé à tonner.

Je suis monté dans le clocher à l'invitation de Canrobert, qui m'a présenté à l'Empereur avant de rejoindre son propre état-major. Sa Majesté m'a convié à l'observatoire, sachant que mon travail ne commencerait qu'après la bataille. Il fumait cigarette sur cigarette et donnait ses ordres sèchement, presque sans réfléchir.

Dans ma lunette, j'ai vu les Autrichiens apparaître sur les crêtes dans une formation impeccable, avec leurs étendards jaune et noir portant les aigles bicéphales qui flottaient au-dessus de la masse compacte des uniformes blancs. Les tambours battaient, les clairons sonnaient. Ce terrain était étranger pour nos hommes. Ils étaient forcés de se frayer un chemin entre les champs de mûriers dont les intervalles étaient plantés de grandes vignes. Pendant ce temps, les Autrichiens installés sur les collines faisaient pleuvoir une grêle d'obus, de mitraille, qui soulevait un brouillard de poussière.

Comme la journée avançait, la chaleur devenait épouvantable, c'était une terrible atmosphère d'orage. Mac-Mahon était arrêté par le promontoire de Cavriana. L'Empereur a ordonné de faire porter l'effort au centre d'un dispositif qui s'étalait sur près de quatre lieues. Il voulait couper l'adversaire en deux en emportant la tour de Solferino qui se dresse, rouge et cernée de cyprès noirs, au sommet de l'abrupt rocher.

Une estafette est arrivée au grand galop pour annoncer que Baraguey-d'Hilliers venait d'emporter le promontoire de Solferino, pendant qu'une forte contre-attaque chassait Mac-Mahon du monte Fontana, qu'il avait pris avec de lourdes pertes.

Alors Fleury a soufflé à l'Empereur, je l'ai entendu car j'étais tout près : « Sire, tout cela est bien long, ne faites pas comme votre oncle à la Moskova, donnez votre Garde, il n'y a pas à hésiter. » L'Empereur l'a longuement regardé, il a allumé une nouvelle cigarette, et a commandé à Regnault d'Angély d'engager la dernière division de la Garde, les grenadiers et les zouaves du général Melliflu.

Et la Garde impériale s'est mise en marche. Le soleil éclatait sur les armures des dragons, des guides, des cuirassiers et des lanciers, qui se dirigeaient vers le brouillard de la bataille au son de la Consulaire.

Quelques minutes plus tard, je les ai vraiment entendus hurler l'assaut, dans le fracas de l'artillerie et les criaillements des trompettes. L'adversaire a été bousculé. Un orage de grêle explosa. La bataille était gagnée.

91

Je suis descendu dans mon infirmerie, où les blessés commençaient à affluer.

Délicieux était là, trempé et accompagné d'un civil en costume de coutil blanc et chapeau de paille qui regardait d'un air effaré le spectacle abominable de la nef. Ce n'étaient que cris de douleur, certains réclamaient de l'eau, d'autres qu'on les achève, ils appelaient leur mère, leurs sœurs, leur Dieu.

J'ai mis mon tablier, retroussé mes manches jusqu'aux épaules, et j'ai commencé à opérer. J'ai hurlé aux infirmiers de se dépêcher. Ils m'ont amené un de mes Bretons de Paris, il bredouillait : « Mon Dieu, mon Dieu, qu'allez-vous me faire ? » Il fallait amputer au-dessus du genou désarticulé, je ne pensais plus à rien, je découvrais mes instruments. Il hurla. Les assistants le tenaient. Délicieux empoigna la cuisse du malheureux. Je pris le couteau et me mis au travail sans plus me préoccuper de rien.

Pendant que j'opérais, je m'entendis murmurer « Courage » et je ne savais si je disais cela pour lui ou pour moi.

Cet imbécile de Délicieux n'avait pas bien comprimé les artères et je me suis retrouvé tout éclaboussé de sang. Je suis ensuite allé de jambe coupée en bras coupé sans ne plus y comprendre rien.

Quand j'en ai eu fini, j'ai vu le travail admirable du civil, un certain Dunant. Il avait rameuté en ville toutes les femmes qu'il avait pu trouver. Il donnait à boire aux blessés qu'il avait fait rassembler sans se préoccuper de leur nation, pressait la charpie, se démenait sans cesse pour apporter un peu de soulagement à tous ces misérables qui hurlaient en arabe, en français, en hongrois, en italien, en allemand. Et toutes ces douleurs montaient vers le Christ impassible sur sa croix au-dessus de l'autel.

Je croyais avoir vu le pire à Magenta. Ce n'était rien ! La chaleur, même la nuit, était telle qu'elle accélérait la décomposition des corps et nous devions lutter contre des nuées de mouches qui venaient se poser sur les plaies en si grand nombre qu'elles en étaient entièrement recouvertes.

Je me suis assis épuisé sur les marches, sans même retirer mon tablier maculé de sang. Les caillots s'accrochaient à mes bras et à mes cheveux. Je regardais le ciel en train de se colorer.

Vers dix heures, l'Empereur en personne est venu, la nef résonnait des râles d'agonie. Je me suis mis au garde-à-vous, et un grand miroir contre la porte du confessionnal m'a subitement renvoyé l'image d'un suppôt de l'enfer et d'un assassin, avec tout ce sang qui dégoulinait de moi. Sa Majesté n'a pu que me dire par deux fois « merci » en me serrant la main et j'ai vu son visage baigné de larmes.

Voilà, mon cher vieil ami, comment tout cela s'est déroulé. Nous sommes dans un enfer que Dante lui-même n'aurait pu inventer et nos Béatrice sont si loin.

J'ai un peu écouté l'histoire et les projets de ce Monsieur Dunant. Il venait d'arriver d'Algérie et recherchait l'Empereur pour lui demander des subsides sur une vague affaire de moulins. C'est un homme qui se noie dans un affairisme avec lequel il n'a que peu d'affinités. Il lui manque les certitudes arrogantes mais invincibles de nos nouveaux riches. Il a besoin de trouver d'autres raisons que le pouvoir et la richesse à sa quête de fortune. Il propose en toute ingénuité le mélange de l'eau et du feu, sans voir les dangers de l'étouffement de l'un et de l'évaporation de l'autre. Il a été terriblement choqué et je crains qu'il n'en soit devenu fou. Bien sûr, son idée de composer un corps médical indépendant qui secourrait tous les belligérants sans distinction de nationalité est généreuse, mais ce sont là les vues d'un rêveur qui ne pourront hélas pas aboutir tant est grand l'égoïsme des nations. Quel drapeau trouver à cette unité fantôme ? Celui de la Suisse ? N'empêche, cet enthousiasme m'a redonné confiance. Il m'a suffi de voir l'abnégation de cet homme dont l'Histoire, sans doute, ne retiendra même pas le nom, de voir les femmes qu'il a rassemblées, toutes de dévouement sur le champ de bataille, dans la sanie et dans la poussière que nous deviendrons quand notre âme se sera enfuie, pour renouveler mon espérance en l'humanité.

Il suffit d'un rien.

Il ne me reste plus qu'à vous transmettre une lettre de Brutus pour ses parents, il l'a écrite de sa main, comme quoi mes leçons ont porté leurs fruits. Il l'a déposée sur ma table avant de déserter. J'ai signalé la disparition du caporal Brutus Délicieux. Je doute que la prévôté le retrouve. Les gendarmes sont peu nombreux et ont bien d'autres choses sur les bras. Je ne sais quand nous rentrerons en France, mais depuis l'armistice de Villafranca, les Italiens ont hâte que nous partions. Ils verront avec soulagement notre armée retraverser les Alpes et les laisser à leurs affaires.

Quant à moi, je vais bénéficier d'une longue permission pour me remettre de mon typhus. Je la passerai auprès de ma fiancée, à Lyon. Je viens de recevoir une lettre enflammée de Fabienne de Mourienne, ses projets d'avenir s'adressent à un homme que je ne suis plus, celui-là même qui l'a quittée à la fin du mois d'avril, et qui ne reviendra pas de cette campagne. Je vais tenter de me retrouver avant le mariage et d'oublier tout cela.

Nous ne manquerons pas de vous rendre visite dans l'Orne.

Dans l'attente de mettre un visage sur vos lettres et sur votre nom, je suis, Docteur, votre dévoué ami.

Rochambaud, médecin en chef à l'armée d'Italie.


*Papa, Maman, frère et sœur,*

*Se dimanche jé alé a la prosesion du sain sacreman, é devan la sainte Vierge, jè conpri que je devé sortir du péché. Surtou que la guer ma bien montré la mor. Je reviendré pas. jé trouvé ici, une fame que je va épousé. Je va partir loin et vivre ave elle. Je croi pas suporté encore cinkan come ça. Pisque Markerite va marié le Duran, Fransoise ché lé none, Pier qui forci, je pense a moi, a ma vi. Je va fére le métié ke je sé le mieu et travaié la tere ici. Ici ou la kimporte. Je sé que je vou fé peine, mais joré pu mourir, fete comme si. Jé mérité le repo, un peu. Pardon.*

*Brutus*


*Pardon, mon colonel,*

*Je sui pa solda. Je sui pa docteur. Je sui laboureur. Merci de se ke vou avé fé pou moi.*

*Caporal Brutus Délicieux.*

*Le journal de Le Cœur*
*La rage d'aimer*

# L'hiver

Dimanche, le 2 janvier 1859

Pour la première fois depuis longtemps, quatre ans peut-être, ma fille est venue passer le réveillon chez nous, avec son mari et quelques amis.

La soirée a été très amusante. Le piano de ma défunte épouse, muet depuis sa mort, a égrené ses notes de nouveau. Quelqu'un avait apporté les transcriptions d'un tout récent opéra bouffe d'Offenbach donné à Paris cet automne et qui là-bas a fait scandale.

Mon gendre, l'ineffable Mortier, a émis les plus fermes réserves sur l'air « *La femme dont le cœur rêve* », joyeusement interprété par Sophie du Veran, charmante Eurydice, et qu'a bien joliment accompagnée mon Hortense au clavier.

Je ne sais ce qu'elle peut bien trouver à ce notaire de mari, rabat-joie et triste comme un abat-jour. J'ignore pourquoi ces jeunes gens ont choisi ma demeure pour se retrouver. Je ne comprends rien à leurs ambitions et à leurs désirs. Ils n'estiment que ce que je juge superflu. C'est une singulière vision du monde que celle qui ne considère comme des biens inaltérables que des choses appelées à disparaître plus vite que fleurs au seuil de l'été.

Ils avaient invité un commissaire-priseur de Rouen, assez vif, mais qui regardait le monde comme s'il en était le maître absolu. Les enfants sont repartis, de bon matin, pour Caen, où ils voulaient être avant midi. Malgré moi, j'en ai été soulagé

Je me suis prélassé dans ma véranda, aménagée en jardin d'hiver pour mes simples, à l'arrière de la maison, chauffée par le soleil et qui me donne l'impression d'être en été. J'ai demandé à Honorine de préparer un repas avec les restes. Nous allons manger les reliefs de ce réveillon pendant toute la semaine.

J'ai ouvert le colis de livres qui m'était parvenu avant les fêtes. J'y ai trouvé, tout juste sorti de l'imprimerie, l'almanach de l'association que nous venons de fonder, à Caen.

Voici maintenant quatre ans que nous travaillons avec quelques confrères à nous rassembler pour envisager ensemble notre fortune au travers des aléas multiples et parfois mortels de notre profession. Ce n'est ni une confrérie comme au Moyen Âge, ni une union syndicale, mais un groupement d'hommes de bonne volonté qui usent de la solidarité pour pallier les coups du destin qui affligent les plus malchanceux d'entre eux.

Cet almanach 1859 est la première manifestation publique de notre petit groupe. Il va être envoyé à tous les praticiens du département, sans oublier les officiers de santé. Je suis assez fier d'y avoir placé quelques articles qui me tiennent particulièrement à cœur. Nous avons constitué une caisse de secours mutuel, que nous approvisionnons en fonction de nos revenus et qui nous permet de soutenir un peu les veuves et les orphelins.

## Lundi 3 janvier

J'ai fait atteler alors que l'aube se levait à peine, mais je ne suis parti que sur le coup de dix heures pour une longue journée.

Je me suis présenté au Mesnil-Hermei, à une lieue, une vingtaine de minutes plus tard. La vieille Solange m'attendait sur le pas de sa porte. Cette septuagénaire se plaint du côté et vit seule dans une bicoque que son fils lui a concédée quand il a repris la ferme avec son épouse. Malgré de nombreuses auscultations, je ne découvre rien. Plus que de toute médication, elle a besoin de se confier à quelqu'un. Sa belle-fille est passée sur le coup de onze heures et n'a rien trouvé de mieux que de la sermonner tout en l'appelant « ma mère ». La vieille se taisait comme une enfant prise en faute et me jetait, par en dessous, des regards complices.

Lorsque sa bru est sortie, elle a craché par terre et lâché « sorcière ». Je l'ai grondée sans parvenir à la troubler le moins du monde. Je lui ai donné un sachet de quelques onces d'une préparation dans laquelle entrent de la menthe et du sucre, des bonbons inoffensifs que j'ai confectionnés à son intention. Une affaire autrement plus délicate m'attendait à Ménil-Hubert-sur-Orne à six kilomètres.

Le jeune Pierre Daubois a eu la jambe écrasée à la veille du nouvel an par un charroi qui avait déjanté et s'était retourné sur lui dans une ornière. Le tibia s'est brisé en trois endroits. Les attelles et le taffetas amidonné que j'utilise ont amoindri mécaniquement la douleur mais n'ont pas soutenu assez solidement la fracture.

J'ai aussitôt vu les suites inéluctables, mais devant les supplications de la mère, je n'ai pas eu le cœur de trancher immédiatement. Pourtant, à moins d'un miracle, je savais bien que je ne reculais que pour mieux sauter. Il n'y avait en effet pas de temps à perdre, une odeur douceâtre commençait à percer au-dessus de la cheville qui virait au jaune. Il était nécessaire de procéder vite et d'arrêter la corruption en estimant au plus large.

Germon, l'officier de santé venu en renfort de Condé-sur-Noireau, comprimait les vaisseaux. Le garçon hurlait mais comme je l'avais assommé d'éther, les choses se sont bien passées pour le fer et le bandage, que j'ai prescrit de ne pas changer avant mon prochain passage.

J'ai cheminé avec Germon jusqu'à l'embranchement de Pont-d'Ouilly. Il m'a demandé pourquoi ne pas renouveler la compresse journellement. « Si on maintient le pansement, au moins, ils n'iront pas surajouter quelque onguent de sorcier et se contenteront de réciter leurs prières sur la plaie et de n'y déposer que des ex-voto », lui ai-je dit.

Germon est un brave garçon. Il opère avec moi un peu hors des limites de son canton. Je l'ai engagé à passer sa thèse de doctorat, il pourrait ainsi me suivre en toute légalité, cela lui permettrait de souscrire à la mutuelle de l'Association et le tranquilliserait sur l'avenir de sa famille.

Il ne s'en faut que de cinq cents francs à la faculté de Caen, où je puis l'appuyer. Je lui ai même proposé de lui prêter cette somme. Il m'a dit qu'il y réfléchirait.

## Mardi 4 janvier

Ce matin, le courrier m'a apporté la fiole d'essence virginale de Cattinée que j'avais commandée voilà trois mois. Le remède arrive un peu tard ; le patient auquel je le destinais est mort voici dix jours. Je doute que cela aurait pu lui sauver la vie, mais j'enrage tout de même.

Dans le même envoi, se trouvait mon ordre auprès de Monsieur Rommard, pharmacien à Rouen : 2 livres de suc de réglisse blanc des religieuses de l'Abbaye-au-Bois, 2 litres d'eau de Cologne de J. N. Neuman et un pot de pommade de Baunier, le tout pour quarante francs.

Durant toute la nuit, j'ai refait l'amputation avec je ne sais quelle lenteur dans l'exécution et parfois l'impression d'être aveugle, incapable de voir autre chose qu'une infime partie de ce que faisaient mes mains.

Le même songe se répéta jusqu'à l'aube.

## Mercredi 5 janvier

À matines, déjà une dizaine de personnes se serraient sous l'auvent de la grange. Elles avaient piétiné dans l'ombre et le froid. Tours de reins de l'hiver, influenza des enfants, rien de bien particulier, mais qui m'a tenu jusqu'au soir et rapporté trois lapins, une poule, un kilo de saucisses, un jambon de quatre livres et deux francs.

La nuit était tombée. On a frappé à mon carreau.

C'était le jeune Nicolas de la ferme Desprez aux Loges-Saulces. Il réussissait à peine à aligner deux mots cohérents à la suite. Le feu s'était déclaré dans la grange et quelqu'un en avait fait les frais. Je me suis vêtu à la hâte et j'ai pris ma jument.

En une petite demi-heure je suis parvenu au carrefour de Ménil-Vin d'où l'on voyait le ciel rougeoyant.

Mon cheval flairait cet incendie. Il se raidissait sous l'effet de ce vieil atavisme qui enseigne aux bêtes à s'éloigner des brasiers. J'ai raccourci ma main sur sa bride et lui ai chuchoté quelques mots calmes en m'abaissant sur sa crinière. Nous avons ainsi couvert le quart de lieue final, moi murmurant, lui renâclant et hennissant. Le jeune Nicolas l'a saisi par le licol pour la fin du parcours. Toute la maison s'affolait pour tirer l'eau du puits, non pour sauver la bâtisse, mais bien pour protéger l'habitation. On m'a mené dans le coin d'une haie où gisait le corps gémissant d'un adolescent qui dormait dans la grange au moment de l'incendie. Il n'y avait plus rien à tenter. Il a agonisé jusqu'au petit matin et s'est éteint en même temps que le feu. C'était un orphelin que les maîtres des lieux avaient recueilli par charité pour l'hiver. Nul ne semblait se troubler de cette disparition insignifiante, seul le jeune Nicolas montrait la figure que ferme l'affliction d'avoir perdu un ami.

Je suis reparti comme pointait l'aurore.

### Vendredi 7 janvier

Jeudi, c'est le soleil qui m'a réveillé en pénétrant à flots dans ma chambre, dont Honorine avait négligé de tirer les rideaux. Le pauvre visage crispé de l'enfant de la veille s'est estompé dans les rayons dorés. L'après-midi, j'ai travaillé dans la serre à mes roses que j'avais abandonnées jusque-là. Cela m'a mené jusqu'à l'obscurité.

Ma tournée, commencée vers dix heures, m'a tenu jusqu'à presque minuit. J'en suis revenu fourbu, sous l'averse. Nous sommes rentrés avec de la boue jusque sur le poitrail, tant les routes ont été défoncées par la pluie de cette nuit.

J'ai visité la mère Rodon à Bazoches. J'imagine qu'elle ne m'a même pas reconnu. Elle est à la dernière extrémité. Le pouls, tout juste perceptible, était filant et irrégulier, signe incontestable d'une fin imminente. Pourtant, ses deux filles espèrent encore en la bienveillance divine, elles en distinguent les indices dans de petits événements anodins. Elles découvrent des sourires là où il n'y a que rictus, des regards dans des battements de cils, des paroles dans des borborygmes. Je les ai laissées à leurs espérances.

Je suis allé remettre ma note de cent cinquante livres pour l'année passée à Monsieur de Bourdan; il m'en a réglé à peine le quart, me promettant le reste à ma prochaine visite. Je n'y compte guère au vu de ce que lui coûtent les fantaisies de son fils. Il dilapide tout son revenu dans les salles de jeu de Paris et ne lui en abandonne que des miettes, seulement assez pour lui accorder de survivre. Il présente de plus tous les symptômes d'une fâcheuse hypocondrie, qui l'incite à m'appeler plus que de raison. Si je le traitais pour rien, comme l'envie m'en est souvent venue, j'aggraverais sans doute encore les effets de son imagination. Mais je ne me pardonnerais pas de le voir emporté par quelque cause que j'aurais négligée en en attribuant les symptômes à sa fantaisie. Les déséquilibrés nous entraînent souvent dans les chemins de leurs manies en jouant de notre devoir.

À la ferme Lourmois, la femme est encore grosse, son époux se moque des risques qu'elle court et, bien entendu, de mes conseils. Elle en est à sa troisième gestation en deux années. Elle a réchappé des deux premières par miracle après des heures d'un travail épuisant. Elle, si mignonne au mariage, fraîche et rose comme un petit Saxe, a d'un seul coup vieilli de dix ans. Ses chairs se sont affaissées et son teint transparent est devenu terne et charbonneux. Le mari, qui est incapable de se restreindre, a certes une res-ponsabilité, mais combien moindre que celle de son confesseur qui la pousse sous peine de malédiction à sacri-fier sans retenue à son devoir conjugal.

Je suis allé voir le prêtre. J'ai essayé de le convaincre. Je me suis retrouvé face à une sorte de « chacun chez soi ». La jeune dame est ainsi coincée entre les obligations du mariage et les défaillances de sa constitution, les désirs insatiables de son époux et la frayeur d'un nouvel accou-chement.

L'abbé Rouvre est une espèce d'échalas tout juste émoulu du séminaire. Il a une grande fierté à parler latin. Il ne s'en prive pas, assaisonnant chacune de ses phrases-là d'une citation tirée de l'*Imitation de Jésus-Christ*, ailleurs de Plaute, quand il ne s'exprime pas entièrement dans la langue de Cicéron, avec force fautes de syntaxe toutefois.

Il a sentencieusement argumenté sur ses lubies. Primo, si la femme n'acquiesce au commerce de son mari, celui-ci ira chercher ailleurs et se trouvera donc confronté au péché mortel d'adultère. Secundo, si elle y consent de façon à ne point enfanter, ils risquent de succomber au manquement non moins majeur d'onanisme, voire de sodomie. Tertio, toutes ces attitudes retardent l'éventuel retour de Notre-Seigneur, pour le cas où il se serait pris de la fantaisie de se loger dans les testicules de notre homme.

Je suis resté d'un grand calme. Il est fort capable de faire rejaillir sa défiance sur notre art, ce qui pourrait se révéler très dangereux pour mes patients.

## Samedi 8 janvier

Le gel est tombé sur nous comme une chape de verre. D'un seul coup, la température a chuté de quinze degrés. Heureusement, avertie par je ne sais quel instinct animal, Honorine avait allumé un grand feu dans ma chambre, je me suis installé dans mon cabinet avec mes livres et me suis concentré sur mon traité.

Cela m'a accaparé jusqu'au crépuscule. Depuis la mort de mon épouse, voici quatre ans, je me suis moi-même assommé de travail, de telle manière que nulle pensée libidineuse n'osait se présenter à moi. J'entrais dans mon lit les membres et la cervelle rompus et m'éveillais avec une tâche assez importante pour que mon corps et mon âme en soient tout occupés.

Est-ce cette discussion de vendredi ? ou bien la douce chaleur que l'on ressent lorsque l'on est au chaud et qu'il gèle dehors ? Ce que j'avais su si bien étouffer en moi depuis si longtemps s'est soudain érigé. Il a donc fallu que j'use d'un palliatif bien médiocre pour colmater ce vide qui venait de s'établir en moi.

J'ai l'esprit tout encombré d'images et de pensées qui ne peuvent que me nuire si je ne trouve un moyen de les maîtriser. Je n'ai plus quinze ans, ce genre de manipulations ne me contente pas assez pour que je les poursuive.

Nous sommes tous ainsi dominés par notre sexe. Pourtant nous autres médecins devrions être indemnes de cette gourmandise insatiable que nous constatons si bien chez les autres, mais point ! Ce qui s'impose alors est si violent que l'esprit en est tout submergé.

Quelle étrange culture que la nôtre qui prétend contraindre les effets de la nature alors que chaque jour nous montre l'inanité de ces efforts. Cette vanité qui entraîne l'abbé Rouvre dans l'anathème ne l'épargne sans doute pas plus que moi, lui qui est bien plus jeune et bien plus apte encore. Si j'avais une bonne âme, que je n'ai pas, j'en arriverais à le plaindre.

## Dimanche 9 janvier

À midi, comme elle revenait de la messe, Honorine m'a incité à me rendre à confesse au plus vite. Elle avait un regard plein de sous-entendus. Vertement, je lui ai répondu de se mêler de ses affaires.

Pourtant, au fil de mon énervement, il s'est noué une sorte de complicité troublante, elle est bien plus jeune que moi et, pour la première fois, je l'ai regardée autrement que comme une servante, mais elle est trop liée au souvenir de ma défunte épouse, trop proche depuis trop longtemps, pour que je puisse laisser libre cours aux sentiments qui tentaient de s'immiscer en moi.

J'ai sellé et je suis allé galoper dans la campagne glacée presque jusqu'à Caen. À mon retour, j'étais assez fourbu pour que mon lit me paraisse un asile désirable et je m'y suis endormi sans plus attendre.

### Mardi 11 janvier

Alors que j'allais au pas de ma jument, la souvenance de ma femme m'est subitement revenue en mémoire. Elle m'est une secrète et permanente présence depuis sa mort. Même, il n'est pas un instant sans que tel paysage, telle sensation, tel parfum ne vienne ressusciter son souvenir. Il est bien étrange qu'un aussi grand attachement soit né de cette union arrangée entre nos deux familles alors que nous n'avions tous deux qu'à peine vingt ans.

César, mon père, était médecin de campagne comme moi. Il m'a tout appris de mon art. Plus qu'aux facultés de Caen et plus tard de Rouen, c'est auprès de lui, en suivant pendant quatre années sa pratique quotidienne, que j'ai compris la véritable substance ce métier. J'ai commencé à l'accompagner durant l'année terrible de 1814, alors que des troupes étrangères avaient envahi la France.

Il s'agissait de faire payer au peuple l'arrogance de l'Empire. Tous les moyens étaient bons, avec, par malheur, la complicité de nos gouvernants. Viols, meurtres, tortures s'amoncelaient avec une virulence que je n'imaginais pas possible.

Il m'avait demandé de l'assister. J'étais alors presque encore un enfant. Nous parcourions toutes les routes du canton. Des villages entiers avaient été incendiés. L'amertume nous était devenue quotidienne par la honte de voir notre territoire envahi d'une soldatesque dont nous ne comprenions ni les mots ni les attitudes. Il nous paraissait payer là quelque chose comme un péché collectif. Il avait pour nom la quête de la liberté. Car quoi que l'on puisse penser de la Révolution, elle nous avait apporté un bien inestimable : nous étions maîtres de notre destin. Nous avions goûté au fruit de l'affranchissement. Ce goût, on tentait de nous le faire passer. Mon père avait une pratique longuement acquise dans le commerce quotidien de ses malades qui, tout en se méfiant de lui et de la médecine, le voyaient souvent comme un dernier recours aux aléas de la fatalité. En le suivant, j'ai compris les raisons profondes de ses silences. Que dire face à la mort convulsive et brutale des femmes, des enfants, des vieillards ? Qu'exprimer lorsque, sans souci du lendemain, on doit entrer dans des lits-cages puants de miasmes et de suées, pour ausculter des sujets qui ont déjà l'odeur de la charogne ? D'autant que, loin d'être le démiurge que l'on croit, le médecin est fait de sang et de fluides, et peut céder aux tempêtes des dérèglements de l'organisme. Combien de confrères, après avoir ausculté les humeurs, palpé les corps, incisé les bubons, ont-ils ressenti les atteintes d'un mal qu'ils savaient incurable ?

Je suis arrivé en fin de matinée à la ferme Gatiniaux. Fernand, le père, a souscrit un abonnement mensuel. Il est fort comme un Turc. Je n'ai guère à lui recommander quoi que ce soit. Il me paye mes deux francs rubis sur l'ongle. Je lui ai à maintes reprises remontré qu'il dépensait son argent sans utilité, alors j'en profite pour examiner également sa maisonnée.

Il y a là ses trois enfants, son épouse et sa belle-mère, qui reste le plus souvent dans un coin près de la cheminée à bredouiller. Au bout d'une heure, nous nous asseyons tous les deux à la table de la grande salle commune et sa femme nous apporte un bol de cidre. Nous buvons en silence avant que je ne prenne congé.

Je viens de recevoir le microscope que j'avais commandé voici six mois aux établissements L'Ingénieur Dufois et fils à Paris. C'est une toquade que je me suis offerte sans trop compter en user, simplement pour avoir un bel objet d'une technique moderne qui pourrait donner un tour plus scientifique à mon traité sur la rage et sur sa transmission.

Au fil du temps, la fantaisie est devenue une sorte d'obsession et je me suis occupé de prélever des échantillons de salive sur les êtres touchés par l'infection. Je les ai collectés et classés dans de petites fioles.

Lorsque, ce matin, la forte caisse de hêtre m'a été apportée, je me suis rendu compte de la somme de travail que je m'étais ainsi constituée. J'ai trouvé un plaisir enfantin à déballer le matériel, à caresser le corps en laiton brillant de l'instrument, à en examiner les loupes et les objectifs, à en classer les plaques de verre et les diverses solutions. Il me faut acquérir une certaine dextérité dans la manipulation de tout cet appareil. Je m'y suis astreint en étudiant les pétales de mes roses. Ces fleurs, que je ne considérais que comme un tout, m'ont dévoilé d'innombrables facettes invisibles à l'œil le plus perçant. J'en ai été émerveillé.

Pour commencer, je suis allé à ce qui me semblait le plus élémentaire, une eau pure, transparente. J'en ai prélevé une larme de la carafe que je garde sur ma table de travail et l'ai déposée sur une plaque. Cette goutte s'est révélée être un abîme peuplé de vivants animalcules qui se déplaçaient comme des poissons dans l'océan. Imaginons ce que contient une pluie, un puits, une mare, la mer.

J'ai aussi reçu la convocation du préfet pour le conseil de révision qui se déroule, après le tirage au sort de cet automne, à la fin du mois. C'est un honneur dont je me serais bien passé, mais ne faut-il pas agréer à ce que la responsabilité impose ? Cela me prendra au moins deux journées et je dois me rendre à Caen lundi, y passer une nuit et revenir juste pour ma consultation.

## Mercredi 12 janvier

Jour d'examen et de marché. Trois poules et deux jambons.

Vers huit heures, un grand gaillard est arrivé, portant beau, avec dans le regard cette assurance assez désagréable que donne la fortune. Il était accompagné d'un jeune paysan emprunté qui le regardait avec soumission. On aurait dit un chien suivant son maître. Le premier était Jean Durant, de la ferme du même nom, qui est une exploitation importante du canton, et le second se nommait Brutus Délicieux. Durant avait tiré un mauvais numéro de conscription et Délicieux, qui avait été plus heureux, devait le remplacer aux armées contre monnaie trébuchante. On attendait de moi que je valide au plan médical cet échange que je réprouve. Il importe en effet que les conscrits qui troquent leurs places soient de qualité physique équivalente. C'est un travail de maquignon auquel je répugne, mais je m'y plie quand même. De même, je dois m'assurer qu'il n'y a nulle contrainte dans ce marché et expliquer à celui qui doit partir ce à quoi il s'engage.

J'ai examiné Brutus Délicieux, il était dans une excellente forme et, chose rare, possédait encore toutes ses dents. J'ai donc signé l'attestation que l'on me demandait et ils s'en sont allés, l'un donnant de grandes bourrades dans le dos de l'autre.

Je les ai vus par la fenêtre, rejoindre leurs pères qui les attendaient près de la porte de mon jardin, ils se sont donné la poignée de main qui scelle les ventes dans les foires.

Voici ce qu'il en est de la vie des êtres, l'un reste et l'autre part parce que l'un est riche et l'autre pas.

La suite de la journée a été marquée de l'amertume de cette première visite.

Je n'avais qu'une hâte, voir mon ultime patient s'en aller pour me pencher à nouveau sur mon microscope. Je n'en ai pas eu le temps, alors que le dernier s'en allait enfin, je n'avais plus qu'une seule envie, me coucher.

J'avais à peine pu m'assoupir que l'on cognait à mon volet. C'était Germon, crotté et épuisé. Il venait solliciter mon aide. Une jeune femme enceinte vomissait sans discontinuer depuis le début de l'après-midi. Force fut donc de me rhabiller et de partir avec lui pour une course de trois lieues. Il me précédait avec une lanterne et éclairait ma route. Nous sommes arrivés au bout d'une heure dans une ferme inconnue.

Lorsque nous sommes entrés, nous nous sommes retrouvés au milieu des lamentations.

Trois femmes étaient assemblées autour d'une quatrième, grosse d'au moins cinq mois. Elle était jeune. C'était la fille de la maison, qui, mariée depuis le printemps, attendait son premier-né.

Dans la fin de l'après-midi, sans avertissement, sans le moindre trouble intestinal antérieur, après avoir soupé de bon appétit, elle avait été prise de douleurs abdominales qui avaient acquis au bout de deux heures une très forte intensité et bientôt suivies de vomissements répétés.

Outre sa sœur et sa mère, Suzanne Voisin se trouvait là. Je la connais bien, c'est une sage-femme instruite dans la tradition de Madame du Coudray et assez au fait de son art pour savoir s'effacer quand les événements la dépassent. Elle avait pensé, d'abord, que ces souffrances étaient dues à des contractions utérines, prélude à une fausse couche, mais certains symptômes l'avaient incitée à appeler Germon, qui, dans le doute, était venu me quérir.

La jeune dame souffrait cruellement, et la pénombre ajoutait encore à l'angoisse de la situation. Déjà, sa mère et sa sœur commençaient à parler de sort et d'œil, ce qu'heureusement Suzanne Voisin balaya d'une verte remontrance.

J'examinai l'abdomen et cherchai avec soin le siège et l'origine de la douleur. Elle ne se rattachait pas à l'utérus mais à la fosse iliaque droite. Cette localisation, la défense musculaire, l'hyperesthésie, tout me laissa supposer une typhlite dans sa forme la plus aiguë. La tension du flanc se généralisait et je savais qu'il me fallait agir au plus vite. Voici trois ans, j'ai perdu une malade avec les mêmes symptômes pour avoir reculé l'instant sanglant de l'opération. Mais comment procéder dans le cloaque où elle vivait ? J'ai résolu avec l'assistance de Germon de la transporter chez moi, où je pourrais avoir toute la commodité indispensable.

Nous y sommes arrivés vers minuit. Honorine, réveillée en hâte, a fait bouillir l'eau nécessaire. J'ai commencé à intervenir vers une heure du matin à la lueur de tous les quinquets de la maison rapatriés dans mon bureau. Après quelques inhalations d'éther, elle s'est endormie.

À l'ouverture du péritoine apparut une irritation diffuse, caractérisée par une notable quantité de liquide louche et roussâtre, sans tendance à l'enkystement. Je ne me rappelle pas avoir jamais rien vu de pareil. L'appendice avait pris des proportions démesurées ; il avait doublé de longueur et triplé de volume ; il était énorme, turgescent et induré. Heureusement, cela n'avait pas encore viré en péritonite, mais les tissus purulents commençaient à se décomposer. J'ai lié puis retiré le prolongement et cautérisé au fer. Ensuite, j'ai refermé la plaie par plan. Germon m'a été d'une grande aide, il a une habileté considérable.

Il n'y avait plus qu'à attendre. J'ai disposé la pauvre enfant dans la chambre d'ami du rez-de-chaussée et je suis resté à la veiller. À l'angélus, la fièvre était tombée et je me suis autorisé un peu de repos.

Germon, quant à lui, était parti retrouver sa femme et sa progéniture juste après que nous eûmes pansé.

C'est un homme bien au-dessus de la condition qui est la sienne. Il mérite que le corps médical accomplisse un effort et transige pour lui avec ses principes élitistes, qui ne sont que l'expression d'un corporatisme sans mesure. Certes, il importe qu'un bon médecin jouisse d'une petite fortune personnelle pour lui permettre de traiter les indigents gratis, mais cet effet de la chance qui fait naître ici ou là ne doit pas être le seul critère de l'accès à la profession. Nous privons nos patients de nobles compétences et de grands dévouements.

### Jeudi 13 janvier

Je voulais garder la jeune Françoise auprès de moi pour sa convalescence. Je craignais, si je la renvoyais chez elle, qu'une nourriture malsaine ou un travail trop lourd et trop hâtif ne la plonge dans les complications. Les hommes de la famille, qui s'étaient soigneusement éclipsés la veille, sont arrivés en cérémonie, qui porteur d'un fagot, qui d'une poularde ou d'un jambon, pour me remercier.

Ils avaient attelé la charrette de la moisson, et les femmes s'y étaient installées autour d'un grabat tendu de ces draps de lin blanc que l'on ne sort que pour les noces ou les enterrements.

Après de nombreuses tergiversations, ils m'ont annoncé qu'ils étaient venus chercher Françoise pour la ramener, ce que j'avais déjà compris. Je n'ai pas jugé bon d'argumenter pour la tenir chez moi ; ce que ces paysans veulent, ils l'ont immanquablement si l'on ne se résout à user de la force. J'ai simplement recommandé, à mon habitude, que l'on ne change le pansement sous aucun prétexte et j'ai laissé la jeune femme s'en aller vers son destin.

J'espère ne pas avoir à le regretter.

Vers midi, Germon est arrivé. Il a été surpris de mon attitude. Il pense que la médecine est la plus apte à gouverner les hommes, ce que je crois volontiers, mais nous devons composer avec les peurs et les désirs.

La connaissance est seule capable d'assurer, sur la Terre, le bien-être de tous et elle seule peut fournir des arguments indubitables aux actions et aux mœurs. Hélas, nous n'en sommes point à ce niveau de raison et il nous faut agir avec une sagesse qui paraît timidité aux jeunes gens qui veulent en découdre. Malheureusement, une trop grande hâte dans l'introduction de nouvelles habitudes entraîne souvent un retrait de l'instruction.

En un instant, par pure maladresse, ce qui avait demandé des années d'efforts et de persuasion se trouve rejeté à un état pire que le précédent. Et l'on voit les sorciers, les thaumaturges et les prêtres rattraper en un seul moment tout le terrain que nous leur avions arraché.

Bien entendu, les plus pauvres, les plus misérables, subissent ce brusque retournement auquel échappent ceux qui ont eu la science de se forger de justes certitudes. Rien n'apparaît alors comme plus absurde que de découvrir les uns épargnés et les autres abattus du simple fait de leur état.

Le bel entêtement de Germon me va également, car il nous faut de ces êtres que l'usure de la routine n'a pas encore atteints.

Je l'ai convié à déjeuner avec moi. Un plaisant repas arrosé de bon vin est un parfait substitut à la mélancolie qu'induit la réflexion sur les failles de notre pratique. Nous nous sommes donc installés dans mon jardin d'hiver autour d'une poularde grasse, d'une agréable bouteille de bordeaux, et nous avons dérivé jusqu'au soir dans la fumée du tabac, la chaleur du cognac et le partage de nos convictions.

117

### Vendredi 14 janvier

Hier, je me suis couché assez tard. Excité par ma conversation avec Germon, je me suis mis, dès son départ, au plan de mon traité sur la rage que je repoussais depuis de nombreuses semaines. Je préfère, comme dans ce journal, aller au gré de ma fantaisie et laisser mes idées s'associer librement. Même, je crains souvent qu'une trop rigide planification de mes écrits ne nuise à mon enthousiasme à les poursuivre.

Pourtant, pour ce qui concerne cet ouvrage scientifique, j'ai besoin d'une rigueur dont je ne trouve la ressource que par instants fugaces. Vers trois ou quatre heures du matin, je me suis endormi d'un sommeil de juste, brisé par Honorine qui, de bonne humeur, a ouvert brutalement les rideaux de ma chambre. Ce fut heureux, car une agréable journée m'attendait.

Je suis parti à cheval vers Condé-sur-Noireau, à cinq lieues, pour ma première visite. J'ai coupé à travers champs pour éviter le détour qu'impose le passage à Pont-d'Ouilly.

Il est à Condé une certaine veuve, Colette de Framon, un peu plus jeune que moi. Je la suis, plus pour sa conversation que pour ses maux.

Je m'imaginais bien dans ce rôle courtois du tenant d'une belle amitié intellectuelle et vaguement amoureuse. Mais était-ce la langueur qui s'empare du corps après un sommeil inachevé, le balancement de mon cheval, la fraîcheur du matin, je me mis, durant le trajet, à y songer de tout autre façon. Si bien que, lorsque je me suis présenté chez elle, vers onze heures, j'étais dans un émoi que, je crois, elle n'a pu que remarquer. Elle n'en a bien sûr soufflé mot. Mais notre habituel tête-à-tête sur la littérature était marqué par un sourire indéfinissable. Alors, la conversation dériva vers tel malaise qu'elle ressentait depuis quelque temps.

Colette va sur la quarantaine. D'aimables cheveux dorés se déroulent en bandeaux sur son front et son cou. Son regard est d'un turquoise lumineux. Elle allie une grâce potelée à une merveilleuse clarté du teint. Sa peau ne montre d'autres rides que celles que laisse un perpétuel sourire. Elle a une bouche menue aux lèvres rosées que mordent subrepticement des petites dents en éclats de porcelaine. Près d'un lobe façonné de la plus jolie des façons, des boucles de duvet blond descendent vers une nuque haute qui donne à cette tête mignonne et spirituelle une allure à la fois altière et enfantine. De fines attaches mènent à une gorge ferme enserrée dans un caraco de satin bleu.

Je déposai mon mouchoir sur ce torse et me courbai pour y poser mon oreille. C'est un privilège du médecin que de pouvoir entrevoir la vie battant dans le souffle d'une haleine. Je humai son parfum à pleines narines, je n'en avais jamais perçu les effluves que de manière fugace au gré de ses mouvements.

Sa respiration se fit plus hâtive et son buste se durcit sous le poids de ma tête, comme si, de son bassin, toute son énergie refluait dans sa poitrine. Je sentis ses doigts se promener dans mes cheveux. Nous sommes ainsi passés d'un acte qui se voulait méthodique à une douce intimité.

En me tournant légèrement, mes lèvres ont remplacé mon oreille sur ses seins, elles sont remontées vers sa bouche en suivant la courbe de son décolleté et la ligne de son cou.

Ses mains appuyaient fermement sur ma nuque comme pour enfoncer mon visage en son giron.

Il se trouve un peu de ridicule dans l'attitude d'un homme et d'une femme embrassés l'un sur l'autre, mais je cessai bientôt de me regarder agir, pour me laisser empoigner par le désir. Si j'essaie de retrouver dans ma mémoire cette espèce d'émoi, je dois retourner au début de mon âge, avant mon mariage durant lequel je suis resté d'une fidélité exemplaire.

Mais à présent, je n'ai plus cette sorte de niaiserie un peu molle qu'ont les adolescents emportés par la convoitise. Leurs gestes sont inaccomplis, ils ne tentent de satisfaire qu'un besoin primitif.

Ni elle ni moi ne sommes plus des enfants et la science, dénuée de toute arrière-pensée, guidait nos mains et nos sexes dans l'ivresse d'une vaste liberté. Nous allions en conscience sur les chemins d'une jouissance ouverte à toutes les improvisations, sans réserve, alliant la pensée et la chair, l'esprit et la matière.

Quand je songe que je dois cette expérience aux semonces de l'abbé Rouvre, qui, par son verbiage a éveillé en moi la volonté d'échapper à son carcan, je ne puis que rire comme ce sage oriental ventripotent que l'on nomme Bouddha.

Jamais sans la fureur dans laquelle m'avaient mis son charabia, son latin de cuisine, ses considérations oiseuses sur les vases de la femme et sur les diverses sodomies, ce désir de la chair ne se serait ouvert en moi, car, depuis longtemps, j'en avais fait le deuil. Nous aurions continué à disserter sans fin, Colette et moi, des vertus comparées de Madame de Lafayette et de Crébillon le vieux.

Nous nous sommes quittés vers quatre heures en nous promettant de nous revoir le plus rapidement possible et j'ai poursuivi ma tournée plus jeune que je n'étais parti.

Je suis arrivé à Sainte-Honorine dans le milieu de l'après-midi pour visiter Jonas Vertou de la Planche, un hobereau du coin. Il possède plus de cinq mille acres, dont une parcelle jouxte ma propriété de Berjou. Il me fallait régler là un menu conflit de voisinage comme il en survient si souvent, à propos d'une borne déplacée, d'une haie mal disposée ou d'une servitude obstruée.

Vertou de la Planche est de ces gentilshommes campagnards qui allient la rouerie d'un paysan à la morgue des nobliaux, sans autre ambition que d'affirmer des opinions politiques largement dévaluées par le temps.

Il me reçut avec son arrogance habituelle en me faisant passer par la cuisine et en m'y laissant, sans m'inviter à m'asseoir. Il entra dans une sorte de harangue, où se côtoyaient les spoliations de la Révolution, les méfaits de l'Empire, les horreurs de la modernité, toutes choses dont, à l'évidence, j'étais le représentant ; tout cela pour un petit lopin de bois qu'il croit sien et que je lui céderais volontiers tant il est insalubre, s'il arrivait à se comporter de façon plus civile.

Mais chez lui, la hargne augmente la vindicte et il parvient rapidement aux confins de l'apoplexie. D'habitude, je me fâche à mon tour. Comme il est un peu poltron, ma colère le ramène à un état plus pacifique. Cette fois-là, je me suis contenté de sourire et de ponctuer ses diatribes par quelques reparties ironiques. Il se lança sur le mode d'un attelage emballé. Son visage vira au pourpre, ses narines crachèrent du sang et il s'abattit d'un seul bloc sur le sol.

Je me suis précipité en appelant au secours. Une servante, qui devait vaquer non loin, arriva. Elle m'aida à le secouer et à l'asseoir sur une chaise. Pendant que je desserrais sa cravate, je lui commandai un bain de pieds révulsif. Je lui appliquai une compresse d'eau fraîche vinaigrée sur le front. Sa respiration s'était faite plus régulière, laissant bien augurer de l'issue, et je pus pratiquer une légère saignée de façon à décongestionner un peu son cerveau.

J'attendis qu'il revienne en compagnie de Marie, la petite bonne. Soudain, sa main s'empara de la mienne. Quelques semaines plus tôt, j'aurais mis cela sur le compte d'une naturelle frayeur. Mais ce jour-là, dans le grand charivari que je subissais, je vis dans ses yeux une invite que je saurais ne pas oublier. Entre-temps, la cuisine s'était emplie de toute la maisonnée, menée par Victorine Dreux, la gouvernante, avec une anxiété amoureuse. Vertou reprenait ses sens. J'ordonnai qu'on le couchât. Sur ce, je pris congé et m'en allai à mon logis.

Je m'éveille d'un long sommeil, comme si ces dernières années n'avaient été qu'une parenthèse dans ma vie. Je suis aujourd'hui plus vaillant et plus fougueux que jamais. J'ignore ce qu'il va advenir de moi. Mon esprit s'emballe, mon cœur bat comme celui d'un jouvenceau.

### Dimanche 16 janvier

Samedi, rien.

Honorine m'a demandé son après-midi pour se rendre chez sa tante malade à six lieues de la maison. J'ai commandé à Ernest de la conduire avec la calèche. Elle s'est bien gardée de m'appeler en consultation. Elle met toute sa confiance dans le curé de Taillebois. J'irai le voir demain, il me dira si je puis être utile.

Comme il me fallait m'étourdir un peu, j'ai fendu du bois pour toute la suite de l'hiver.

Dimanche, je suis allé à Taillebois. L'abbé Bucard m'a renseigné sur la maladie de la tante d'Honorine, elle a nom vieillesse, et ni lui ni moi n'y pouvons rien.

Pour le reste je me suis morfondu toute la journée comme un enfant sans oser seller mon cheval et galoper vers Condé comme l'envie m'en pressait.

## Lundi 17 janvier

Je suis parti de grand matin et suis arrivé à Condé peu après, trop tôt pour me présenter chez Colette. J'ai tourné autour du village comme un malandrin, puis j'ai cavalé jusqu'à Sainte-Honorine pour visiter Vertou de la Planche. Il dormait encore et Marie, la petite bonne, m'a servi une infusion en attendant son réveil. Elle m'a fait des mines qui se sont achevées par quelques coquines câlineries. Vertou se porte bien.

Sur le coup de midi, je me suis retrouvé chez Colette. Encore des caresses.

Je suis rentré à la maison vers huit heures et Honorine m'a jeté un drôle de regard furieux en apportant mon dîner.

## Vendredi 21 janvier

Mardi, rien. J'ai soigné mes simples et mes roses.
Le soir : j'ai mauvaise conscience de n'avoir pas travaillé à mon traité depuis plus d'une semaine. Une autre rage me tient.
Mercredi, consultation et marché. Dix clients, trois chapons, un lapin, le tout vivant. Dix sous.
Aujourd'hui je me suis décidé, enfin, à retourner chez Colette. Nous avons passé toute la journée au lit. Au retour, j'ai visité Vertou, il va bien, il m'a engueulé pendant vingt minutes. Marie ne s'est pas montrée. En rentrant, j'ai eu droit à l'œil noir d'Honorine...
Pas de tournée aujourd'hui.
Maurasse, mon métayer des Isles-Bardel, m'a porté le produit de la coupe du bois des Merlins. Il en est sorti deux cents francs que je lui ai prêtés immédiatement ; sa fille est grosse de huit mois et cela lui coûte moralement comme pécuniairement. Il avait aussi ma part d'œufs de la semaine, un bidon de lait frais, trois fromages et une forte motte de beurre.
Il a des ennuis avec nos vaches, je lui ai promis de passer voir à l'occasion, sinon je demanderai à Germon de me rendre ce service.

## Samedi 22 janvier

J'avais bien ordonné mon emploi du temps pour ce samedi et même pour dimanche. Je devais me lever tôt, commencer à travailler sur mon traité jusqu'à midi, déjeuner avec Germon, écrire à nouveau jusqu'au soir et me coucher. Tout était simple comme bonjour.

Il me faut prendre un peu de distance avec ce qui est advenu ces derniers jours, laisser un peu d'espace à ma raison et maintenir mes humeurs. Je ne crois pas aux fadaises des curés sur la vertu et la fornication, je suis assez imperméable à leur conception du monde et de la divinité, à ce terrible démiurge qui instaure la jouissance pour la proscrire, plante des arbres défendus au fond des jardins et condamne le plus fidèle de ses serviteurs à pourrir sur le fumier.

Mon imagination se révulse à l'idée qu'une telle entité puisse exister, et si c'était le cas, toute mon énergie passerait à la combattre. Ce n'est donc pas un souci de l'anathème qui me fait regarder mon avidité des femmes avec suspicion, c'est plutôt mon expérience qui m'incite à la prudence, on dit souvent qu'avant de s'éteindre, le brasier jette une dernière lueur plus violente, plus éclatante que son habituelle.

Ainsi, en même temps que renaît l'ardeur en mon être, s'y installe la frayeur de la perdre ou de la voir me consumer. Le coït n'est pas une situation suffisante pour un homme, il lui faut encore se savoir à la merci de l'autre et que celui-ci dépende de lui. Une telle astreinte du cœur est la seule qui permette un convenable émoi.

Même au plus profond du plus insignifiant bordel, le jouisseur le plus effréné se figure une prédilection particulière de la part de la femme à laquelle il se conjoint, et il oublie bien vite l'obligatoire implication pécuniaire. Il s'imagine une idylle irréelle mais qui le conforte dans l'idée de son éternité.

Car je ne suis point dupe, ce violent désir est l'antidote à la mort, et pour moi plus encore qui la fréquente à longueur d'année.

Augustin, avec la vindicte du pécheur converti, proclamait que l'homme, venu de l'excrément, était lui-même de cette nature. Quelle condamnation radicale de notre seule vraie raison de vivre. Je préfère mon bon vieux paganisme qui regarde les choses et les êtres dans un salubre mouvement perpétuel.

Sans doute a-t-il fallu cette absurde vision du monde que donne la religion pour que la science ait la force de s'imposer en s'opposant si souvent à elle. Mais aujourd'hui, rien de ce folklore n'est plus utile, il n'en reste que les chaînes. Maintenant que nous sommes instruits de ce que nous pouvons nous en passer, elles nous apparaissent d'autant plus insupportables.

Tout ce discours ne m'amène qu'à une seule chose : exprimer la peur dans laquelle me met mon appétence renaissante que rien ne paraît capable d'assouvir.

### Dimanche 23 janvier

Hier, après avoir bien improprement tenté de retracer mes émotions, je me suis attelé à mon traité. Le plan achevé, je me suis épouvanté de l'importance de la tâche que je me suis prescrite.

Outre les résumés d'études de cas que je consigne depuis si longtemps qu'il me faut relire et condenser, je dois également examiner de près les échantillons que j'ai récoltés. Comment trouver une méthode et discipliner mes désirs ? Je suis écartelé entre les revendications de mon corps et celles de mon cerveau.

La rage me tient !

Vers midi, Germon est venu déjeuner.

Devant mon apparence, il a insisté pour me prendre le pouls de bien étrange manière. Je m'en suis étonné ; je sais que dans cette auscultation, l'action de toucher longuement le poignet du malade rassure et compte souvent autant que les informations que l'on peut en retirer.

Je n'ignorais pas qu'il avait accompli ses universités comme chirurgien navigant en Extrême-Orient, mais j'ai appris que, durant les longues escales en Corée en 1847, il avait rencontré des médecins chinois et reçu d'eux cette singulière méthode d'exploration. Au vrai, ils connaissent quatre pulsations sur le bras droit et quatre de l'autre côté, qu'ils perçoivent, paraît-il, de façon distincte. Elles les renseignent sur l'état des différents viscères auxquels ils les croient rattachées.

Cela dit, pour étudier, et pratiquer convenablement la médecine, on doit y placer de l'importance et pour y mettre un intérêt véritable, il faut y croire. Voilà la base morale de toute l'expérience médicale. Il est évident que le praticien qui n'a pas confiance dans la vertu de son adresse ne saurait apporter à l'étude et à l'exercice de son art le zèle, l'attention, le dévouement et la persévérance nécessaires. Peu importent les explications de Germon, l'efficacité de sa méthode tient d'abord à ce qu'il s'en remet parfaitement à elle.

Une fois son examen terminé, il m'a conseillé d'attacher un peu moins d'ardeur à mon travail et à l'usage que je fais de mon corps. Il ne m'a rien révélé que je ne connaisse déjà et de tous les conseils inapplicables, celui-ci est le plus grand exemple. Mais je ne puis lui dénier une certaine perspicacité, il a bien perçu la fièvre dans laquelle je suis entraîné.

Nous avons déjeuné copieusement d'une poularde et d'une compote de poires préparées par Honorine, puis nous nous sommes installés dans la véranda pour fumer une bonne pipe et déguster un vieux cognac que je garde en réserve.

Germon parti, je me suis posté devant mon microscope et j'ai commencé à travailler sur mes échantillons jusqu'à ce que la lumière soit trop affaiblie pour illuminer le miroir.

### Lundi 24 janvier

Lorsque j'avais décidé, à la mort de mon père, de m'impliquer dans la vie publique, j'en voyais plus les honneurs que les astreintes.

Les fonctions qui me sont alors échues m'ont apporté une certaine notoriété, et même un accroissement de ma clientèle parmi les notables de la région. S'il me faut soigner les indigents en raison de leurs moyens, il est utile d'avoir cette classe de patients bien nourris et sans surprise, qui languissent de pléthore et sont capables de débourser pour ceux qui ne le peuvent.

Il appartient au médecin de corriger les déséquilibres du sort. Je ne crains pas de consigner aux uns le prix des saignées et des lavements des autres. Mais il est alors nécessaire de consacrer un peu de son temps à la chose publique. Une fois la fièvre tombée, il est capital de comprendre ce qui l'a causée et, dans la mesure de notre instruction, d'y remédier. Il en va de même dans la conduite de la société ; or, quel autre moyen qu'un sage engagement pour faire entendre sa voix de façon effective ?

C'est ainsi que peu à peu je me suis mis dans le service de mes concitoyens, en acceptant les charges que, selon les régimes, on m'a octroyées ou auxquelles j'ai été élu. Car le médecin, comme le corps qu'il traite, n'a pas vraiment de parti. Quelles que soient mes convictions intimes, c'est toujours les plus misérables de nos frères que je sers, et l'abstention en cette matière, sous prétexte de certitudes personnelles, me paraîtrait une indignité. Pourquoi laisser ma place à tel autre notable préoccupé de ses seuls intérêts et de ceux de sa classe ?

Parmi les nombreuses astreintes de ces fonctions, il se trouve celle des conseils de révision. Normalement, le rythme de ceux-ci est régulier et ne me prend guère de temps, un ou deux jours au printemps. Or l'Empereur veut suivre les traces de son oncle et, en conséquence, il a été décidé de procéder à un nouveau tirage au sort et à une conscription inusitée pour étoffer les troupes dont il a besoin. Cela fera deux ponctions sur la population en une seule année. Je puis le regretter mais si je ne suis maître de cela, au moins m'appartient-il que tout se déroule avec la plus grande régularité.

Déjà, il m'est pénible de penser que les plus riches échapperont aux cinq ans de service en rachetant leur numéro si le hasard leur est défavorable, qu'au moins les plus faibles et les plus démunis puissent en toute justice profiter des libéralités de la loi.

129

Donc demain, je copréside le conseil de révision à Caen. Cela me prendra deux jours. Un couple de gendarmes à cheval m'a apporté ce matin ma feuille de mission. Ma fille a fortement insisté pour me loger, mais la perspective de passer une soirée avec son mari me déplaît si fort que je me suis trouvé une excuse pour passer la nuit dans un hôtel où nul ne me dérangera. Je ne me sens pas la capacité de souscrire benoîtement à des discours impériaux. Je n'ai rien contre l'Empire mais tout contre ses thuriféraires.

## Jeudi 27 janvier

Mardi, je suis arrivé à Caen et je me suis tout de suite rendu à la mairie. Il n'était que huit heures du matin mais déjà la foule des conscrits du canton faisait le pied de grue sur la grande place, avec les cocardes tricolores et les rires un peu niais de ceux qui voient cette épreuve comme un passage à l'âge d'homme.

Presque tous avaient accompli des frais de toilette et certains avaient sur le visage les marques d'une nuit agitée. Pour ces jeunes gens, entrer dans la carrière est le signe d'une reconnaissance sociale dont ils reviennent souvent, mais qui, à cet instant, leur apparaît comme des plus glorieuses. Ne croient-ils pas échapper à toutes les contraintes qu'ils connaissent et ne sont-ils pas ignorants de toutes celles qui les guettent ?

Même nus comme des vers, ils ne seraient pas loin de s'estimer les maîtres du monde. Avec leurs sourires de circonstance, confortés par cette soudaine fraternité qui efface les classes et les fortunes, ils regardent l'univers tout entier comme leur objet, avec leurs macarons et leurs rubans, admirés des jouvencelles, au centre de la fête.

Ils étaient près de trois cents et la demande de l'armée impériale était de cent vingt-cinq.

Monsieur de Varenque, le préfet, et son adjoint, tous deux en grand uniforme, conversaient dans un coin de la vaste salle des mariages tendue de drapeaux tricolores. Champenois, le président du conseil général, arborait fièrement son tout nouveau ruban de chevalier, large de presque un pouce comme celui d'un demi-solde de l'Empire, le maire de Caen, Jérôme Roudan, roulait son ventre tel un tonneau de plus en plus gros sous son crâne de plus en plus chauve. Le général Ferrand commandant la garnison jouait avec sa moustache, devant le médecin colonel de Mortmieux et moi-même, représentatif de tout et de rien.

Tous montraient, devant la rosette écarlate que je ne porte que dans ces circonstances, un respect qui s'étendait à ma personne quelles que puissent être les opinions que je professe et sur lesquelles tous feignent de déposer le voile pudique de l'intimité.

Nous avons commencé notre travail à l'heure dite. D'autres que moi tâtent les muscles et les testicules, auscultent et mesurent les poitrines et comptent les dents. On ne me demande rien d'autre que d'être là pour les cas douteux et je m'en contente.

Pour un médecin tel que moi, qui réside dans le pays, qui est instruit de ses secrets et ses patois, ces conseils de révision sont une occasion de comprendre plus profondément sa pratique. Bien des conscrits sont passés par mes mains. Je fréquente leurs parents. Je sais les noms des enfants morts en couches, les atteintes des vieillards. Lorsqu'ils arrivent, vainqueurs de ces longues et dangereuses épreuves de l'enfance et de la puberté, je pourrais imaginer voir dans leur santé épanouie la puissance de notre art, mais ce n'est là que le fruit d'un hasard aveugle. Pourquoi l'un parvient-il à l'âge d'homme alors que son frère s'est éteint dans sa prime jeunesse ? Je m'étonne souvent de découvrir la disparité entre deux clochers presque contigus, l'un présente de forts gaillards, musculeux et éclatants de santé, l'autre, pourtant à tout juste une lieue, des êtres rachitiques et rentrés, édentés et malingres. Quelles en sont les raisons ? Souvent les eaux stagnantes signent de telles différences, mais parfois les paysages sont radieux, les plaines riches et fécondes, alors que leurs habitants sont chétifs et souffreteux.

Après un repas offert par le maire et médiocrement arrosé, nous avons poursuivi notre tâche jusqu'au crépuscule sans ménager notre peine, tant nous voulions finir cette corvée le jour même. Mais alors que nous en étions au numéro 120, nous n'avions encore engrangé que soixante-dix recrues et avons décidé d'achever dans la matinée de mercredi.

Nous nous sommes donc séparés en nous donnant rendez-vous le lendemain à huit heures. J'y ai perdu ma consultation du marché !

Je suis descendu à l'Hôtel du Lion. Marguerite Renoir, la veuve de l'ancien propriétaire, est une femme que je connais un peu. Malgré la précaution que j'avais prise voici deux semaines de faire part de ma visite, il n'y avait plus de chambre disponible. Elle voulut me céder la sienne. Je pouvais encore aller chez ma fille, qui ne m'aurait certes pas refusé le couchage. Mais, je ne sais ce qui m'a saisi, et fort indécemment, je lui ai proposé de la partager, en tout bien tout honneur, ai-je ajouté presque sans y mettre de malice. Elle m'a regardé longuement, a rougi, a souri et m'a annoncé que le dîner serait bientôt servi.

Le lendemain, après un sommeil de plomb, j'ai été tout étonné de découvrir cette femme nue dans mes draps, sa chevelure rousse répandue sur l'oreiller. J'ai, un long moment, contemplé son épaule rosée ; je ne me souvenais en rien de la soirée, ni comment nous nous étions retrouvés ainsi. Nous n'en avons pas moins renouvelé au petit matin ces exercices de la veille que j'avais oubliés.

Je n'en suis toujours pas revenu.

Dès sept heures et demie, j'étais sur la place. Les gendarmes en apparat venaient d'arriver et leurs chevaux piaffaient dans la cour. Derrière les grilles, dans la rue, on trouvait près de deux cents jeunes gens de la classe, et autant d'ingénues du même âge qui portaient la cocarde blanche du millésime.

Ils avaient dansé toute la nuit. Les parents également s'étaient déplacés. Car ces conseils de révision, dans l'esprit populaire, ne sont pas seulement le moyen de fournir à la Nation des hommes pour la défendre, ils constituent aussi un brevet de virilité. Ces garçons ne se montreront plus jamais aussi nus qu'éventuellement devant leurs épouses et encore ! Ils attendaient, à la file, masquant leurs génitoires de leurs mains ou les affichant avec une certaine arrogance selon leur pudeur ou leur insolence.

Ceux qui ne sont pas retenus sortent souvent sous les huées goguenardes de la foule et les filles se détournent d'eux en se moquant. Mais un cachet « Bon pour le service armé » apporte tous les sourires des demoiselles, toutes les œillades intéressées, toutes les tapes dans le dos, même s'il signifie un éloignement de plus de cinq ans et, en cas de guerre, le risque de la mort sur les champs de bataille.

Ferrand, en confidence, m'a indiqué que ce recrutement inhabituel laissait présager une campagne pour le début du printemps. Il enrageait car il savait que le temps d'instruction des nouvelles recrues n'en serait que plus réduit, ce pourquoi il avait insisté auprès de ses officiers pour qu'ils aient une attitude plus sévère qu'à l'habitude et ne retiennent que les plus forts, raison de notre astreinte plus longue qu'à l'accoutumée. Enfin, juste avant midi, nous avons atteint le contingent demandé et nous avons clos le conseil.

Je ne pouvais refuser d'aller déjeuner chez Hortense et son époux. C'est un bien grand ennui pour un père que de ne pas apprécier le mari de sa fille, d'autant qu'Hortense est le seul enfant qui me reste à proximité.

Mon fils François, qui s'était embarqué, pour se parfaire, comme médecin navigant au commerce, a choisi après son contrat de s'exiler à Boston, aux Amériques, où il pratique loin de son père. Je reçois de ses nouvelles très parcimonieusement. Je n'ai appris son mariage avec une miss Cabbot, qu'alors qu'il était déjà de longtemps consommé. François a toujours été assez oublieux de sa famille et n'a jamais satisfait aux projets que j'aurais pu concevoir pour lui.

Et ce pauvre Gaston, avec qui j'ai exercé un temps, et auquel je destinais ma clientèle le moment venu, dort à présent sous quelque dune de l'Algérie. Le coup a été très

rude pour moi, survenant quelques mois après la disparition de sa mère. Je ne puis me souvenir sans larmes des
chevauchées effectuées de concert et de la fraternité que
nous entretenions. De tous mes enfants, je le dis sans
honte, il m'était le plus proche.

Certes, un père n'est pas en état de favoriser un de sa
progéniture par rapport à l'autre, mais je retrouvais en
Gaston un peu de ma jeunesse. Sans doute ai-je eu tort, car
cette préférence est sûrement cause de l'exil de François et
du détestable mariage d'Hortense.

Je me suis présenté à son domicile vers midi et demie.

Je ne supporte pas la manière infatuée de ce Monsieur
Mortier de m'appeler « mon père ». Tout en lui me hérisse
mais, dans le même temps, je me sens d'une injustice bles-
sante pour ma fille, car je ne puis que constater ses efforts
pour m'accommoder au mieux. J'ai donc résolu de bien
me tenir, de ne pas entrer dans quelque discours politique
ou social, d'avaler toutes crues les insanités du notaire sans
répliquer et sans marquer la moindre ironie. En conséquence, le repas s'est passé sans drame, même si l'autre,
voyant mon recul, m'a assené contre-vérité sur ineptie. Je
me contentais d'acquiescer et de me resservir un verre de
vin. Pourtant tout en moi bouillait lorsque je pris congé en
alléguant la longue route qu'il me restait à accomplir. J'ai
baisé mon enfant au front, serré la main de son époux, et
fouette cocher.

Alors que mon cheval m'entraînait au seuil de la ville,
tout ce flot de bile accumulé se transforma en humeur
virile et me porta à l'Hôtel du Lion. Là, prétextant je ne
sais quelle fatigue, je demandai à m'allonger. Je retrouvai

ma chambre de la veille et, quelques instants après, Marguerite m'y vint rejoindre. Nous nous sommes alors livrés à des jeux adolescents. Toutes ces mignardises et ces caresses nous conservèrent jusqu'à tard dans la nuit.

Cette créature est fort alerte. Alors que mes patientes de plus de trente-cinq ans sont déjà des vieilles, abattues par le travail des champs sous le soleil et les grossesses à répétition, elle a été préservée des atteintes du temps et sa chair rosée se maintient comme celle d'une jeunesse. Il faut croire cette jouvence contagieuse, car je me suis moi-même trouvé une nouvelle vigueur devant l'éclat de son teint et les mordillements de ses dents qui me paraissaient de lait. J'étais entraîné dans un débordement vénérien inconnu. Ma sainte femme n'était, elle, pas si portée sur les agaceries et les minauderies qui font tout le sel d'un rapport, or il suffit d'un rien pour que la virilité assoupie s'éveille, plus resplendissante que jamais, simplement du désir de l'autre.

Je suis parti avant le jour, en promettant de vite repasser, et je suis arrivé chez moi dans la lumière dorée du petit matin. Honorine, déjà debout, lâcha, assez hargneuse, qu'il était inutile qu'elle préparât à dîner si je prenais mes aises comme un jeune homme. J'avais une faim de loup. J'engloutis le repas froid de la veille sous ses yeux stupéfaits.

Une heureuse plénitude du corps rejaillit aussitôt sur les facultés intellectuelles ; en chemin j'ai trouvé le titre de mon traité : « *Cause de la rage et moyen d'y remédier pour l'amour de l'humanité* ».

À cet instant, j'ai vu arriver à travers champs, essoufflé d'avoir couru plus d'une lieue, Julien, le fils de Maurasse.

136

Il s'effondra dans mon salon en bredouillant; sa sœur était dans les affres de la délivrance et Suzanne Voisin, la sage-femme, m'avait demandé. J'ai pris l'enfant en croupe pour rejoindre au plus vite la ferme des Herblay.

J'ai bien vu que les choses allaient difficilement à l'assemblée des commères chuchotant sur le seuil et plus encore à l'arrivée du curé de Taillebois soucieux de baptiser le petit être au plus tôt.

Le père Maurasse a mené ma jument en pâture, comme pour se donner une contenance. Il avait la physionomie dominée par un mystère qu'il ne savait saisir mais dont il sentait toute la puissance. Il a marié son enfant en précipitation, et le nouveau-né vient un peu tôt. De là à attribuer la difficulté de cet enfantement à une punition divine, il n'y a qu'un pas que certains se hâtent de franchir. Bucard en usera sûrement comme matière à ses sermons du dimanche qui précède le printemps et dont le principal objet est de maintenir les humains, pris alors d'un rut animal, dans la mesure.

Suzanne Voisin s'approcha en s'essuyant les mains sur son tablier comme une cuisinière surprise dans son office. Elle sait souvent mieux que les messieurs parlant latin ce dont il retourne dans l'abdomen des femmes. Elle me fait confiance, ce qui est une marque de considération que je prends à sa juste valeur.

Je suis entré dans la maison.

Le bout d'homme se présentait mal, Voisin avait tenté de manipuler le ventre pour changer la position mais elle n'y était pas parvenue. Le col s'était naturellement élargi mais pas assez pour permettre un passage facile. La jeune femme était en suée et son visage grimaçait sous l'effort.

Sa mère l'avait installée sur un bat-flanc, près du coffre et de la fenêtre. Elle se tordait les mains, impuissante à apporter le moindre soulagement. Depuis l'aube, sa fille souffrait mille morts. Une contraction plus forte la poussa à hurler. Nous allions vers un accouchement laborieux et il faudrait probablement user des fers ou, pire, du crochet. Cette éventualité engendre toujours en moi un bouleversement si terrible que je ne pourrais l'expliquer. Je me suis approché et j'ai goûté l'exsudation qui inondait son cou, elle était âcre. J'ai souvent remarqué que cet état de choses ne présumait rien de bon quant à une conclusion entièrement naturelle.

Le ventre était tendu et le nombril remontait comme si un fil invisible le tirait. L'enfant venait par le siège. Je demandai à Suzanne Voisin quelles manipulations elle avait entreprises et nous tentâmes de les refaire à deux, sans résultat. La fille hoquetait sous l'effet affreux de cette douleur dont on dit que nul ne saurait la décrire ni la comprendre s'il ne l'a lui-même ressentie.

Les plaintes se faisaient de plus en plus perçantes. Elle rentrait les yeux en dedans de sa tête comme pour y chercher la source de sa souffrance. J'aurais eu les moyens de peut-être arriver à améliorer la chose en boutant avec une cuillère de forceps dans la matrice, quelquefois cette intervention a d'heureuses conséquences pour peu qu'elle soit effectuée avec délicatesse.

À cet instant, l'abbé Bucard est entré pour administrer l'extrême-onction, comme les parents l'en avaient prié. Après son « *Ego te absolvo* », j'ai repris ma manipulation et je suis parvenu à retourner d'un seul coup le petit corps, comme si les impositions du curé avaient eu un effet, ce dont d'ailleurs il ne manquera pas de tirer profit. La fille put alors pousser plus fortement pour expulser le fœtus, mais celui-ci était retenu au-dessus du détroit supérieur de l'excavation pelvienne. Et je dus pratiquer l'extraction en usant des fers.

Sitôt le bébé né, Bucard se précipita pour l'ondoyer. Tient-il les comptes des âmes qu'il sort des limbes ?

La nouvelle mère était dans un grand état de faiblesse, mais pour l'heure vivante et son enfant aussi. J'étais épuisé, je me suis laissé entraîner par les matrones hors de la maison. Elles allaient à présent poursuivre leurs coutumes ancestrales sans ma présence.

Assis sur le banc auprès de Maurasse, l'abbé Bucard récitait je ne sais quelle patenôtre. Je me suis posé à côté d'eux, bras ballants, jambes écartées, et j'ai profité en silence du soleil de midi, consumé mais bercé par ces paroles auxquelles je ne crois pas.

J'ai ensuite enfourché ma jument mais, en chemin, un subit émoi me saisit. Je décidai de pousser jusqu'à Condé. J'avais besoin de tendresse féminine, comme si d'avoir procédé à cet accouchement avait épuisé un morceau de moi-même que je ne pouvais reconstituer que dans le giron d'une amante. Colette m'accueillit de belle manière et je suis demeuré chez elle à me réconforter le reste de la journée.

### Vendredi 28 janvier

Ce matin, j'ai débuté à l'aube une longue tournée pour rattraper celle perdue de mardi. La fille de Maurasse, aux

Isles-Bardel, reposait calmement dans la pièce commune inondée de lumière.

Heureusement que je suis parvenu, l'an passé, à expliquer à mon métayer que l'hygiène devait présider à son établissement. J'ai, à mes frais, fait ouvrir des fenêtres, réaménager et paver la salle, couvrir le puits et déplacer le tas de fumier de son abord à l'arrière de la grange. Bref, nous avons arrêté toutes les mesures d'hygiène que nous enseigne la connaissance. Il y a consenti de mauvaise grâce ; mais ne suis-je pas le maître de cette propriété ?

Il a argué que trop d'ouvertures demanderaient un plus ample chauffage, je lui ai laissé la jouissance entière d'une parcelle du bois des Venteux. Je n'agissais alors que dans le souci de la science. En la circonstance, je suis heureux que ces aménagements mettent la jeune mère un peu à l'abri des suites de son accouchement qui, dans une des masures infectes que je fréquente, pourraient être fatales.

Je me suis enquis de ce que ses urines étaient claires.

Le nouveau-né était emmailloté serré comme cela se pratique de par chez nous. Une habitude que je ne suis pas encore parvenu à faire abandonner au profit d'une plus grande liberté des membres des nourrissons. Il tétait bien le sein.

Lorsque je m'en suis allé, la mère Maurasse est venue me remercier en m'appelant « Not'Maît' » à la mode de l'Ancien Régime, et son mari, à ses côtés, le chapeau bas, acquiesçait à chacune de ses paroles comme s'il était lui-même trop malhabile à dire ce qu'il pensait. Je leur ai répété, en guise d'ordonnance, de s'occuper de leur fille et de négliger les tâches sans urgence pour la semaine suivante.

Le père et moi sommes ensuite allés voir nos vaches. J'ai remarqué que certaines souffraient d'être trop serrées dans leur étable. Nous avons décidé d'entreprendre un agrandissement le printemps prochain et, en attendant, je lui ai demandé de les sortir à la fin de la matinée.

J'ai suivi le chemin de Ménil-Vin, pour m'enquérir de l'état de la Françoise que j'ai opérée voici quinze jours et dont je n'avais eu nul bruit. En cas de complications, on m'aurait sûrement contacté. On ne se préoccupe de me donner des nouvelles que lorsqu'elles sont mauvaises. La plaie était propre et commençait à cicatriser sous le bandage que j'ai changé en recommandant de n'y pas toucher jusqu'à mon prochain passage.

À Mesnil-Hermei, j'ai passé une heure à prendre le pouls de la mère Solange et à bavarder des rumeurs des environs : l'histoire de l'accouchement de la fille de Maurasse avait déjà fait le tour du canton. Je l'ai quittée en lui laissant une provision de mes pilules et j'ai poursuivi ma route jusqu'à Ménil-Hubert-sur-Orne, à la ferme du jeune Pierre Daubois.

Je lui ai trouvé un beau moignon bien brillant. Il s'est plaint de vives brûlures au pied qu'il a perdu. C'est une chose que j'ai souvent observée, les douleurs de ces amputations se produisent non sur la plaie ou l'os tranché, mais sur le membre disparu comme s'il existait encore, alors même qu'il n'est plus, depuis longtemps, que pourriture. J'ai une fois tenté, dans un cas similaire, de me saisir du membre sectionné et de l'incinérer pour voir si cela aurait le moindre retentissement sur le patient ; il n'en a rien été.

Je n'ai rien d'autre que de bonnes paroles pour pallier cet état, je les ai dispensées en même temps qu'une pilule d'opium dont j'ai remarqué l'effet calmant.

Ensuite, j'ai traversé l'Orne pour rejoindre Pont-d'Ouilly.

Le père Gatiniaux me guettait sur le seuil de la maison. Il était vêtu de sa blouse empesée des dimanches et portait ses guêtres blanches et sa culotte bouffante. Il m'a fait entrer chez lui, sans un mot. Il marchait avec difficulté. Il avait renvoyé tout son monde. Il m'annonça alors qu'il ne parvenait plus à pisser depuis trois jours et qu'il attendait ma venue depuis tout ce temps.

Je compris que l'homme pensait mourir et le pourquoi de sa solennité.

Je lui ordonnai de se déboutonner et de s'allonger sur son coffre. Sa vessie était fortement comprimée et turgescente. Il devait souffrir le martyre, mais n'en laissait rien paraître. Je lui introduisis une très mince sonde dans l'urètre, sans qu'il dise mot, et découvris une petite pierre qui bouchait son accès. En poussant légèrement, je permis à une urine assez claire de s'écouler dans la bassine posée sous lui et un soulagement enfantin se marqua sur son visage.

Je maintenais la roche en crainte de la perdre et de ne plus pouvoir l'extraire. Une fois qu'il se fut abondamment soulagé, je tentai de ramener à moi le caillou à l'aide de la sonde. Je parvins à mes fins au bout d'une bonne demi-heure et retirai un gravier friable d'à peine une demi-once. Je transvasai une portion du pissat dans un verre pour le mirer et n'y distinguai rien d'autre qu'un léger trouble dû à sa rétention, de même ne présentait-il aucune des odeurs rances ou fétides que l'on trouve dans les cas d'inflammations graves. Hormis cet accident mécanique, mon homme vivrait bien encore quelques dizaines d'années.

Après s'être reboutonné, il frappa dans ses mains, et, surgie de nulle part, sa femme nous apporta l'habituelle bolée que nous avons bue de concert avant qu'il ne me glisse sur la table une pièce de cinq francs. Pour lui, je ne suis qu'un fournisseur comme les autres, dont il attend un service et qu'il rémunère en fonction de sa réussite. Il ne se pense pas supérieur. Nous sommes sur un pied d'égalité, maîtres de nos métiers et les exerçant du mieux. J'ai ausculté le reste de la maisonnée, sans rien trouver que de la bonne santé.

À Sainte-Honorine, Vertou de la Planche est désormais complètement revenu, sauf sa main droite qui présente une espèce de mollesse. Je lui ai recommandé de se ménager et d'éviter les emportements. L'incident a dû bigrement l'effrayer, il m'a écouté avec une sorte de soumission, c'est une attitude que je n'aime guère d'ailleurs en ce qu'elle est capable de laisser présager un effondrement du caractère qui peut rapidement conduire à une issue désastreuse. Heureusement, Victorine Dreux, sa gouvernante, a renchéri sur mes conseils et m'a lancé une œillade complice. Je crois que c'est elle qui tient vraiment la maison, il n'en est que la parade.

Je n'ai point vu la petite Marie.

En passant par Taillebois, je me suis fait harponner par Bucard qui guettait mon passage. La petite Marie était allée à confesse et le bougre avait jugé de son rôle de me sermonner. Comme s'il en avait le moyen ! Je me suis contenté d'une ironie libertine qui n'a pas eu l'heur de lui plaire, en lui rappelant que je l'avais jadis traité par le mercure. De quel droit cet homme en robe, fonctionnaire de l'Empire de surcroît, me dicterait-il ma conduite ?

J'apprécie Bucard en tant qu'humain, il prouve souvent un grand dévouement, il est capable d'actes sublimes en faveur de la détresse et de la pauvreté. Mais il ne tient son ministère que de sa propre illumination et non de quelque attention particulière que lui aurait portée le Créateur. Il est altruiste parce que sa complexion est telle et non de son établissement. Il n'est pas plus une autorité morale que ne l'est Germon ou que je ne le suis. Si mettre une soutane ouvrait une communication directe avec le Bien, tous ceux qui se prétendent hommes de Dieu auraient, depuis longtemps, éradiqué la terrible misère dans laquelle se trouvent les humains. Nous autres médecins n'aurions aucune utilité, car, par simple volonté, ils vaincraient le croup, la fièvre et la rage. Il est trop facile de considérer la souffrance et de ne la point soulager sous prétexte qu'elle est rédemptrice, alors qu'au vrai on en est incapable. Où donc est le rachat lorsque les extrémités sont attaquées par la gangrène et que, par bribes, le corps se délite, pour ne plus laisser du moribond qu'un tronc, siège d'une ignoble douleur ? Il faut avoir vu l'abominable solitude de celui que tous ceux qui l'aiment abandonnent parce qu'ils n'ont pas le courage de supporter ni la pestilence, ni l'état dans lequel il est réduit. Le supplice de la roue est bien plus humain. Je ne vois point de crime qui soit à la hauteur d'un tel châtiment ! Et pourquoi d'autres dont tous savent la malfaisance périssent-ils simplement d'apoplexie ou de pléthore, sans même s'en rendre compte ? Qui fera croire que de petits tripotages anodins, que d'infimes voluptés passagères, méritent la cruauté de la maladie rabique, dont la victime finit étouffée par ses proches entre deux matelas ? Et ce sont ces hommes qui ont prononcé, aussi librement que possible, leurs vœux d'abstinence, et ne les respectent que rarement, qui voudraient régenter l'émoi de nos sexes ? Qu'entendent-ils donc à la jouissance, au seul inaliénable bien que nous apporte la vie ? Et c'est cela qu'ils prétendent nous enlever ? Qu'ils aillent au diable ! Ils croient que l'atteinte syphilitique est le fruit de la fornication, faux, elle est le produit d'un agent extérieur qui, s'il se transmet par la conjonction, y est totalement indifférent, point n'est besoin d'être cardinal pour comprendre cela.

Nous nous sommes quittés légèrement en froid, mais non sans que je l'aie assuré que ce genre de piètre épisode ne se renouvellerait plus. Je juge en effet qu'il est temps de limiter mes prétentions libidineuses aux femmes de mon état, ne fût-ce que pour préserver la réputation de ma pratique.

Cet incident m'avait chauffé, j'ai donc tourné bride et, au lieu de me rendre à La Forêt-Auvray comme j'en avais l'intention, je suis remonté vers Condé-sur-Noireau, où, pour l'heure, une couche m'est toujours ouverte.

Je ne suis rentré à Rapilly qu'au petit matin.

## Samedi 29

Après toute l'excitation de ces dernières semaines, je me sens à la fois débordé et incapable de faire le moindre geste. Je subis une chute brutale de l'énergie dont je suis impuissant à comprendre la cause. Serais-je comme ces hommes qui, à force de trop s'exalter, se retrouvent face à l'ennui dès que ce qu'ils ont désiré le plus ardemment est atteint ?

Je regarde le jardin et, par-delà le bosquet qui masque la route, l'air est transparent, presque solide. Derrière moi, le feu crépite. Lorsque je ferme les yeux, je vois apparaître les corps de mes amantes. Je scrute les détails de leurs attaches, le grain de leur peau, et me reviennent, par instants, les effluves de leur parfum, par-delà les senteurs du bois qui brûle dans ma cheminée.

C'est une mélancolie contre laquelle je suis bien incapable de lutter qui s'insinue en moi.

Lorsque je me suis levé, vers midi, il pleuvait. Le ciel était lourd et le temps, hier froid mais clair, avait tourné, en une matinée, à cette sombre chape qui vient de la mer et porte le deuil de tous les marins disparus. Cette atmosphère m'abat. Elle m'enlève toute envie d'agir. Je suis conscient alors qu'il me faut secouer ma carcasse avec quelque animation secondaire mais brutale qui lui fasse oublier le poids de l'air.

Je me suis donc vêtu en hâte, comme un paysan, et je suis allé bêcher dans mon potager et dans mon jardin médicinal, au fond du pré. Une saine activité physique est la meilleure indication contre la mélancolie. Comme je m'affairais sur la terre molle et grasse, j'ai aperçu Honorine qui me regardait par la fenêtre de son office, avec dans les yeux une commisération due à sa fréquentation immodérée des églises.

146

Elle est de ces femmes qui ne peuvent mener leur existence sans en référer à la divinité. Leur religion leur est comme un corset qui maintient leur âme dans une contrainte rassurante. Elle leur donne l'impression d'échapper au destin commun qui n'est qu'une continuelle et tragique farce. Elles règlent leurs humeurs et leurs amabilités aux prêches et aux sermons, oracles qu'elles suivent de manière enfantine, craignant à chacun de leurs pas de sortir d'un sentier qu'elles croient tracé de toute éternité. Lorsque la pluie s'est faite plus forte et plus perçante, je suis rentré, trempé comme une soupe. L'exercice physique avait chassé de mon esprit les miasmes de la morosité. Je me suis mis à mon traité.

## Dimanche 30 janvier

J'ai travaillé jusqu'à tard dans la nuit. J'ai pris mes échantillons en commençant par les plus anciens, je les ai préparés avec soin et fixés au collodion pour une exploration au microscope. Ce sont des prélèvements de cerveau et de moelle épinière que j'ai effectués depuis près de trois ans et que je conserve dans l'alcool. Mon projet est de découvrir ce qu'ils ont de commun. Au fur et à mesure de ce travail répétitif, qui a la vertu de libérer la pensée, j'ai réfléchi aux méthodes qui vont diriger mes prochaines activités.

Je suis venu à bout de mes préparations sur verre au petit jour. J'étais épuisé et je suis tombé tout habillé, à la mode de nos paysans, sur mon lit. Je me suis tiré du sommeil à l'aube pour me mettre dans mes draps et m'enfoncer dans une profonde torpeur jusqu'à onze heures. Mes rêves m'ont laissé le sentiment d'avoir aplani les escarpements de mes impressions, comme on lisse l'enduit sur un mur.

Alors que j'étais tout juste vêtu, Germon est arrivé. Il avait avec lui l'abbé Bucard, le curé de Taillebois, qu'il avait jugé à propos de mener jusqu'à moi. J'ai de la sympathie pour cet homme tant qu'il ne tente pas de me convertir ou de prêcher. Pour le reste, c'est un être d'un agréable commerce et plein d'une bonne volonté sincère qui imprègne son corps de géant. Mais il est quelques sujets sur lesquels nous pourrions nous emporter. Nous évitons soigneusement de les aborder lorsque nous nous retrouvons, principalement les prétendues guérisons miraculeuses, le dogme ridicule de l'Immaculée Conception et, bien entendu, l'attitude de l'Église face aux choses du sexe et de la souffrance, c'est-à-dire à peu près tout, sauf quelques autres objets d'importance, comme la saveur d'un rôti, le bouquet d'un vin et l'arôme d'une liqueur, ce qui est bien suffisant pour entretenir une conversation à déjeuner.

Honorine s'était surpassée. Elle avait préparé son fameux gigot de neuf heures réservé aux grandes occasions. Elle avait même débouché deux bouteilles d'un irancy que j'affectionne particulièrement.

C'est ainsi que je me suis peu à peu aperçu que j'étais victime d'un petit complot qui unissait Germon, Honorine et Bucard. Mes amis sont inquiets de mon soudain retour de flamme et veulent me prémunir contre les dangers moraux et physiques que celui-ci engendrerait.

Cette préoccupation de ma santé et de mon âme, bien qu'un peu agaçante, est pour le moins touchante et j'aurais mauvaise grâce à m'en formaliser. Mieux vaut être aimé qu'abandonné et solitaire. Plutôt que de laisser mes convives dans la gêne et de les contraindre à n'apprécier cet excellent repas qu'une fois leur mission accomplie, j'ai pris les devants. Cela eut pour effet de nous permettre ensuite de parler de choses sans conséquence et d'aiguiser nos crocs sur la carcasse de l'abbé Rouvre. La médisance est un péché véniel qui se substitue fort bien aux passions tristes comme la colère ou la jalousie, surtout quand elle s'attache à des personnes qui y prêtent si évidemment le flanc que l'injustice serait de ne pas s'y adonner.

Bucard s'arrange avec ses obligations. Une si imposante charpente a des besoins qui ne sont pas les mêmes que ceux de l'autre échalas. Il lui faut donc accorder l'inconciliable et il se débrouille pour accomplir cette gageure. Je l'ai soigné au mercure voici quatre ou cinq ans pour un chancre bien formé dont je me suis bien gardé de lui demander d'où il venait. Il m'en a été reconnaissant. Cela a créé entre nous une certaine connivence, la même qui l'a amené à s'estimer autorisé à me faire la leçon, vendredi. Notre rivalité ne tient qu'à ce que nous défendons chacun notre paroisse mais nous parvenons à nous maintenir en bonne intelligence. J'ignore ses miracles et il réfute mes expériences.

N'empêche, la complicité de Germon et de Bucard a tout de l'alliance de la carpe et du lapin. Je suis moi-même assez virulent contre les simagrées de bénitier, mais, face à Germon, je suis un aimable amateur. Il n'est pas de rencontre où il ne m'entretienne des méfaits de l'obscurantisme religieux. Le moindre prêtre lui est un Torquemada en puissance et la plus infime croyance, une abominable superstition capable de renvoyer le monde à l'âge des antiques.

Je ne suis pas peu fier qu'au-delà de leurs conseils, dont je tiendrai le compte que je veux, ce soit leur affection pour moi qui les ait réunis.

### Mardi 1er février

Le premier mois de cette année s'achève malheureusement.

Tôt hier matin, alors que je faisais atteler pour ma tournée du lundi, j'ai vu arriver au galop sur un cheval de trait Gustave, le mari de Françoise, ma patiente de Ménil-Vin. Il était blanc comme un linge. Son épouse avait commencé à avoir des douleurs et la sage-femme, sentant que les choses n'allaient pas leur train, m'appelait. J'ai sellé et je suis parti à toute allure derrière lui. Nous avons couvert le chemin de Ménil-Vin à travers champs en moins de dix minutes.

Alors même que je pénétrais dans la salle commune, la jeune femme poussa un cri perçant. Elle empoigna son ventre en proie à un élancement des plus intenses. Elle était d'une blancheur de cire. Je me précipitai pour lui prendre le pouls. Il se déprimait rapidement, à en devenir presque insensible. Une inexprimable angoisse se marqua sur son visage et elle s'évanouit.

Les contractions cessèrent tout d'un coup et son abdomen se fit souple et dépressible. J'enduisis mes mains de beurre en guise de cérat et procédai à un toucher, en rencontrant non la partie fœtale, mais les anses intestinales. J'étais en face de la pire des circonstances. Cette rétractation utérine indiquait la rupture de l'organe. La destinée de la jeune Françoise était scellée, si elle ne mourait pas immédiatement, ce serait chose acquise dans quelques heures. Cela n'a pas duré, en quelques secondes Françoise a rendu l'âme à la suite d'une hémorragie foudroyante qui avait envahi la cavité péritonéale.

Sur ces entrefaites, l'abbé Rouvre entra et me somma de pratiquer une césarienne pour extraire le fœtus afin qu'il puisse l'ondoyer. Si je refusais, il réaliserait lui-même l'opération. Tout cela était dit d'un ton sans réplique qui eut pour résultat de me mettre hors de moi. J'ai eu le mouvement de me retirer, de le laisser effectuer cette triste besogne et de se retrouver les mains dans l'abondance du sang de la malheureuse. Mais je pense qu'il m'appartenait d'aller au bout de cette pauvre histoire et que j'avais une chance de sortir l'enfant encore vif.

J'ai incisé un peu au-dessus de l'os du pubis en espérant rencontrer le péritoine rapidement, ce qui arriva. Je sentis la tête du produit, que je tirai doucement vers moi. Il se dégagea lentement des viscères de sa mère. C'était une petite fille d'un peu plus de quatre livres, elle vivait encore, mais elle présentait cette couleur bleue typique de la fin prochaine. Je massai du doigt le menu thorax pour déclencher le réflexe respiratoire. Pendant ce temps, Rouvre la baptisait. Mes efforts furent vains et l'enfant s'éteignit en quelques minutes.

Je me retrouvai hagard dans cette salle commune envahie par les femmes. Mes avant-bras étaient dégoulinants de sang et je sortis me les laver dans un grand baquet d'eau fraîche près du puits. Le ciel était maussade et gris.

Je montai sur mon cheval et m'en fus poursuivre ma tournée dans un état de solitude indescriptible.

Ma jument trottait sur le chemin défoncé. Je ne pensais à rien. Mon esprit était asséché. Une détresse irrépressible s'emparait de moi. J'étais confronté, une fois de plus, à l'immensité de ma tâche et à l'inutilité de mon pauvre savoir-faire. Certes, je n'avais rien à me reprocher. Tout avait été accompli dans les règles. Si je n'avais pas opéré la typhlite voici une quinzaine, Françoise serait morte de toute façon et là, dans d'atroces douleurs.

J'ai vu trépasser nombre d'humains, mais jamais je ne suis parvenu à m'habituer à ce vide qui entre dans le regard. J'ai eu beau m'entraîner à la philosophie, me démontrer l'inévitable qui nous attend tous, tenter de vivre le jour présent, une chape de plomb tombe sur mon front à chacune de ces occasions.

Bien que croisant Condé-sur-Noireau, je n'ai pas eu le cœur de me rendre chez Colette.

Je me suis arrêté à La Forêt-Auvray chez mon sorcier et, sans nous dire un seul mot, nous avons éclusé un ou deux litres de calva jusqu'à la nuit. J'ignore comment je suis rentré, sans doute mon cheval a-t-il trouvé tout seul le chemin de l'écurie. Ce matin, je me suis retrouvé déshabillé et couché dans mon lit, comme si je m'éveillais d'un mauvais rêve.

Au courrier, j'ai reçu une lettre assez sibylline de Madame Vernaison postée à Saint-Germain-Langot, ce qui est bien étonnant car à cette époque de l'année elle réside à Caen. Je ne suis pas en disponibilité pour répondre immédiatement à la demande de visite de cette dame. J'irai lors de ma tournée vers Falaise et je lui ai écrit un petit mot dans ce sens.

Je recule depuis un mois l'instant de mes comptes de l'an dernier. Je sais bien que je n'ai pas fait fortune. J'y ai passé toute ma matinée, recoupant les factures et les bordereaux, mes calendriers et mes notes.

Mes trois fermes m'ont rapporté environ quatre mille francs.

Les deux coupes des bois de Mayange et de Fontrenne, deux mille.

Mes appointements auprès du département, trois mille, y compris les frais de mes déplacements.

Mes honoraires, mille cinq cents.

Soit un montant total de dix mille cinq cents.

Pour ma part, j'ai dépensé :

Deux mille quatre cents pour l'entretien de tous les jours.

Mille deux cents pour les paiements d'Honorine et d'Ernest.

Deux mille quatre cents de médecines et de drogues diverses.

Deux milliers de livres et d'instruments.

Un autre de voyages divers.

En tout neuf mille.

Soit un bénéfice de mille cinq cents, que je vais remettre à mon gendre Mortier pour qu'il les place avec le reste, de façon à pourvoir à la maintenance de mes biens et se charger de mes impositions.

Financièrement, mon budget est équilibré, mais en réalité, il ne tient pas compte de mes tournées bihebdomadaires, d'environ six malades à chaque fois, ni de mes consultations du mercredi, chaque semaine, dix clients, ce qui fait que je vois à peu près mille patients réguliers. La moyenne de mon revenu d'examen est donc d'un franc cinquante par acte. Si je n'avais que ma pratique, comme Germon, je ne sais si j'aurais pu soigner gratis les indigents et élever mes enfants.

Cette nouvelle année est aussi l'occasion d'effectuer un bilan de mon exercice, qui, somme toute, est un résumé de mon journal de l'an passé. En commençant par le début de l'existence, j'ai participé à la naissance de douze bébés, deux en janvier dernier, un en février, deux en mars, un en avril, deux en juin, deux en juillet, un en septembre et un en décembre. Trois de ces délivrances ont été laborieuses et, pour l'une d'entre elles, je n'ai pas eu les moyens de conserver la mère, victime d'une éclampsie. Pour un treizième accouchement, en août, j'ai dû user du crochet et la mère a été sauvée. Sur les douze gosses venus au monde vivants, sept le sont encore aujourd'hui, et sur les treize parturientes, j'en ai perdu trois, dont deux de fièvre puerpérale.

Et de la vie nous passons naturellement à la mort ; outre ces trois femmes, j'ai eu à déplorer la disparition de vingt-deux patients et j'ai assisté à l'agonie de sept autres auprès desquels j'avais été appelé en urgence et que je ne fréquentais pas régulièrement, dont trois nouveau-nés de l'année pour lesquels on n'avait pas fait appel à mon concours. Il est naturel que je voie plus de trépas que le reste de la société, curés exceptés ; lorsque tout va bien, on se passe de mes services.

Le quart de ces pertes est dû à une épidémie de pellagre qui a affecté deux villages exclusivement, Fourneaux-le-Val et Cordey, et qui a brutalement cessé au seuil du mois de mai, avec des rétablissements spectaculaires, mais le mal n'en a pas moins occis six patients en moins de huit semaines.

Trois enfants ont été tués par le croup à la fin février.

Il y a eu six décès de vieillesse.

Deux individus ont été horriblement touchés par la rage.

Cinq ont succombé à un accident, dont quatre au moment des moissons, un des suites d'une amputation, et ces trois femmes sont mortes en couches, donc.

J'ai heureusement été en mesure de sauver du trépas une dizaine de personnes, uniquement parce que j'avais été appelé au tout début du mal et que j'ai été à même d'intervenir de manière énergique.

Cet inventaire m'a profondément affecté, non que de quelque façon j'aie failli à mon devoir, mais par le simple constat de notre impuissance à affronter la maladie et ses suites. On peut parfaitement réussir une opération dans toutes les règles de l'art, prendre toutes les précautions, jongler avec les interdits et les superstitions, et voir toute cette ingéniosité emportée en un instant par une infection fulgurante contre laquelle nous ne sommes en état de rien. Nous luttons contre un océan furieux et n'avons que nos mains pour y faire barrage.

Vers quatre heures, assommé par ces réflexions, j'ai sellé ma monture et je suis parti à Condé-sur-Noireau au galop.

J'ai parcouru les quatre lieues en moins de deux, comme un cheval de poste. On ne m'attendait point. Madame était sortie. J'ai donc patienté sur la place devant sa maison, et, lorsqu'elle est rentrée, nous nous sommes mis dans son lit, où elle m'a bercé comme un petit enfant jusqu'au lendemain matin.

## Mercredi 2 février

À la fin de la nuit, j'ai quitté Condé et ma maîtresse, pour ma consultation. Je suis arrivé chez moi alors que la clarté pointait à peine.

Au courrier, ce jour, j'ai trouvé une demande de la Société mutuelle du Calvados pour un médecin permanent rémunéré mille six cents francs pour une année. Je vais agir pour que Germon bénéficie de cette manne et j'ai écrit en conséquence.

J'ai ensuite commencé à recevoir mes patients. Le mercredi est date de marché et nous sommes au début du mois, une foule se pressait donc dans le jardin. Bien plus que d'habitude, peut-être trente ou quarante personnes, des femmes surtout, le froid de ces dernières semaines a fait de menus ravages et comme il n'y a pas grand-chose à accomplir ni aux champs, ni aux celliers, chacun se préoccupe un peu de soi et vient déverser chez moi ses douleurs et ses craintes de l'avenir. Je les pallie du mieux que je le puis. Je lâche une sentence par-ci, un vague conseil par-là ; je suis attentif, j'écoute beaucoup la somme des petits malheurs quotidiens du corps. J'ausculte, le plus souvent pour la forme, et comme chacun est disponible, j'en profite pour inoculer des vaccines.

Au moins, si je ne puis soigner, puis-je combattre à ma manière un fléau dont j'espère qu'à force nous serons débarrassés. L'an dernier, le canton a perdu par la vérole plus de soixante-dix personnes. Ces morts auraient pu être évitées grâce à la découverte formidable de Monsieur Jenner. Moi-même, voici quelque temps, j'étais réticent à l'idée de transmettre la maladie, fût-ce sous son expression atténuée, à des hommes, des femmes ou des enfants sains, mais j'ai constaté de façon irréfutable l'efficacité de ce traitement empirique.

De ceux qui l'ont reçu, aucun n'a été infecté, même s'ils ont côtoyé de très près, voire intimement, un variolique. Cette protection ne coûte pratiquement rien et offre une immunité qui me surprend encore aujourd'hui. Je serais incapable d'exprimer comment cela se produit, mais les résultats sont là, indubitables.

Un grand pas a été franchi, l'année dernière, et je dois le dire grâce à l'abbé Bucard, après une assez longue discussion que nous avons eue, lui, moi et Germon. J'avais, à cette occasion, sorti mes notes et mes comptes rendus. Comme il est au courant des moindres malaises de ses ouailles, et probablement de faits que j'ignore et qui regardent le secret de ses confessions, il a pu constater lui-même la véracité de mes déclarations. Il ne lui a fallu que quelques minutes pour les tourner à l'avantage de sa paroisse philosophique, et pour me déclarer tout de go que le cow-pox était un effet de la Providence qui, lançant ses foudres sur les pécheurs, en usait également pour montrer la magnanimité de la miséricorde divine, au bénéfice de la repentance.

Ainsi le mal devenait un bien par l'action sainte.

J'ai souscrit au raisonnement. Que m'importent les entendements qui permettent le soin. Je ne suis nullement préoccupé du pourquoi des choses, qui reste subsidiaire par rapport à leur comment. Que mes patients acceptent mes médications parce qu'ils y voient une manifestation de la transcendance, ou qu'au contraire ils croient aux bienfaits d'une science matérialiste me laisse froid, du moment qu'ils les reçoivent.

Bref, ainsi armé canoniquement, Bucard s'est fait le propagateur d'une œuvre qui gommait Jenner au profit de Dieu, et la méthode scientifique a subi une métamorphose liturgique. Il a réussi à convaincre son évêque des avantages de la pratique pour la propagation de la foi et Monsieur le marquis Vérone de Persigny d'inoculer toute sa proximité, hommes, femmes, enfants, serviteurs, métayers et affiliés. La Révolution n'a pas effacé le prestige de ces nobliaux de province, qui, mis un instant sous le boisseau, s'est réveillé plus puissant que jamais avec la Restauration. Depuis ce petit événement, tous ceux qui, la veille, dénigraient la démarche en sont devenus les ardents diffuseurs et mon cabinet, un centre de prophylaxie. Que désirer de plus ?

J'ai donc passé une bonne partie de ma journée à user de la lancette en recommandant de revenir lorsque la pustule apparaîtrait de façon que je puisse en récupérer la substance et compléter ma provision.

Vers huit heures, mon dernier patient s'en est allé.

## Vendredi 4 février

Hier, une étrange torpeur m'a tenu tout le jour. J'ai déambulé de ma serre au jardin, de mon bureau à l'écurie, j'ai tenté de travailler mes croquis, de poursuivre mes observations, tout cela comme dans un rêve où l'on ne peut rien maîtriser. J'essaye de prendre la plume pour m'en dégager, mais comme le cœur n'y est pas, je vais me coucher et remettre à demain ou à samedi ce que je suis incapable d'accomplir immédiatement...

Ce matin, je me suis éveillé d'excellente humeur, et avec je ne sais quelle verve dans l'esprit qui m'engageait à toutes les facéties. Je me suis moqué d'Honorine et j'ai fini par la faire rire, et la pousser à l'amabilité.

Ma carriole attelée, je suis parti pour ma tournée vers Falaise, que je n'effectue qu'une fois par mois, mais qui a l'avantage de me rapporter financièrement beaucoup, sans énorme effort. Les patients de chacune de ces étapes sont des bourgeois bien nantis, qui ne souffrent que des mille petits inconvénients de l'âge, de la sédentarité et de la bonne nourriture. Si j'étais d'un autre caractère que le mien, je m'en contenterais et parviendrais sans grande peine à constituer un gentil pécule que mon gendre placerait dans des actions de chemin de fer ou dans des rentes d'État. Il me considérerait enfin comme un des siens et accomplirait ses révérences sans la moindre arrière-pensée, alors que je perçois bien qu'il regarde comme l'effet d'une folie maniaque mon souci des indigents. Cela dit, je ne crois pas que j'aimerais tant que cela être des siens.

Aujourd'hui, c'est la première fois de l'année que je visite ces clients. Je le fais à dessein en février, pour laisser passer les petites indispositions nées des réveillons trop fins et des abus festifs, pour lesquels je n'ai d'autre médicament qu'une diète serrée et un peu de repos. Dans ces milieux, il n'est guère bon de traiter les sujets avec des remèdes de peu de valeur. On exige des épices précieuses venues de l'Orient, des mélanges complexes aux noms grecs et latins, des baumes singuliers aux fragrances inattendues, le patient se sentant exceptionnel ne saurait être soigné de manière normale. Je suis d'ailleurs injuste en généralisant, car les riches ne sont pas unanimement des imbéciles, loin s'en faut ! Mais il n'est pas rare que la prétention aille de pair avec la pléthore ou la goutte.

Mon cheval m'a mené aux Loges-Saulces, à la ferme Desprez, où l'on était déjà en train de rebâtir la grange consumée voici un mois, de façon à ce qu'elle ne fasse point défaut quand il s'agira de rentrer les récoltes. Les gendarmes étaient là. On raconte que ce sinistre ne serait pas le fruit du hasard. Nul ne plaisante avec les incendiaires de par chez nous. Dans les cours d'assises, les jurés paysans pardonnent plus facilement le meurtre que l'incendie. Ils trouvent des circonstances atténuantes aux violents, jamais aux brûleurs.

Le soleil brillait dans le ciel de givre. La terre durcie du chemin résonnait sous le sabot de mon cheval. J'ai piqué des éperons et je suis parti au trot vers ma première visite à deux lieues.

Je suis arrivé à Martigny-sur-l'Ante, une cinquantaine de minutes plus tard, chez le marquis Vérone de Persigny. Grand amateur de chasse et de venaison, il va vers une soixantaine enjouée et gaillarde, mangeant, buvant, pétunant, baisant plus que de raison. On raconte qu'il ignore le compte de ses bâtards et qu'il suffit qu'on vienne lui réclamer pension pour qu'il l'accorde, plus pour bâtir la publicité de sa puissance vénérienne que dans un souci de réparation. D'ailleurs, le calcul n'est pas mauvais, puisque, selon le vieux principe de l'ancien régime féodal, il peut, à bon droit, se dire le père de ses sujets et qu'il participe de cette façon à une charité à laquelle il est tenu par son rang.

Sa sujétion à lui est celle de l'angoisse de la goutte. Une fatalité de lignage, car son père et son grand-père également souffraient de cette atteinte qui a fini par nouer leurs articulations et les tuer dans les horribles souffrances de coliques néphrétiques ininterrompues. Il a assisté au calvaire paternel, podagre dans le galetas londonien où toute la famille s'était exilée pendant la Révolution. Aujourd'hui, il ne craint rien d'autre que cette maladie. La moindre sensation douloureuse, quelle qu'en soit la cause, le plonge dans une affliction qui contraste avec son caractère arrogant et dominateur. Une des raisons pour lesquelles il feint de me traiter en égal et m'invite deux ou trois fois par an à ses chasses est qu'il met dans mon exercice une conviction qui dépasse et de loin les possibilités que je me reconnais.

Le comique de cela réside en ce que lui-même est parfaitement indemne de ce dommage. Il est capable de consommer force gibier et alcools de Bourgogne sans que jamais ni son gros orteil, ni ses reins viennent le refréner. Il n'en est pas moins dans une sainte frayeur perpétuelle d'autant plus singulière qu'il aurait les moyens de facilement se l'épargner en suivant un régime des plus simples mais auquel il refuse de souscrire. C'est un lascif qui ne supporte aucune contrainte. Il préfère ses effrois à toute entrave, dont il vit la moindre comme un asservissement.

Comme sa richesse est probablement incalculable depuis qu'il a récupéré ses biens de la confiscation, il peut ne lésiner sur rien. Sa fantaisie lui coûte cent vingt francs à chaque fois, ce qui est une forme d'assurance, car, cela s'entend, si je découvrais dans mes visites mensuelles quelque autre atteinte, je l'en soignerais immédiatement. Grâce à lui et à ses craintes, je puis traiter gratuitement cinq ou six familles que je connais et pour lesquelles même le sacrifice d'un oignon serait une gêne.

Le marquis m'attendait à son accoutumée sur le perron de son manoir et m'accueillit par son habituel : « Alors, Docteur, comment baisez-vous ? » Souvent, je me contente d'un air finaud et n'y prête point attention, mais ce jour-là, mon sourire avait à voir avec certaines veuves de ma connaissance et je lâchai un « Fort bien » qui le mit en joie.

J'ai quitté Martigny une heure plus tard à destination de Saint-Germain-Langot à une lieue, pour une affaire que je sens délicate et que je recule depuis une semaine.

Au sortir des fêtes de l'année, j'avais reçu une lettre de Madame Vernaison, que je connais depuis longtemps. C'est une femme de la bonne société de Caen, qui partage son temps entre ville et campagne en une villégiature qui commence après la Pentecôte et s'achève lorsque l'automne paraît. Son époux est le secrétaire général de la préfecture, ce qui l'oblige à une vie mondaine qu'elle ne goûte guère. Aussi ses séjours à Saint-Germain sont-ils l'occasion d'une existence bucolique et sans autre repré-sentation que celle qui s'adresse à ses familiers, dont, avec la durée, je suis. J'ai donc été bien étonné de cette missive datée du trente janvier et de Saint-Germain. Les termes de cette lettre étaient obscurs et trahissaient un profond désarroi, dont, après la mort de la jeune Françoise, je ne m'étais pas senti capable d'assumer la charge.

Je suis arrivé à la grosse habitation qui a des allures de château, vers onze heures. La maison semblait fermée, étrangement désertée, mais une forte fumée sortait de la cheminée. Je suis entré dans cette demeure. Une vieille bonne vint à ma rencontre et, en silence, me conduisit jusqu'à la chambre de sa maîtresse. Celle-ci était allongée dans la pénombre, seulement éclairée par la lueur du feu de bois. Je me suis approché du lit. Sa face, animée par les éclats des flammes, était d'une blancheur de cire. Elle a levé un regard morne sur moi. Je lui ai tâté le pouls. Il était rapide et sec, celui d'une personne prise d'un grand émoi ; elle respirait avec peine, comme si elle tentait de contenir des sanglots. Je demandai à la servante d'ouvrir les rideaux et de laisser entrer la lumière dans la pièce. À l'éclat cru du jour, son visage me parut plus pâle encore. Elle présentait presque tous les symptômes de la consomption phtisique. Je retirai la couverture qui enveloppait son corps et posai mon oreille sur un mouchoir tendu sur son buste, mais je ne découvris rien de la respiration crépitante que je craignais.

J'observai sa bouche et aperçus des éruptions roses sur sa peau blanche. Elles ne la démangeaient pas et se pro-longeaient dans la cavité buccale, dans la gorge, sur la langue en petites taches plus rouges. Je retrouvai les mêmes signes dans la paume de ses mains et sur la plante de ses pieds. Je demandai à la servante de rester dans la chambre et, par acquit de conscience, j'usai du spéculum, mais je savais déjà en présence de quoi je me trouvais. Dans ces cas-là, l'interrogatoire prend des tours intimes qu'il est malheureusement impossible d'éviter, et qui mettent la pudeur de mes patients à rude épreuve, car, quoi qu'en pensent les curés, il est des choses que l'on confie à un médecin et que l'on se garde de dire à confesse. Mais j'ai souvent remarqué qu'une fois la première borne passée, toutes les limites du secret peuvent être franchies. En ce qui concerne le mal de Naples au stade secondaire, dont souffre Madame Vernaison, je ne suis pas de ces juges qui l'appellent maladie honteuse et ne veulent voir dans cette atteinte qu'une juste punition de la débauche, à traiter avec du bois de gaïac, médication sévère s'il en est. Je vais donc user de mon onguent mercuriel et d'iodure de potassium, de façon à la soigner au mieux, dès la semaine prochaine, car ce n'est pas une petite affaire.

Mais il me fallait également savoir d'où elle tenait cette affection. Elle entretenait une relation adultère intermittente avec Monsieur Fortier depuis quelques mois, me dit-elle, et elle soupçonnait son mari d'avoir une ou deux maîtresses à Caen et à Falaise. Son époux est un adepte forcené du rut qu'il pratique tous les jours, voire deux ou trois fois. Ainsi, elle peut aussi bien avoir été infectée par l'un comme par l'autre. Après l'avoir rassurée sur les suites de sa maladie, avoir ordonné une purgation et un maintien dans la sudation, je me suis dirigé vers Falaise où réside Fortier.

Tout en cheminant, j'ai consommé le fricot préparé par Honorine. Je ne prends jamais le temps de m'arrêter dans une auberge au cours de ma tournée. Je ne puis fonctionner que sur l'énergie. Si je me pose, je ne puis reprendre qu'après un lourd effort pour vaincre l'inertie qui se fige entre le vin et le repas. J'ai parcouru les trois lieues en plus de deux heures. J'étais en avance et n'avais nulle envie de crever ma jument.

Jacques Fortier aborde les rivages de la cinquantaine. Maire du pays, conseiller général, député, représentant de sociétés de chemin de fer, il accumule les fonctions et les titres, ce qu'il doit à une fortune considérable et passablement mystérieuse, qu'il entretient comme d'autres cultivent des fleurs.

Son unique passion est dans cette volonté d'enrichissement venue du régime de Louis Philippe et que l'Empire a consolidée. Il n'est devenu mon client que lorsque j'ai reçu la rosette, comme s'il ne pouvait s'en remettre qu'à un médecin bien décoré. Il reste, dans la demeure qu'il a acquise voici un petit lustre, uniquement dans la première partie de l'année et la quitte au printemps pour Paris, aux saisons parlementaires.

Les bruits les plus fantaisistes courent sur l'origine de sa renommée et de sa popularité. On murmure qu'il est un haut dignitaire de la franc-maçonnerie, qu'il possède des mines aux Amériques, qu'il conseille secrètement les princes, qu'il pratique des expériences alchimiques, bref toutes les sortes de fadaises qui naissent dans les intelligences médiocres en face de ce qu'elles ne comprennent pas. C'est simplement un homme qui a eu la chance de se trouver au bon endroit au moment idoine. Il craint de voir son corps lui manquer. Il le soigne comme on le fait d'un investissement précieux, dont il importe de suivre le cours, de recueillir les bruits et les informations. Sa vie est fondée sur des stratégies qu'il modifie au fur et à mesure des événements et il donne à sa santé les mêmes soins qu'à ses actions avec un pragmatisme tranchant en vertu duquel il ne connaît nulle aventure, nulle passion, nulle fantaisie. Il ne m'attendait pas, et j'ai patienté une demi-heure avant qu'il ne m'accueille.

Il a reçu ma connaissance de son commerce avec Madame Vernaison sans ciller. Comme tout homme politique qui se respecte, il est toujours prêt à encaisser un coup imprévu. Je lui ai expliqué que je devais aller à la source du mal pour tenter de l'éradiquer de façon qu'il ne se propage au-delà. Il se prêta à tous les examens que je voulus et je ne trouvai sur lui nulle trace de syphilis. Alors qu'il se reboutonnait, je lui ai recommandé d'être attentif à toute éruption et de m'en aviser au plus vite et lui ai demandé s'il entretenait d'autres relations libidineuses et avec qui.

Il a souri et m'a répondu qu'il n'en avait pas le loisir et que Madame Vernaison avait été son seul plaisir depuis longtemps, alors que son mari, lui, était connu pour être mené par son vit, ce qui, soit dit en passant, en faisait un collaborateur des plus dociles. Le tout exprimé avec un cynisme si onctueux et probablement si mensonger que j'eus bientôt envie de lui rentrer dans la gorge. Je me suis pourtant contenu, et j'ai repris le chemin de Saint-Germain.

Il est heureux pour elle que Madame Vernaison ait sans doute été contaminée par son conjoint. Car, en plus des désagréments de la maladie, elle n'aura pas celui de révéler son aventure pour l'expliquer. Elle en produira le reproche à son époux. Je lui ai recommandé de cesser toute autre relation vénérienne pour l'heure et je suis retourné chez moi.

## Samedi 5 février

C'est demain la Chandeleur. Comme tous les ans, j'ai convié les curés des paroisses où je pratique à la maison, pour déjeuner. C'est une coutume qu'a jadis inaugurée mon père et que je poursuis, plus par respect de sa mémoire que pour m'attirer les faveurs des prêtres. Ces braves gens sont tenus par des obligations dominicales et ces réunions ont ainsi lieu le dernier samedi avant le carême. Comme je ne veux pas non plus trop m'ennuyer dans cette assemblée de bénitiers, j'ai demandé à Germon et à Sandre, l'officier de santé de Falaise, de se joindre à nous.

Nous étions donc dix à table, ce qui est déjà un petit banquet, et si nous avions gardé pleinement nos traditions médicales, c'eût été un véritable congrès de robes, mais ce ne fut qu'une compagnie de soutanes.

Pour Honorine, c'est la grande affaire de l'année. Dix convives à déjeuner, c'est également une vingtaine de personnes, cochers et bonnes, à traiter dans l'office. Pour l'occasion, elle a appelé en renfort trois de ses cousines. Il fallait bien cela pour préparer la carte digne de Vatel qu'elle a concoctée.

Nous avons donc commencé par deux entrées, une potée aux crustacés et une cassolette de purée de rattes aux truffes. Ensuite est arrivé un bar aux herbes en papillote. Le gros du repas s'est conclu avec un faisan aux poires, puis des noisettes de chevreuil laquées au miel et accompagnées de salsifis en caramel. En dessert, nous avons eu un bavarois au chocolat et une gelée de fleurs. Le tout était arrosé par quatre vins entre bordeaux et bourgogne, un entre-deux-mers de 1856, un graves de 1810, un irancy de 1806, un chablis de 1850. Et bien entendu tout cela servi à la russe.

Après un bénédicité et des grâces inhabituels, et pendant lesquels je me suis abstenu de toute remarque et de tout mouvement, nous avons déjeuné en silence et comme en marchant sur des œufs. Chacun se jetait des œillades en dessous et savourait ce qu'il avait dans son assiette. Honorine et ses cousines, aidées par Ernest, s'étaient mises en frais et officiaient avec un rouge sur les joues qui ressemblait au teint d'une jeune fiancée. Bucard, le curé de Taillebois, me lançait des regards ironiques, alors que l'abbé Rouvre, pour qui ce repas était une première, regardait ses bouchées comme si elles eussent été empoisonnées. Tout cela fut très convenable et très policé.

Les choses ont commencé à se dégrader au moment des liqueurs. Je les avais tous menés dans mon jardin d'hiver où des sièges avaient été disposés. Germon, échauffé par les alcools de fruits, s'est attelé à invectiver Rouvre. Après un échange à voix basse, il lui lâcha en substance : « Vous autres, vous ne connaissez rien aux culs ! Que des parlotes ! Nous autres, les croupions, nous les touchons, nous les reniflons, nous les purgeons ! »

Alors que tout s'était, jusque-là, assez bien passé, le ton entre les deux hommes est rapidement monté. Rouvre était blême. Germon, à la limite de l'apoplexie, poursuivait en citant tous les organes dits honteux dans les termes les plus verts, tant et si bien qu'à la fin, Rouvre lui jeta un « Merde » sonore et se retira.

Germon s'effondra sur le sofa.

Alors que chacun, vaguement gêné, prenait congé, Bucard me lança en sifflant : « Germon n'a pas tout à fait tort, vous savez ! »

### Mercredi 9 février

Dimanche, rien ! Je me suis reposé et j'ai laissé mon esprit vagabonder toute la matinée, butinant d'un livre à l'autre. Si un patient s'était présenté, sans doute l'aurais-je chassé. Vers midi, je me suis senti une certaine chaleur. J'ai harnaché moi-même ma jument et suis parti au triple galop vers Condé-sur-Noireau. J'ai parcouru la distance en un peu plus d'une heure.

Lundi, je me suis rendu aux Isles-Bardel, chez Maurasse. Nous sommes, à présent, douze jours après l'accouchement et généralement dans ces parages se produisent les complications. Je suis arrivé à destination en une dizaine de minutes. L'air était sec et froid.

De la cheminée de la ferme, la fumée montait toute droite dans le ciel, sans se dissiper, et se fondait simplement dans les altitudes, par manque de substance. Il régnait un calme de toile peinte, comme dans ces compositions campagnardes confectionnées pour l'édification des citadins. Le fils Maurasse s'empara de mon cheval pour le mener à la grange et j'entrai dans la maison.

La salle commune était illuminée par le soleil bas de février. J'avais devant moi un de ces tableaux bucoliques et tendres que dessinaient les maîtres flamands. Près de la fenêtre, Sylvette Maurasse, assise sur une chaise, sculptée par l'aurore, donnait un sein blanc à son nouveau-né. J'en ai été tout saisi, comme en présence d'une apparition surnaturelle, et ému aussi, conscient de ce qu'il s'en était fallu d'un rien pour que cette charmante peinture ne soit pas.

La mère Maurasse se chargea de l'enfant pendant que j'auscultais la parturiente. Les suites de couches semblaient favorables, les organes s'étaient normalement resserrés. Je mirai ses urines que j'avais recommandé de garder et je ne vis rien qu'une normale clarté sans ces rousseurs qui sont présage de difficultés. Tout allait donc pour le mieux.

C'est alors qu'une des filles Rodon entra dans la salle, elle me savait là et venait me chercher pour sa mère, qui agonise depuis à présent plus de trente jours. Je l'ai donc prise en croupe et nous nous sommes dirigés vers Bazoches-au-Houlme. J'ai coupé droit en passant à l'orée du bois des Venteux, puis au long de mes prés de Buzard.

Depuis plus de deux mois, les deux sœurs s'ingénient à maintenir cette femme en vie en usant de tous les moyens en leur pouvoir. Nul doute que leur dévouement ne l'ait prolongée jusqu'à aujourd'hui, sûrement serait-elle morte bien avant la Noël sans leur présence ininterrompue auprès d'elle, mais il s'agit ici d'un combat sans espérance autre que le miracle. Sa maladie l'a rendue à un état végétatif. Elle ne voit pas, ne parle pas et parvient à peine à s'alimenter. Ses deux filles se préoccupent tellement d'elle que je crains qu'elles ne perdent la raison lorsque se pro-

170

duira l'inéluctable. Car je ne puis rien faire dans cette occurrence, le mal est diffus sans aucune place particulière où l'on puisse intervenir. Voici un an que cela s'est déclaré brusquement et je la sais condamnée depuis au moins deux mois. Elle souffre atrocement mais par intermittence et je m'étonne que ces douleurs ne l'aient pas déjà tuée. Je ne puis rien pour la soulager.

Je n'en ai pas moins galopé à crever ma pouliche jusqu'à Bazoches. Cette course a duré plus de quarante minutes. Lorsque nous sommes arrivés, ma jument avait la bave aux naseaux.

L'abbé Rouvre administrait pour la troisième fois l'extrême-onction. Les trois enfants de chœur vêtus d'écarlate avec leurs surplis de dentelle jouaient à chat dans la cour. Chez ces jeunes âmes, le sérieux des rituels ne résiste pas à l'ennui de la réitération.

Alors la mère Rodon qui, depuis quelques semaines, ne pouvait plus bouger, se dressa soudain sur son séant, balbutia quelques mots incompréhensibles et s'abattit pour ne plus jamais se relever. Nous étions restés sidérés. Rouvre en avait même interrompu ses laborieuses prières. Un instant chacun avait pensé au miracle, mais cela ne fut point. Je cherchai un pouls que je ne trouvai pas et le miroir ne se troubla de nulle buée, à croire qu'elle avait attendu ma venue pour trépasser. J'ai établi le certificat de décès et signé le permis d'inhumer, il était à peine neuf heures du matin.

Il fallait que je laisse ma jument se reposer un peu, je décidai donc de la mener par la bride vers Rabodanges, à moins d'une lieue de là, pour aller voir la femme Lourmois, dont la grossesse m'inquiète. Rouvre se proposa de m'accompagner car quelque affaire le sollicitait lui aussi là-bas. Je m'en serais bien passé. La perte d'un patient, quelle que soit l'expérience que l'on en a et même lorsque l'issue est prévue de longue main, est toujours une épreuve que je supporte très mal. Je ne doute pas pour autant de mon art, mais le bien n'est jamais entier.

Nous avons marché en silence pendant quelques minutes. Lorsque la maison des sœurs Rodon s'est perdue dans le détour du chemin, et comme les enfants de chœur nous suivaient d'assez loin pour pouvoir écouter, il me demanda mon avis sur l'événement. Je m'attendais à un nouveau sermon sur l'impuissance de la science, que je n'étais guère enclin à entendre. Or il ne s'agissait de rien de cela, Rouvre estimait que cette mort n'était rien moins que naturelle.

« Depuis que je suis arrivé dans cette paroisse, me dit-il, j'ai appris à me méfier de ce qui paraît évident. Cette histoire a une apparence, deux filles dévouées et attentives aux soins d'une mère dévorée par la maladie. Chacun regarde cette attitude avec sympathie et s'ingénie à les aider. Elles ne lésinent sur aucun des recours, ni ceux de la religion, j'ai dû bien prononcer vingt-cinq fois les Évangiles sur la tête de la malheureuse, ni ceux de la science, vous savez mieux que moi les traitements que vous avez administrés, ni ceux de la superstition, on est tout aussi souvent venu de la forêt et vous avez remarqué les signes sur le seuil de la maison.

« Pourtant, cet aspect des choses est démenti par une information qui m'a été donnée par ailleurs et qui m'a amené à me pencher sur certains incidents, ceux-là mêmes qui me poussent au doute. Tout d'abord, le caractère subit de la maladie, voici un an encore, la mère Rodon était une solide paysanne qui respirait la santé et dont tous connaissaient le tempérament dominateur et sans partage.

« Depuis la mort de son mari, il y a à présent cinq années, elle menait ses gens à la baguette et gérait d'une main de fer le patrimoine considérable qu'il avait laissé. Ses deux enfants n'étaient pas traitées de meilleure façon. Elles approchent de l'âge de femme et ne sont toujours pas mariées, non que les partis ne se soient présentés, mais tous ont été férocement rejetés par la défunte, soucieuse de maintenir sous sa coupe ses rentes, car c'est bien aux filles et à leurs futurs époux que devaient revenir les biens de la famille, la mère n'ayant que l'usufruit de la grande ferme où nous étions tout à l'heure. Et cela me semble une seconde raison, l'ambition et la rapacité de la mère produisaient le malheur de ses héritières.

« Enfin, la maladie elle-même. Vous avez sans doute remarqué que, lorsque les vertus de nos remèdes, dont je ne veux pas départager l'efficacité, apportaient un mieux et qu'il nous paraissait tenir un rétablissement, une curieuse nouvelle crise terriblement douloureuse venait réduire à néant nos espérances. Vous verrez que sous peu, dans quelques semaines, une fois le deuil atténué, peut-être même avant, nous entendrons l'annonce d'un double mariage, songez-y et vous trouverez, comme moi, certaines craintes. »

Cela dit, comme nous arrivions à Rabodanges, il rassembla ses enfants de chœur et se dirigea vers l'église à grands pas, me laissant dans une forte perplexité. C'est dans cet état que je me suis présenté à la ferme Lourmois. La femme en est à son huitième mois d'une gestation qui ne présage rien de bon. J'appréhende pour elle le sort de Françoise, car je ne sais si ses organes résisteront à une nouvelle pression du fœtus. Chaque jour augmente le péril, d'autant que son abdomen prend des proportions un peu trop volumineuses et qu'elle se fatigue vite et beaucoup. Je redoute de n'avoir rien d'autre à faire que de rester en alerte et d'attendre, en espérant qu'elle parviendra à son terme sans accident. Au vrai, c'est ensuite, et si tout se passe bien, que commenceront les véritables problèmes, car si elle réchappe de celle-ci, je crains bien qu'une autre parturition ne lui soit fatale.

Je l'ai examinée en compagnie de sa sœur venue pour l'occasion. Pour ce qui concerne ces affaires de sexe, je préfère toujours qu'une dame proche soit présente lors de mes explorations et puisse éventuellement témoigner des bonnes mœurs de mes manipulations. Car dès que l'on approche les vases d'une femme, les ambiguïtés deviennent plus conséquentes et il en cuisit à certains de mes confrères qui ne prirent pas les précautions qui sont les miennes.

L'examen ne révéla rien que je ne sache déjà, et la fragilité des organes internes me parut encore plus importante. Je m'entretins une fois de plus avec le mari, en lui exposant les risques encourus par son épouse. Il haussa les épaules et bougonna « Eh bien, alors j'm'en choisirai une autre ! », comme il l'aurait dit d'une vache ou d'une jument.

J'en restai tout interdit.

Pendant les deux lieues vers Saint-Auber, où je devais visiter le chevalier de Bourdan, et que je parcourus au pas, cette phrase et celles de Rouvre me tournaient dans la tête. Les paysans que je fréquente sont largement endurcis à la mort, qui, si elle les effraie, ne leur en est pas moins une habituelle compagne. Les idées qu'ils se font de la vie elle-même sont primitives et tranchées. Une femme produit des enfants. Un héritage se divise mais pas une terre. Heureux qui parvient à garder deux ou trois de sa progéniture. Ils regardent leurs jours comme marqués au sceau de la fatalité et les ruades qu'ils y donnent, lorsque cela les prend, sont violentes et sans partage.

Une épouse expire-t-elle, on en change. Un obstacle se dresse-t-il entre soi et ses désirs, on le force, et voilà tout ! La dureté de leur sort, de l'existence de leurs parents, de leurs voisins a cuirassé leurs cœurs qui ne s'émeuvent que devant le miraculeux. Où pourraient-ils donc placer leur espoir si ce n'est dans la superstition et dans une foi de maquignon ? D'ailleurs, ce qu'ils attendent des prêtres, des sorciers et même des médecins est surtout le respect d'un contrat, s'ils mettent trois cierges à saint Matthieu, ils entendent bien que celui-ci guérira leur fluxion, et si ce n'est pas le cas, ils crachent sur sa statue ou la jettent à la rivière.

Je suis arrivé à Saint-Auber sur le coup de midi.

Le chevalier de Bourdan m'a convié à prendre part à son pauvre repas, quelques pommes et du lard. Comme Honorine m'avait préparé une terrine et un litre de vin, je les ai apportés en partage à la table de mon hôte. Il s'est longuement excusé de ne pouvoir s'acquitter du reliquat de sa dette. C'est un véritable drame que de voir cet homme bientôt septuagénaire, réduit à cette honteuse misère. Les deux domestiques qui restent avec lui, le couple Mangin, ne le font que sous l'effet d'une longue habitude, voici six mois qu'ils n'ont touché nul gage et eux-mêmes sont bien trop vieux pour se placer ailleurs. Pourtant, le domaine et ses deux fermes rapporteraient assez pour assurer au chevalier et à sa maisonnée une existence confortable, mais le fils, parti il y a plus de deux années pour son droit à Paris, y élabore surtout des études de mœurs.

Je connais cette affaire par mon diable de gendre qui s'est chargé des intérêts de la maison pour la raison que son père avant lui avait cette clientèle. Un soir, avec un cynisme qui est une des causes de ma défiance envers lui, il m'a conté cette tragédie banale et terrible.

Le chevalier de Bourdan, jadis, était un jeune mâle bien tourné qui affolait toutes les dames des environs. Ses parents étaient morts par la Révolution alors qu'il n'était qu'un enfant. Il fut élevé par la nourrice à laquelle il avait été confié. À vingt ans, il entra dans les troupes de la République, puis dans celles de l'Empire, à la suite de Bonaparte. Il se couvrit de gloire mais ne fit pas carrière, non qu'il manquât de courage, mais sa passion des femmes retarda son avancement, de sorte que lorsque l'Empire sombra, il n'était encore que colonel d'un régiment de hussards. À la Restauration, il fut réduit à la demi-solde et se retira sur les terres qu'on lui avait restituées. C'est alors qu'il commença sa profession de Casanova de Normandie. Il était beau, il était riche et entendait bien profiter le plus longtemps possible de cette prodigalité de la destinée. On ne comptait plus ses bonnes fortunes. Il menait une vie de dissipation rurale, coq redouté des époux mais, en même temps, jouissant d'une renommée singulière qui laissait dire qu'une aventure adultère avec lui était tant dans l'ordre des choses qu'elle n'avait guère d'importance. On lui pardonnait presque tout et les maris trompés n'étaient eux-mêmes pas en reste sur ce tableau.

Il atteignit ainsi la quarantaine, frayant du nord au sud et de l'est à l'ouest, sans jamais s'attacher.

Vers 1825, alors qu'il était déjà un homme complet, il tomba éperdument amoureux d'une jeune fille de quinze années sa cadette, noble de surcroît, une demoiselle de la Tour Blanchard, et elle éprouva pour lui un attachement sans borne. Contre l'avis de tous, ils convolèrent et s'installèrent au château de Saint-Auber pour y conduire une existence paisible et bucolique. Après trois fausses couches, son épouse conçut enfin un garçon qu'elle sut mener à terme. L'enfant n'avait pas cinq ans quand cette femme fut atteinte d'une tumeur à la poitrine, que, par pudeur, elle ne révéla à personne, si bien que lorsque les douleurs ne se purent plus cacher, il était trop tard pour abattre le sein et elle s'éteignit dans d'atroces souffrances. Bourdan reporta tout son amour sur ce fils qui allait alors sur son âge de raison. Il le gâta tant et si bien qu'il en fit un être veule et sans scrupules, toujours en quête de mauvais coups, arrogant et d'une ambition sans limite. Il fut chassé des facultés de Caen, de Rouen, et finalement échoua à Paris, où l'on n'a pas les mêmes préventions qu'en province. Depuis, il mène là-bas une vie libertine de jeu et de débauche, ruinant peu à peu sa famille.

C'est ici qu'intervient mon gendre. Un soir que ce serpent avait abusé de vieille poire et que tous deux nous fumions un cigare dans son salon, pris par je ne sais quel désir de vantardise, il m'instruisit de son plan. Il est d'une simplicité diabolique. Il pourvoit aux gabegies du fils, allant même jusqu'à en subventionner une partie, il récupère pour compensation des hypothèques sur les biens du père qu'il gère au mieux, et lui sert une petite rente. Le moment venu, il réclamera son compte et s'emparera de tout le domaine. J'ai alors conclu un pacte avec mon beau-fils, je tairais ce que j'entendais là, à la condition qu'il n'agisse en rien tant que le chevalier serait vivant. « Sous quelle peine ? » m'a-t-il demandé avec un brin d'ironie dans la voix. « Simplement, ai-je répondu, je vous déshériterais. » Il se tient désormais à notre accord.

Depuis, Bourdan va bien et je m'ingénie à le maintenir en bonne santé, non seulement parce que c'est mon devoir, mais aussi car je sais que mon gendre enrage.

Ensuite, piquant des deux fers, je suis allé au galop chez Colette, à Condé-sur-Noireau, et sans attendre nous nous sommes mis au lit pour mille agaceries qui ont perduré toute la soirée et mardi jusque tard dans la nuit.

Je ne suis rentré chez moi qu'aujourd'hui à l'aube, pour ma consultation.

La maison était fermée. Ernest, mon valet d'écurie, m'annonça qu'Honorine était partie la veille chez sa tante malade et qu'il l'y avait accompagnée avec la carriole. Il avait le regard en dessous, comme un qui en sait plus qu'il ne veut dire. Je l'ai interrogé et suis allé jusqu'à m'emporter pour enfin connaître le fin mot de l'histoire. Vexée de mon absence, Honorine avait décidé d'abandonner ma demeure.

Je suis bien fâché de cette crise de jalousie inopportune. Il ferait beau voir que je ne fusse pas le maître chez moi.

Mais je n'avais pas le temps d'épiloguer, je me suis contenté d'ordonner à Ernest de passer chez la tante d'Honorine où elle se trouvait sûrement et de lui dire que si elle désirait quitter mon service, elle en était libre et aussi se devait de me laisser un délai pour la remplacer.

Sur ce, j'ai entamé une consultation qui m'a tenu jusqu'au crépuscule, sans me permettre de déjeuner.

C'est aujourd'hui le marché de la Chandeleur et la vente des gros bestiaux, ce qui amène des fermiers de tout le département. Dans cette grande presse populaire, on se tasse dans mon antichambre et pas seulement pour des maladies. On me fait souvent témoin d'événements que l'on pourrait aussi bien rapporter à un prêtre, me tâtant sur la réputation d'un jeune prétendant, sur les capacités d'enfanter d'une promise, et, comme le curé prend son denier, moi, je poursuis à cette occasion mon œuvre prophylactique de vaccination.

À l'angélus, j'ai reçu Marcelline Brandot, une brave fille, bien tournée, de l'alentour de Rabodanges. Elle a vingt-cinq ans et s'est mariée à l'automne. Elle s'étonnait de n'être pas encore enceinte et se pensait infirme de ce côté. Elle en avait parlé à l'abbé Rouvre, encore lui, qui lui avait conseillé de prier et éventuellement d'accomplir un pèlerinage à la Chapelle-Yvon en récitant des neuvaines et en suppliant la Sainte Dame d'intercéder pour elle auprès de Son Fils. Je lui ai demandé de me préciser le commerce qu'elle avait avec son mari. Elle m'a répondu qu'il la baisait tous les jours sur la bouche, avec conscience, et qu'il ne manquait jamais de la complimenter sur sa beauté avant d'aller aux champs. Mais encore ? mais quoi d'autre ?

Marcelline a perdu sa mère fort jeune. Elle a été élevée par son père et une tante qui ne l'ont jamais mise au courant de la conduite amoureuse, comme cela se fait habituellement à l'heure du mariage. Au contraire, la vieille fille l'a prédisposée à n'accepter nulle affaire charnelle, mêlant dans le même sac les actes licites et les autres, et croyant préserver ainsi la vertu de sa nièce. Ainsi depuis la nuit de noces, bien que couchant dans le même lit, elle n'a jamais laissé son mari soulever ses vêtements. Elle pense que les vaines tentatives de l'époux pour aller au centre de sa chair procèdent d'une perversion qui l'inquiète quant à son état mental. On pourrait pourtant supposer que rien des choses du sexe n'est inconnu à nos paysannes qui savent que l'on mène les génisses au taureau et les juments à l'étalon. Mais, aussi étrange que cela paraisse, elle n'imaginait pas qu'il en allait de même pour les humains qui, me dit-elle, eux, ne sont pas des bêtes. Voilà les effets de cette pudeur imbécile que colportent les bonnes âmes, il n'y avait pas loin à ce que cette jeune femme ne se sente abandonnée du ciel et que son conjoint, las de ce qu'il croit des simagrées, n'aille chercher ailleurs le plaisir que la nature a mis en l'homme pour l'inciter à se reproduire.

N'avait-elle pas dans son entourage une cousine mariée capable de lui enseigner ce qu'elle ignorait ? Sur sa réponse affirmative, je lui conseillai de parler quelque peu avec elle.

Comme elle était seule, j'ai toutefois refusé de l'examiner, lui recommandant de revenir accompagnée d'une amie ou d'une parente à une autre consultation.

En raccompagnant Marcelline, j'ai trouvé Honorine qui rôdait dans le couloir, ne sachant où se poser. Le soir était tombé depuis longtemps et il ne venait de lumière que de ma lampe à pétrole.

« Eh bien, Honorine, ai-je lâché comme si de rien n'était, cette maison est noire comme un four ! »

Elle s'est précipitée pour illuminer les lanternes et c'est ainsi que toute crainte de se voir chassée s'est éteinte en elle.

## Jeudi 10 février

Honorine est donc revenue. Elle est touchante dans son empressement à vouloir me satisfaire. J'aurais été bien ennuyé de la perdre, elle est d'une fidélité étonnante. Laissé à moi-même, j'ai bien vu hier que j'étais incapable de pourvoir à ces réalités essentielles de la vie qui consistent à se nourrir au bon moment, à allumer un feu quand le froid tombe et à faire de la lumière quand la nuit vient.

À cette occasion, je me suis rendu compte que je dépendais au moins autant d'elle, qu'elle de moi. Sans sa présence, je ne saurais certes pas me sentir si libre d'écrire, de lire et, en un mot, de vivre avec cette insouciance de l'intendance. Cette attitude assez enfantine me subordonne pour les choses primitives de l'existence, mais je n'imagine pas poursuivre ma pratique sans.

Je me suis donc mis à mon traité dont je commence aujourd'hui la rédaction le cœur léger. Toutes les notes que j'ai rassemblées sont un océan dans lequel je me noie, et comme on ne peut changer sa nature, j'ai résolu de me laisser aller à mon instinct et les termes sont venus tout seuls :

*Aucune maladie n'a peut-être été, plus que la rage, l'objet des recherches et des médications de la société des savants. Des siècles se sont écoulés, et cette question qui n'a cessé de préoccuper vivement les esprits est aussi brûlante qu'autrefois. Elle intéresse tout le monde. Chacun de nous frémit en pensant qu'il est exposé, soit à la ville, soit dans les campagnes, à être livré sans défense à la merci d'un animal enragé. Dans certains cas surtout, comment songerons-nous à nous mettre sur nos gardes, lorsque nous aurons affaire à un compagnon fidèle qui, depuis longtemps, nous donne des preuves irrécusables de sa docilité, de son affection et d'un dévouement sans borne ? Tous les jours nous voyons sans émotion des convois funèbres passer sous nos yeux, mais qu'un malheureux succombe victime de la rage, et cette triste nouvelle va répandre la terreur et plonger dans le deuil une commune tout entière, comme si chacun avait perdu un frère, un ami. Nul temps ne suffira à éteindre le souvenir d'une telle calamité. Les mois, les années s'écoulent, et la population au milieu de laquelle s'est accompli ce drame terrible en raconte les affreux détails qui l'ont si vivement impressionnée et sont encore aussi vivants dans son esprit que si le malheur était arrivé la veille.*

J'ai poursuivi ce texte, qui compte à présent une vingtaine de pages, jusqu'à midi, heure à laquelle Honorine m'a porté mon repas. Elle est restée quelques instants à me regarder manger, avant de me laisser à mon travail.

Vers quatorze heures, j'ai entendu une galopade dans la cour. C'était Mortmieux, le médecin du troisième régiment de marche. Tout crotté de la boue du chemin. Il est entré en force dans mon bureau. Ce sont ses façons habituelles, marcher à grands pas, ne jamais essuyer ses bottes et employer un langage grossier qu'il imagine viril. Sans me demander de quelque façon que ce soit s'il me dérangeait, il s'est installé dans mon fauteuil, les jambes écartées, ses talons sales sur mon tapis, son uniforme plein de poussière, bref l'image même du malotru le plus inconvenant qui soit.

« Bon, je quitte ce trou, mon vieux, pas trop tôt, foutre ! Je te laisse à tes culs-terreux, remarque bien que j'en hérite moi aussi, mais il est vrai que tu sais me les tenir en forme, hein ! Purin, il fait soif comme au bled ici ! »

Après s'être abreuvé de gros, il a repris la route, non sans m'informer qu'il laissait la troupe à son adjoint et allait rejoindre Paris par le train. Évidemment les carrioles et les longues marches ne sont pas pour lui, il ne s'encombre pas du service.

Mortmieux est de ces personnages qui effectuent leur purgatoire en province avant de repartir à la conquête de Paris. Il a été affecté dans notre région en guise de punition, puisque avec son grade il pouvait espérer bien mieux, à cause d'une sale affaire algérienne dont je ne suis pas parvenu à tirer le fin mot tant son milieu reste secret à ceux qui n'en sont pas.

Cette entrevue m'a épuisé. Je déteste me contenir et plus encore devant un tel personnage, mais à quoi bon me mettre en colère, cela ne lui servirait qu'à m'accommoder à sa sauce dans les salons qu'il fréquente.

Le soleil tapait sur la verrière où j'ai établi mon bureau et je me suis assoupi. Lorsque je me suis éveillé, j'ai trouvé

Honorine près de moi, qui m'observait étrangement et m'apportait un café. Honorine est chez nous depuis bientôt quinze années, elle a remplacé Ernestine, une de ses tantes, qui avait été la nourrice de mon épouse et que celle-ci avait désiré maintenir à côté d'elle après notre mariage. Vieillissant, elle avait fait venir cette nièce pour effectuer les besognes qu'elle ne pouvait plus assumer. Honorine n'était alors qu'une adolescente montée en graine et s'est employée à être indispensable, riante, dure à la tâche, elle a rendu d'inestimables services à ma conjointe et, lorsqu'elle a été victime de l'atroce maladie, Honorine a prouvé un dévouement sans limite. Je l'ai donc gardée auprès de moi.

L'agonie de ma femme et sa disparition ont été une épreuve terrible pour cette maison, je suis intervenu comme j'y étais tenu et comme mes moyens me le permettaient, mais Honorine, elle, est devenue farouche et renfermée. En quelques semaines, elle avait pris plus de vingt ans.

Ma servante, en fait, n'a pas plus de la trentaine. Elle en paraît vingt de plus, et elle agit pour cela dans sa mise et dans son apparence. Une sorte de trouble alors s'est immiscé en moi, que je me suis empressé de chasser pour me remettre au travail.

### Vendredi 11 février

Ce matin, j'avais rendez-vous avec Suzanne Voisin aux Isles-Bardel. Elle m'assiste dans le traitement de Madame Vernaison à Saint-Germain-Langot.

En passant aux Isles-Bardel, j'ai rendu visite à Sylvette, la fille de Maurasse. Tout est bien, elle donne un lait sans goût malsain et le bébé va le mieux du monde. N'était cet emmaillotement resserré, je crois qu'il serait le plus heureux des nouveau-nés. Elle met des bas fixés trop serrés avec des ficelles, je lui ai demandé soit de relâcher un peu ses attaches, soit de n'en point porter la durée qu'elle allaiterait.

Ces examens ne m'agréent guère, les paysans supposent que la saleté est un signe de bonne santé et nul n'effectue de toilette que s'il y est contraint. L'enfant de même croupit dans une crasse que ses parents pensent préservatrice, plus particulièrement la croûte formée sur la fontanelle, dont ils s'imaginent qu'elle est une armure. Je suis donc la plupart du temps dans une ambiance malodorante qui me fait reculer toujours l'instant d'aller regarder sous les jupes des filles du peuple.

Sur ces entrefaites, Suzanne Voisin est arrivée et nous sommes partis dans ma carriole. Suzanne m'est souvent une auxiliaire précieuse pour ce qui concerne les affaires féminines. Sa présence me permet d'avoir une vue un peu distante et d'effacer cette mortelle pudeur qui, parfois, cache le symptôme à l'interrogatoire, son expérience est en effet assez grande pour l'autoriser à poser des questions délicates et obtenir des réponses qui ne m'auraient pas été produites.

Nous allions en silence depuis un quart d'heure, lorsqu'elle me questionna sur la mort de la mère Rodon. Elle enchaîna aussitôt sur les soupçons qu'elle nourrissait à l'encontre des deux sœurs et qui sont les mêmes que ceux que m'avait exprimés l'abbé Rouvre. Selon elle, Catherine et Marguerite se sont liées par un atroce secret. Elles auraient assassiné leur mère parce que celle-ci s'opposait à leur union avec deux garçons de la région qui n'avaient pas une fortune suffisante à ses yeux. Je lui demandai sur quelles preuves, quels témoignages, elle fondait une aussi grave certitude. Elle haussa les épaules. «J'savons ce j'savons», murmura-t-elle. Je lui remontrai que de telles affirmations étaient dangereuses et pouvaient produire des résultats dévastateurs. Ne m'avait-on pas dit d'elle-même qu'elle était une sorcière qui sortait les soirs de sabbat baiser au cul le bouc et se faire sodomiser par lui ? Devais-je croire de telles fadaises ?

Elle se retourna vers moi et me jeta une œillade furieuse. «Bah, des racontars», lâcha-t-elle.

Je laissai là cette conversation et mis ma jument au trot, d'un petit claquement de mon fouet. Nous sommes ainsi arrivés en silence à Saint-Germain-Langot.

Le traitement de Madame Vernaison va durer un bon mois. C'est dans cette intention que j'emmène Suzanne Voisin. Je ne puis ne dispenser mes soins qu'à cette seule patiente et il me faut continuer mes tournées et mes consultations. Je vais pratiquer de la façon suivante : tout d'abord, chaque matin une tisane de lin, un bol camphré et nitré, accompagnés de trois cachets mercuriels de Belloste de chacun trois grains. En cas de douleurs vulvaires ou vaginales, quatre onces d'émulsion appliquées de suite et une fois tous les trois soirs un bain d'une demi-heure.

Quant à moi, je me rendrai auprès d'elle chaque semaine pour administrer éventuellement l'opium et les saignées. Tous les deux jours, Suzanne Voisin procédera à des frictions des jambes d'un gros et demi pour alterner avec les pilules. Si, d'ici trois semaines, Madame Vernaison n'était pas entrée dans la phase de salivation, nous passerions au traitement au blanc. J'ai aussi prescrit qu'elle ne reste pas enfermée, mais qu'au contraire elle effectue une promenade d'une à deux heures chaque après-midi dans le parc. Je me suis gardé d'indiquer à la patiente les inconvénients qu'elle allait subir et qu'elle découvrira bien assez tôt. Je les ai laissées et je suis parti vers Falaise à sexte. Je suis allé tranquillement car je ne désirais pas arriver à ma visite suivante au moment du déjeuner.

Depuis maintenant cinq ans, je suis délégué à l'inspection sanitaire de deux maisons de tolérance. Lorsque mon épouse s'en est allée, je me suis retrouvé dans un exceptionnel désarroi et il me fallait m'étourdir de travail. Je me suis donc chargé de toutes les tâches dont mes collègues ne voulaient pas et parmi celles-ci, cette surveillance que d'aucuns considéraient comme une affaire de voirie indigne de leur art et de leur talent. Je n'avais pas eu de vrai contact avec la prostitution auparavant, à part bien entendu les habituels dévergondages de mon existence d'étudiant, surtout à Caen. Mais à cette époque, j'étais un gandin sans grande considération des réalités de la vie et de la souffrance des êtres. J'imaginais comme tous les Anglais, c'est ainsi qu'elles nomment leurs clients, que les relations que j'entretenais alors étaient indemnes de tout sentiment, je les regardais comme strictement de convenance. N'est-il pas naturel qu'un jeune mâle bien fait et ayant satisfait aux demandes de la réquisition armée jette sa gourme avec des créatures légères, ne fût-ce que pour ne pas arriver à un mariage décent complètement ignare des choses du sexe ? J'avais usé alors de ces femmes comme si elles n'existaient pas en tant que personnes raisonnables, lancées dans l'avenir et souffrantes quand l'occasion s'en produit.

Je me suis donc chargé de cette tâche, un peu à contrecœur, comme on prend une potion amère pour guérir de la mélancolie. Une fois par mois, j'examine, de façon inédite, ces corps arpentés par tous les hommes du pays. Les mains du praticien les tâtent, les soupèsent, et l'âme de l'être humain les plaint de l'état où elles sont rendues. Il ne fait pas de doute que là gît une misère plus grande que toutes les autres. Non seulement elle implique le déshonneur de celles qui la subissent, mais de plus les pires des dangers les guettent. Rares sont celles qui échapperont à la déchéance finale. Elles seront jetées à la rue quand elles ne plairont plus aux brutes dont j'ai été. Souvent je me souviens avec honte des comportements dans lesquels nous nous complaisions, cyniques, sans cœur, sans compassion.

Depuis quatre ans que je les fréquente, j'ai appris à connaître ces femmes et à comprendre toute l'étendue du drame qu'elles vivent journellement. Comment ne pas distinguer leur immense lassitude dans leurs sourires de circonstance et dans leurs attitudes maladroites d'hétaïres de campagne ? Il n'y a que les imbéciles pour croire leur situation due au simple désir de la débauche et à je ne sais quelle avidité du sexe.

Leur état ? C'est principalement celui de l'indigence. Comment un médecin digne de ce nom, respectueux de son serment, pourrait-il dédaigner le sort qui se présente ainsi à lui ? Car la misère dont je parle rend encore plus durs et plus dangereux ceux qui y sont réduits. Ce n'est pas la soumission que je vois, mais la hargne désespérée du chien attaché par un lien qui le blesse. Il ne recherche pas la caresse mais veut mordre. Ce n'est pas le moindre des vices de notre société que d'avoir contraint des humains à cet état de haine. Je sais que je ne suis nullement parvenu à apprivoiser aucune de ces femmes. Elles ne me regardent que comme un gardien contre lequel on ne tente rien.

Notre siècle a adopté une théorie réglementariste et j'en suis un des représentants. Les autorités ont préféré faire une place à cette prostitution, la tolérer en la surveillant, de façon à donner satisfaction aux desseins des mâles, tout en sauvegardant le bon ordre et la santé publique.

Ainsi deux fois par mois les lieux de tolérance de la région sont contrôlés. Avec deux ou trois confrères, nous nous sommes réparti la charge lorsque nous avons constaté qu'à en courir cinq ou six par jour, nous étions victimes du nombre et incapables de reconnaître les filles. Deux lupanars me sont échus, les maisons Fernier et Duchâtel, que je visite toutes les quinzaines.

L'un est pour les notables, tout de velours et de cuir, décoré de peintures bucoliques et lestes. On n'y reçoit que des personnes ayant voiture, magistrats, fonctionnaires, florissants financiers. L'autre est pour les paysans, peint de couleurs violentes et de dessins obscènes. Mais de tous deux émane cet effluve bizarre que le stupre inscrit sur les tentures et les tapisseries, un mélange indéfinissable de bonbon acidulé et d'urine, de réglisse et de purin. Que l'établissement soit riche ou pauvre, c'est toujours la même odeur. Mais la grande affaire n'est que d'argent, et tout le monde en tête, du propriétaire qui loue bien au-dessus du tarif habituel au limonadier qui facture plus qu'ailleurs, en passant par les tenancières, sous-maîtresses, lingères et femmes de charge, tous, sauf les filles elles-mêmes qui ne gagnent dans ce commerce, dont elles sont l'unique matière, que juste assez pour ne pas mourir de faim. Elles payent leur chambre, les oripeaux qu'elles se doivent de revêtir, leur nourriture, leur blanchissage, si bien que leur part du bénéfice, qui devrait être du quart de leur compte, se réduit bientôt à rien.

Comme elles règlent également leur boisson et que cette sinistre besogne les incite à l'ivrognerie, elles accumulent les dettes à l'égard de ceux-là mêmes qui les exploitent.

Pour ces derniers, nos visites médicales sont des contraintes qu'ils supportent mal, d'autant qu'une fille déclarée atteinte devient inapte, tenue qu'elle est de rejoindre l'hospice général pour le traitement. Cela représente un fort manque à gagner. Ils sont donc prêts à toutes les supercheries pour s'éviter ce débours. À la veille d'une inspection, il arrive que les tenancières fassent discrètement partir une femme malade et qu'une prostituée saine, venue tout exprès de l'extérieur, la remplace. On n'hésite pas non plus à dissimuler les maladies par du maquillage, une injection légèrement astringente amène un rose pâle à un vagin enflammé, on masque les ulcérations buccales par des pastilles de chocolat, ou encore on camoufle un chancre avec quelques fragments de baudruche collés et colorés de carmin. Bref, le thérapeute est dans l'obligation d'user de trésors d'ingéniosité pour mener son mandat à bien. Il doit proscrire également toute fraternisation avec les tenanciers prompts à le plonger dans les ivresses de l'alcool. Toutes ces raisons font que je regarde mon travail, dans ces circonstances, comme particulièrement malaisé.

Je connais certains de mes confrères qui transigent avec ces principes et se laissent aller jusqu'à devenir eux-mêmes clients des établissements qu'ils inspectent. Ils trahissent ainsi leur mission scientifique, car leur rôle, au-delà de ce que leur assigne la loi, est de briser le cercle de la maladie.

Mais comment pourrais-je leur reprocher leur avidité d'émoi ? Tout cela n'est que l'effet de l'appréciation que notre société porte sur la Nature qu'elle rejette dans les limbes du péché. Il est facile de contrôler des hommes et des femmes tiraillés par leurs besoins en leur interdisant de jouir paisiblement des bénéfices de leur complexion. On les castre et nul n'ignore qu'un hongre est bien moins enclin à la révolte qu'un étalon fringant. Il n'est pas plus de courtisanes que de saints en ce monde. Ce ne sont tous que de pauvres êtres en quête de ce qui nous manque le plus, la certitude d'être et de pouvoir aimer.

Sans doute, à une époque passée, les périls mortels de certaines maladies du sexe incitaient-ils à brandir la menace de l'enfer pour en protéger l'humanité. C'était un temps où la raison était bien moins partagée qu'aujourd'hui et où il fallait manier l'anathème pour préserver les humains contre eux-mêmes, mais de nos jours, alors que nous savons quels procédés préventifs il convient d'employer pour juguler le risque, pourquoi continuer à ravaler ce désir satyriasique et sensuel qui est le véritable cri de l'espèce ? Pourquoi vouer à la déchéance ces filles publiques qui ne font qu'user des seules ressources qu'il leur reste pour assurer leur subsistance ? Si les hommes et les femmes étaient libres de leurs copulations, sans doute n'y aurait-il plus d'utilité aux bordels et à leur cortège de lamentations.

## Samedi 12 février

En m'éveillant, j'ai relu ce que j'avais écrit hier sous le coup de l'échauffement de ma journée.

En revenant de Falaise par la longue route toute droite, mon cheval allant son train, dans les grincements de ma calèche, le ventre vide et les organes excités par la profusion des sexualités, je n'ai eu d'autre purgation de mon esprit que de m'installer à ma table pour noircir du papier. Car on ne reste pas indifférent, tout médecin que l'on soit, à l'étalage des chairs qui est l'ordinaire de ces inspections. Bien sûr, on cherche à échapper à cette lubricité mais elle s'insinue dans l'âme et dans le cœur, tant et si bien qu'à la fin, c'est une orgie de sentiments qui domine le discernement.

Mon deuil et la douleur qui l'accompagnait m'en avaient jusqu'à présent préservé. Mais lorsque ce qui est longuement contraint se fissure, le moindre interstice devient un chemin par lequel le libidineux se faufile. Je ne suis certes pas homme à rejeter un émoi si naturel, mais hier, je me suis fait peur.

Évidemment, les femmes que j'ai observées sont des putains, mais en sont-elles moins femelles ? Bien sûr, leur sensualité est offerte à tous pour quelques francs, mais elles n'en sont pas pour autant indemnes des moiteurs auxquelles réagit la nature virile.

J'ai passé mon après-midi de vendredi à inspecter des vulves et des vagins, mais je n'en ai pas moins aperçu, dans l'ouverture des peignoirs, la rondeur d'un sein, le galbe d'une hanche, la proéminence d'un ventre ou d'un nombril. Plus encore, j'ai trouvé de l'enfance dans l'éclat d'une pupille, de la douceur dans le mordillement anxieux d'une lèvre. Toute une géographie émouvante s'est dévoilée à moi au cœur de ces bouges, et ce n'était pas celle du mal, non, mais cette magnifique ascension du désir que les imbéciles appellent la luxure.

Nos sociétés sont tout entières fondées sur la contrainte et sur la peur, elles sont administrées par des dupes qui croient vraiment que les limites qu'ils posent aux élans de la nature améliorent les humains, ou par des sots qui imaginent le monde aussi simple que leurs raisonnements, il en est aussi de cyniques qui savent que ce joug est le plus sûr garant de leur pouvoir temporel et en usent sans scrupules, mais que tous prennent garde car leur corset craquera, et s'il s'ouvre, c'est la rage qui l'emportera.

C'est d'ailleurs le sens de mon opuscule : la rage, cette hideuse infection qui tue plus dans les campagnes et dans les villes, et plus douloureusement que la vérole et la typhlite, est le fruit de la contention sexuelle.

Ainsi est-ce ce que j'entreprends de démontrer :

*Le virus rabique naît par suite des désordres spéciaux que la privation des plaisirs vénériens provoque dans l'organisme et dont l'action intime dépasse les bornes de l'intelligence humaine, où, bien que les éléments en soient fournis par la résorption du sperme chez les mâles et celle des fluides muqueux chez les femelles, l'idée mère n'en cesse pas moins de surnager avec son auréole de vérité.*

Germon est arrivé vers midi, il était encore penaud de sa sortie de la semaine dernière. Tant qu'il n'avait pas osé se montrer chez moi plus tôt. Pourtant, ce qu'il avait à me dire était d'importance. Il a décidé de présenter son doctorat à la faculté de Caen et m'a demandé si je pouvais intervenir pour lui auprès de mes confrères, ceux-ci en effet sont réticents à octroyer le diplôme aux officiers de santé. Ils se les figurent comme des auxiliaires dont ils n'ont pas à craindre la concurrence et font généralement tout pour les maintenir dans leur état, attachés à un département avec interdiction administrative d'exercer ailleurs et subordonnés aux ordres des médecins de district.

Il veut soutenir une thèse très anatomique sur les filets nerveux du parenchyme antérieur. Je l'ai encouragé dans cette voie, je sais par expérience que plus le sujet est technique et moins le jury le conteste. Pour le côté financier, il n'a heureusement pas besoin de moi, il a reçu un petit héritage qui tombe bien à propos pour lui permettre de s'inscrire à Caen.

Son épouse l'a, me dit-il, fortement épaulé dans son choix malgré les sacrifices pécuniaires que cela suppose. Je ne puis donc que souscrire à sa sage résolution, et sans doute puis-je même le parrainer devant le conseil de l'Association. Si je me porte garant de lui, il pourra l'intégrer avant même d'avoir soutenu sa thèse et bénéficier au plus tôt des avantages de la mutualisation. Il suffit de rien pour que se reproduise une épidémie comme celle de 1854, qui a prélevé un fort contingent parmi les soignants, laissant, pour les imprudents isolés, leurs familles dans un profond dénuement et leurs épouses réduites à vendre les ingrédients de leurs pharmacies sur les marchés.

Nous avons fêté sa décision en débouchant une bouteille de gros et en la buvant à deux, ce qui nous a mis dans un bon état d'euphorie. C'est alors qu'à son tour il a porté la conversation sur les deux sœurs Rodon.

« Qu'en pensez-vous ?

– Pas grand-chose ! On trouve des aspects troublants dans cette affaire mais rien de probant. Je connais ces femmes depuis leur naissance et je n'ai jamais décelé chez elles le moindre indice qui pourrait me les faire estimer capables d'un crime. Je suis en plus témoin du dévouement avec lequel elles ont assisté leur mère dans ses derniers moments et je n'ai pas eu la sensation qu'elles menaient le jeu pervers dont la rumeur les accuse.

– Néanmoins...

– Écoutez, leur comportement, pendant ces quelques mois, trahit un trouble profond, presque maladif, mais je ne crois pas qu'elles se seraient laissées aller à de telles extrémités. De plus, qu'elles le veuillent ou non, en agissant de cette manière, elles se sont aliéné nombre de bonnes âmes que je sais incapables d'un aussi grand dévouement. Alors, comment ne pas penser que la jalousie et l'amertume guident le murmure ?

– Pourtant, ces crises à répétition...

– Nous connaissons les contournements de la maladie et la vanité de nos certitudes... »

À ce moment-là, Honorine a introduit dans mon cabinet le jeune Arnaud Rolland à bout de souffle. Nous nous sommes précipités vers lui. Il était envoyé par ses parents de la ferme Rolland à Ménil-Vin. Son petit frère, Antoine, âgé de neuf ans, présentait tous les symptômes du croup. Il avait été atteint de maux de gorge et d'une légère fièvre la veille, mais depuis le début de la matinée son état avait empiré et la respiration lui manquait. Germon et moi savions que nous devions agir au plus vite. Sans même prendre le temps de nous vêtir chaudement, nous avons sauté sur nos chevaux et, au galop, nous nous sommes mis en chemin vers Ménil-Vin, laissant Arnaud à la garde d'Honorine.

Lorsque nous sommes arrivés à la métairie Rolland, il y régnait une forte agitation, chacun connaissait de quoi il retournait. Je ne compte plus les enfants tués par cette angine couenneuse avant même que nous en ayons été avisés. Il arrive même que dans une sorte d'épidémie familiale, elle décime une partie, si ce n'est toute la progéniture d'une demeure.

Le petit gisait sur un lit dressé devant la porte de la maison. Pour le placer au grand air, me dit sa mère en larmes. Son souffle n'était déjà plus qu'un râle sifflant et l'extrémité de ses doigts bleuissait, signe d'une mort imminente. Il n'y avait que deux choses possibles, soit pratiquer immédiatement une bronchotomie, soit dégager le pharynx des enveloppes fibrineuses qui l'obstruaient. Il n'est pour cela pas d'autre moyen que de plonger une canule creuse dans la gorge du malade et d'aspirer violemment pour décrocher les membranes et rétablir la respiration. Le péril de ce procédé est considérable pour le praticien tant la maladie est contagieuse, mais en cette occurrence il n'y avait pas d'autre choix. Je le fis, crachai la pellicule ainsi détachée dans le feu puis me lavai vigoureusement la bouche d'un verre de calvados préparé pour cela. C'est une méthode que m'a enseignée mon père et qui, m'avait-il dit, est infaillible, mais je n'avais jamais osé l'expérimenter. De toute manière, je n'avais pris le temps ni de penser aux risques que j'encourais, ni de tergiverser. Immédiatement, le garçonnet qui suffoquait reprit des couleurs.

Chacun me considérait l'œil écarquillé comme si j'avais accompli un exploit d'un rare courage. C'en était un, en effet, mais il n'était dû qu'à un réflexe qui m'avait emporté sans que ma raison y ait la moindre part. Le seul héroïsme qui vaille est conscient et raisonné, le surplus n'est que fagot pour le brasier des vanités. Dans le feu de l'action, je n'avais conçu rien d'autre que de mettre hors de danger l'enfant. À présent, je transpirais à grosses gouttes. Je n'avais plus qu'à rester là, à regarder si la température chutait et à voir si je ne subissais pas à mon tour les atteintes de la diphtérie.

Je demandai à chacun de nous laisser, moi et mon jeune patient, et m'apprêtai à passer une sale nuit. Dans les heures qui suivirent, je fus attentif au moindre de mes malaises, je guettais une irritation de ma gorge avant-coureuse de l'infection, une suée suspecte, une fièvre, mais rien de cela n'advint.

À l'aube, l'agitation du bambin était tombée et il reposait paisiblement. Il était sauvé et moi-même hors de danger. J'ai donc fait brûler ses draps et les vêtements sur lesquels sa sudation s'était imprégnée, et je suis rentré dormir chez moi.

## Dimanche 13 février

Ce matin, en m'éveillant, j'avais dans la bouche la fadeur affreuse de la maladie, une sorte d'âcreté qui se mêlait au goût fruité du calvados. Un masque enserrait mon visage, contraignant mes yeux et mes lèvres, pétrifiant mes paupières comme si j'avais longuement pleuré.

Ce n'est qu'un peu plus tard que je compris que tout cela n'était que la saveur d'une peur rétrospective, rien que les relents de mon imagination. Il était déjà une heure de l'après-midi. J'avais passé toute la matinée assommé par un sommeil de plomb. Dehors la froideur était devenue plus perçante.

Par-delà la fenêtre de ma chambre, je voyais le coteau figé dans un camaïeu de gris, où la terre se confondait avec le ciel, les nuages avec les ondes et les plantes avec les animaux.

Je me suis vivement débarbouillé avec l'eau froide de mon broc, je me suis habillé et je suis descendu au salon. Le feu crépitait dans l'âtre.

Là, j'ai trouvé Germon et Bucard, assis en silence, à des coins opposés de la pièce. Avec sur le visage cette expression à la fois pensive et abattue que l'on rencontre dans les soirées de deuil. Ils se sont levés à mon entrée. Bucard s'est précipité vers moi et m'a serré dans ses bras, alors que plus prosaïque Germon me saisissait la main. Je n'avais nulle envie de parler des événements de la veille, mais je fus tout de même satisfait de ces témoignages d'estime et d'amitié. Honorine arriva à son tour, elle avait dans les gestes je ne sais quelle molle tendresse, enveloppante. J'essayais de garder une contenance. Germon m'a pris le pouls selon sa méthode asiatique. Il m'a ausculté le souffle en usant de mon stéthoscope, celui que, selon les indications de Laennec, j'ai fait tourner dans une pièce de merisier par le menuisier de Ménil-Hermei. Il a terminé

son examen et me regardant d'un air heureux, m'a lâché :
« Vous n'avez rien ! »

Prise d'émotion, Honorine se signa par trois fois et annonça, un peu trop cérémonieusement, que j'étais servi. Nous sommes donc passés à table pour un copieux repas, fortement arrosé.

Il est dans l'esprit de nos paysans, et Honorine en est une, que de gros efforts ou de grands risques s'amoindrissent par un afflux de nourriture lourde et les tanins d'un vin magnanime. Les vapeurs de l'âme ne sont pas censées résister à une bonne composition de viande en sauce et de pommes de terre sautées dans le beurre, dont chacun connaît la puissance émolliente. En vérité, nous avons accompli un saut du régime de la compassion admirative à celui de la plaisanterie, ce qui n'était pas pour me déplaire. Ce n'est qu'à la fin, au moment où elle nous apporta de la vieille eau-de-vie, qu'Honorine fit dévier la conversation sur les deux sœurs Rodon, dont j'appris alors que le bourdonnement public les accusait unanimement.

Mais de quoi ? et sur quelles présomptions ?

Nous avons été d'accord pour dire que rien ne permettait de supposer de quelque manière que ce soit que la mère Rodon ait été assassinée par ses filles. Pourtant, je sens bien que cette rumeur va encore enfler et qu'elle risque de causer des dégâts. J'ai engagé Bucard à en parler dans un de ses prochains sermons. On ne doit jamais accepter de voir de telles insanités se développer, elles ne laissent personne indemne.

Notre échange a par la suite porté sur la guerre qui se prépare. Les régiments cantonnés dans la région sont partis voici trois jours pour une destination inconnue avec tambours et trompettes en tête. Selon Germon, l'Empire ne saurait se maintenir sans répondre à l'espérance de victoires et de gloire que le peuple met en lui. Il nous faut des drapeaux pris à l'ennemi, des sonneries de clairon, des chevauchées et des charges, bref tout l'apparat militaire de l'oncle sert à asseoir le pouvoir du neveu.

Le repas s'est poursuivi jusqu'à quatre heures. J'étais parfaitement rassuré, en pleine possession de mes moyens et plus jeune que jamais.

Mes convives s'en sont allés. Je vais seller mon cheval et rejoindre Condé-sur-Noireau en droite ligne à travers champs.

## Lundi 14 février

Ce matin en quittant Colette, je me suis directement rendu à Sainte-Honorine pour passer chez Vertou de la Planche.

Il me semblait à ma dernière visite qu'il se remettait bien de sa crise. Mais j'ai trouvé un homme vieilli de dix ans en l'espace de quelques semaines. Ce que je craignais est arrivé. Cet individu qui, jusque-là, avait fière allure avec ses cheveux sur ses épaules et son verbe haut, m'est apparu très fortement diminué. Il m'a fait entrer pour la première fois dans son salon et n'a pu se tenir debout plus d'un quart d'heure. Sa main n'a guère récupéré, il est incapable de serrer son verre et tremble sans avoir les moyens de contrôler ses prises. Mais cela ne serait rien si j'avais senti chez lui une volonté de retrouver son lustre d'antan. Lui, qui ne se serait jamais laissé aller à la moindre plainte devant personne, s'est répandu en lamentations et en considérations métaphysiques qui ne correspondent pas avec le personnage que j'ai toujours connu. Il s'est même abstenu de son habituelle ironie à mon égard.

En le quittant, j'étais tourmenté par une certaine tristesse devant la disparition du Vertou que je fréquentais jadis et dont cet homme n'avait plus que la molle apparence. Je sais bien que l'attaque qui l'a terrassé aurait eu lieu même si je ne l'avais pas poussé à l'irritation, n'empêche je ne parviens pas à ne point m'en sentir la responsabilité. Le plus grave est que son attitude n'augure rien de bon sur le restant de ses jours. Souvent, un tel abandon du caractère va avec une diminution de la vigueur qui, si elle n'est pas immédiatement mortelle, fait de ceux qui la subissent des victimes faciles pour la maladie.

Victorine Dreux avait les yeux rouges et me saisit la main en me demandant si son maître vivrait. Je l'ai rassurée du mieux que j'ai pu. Partant, j'ai trouvé Marie qui patientait près de mon cheval, je me suis conduit d'une telle paternelle façon, que je crois l'avoir déçue et avoir effacé le sentiment suscité au début de cette affaire.

J'ai ensuite chevauché vers La Forêt-Auvray, voir le père Duchaume. Il m'attendait devant le seuil de sa hutte de charbonnier. Je le connais depuis qu'il s'est établi là, vers 1848. Il est étranger au pays, ce qui explique que contrairement à mes autres patients, il ne se soit installé ni dans un bourg, ni dans un hameau. Au commencement, ont couru sur lui de nombreux bruits et qui, peu à peu, se sont estompés, sans doute parce que l'on s'est aperçu qu'il valait mieux le compter parmi ses amis. On a dit qu'il était en rupture de ban et qu'il était recherché. On lui a envoyé les gendarmes qui n'ont rien trouvé à redire.

Finalement il s'est avéré qu'il possède le bois où il vit à La Forêt-Auvray. Cette révélation inattendue a forcé le respect de mes paysans qui n'estiment rien tant que les propriétaires. Duchaume a bientôt forgé publicité d'un don particulier qu'il détiendrait pour guérir par l'imposition des mains et d'autres choses plus secrètes que je suis peu à peu parvenu à découvrir, mais dont on me tenait à l'écart.

On croit généralement que la science et la rationalité ont établi leur empire sur cette terre. Rien n'est moins vrai, il est encore des fées et des lutins qui courent par la campagne, jettent des sorts et effectuent toutes sortes de malignités contre le pauvre peuple. Ils ont lien avec ces pierres surgies au milieu des champs et que nul ne songe à détruire ou à déplacer de peur de voir la fortune s'acharner. Les laboureurs les contournent dans le tracé de leurs sillons, les cantonniers dans le trajet des chemins également. On les laisse tranquilles pour que leurs propriétaires agissent de même. On dit que ce sont les signes du passage de géants ou les demeures d'êtres infimes qui sont les véritables possesseurs de la glèbe, et dont la colère tarit le lait des vaches ou le fait tourner, apportent le croup aux nouveau-nés, noient les enfants en bas âge, brisent les roues des charrois et les déjantent.

Duchaume prétend non seulement être capable de les observer, mais aussi de les convaincre de cesser leurs agaceries.

Avant que de parvenir à moi, mes patients sont généralement passés par lui. C'est finalement une assez bonne chose parce qu'il a la sagesse de ne point s'accaparer le client et de ne pas hésiter à me recommander s'il se sent impuissant. Ce faisant, il m'évite nombre de malades imaginaires que ma pratique ne sait traiter mieux que lui. Quoi que je pense des histoires d'aiguillettes nouées, je ne puis agir contre l'impuissance ou le mal d'enfant. Je n'ignore pas que les médications empiriques qui nous sont proposées n'ont d'influence que pour autant que l'on y croie, ce qui est le signe de leur innocuité.

Les forces de l'esprit, dont nous ne connaissons pas les bornes, sont capables de sortes de miracles, dont le support peut aussi bien être le pèlerinage que l'accouplement, la cure fantaisiste, la haine parfois. C'est ainsi.

Pour l'heure, je le suis, à sa demande, pour un angor crépitant caractéristique, qui l'empêche d'user de sa force comme il l'entendrait et lui interdit les interminables marches en forêt qui sont son principal plaisir. Je le traite doucement à la belladone, ce qui semble le soulager et a encore augmenté son estime pour moi. Il déteste se sentir dépendant de quoi que ce soit, j'ai donc feint d'admettre qu'il m'avait inspiré mon traitement, au cours d'une longue discussion que nous avons eue. Ainsi ne vais-je l'aller voir que pour entretenir notre relation et certainement pas pour le soigner. Aucun de nous n'est dupe, mais les apparences sont sauves. Je suis resté un moment avec lui. Avant de m'en aller, je lui ai demandé ce qu'il pensait de l'affaire des filles Rodon. « Au moins, m'a-t-il dit, elles ne se sont point adressées à moi ! »

Ensuite, je me suis rendu au Mesnil-Hermei, pour rencontrer Solange, j'ai passé une heure aussi inutile qu'à l'habitude. Ses complaintes prennent des allures de ritournelle dont je connais les paroles avant même qu'elles ne soient prononcées. Je la visite plus pour le repos de mon esprit que pour la santé de son corps, qui lui s'achemine doucement vers un destin qui est le nôtre à tous.

Aux Isles-Bardel, la fille Maurasse et l'enfant vont pour le mieux. Je suis moins optimiste pour mon métayer. Il devient idiot. Il m'a longuement entretenu d'un charme qui aurait été jeté à nos vaches. Selon lui, la baisse de la production de lait est due à une prise d'œil, que le voisin, Fernand Garaud, aurait commandée à un jeteur. Je lui ai demandé sur quoi il fondait ses soupçons, et il m'a dit que sa récolte de crème s'était subitement amoindrie par rapport à la sienne et que ses animaux paissaient mieux, ce qui était évidemment le résultat d'un sort, jeté soit sur lui à cause de la bonne naissance du bébé ou de l'heureux mariage, soit sur moi, pour un mobile que je connais sûrement, ou encore pour une autre raison aussi absurde que les autres. Comme je n'avais nulle envie d'épiloguer, je lui ai conseillé de réagir comme il le jugeait utile et je m'en suis retourné chez moi.

En arrivant à Rapilly, les gendarmes m'attendaient. Ils avaient attaché leurs chevaux à la grille du jardin et devisaient avec Honorine en sirotant une tasse de cidre.

Ils ont abandonné leur manière de détente à mon approche et m'ont salué militairement. Ils me portaient une convocation du procureur général de Caen pour la huitaine prochaine. Je me doutais bien de ce dont il s'agissait et ils me l'ont confirmé officieusement. Une information a été ouverte sur les agissements des sœurs Rodon et elles sont astreintes à ne pas quitter le canton jusqu'à nouvel ordre.

## Mardi 15 février

Je suis retourné voir Renée Vernaison, comme prévu. Voici maintenant presque une semaine qu'elle a entamé le traitement. J'imaginais que j'arriverais assez vite à un résultat. Ce n'est pas le cas.

Bien sûr, elle présente tous les affreux symptômes de la cure, ses lèvres sont devenues presque noires. Elle a une haleine de charnier. Elle sue abondamment mais elle ne bave pas. Un des signes de la guérison est une salivation abondante par laquelle les virus sont évacués et qui est preuve de l'efficacité de la thérapeutique. Mais je ne désespère pas. J'ai requis de Suzanne Voisin qu'elle poursuive les soins. Je lui ai donné une teinture d'Ozate que je crois capable d'accentuer les effets des pilules de cinabre. Je lui ai retiré environ deux décilitres d'un sang fuligineux que j'ai ponctionné à la jonction de la jambe et de l'aine.

Elle est d'une faiblesse épouvantable. D'ailleurs, souvent je me demande si le traitement n'est pas plus coupable de la mort des patients que la syphilis elle-même. Mais pour l'heure je n'en vois pas d'autre, car la vaccine n'agit pas et même introduit un surplus de trouble ainsi que l'a constaté Vaillant, mon confrère de Caen, qui se l'est inoculée et que l'on a dû traiter à son tour.

J'ai promis de revenir dans deux jours lors de ma tournée de vendredi et j'ai laissé ma malade à son triste destin.

En sortant, je suis tombé sur son mari qui venait la visiter et que je cherche à joindre depuis plus d'une semaine.

N'est-il pas responsable du mal de son épouse ? Et n'est-il pas de ma tâche de briser cette ronde qui va s'établir entre lui et ses favorites, ses maîtresses et leurs amants ? Il l'a pris de très haut, comme le fonctionnaire arrogant qu'il est.

Je lui ai remontré que son atteinte était extrêmement contagieuse et qu'il risquait d'infecter toutes les femmes avec qui il avait commercé. Il m'a répondu que ce n'était pas mon affaire mais la leur et que, quant à lui, il se débrouillait très bien avec ses chancres. C'est un comportement ridicule qu'il va payer très cher, car la phase tertiaire de la maladie cloue les malheureux qui en sont touchés dans des postures contournées et finit par les rendre fous. Je ne lui souhaite pas cette déchéance mais son attitude la lui fait mériter.

## Mercredi 16 février

Jour de marché et consultation chez moi. La fièvre des ultimes semaines due aux réquisitions de l'armée et aux grandes foires à bestiaux du nouvel an s'est éteinte. Nous sommes revenus aux rassemblements habituels du commerce local, ce qui produit une presse moindre. J'ai commencé mes réceptions à neuf heures et j'ai pu prendre le temps d'écouter un peu ceux qui sont passés me donner des bruits de leur pays et de leur famille. Les labourages d'hiver sont presque terminés et ceux qui se sont loués à des propriétaires plus importants qu'eux-mêmes se préoccupent à présent de leurs biens. Le gel de ces derniers jours accentue la difficulté du travail. Comme ces paysans sont durs à la tâche leur fatigue les rend sensibles à une foule de petits maux, pour lesquels apprenant la gratuité de mes soins, ils s'autorisent à me visiter. J'ai continué à inoculer mes vaccines et j'aurai bientôt traité tout le canton.

Sur le coup de midi, je m'apprêtais à prendre une collation, quand le père Durant s'est présenté. Il était passé devant tous ceux qui attendaient encore. Ils avaient mis bonnet bas à son approche. Il avait l'allure d'un homme auquel rien ne résiste. Ses longs cheveux d'un blanc éclatant s'étalaient sur ses épaules et sur sa blouse des grands jours. Il s'est imposé devant moi comme un qui en a la vieille habitude. Son père a fait fortune à la Révolution en rachetant des domaines de l'Église. Il en est devenu une personnalité incontournable du département, si bien qu'il est parvenu à enjamber sans autre chicane l'Empire et la Restauration. Chez nous, la possession d'une terre tient lieu de lettres de noblesse et son patrimoine se monte à plusieurs centaines d'hectares, de bois, de prés et de fructueux labours, ce qui équivaut au statut d'un comte républicain. Pourtant, la façon dont ces biens ont été acquis au début du siècle par son père, qui en a spolié deux ou trois couvents disparus depuis, lui est encore reprochée quand le bon peuple n'a rien d'autre à faire que de déblatérer sur ses contemporains. Il a mené un long procès avec le diocèse, qui aurait dû le ruiner et le réduire à néant mais qu'il a gagné avec force ruses et pas mal de pots-de-vin. Cette victoire a encore accru sa puissance. Pourtant, alors qu'il en aurait et la carrure et le pouvoir, il a décidé de ne point se mêler d'autre chose que d'agriculture. Cette attitude en marge lui procure les avantages d'un arbitre dont la première préoccupation serait de ne rien perdre de ce qui lui appartient.

Il a toujours refusé le secours d'une médecine à laquelle il ne croit pas et dont il juge le débours inutile, aussi ai-je été bien étonné de le voir se présenter en personne à ma consultation.

« Docteur, m'a-t-il dit, je vais mourir bientôt, je le sais, mais j'ignore quand, voilà pourquoi je suis ici. »

Depuis quelques semaines, il n'avait plus sa force d'avant, il était sujet à des céphalées et attrapait des angines à répétition.

Il avait le teint très pâle. J'examinai sa bouche. Je remarquai un saignement hémorragique de ses gencives. Il ne se trompait pas, peu de jours lui restaient à vivre. Pour en avoir le cœur net, je pratiquai une légère saignée ; son sang montrait bien cet aspect blanchâtre qui est le signe de la leucose.

Il me regarda faire, interrogatif.

« Alors ?

– Réglez vos affaires, père Durant, dans moins de deux mois, vous ne serez plus, et je ne puis rien pour vous », lui dis-je sans m'embarrasser de circonlocutions. Il m'observa longuement, hocha la tête et s'en retourna, en laissant sur mon bureau une pièce de cinq francs.

Son unique fils, Jean, avait tiré un mauvais numéro à la dernière conscription, inférieur à cent, ce qui lui donnait toutes les chances de partir, il l'a fait racheter et agit de même pour tout. C'est à cette tractation que j'ai mis la dernière main, il y a un mois. J'en comprends aujourd'hui la raison profonde, il se sait condamné et ne peut laisser son patrimoine sans homme. Son marché avec la famille Délicieux a dû lui coûter parce qu'il est près de ses sous, mais une terre en jachère est perdue alors que l'argent se retrouve toujours. Voilà !

Vers seize heures, Marcelline Brandot est venue, accompagnée d'une sienne cousine un peu plus âgée. Après maintes tergiversations, j'ai finalement été en mesure de l'examiner et, comme je m'en doutais un peu, elle est parfaitement vierge. J'ai demandé à sa cousine si elle-même était mariée depuis longtemps. Trois ans, m'a-t-elle répondu. Je lui ai suggéré d'expliquer à sa germaine les secrets du mariage que je ne me sentais pas de raconter moi-même, ce qu'elle a entrepris aussitôt. Contrairement à ce que l'on pourrait penser, les divers aspects de l'hyménée n'ont pas autant effarouché la jeune épousée que je le craignais, malgré les descriptions crues qui lui étaient faites.

Au vrai, ces représentations dans mon cabinet m'ont échauffé. L'évocation des gestes et des postures, présentés dans le vif langage de la fille, la précision et la franchise avec lesquelles elle décrivait les étapes du coït, les bénéfices et les jouissances enfin, qu'elle exposait vertement, tout cela, malgré mon habitude, ne me laissait pas froid, d'autant qu'elle me prenait à témoin comme si j'étais moi-même l'étalon des élégances libidinales.

Je leur ai conseillé d'aller achever sur le chemin de retour pour que je sois à même de me livrer à mes autres travaux plus urgents, et je suis parti en hâte vers Condé-sur-Noireau.

## Jeudi 17 février

On devait s'en douter, ce matin, sous la pression du public, le procureur général de Caen a confirmé la décision d'arrêter les sœurs Rodon. Depuis trois jours, on menait le charivari autour de leur maison, jetant des pierres dans leurs fenêtres et des immondices sur le seuil de leur porte. Il n'est pas assez que ces filles soient dans la stupeur d'avoir perdu leur mère, encore faut-il que la populace veuille les en rendre responsables. Je sais trop bien comment les choses se retournent pour en être étonné. Il n'est pas bon d'aller contre le sens commun, car celui-ci se venge dès qu'il en a l'occasion. La société ne hait rien tant qu'on lui en remontre sur les principes qu'elle-même a érigés en règles et dont elle a marqué les bornes.

De fait, cette arrestation pourrait bien être une sauvegarde pour Catherine et Marguerite Rodon. Seules dans leur grande ferme, jetées à la vindicte publique, elles étaient à la merci du moindre échauffé qui aurait eu l'idée de pratiquer justice lui-même, rien n'est plus difficile à construire qu'une vie et n'est plus sujet à la ruine par une petite chiquenaude. N'empêche, on aurait dû se dispenser de les emmener en carriole cellulaire et menottes aux poignets.

Le défaut des corps constitués est qu'ils ne s'embarrassent pas de subtilités et appliquent leurs réglementations à la lettre sans la moindre nuance. Ils ignorent la demi-mesure qui pourtant est la seule règle d'un sage gouvernement des hommes. Bref, il n'est pas d'option entre la froide mécanique et l'indifférence pure et simple, c'est ou tout l'un ou tout l'autre.

On m'a raconté que les deux sœurs, ne comprenant rien à ce qui leur arrivait, se tordaient les mains et hurlaient comme si on les menait à l'échafaud. Je vais profiter de ma convocation de mardi prochain pour intervenir en leur faveur.

Sur le coup de dix heures, alors que je travaillais à mes roses, on est venu me chercher en hâte. À l'auberge du *Chien qui fume*, un accident était arrivé. L'auberge est à peine à une lieue de chez moi, je m'y suis rendu à cheval. Il y régnait une grande effervescence. Le postillon de la diligence de Rouen avait fait un faux pas en descendant de son siège et avait chuté à bas de la voiture. Il n'y avait guère à agir, il s'était cassé le cou et était mort dans la minute. Une foule de marchands, de journaliers, de femmes en cheveux, s'était rassemblée autour du cadavre et chacun y allait de son commentaire. Au vrai nul ne se souciait du malheureux que l'on avait allongé dans l'écurie et de moi, moins encore, puisque je ne pouvais rien. Le père Bayard, un géant rouge, qui tient l'auberge et a reçu concession de tabac pour ses campagnes de l'Empire, s'agitait en tous sens. Un mort porte malheur, et plus encore entache la réputation d'une auberge. Il n'avait qu'une seule préoccupation, que nul ne puisse rien lui reprocher. Il allait de groupe en groupe en sollicitant les témoignages pour le cas où et, quelque peu menaçant, s'assurant que chacun répondrait en sa faveur aux questions des gendarmes arrivés quelques minutes après moi. À la fin, il a convié tous ceux qui restaient à une tournée générale. Je m'en suis abstenu et m'en suis retourné chez moi.

J'ai longuement travaillé à mon traité en rentrant vers l'heure de midi. Honorine m'avait préparé un copieux en-cas que j'ai dévoré en même temps que j'écrivais. Le texte prend tournure et semble se rédiger tout seul.

Je suis heureux.

## Vendredi 18 février

Tournée vers Falaise. Je n'aurai pas trop de toute la journée pour effectuer mon examen dans les maisons closes.

Par la guerre qui s'est mise en branle, les affaires libidineuses se sont grandement développées, avec leur cortège d'infections. Pas moins de dix régiments ont cantonné dans les environs de Falaise, en marche vers Paris, et pour certains d'entre eux qui allaient depuis plus de deux semaines, l'étape a été de permission.

Il s'est ensuivi de nombreuses rixes sanctionnées par la prévôté, mais il ne s'agit là que de la partie émergée des événements. Le surplus, plus secret, c'est la fréquentation des tolérances et, à chaque fois, un risque réitéré de voir se propager les maladies, que ce soit à la maison Duchâtel, consignée à la troupe mais non aux officiers, ou à la maison Fernier, ouverte à tous sur instruction de Fortier qui tente, autant que faire se peut, de maintenir le calme dans sa ville. On n'a tout de même pas échappé aux habituels débordements, qui n'eurent d'autre conséquence qu'une consignation générale des établissements, à la grande colère des tenanciers.

Cela accompli, qui m'a tenu jusqu'à quatre heures de l'après-midi, je suis allé visiter Madame Vernaison. J'ai eu la satisfaction de constater que la salivation abondante se produisait depuis plus de deux jours et que donc elle était tirée d'affaire. Je lui ai administré la purge et la saignée, qui closent le traitement.

J'ai aussi commandé qu'elle commence à s'alimenter normalement pour restituer à son corps l'énergie qu'il a dépensée tout au long de la cure.

## Samedi 19 février

Ce matin, je me suis disposé dans mon cabinet de travail pour poursuivre la rédaction de mon mémoire. Je suis bien loin de mon ambition première. Alors que je voulais faire un exposé très scientifique fondé sur des observations rigoureuses, je me laisse entraîner sur un chemin qui parle plus du gouvernement des hommes et de ses singularités que de la maladie elle-même. Pourtant, je ne puis avancer les déductions de mon expérience sans les étayer d'arguments issus de l'expérimentation. Il va falloir que je m'inflige une certaine astreinte intellectuelle à laquelle, bien entendu, je répugne.

Décidément, je pratique plus un art qu'une science, et je le regrette, car je marche dans le brouillard du présent sans distinguer du réel autre chose que des formes voilées qui s'effacent aussitôt que je tente de m'en emparer. Je n'ai pour me guider que mon bon discernement, dont je ne puis pas dire s'il s'accroche à une quelconque objectivité ou s'il est simplement le fruit de ma mémoire et de mon histoire personnelles.

Germon est venu déposer le manuscrit de sa thèse pour que je la corrige, à croire qu'elle était prête depuis longtemps. Il était pressé car sa femme a organisé à Condé un déjeuner auquel elle a convié nombre de notables de la ville pour les amener à soutenir son époux. Il m'a demandé si je voulais me joindre à eux, mais cela sentirait trop le complot et j'ai donc décliné sa proposition. Cela l'a déchargé.

Vers l'angélus, on m'a mené l'apprenti du forgeron de Ménil-Vin qui s'était largement brûlé le bras, j'ai employé mon baume de fougère pour le soulager. Je ferai un saut pour le revoir lors de ma prochaine tournée.

### Dimanche 20 février

Je suis passé voir Madame Vernaison qui va bientôt retourner à Caen. Je lui ai recommandé de refuser désormais tout rapport avec son mari, sauf à ce qu'il se serve d'une redingote anglaise. Je lui ai remis l'adresse de la maison Gros-Millan à Paris, près du Palais-Royal, qui offre les préservatifs en caoutchouc vulcanisé de MM. Goodyear et Hancock. Plus résistants que les cæcums de veau que l'on utilisait jadis, ceux-ci présentent une curieuse et amusante image imprimée : une religieuse désigne d'un doigt assuré, parmi trois ecclésiastiques en érection, celui qui porte le condom, son futur amant, et annonce : « Voici mon choix ! »

J'ai passé le reste de l'après-midi et toute la soirée chez Colette.

### Lundi 21 février

À Saint-Honorine, j'ai visité Vertou de la Planche qui, s'il se remet bien de son attaque, n'en a pas moins un moral très amoindri. Depuis que son état s'est stabilisé, toute sa maison irait à vau-l'eau sans la présence de Victorine, qui la maintient comme un capitaine dans la tempête.

En quelques semaines, tout ce qui ne se maintenait que par sa violence et sa hargne paraît s'être effondré. Il regarde à présent le monde avec un œil désabusé qui l'amène à ne plus tonner sur rien et plus rien ne va. Il s'en rend compte mais n'en a cure. Il semble déjà dire adieu à la vie. J'ai tenté de le revigorer en lui racontant des plaisanteries et en l'entreprenant sur notre conflit à propos du bois. Il a à peine ri et m'a informé qu'il n'attachait aucune importance à ce marécage dont je pouvais bien faire ce que je voulais. Je l'ai quitté ainsi.

Fernand Gatiniaux m'a annoncé qu'il allait marier la plus vieille de ses filles, Amélie, avec un gars de La Forêt-Auvray et que j'étais convié au mariage, ce dont je le remerciai avant de l'ausculter, lui et sa famille. Et plus particulièrement Amélie, qui laissait voir sa satisfaction au rayonnement de son visage.

À Mesnil-Hermei, j'ai encore passé une heure avec Solange. Elle avait des ennuis avec sa bru qui, me dit-elle, lui a jeté un maléfice la poussant à se réveiller en pleine nuit en hurlant. Je lui conseillai de manger plus légèrement avant de se coucher, un simple bouillon maigre suffirait à dénouer ce vilain sort.

À Ménil-Hubert, Pierre Daubois cicatrisait de mieux en mieux, mais ses extrémités amputées lui produisaient toujours autant de souffrance. Il s'ajoutait à ce malaise la sensation d'être désormais inutile, complètement à la charge de ses proches et incapable de leur rendre quoi que ce soit pour le reste de sa vie. Plus que la perte de sa jambe, cela le plongeait dans une affliction que ma science est insuffisante à raisonner ou à combler.

À Ménil-Vin, le petit Antoine Rolland se remettait bien et manifestait déjà le désir d'aller courir dans la campagne. Ses parents me firent crouler sous leurs remerciements que je ne vois guère le moyen de jamais restituer, puis je suis passé chez le maréchal-ferrant changer le pansement de son apprenti, qui avait repris le travail à la forge dans un grand rougeoiement d'étincelles et dans la violence des marteaux sur les fers rougis.

Les bonnes âmes des villes regardent nos relations paysannes comme d'aimables bucoliques, où les choses se ménagent sans que personne y mette la main, mais nul ne dira jamais les trésors de sociabilité qu'il nous faut inventer pour résister aux aléas du sort, aux caprices du temps, aux fantaisies de la floraison, aux toquades de la pousse et aux folies qui s'emparent de nous et nous jettent dans des conflits sans fin et sans mesure.

Il suffit de voir ce qui arrive aux sœurs Rodon, rejetées par toute la population sans autre raison que les fantasmes engendrés par l'envie de la richesse et la jalousie des comportements.

Je me dirigeais vers Rapilly, lorsque je rencontrai la mère Voisin qui se dépêchait sur le chemin de Bazoches-au-Houlme. Elle m'annonça que Marianne Lourmois était entrée en travail, je la pris en croupe et nous partîmes, au galop, à travers champs. Une demi-heure plus tard, nous étions à pied d'œuvre. On n'avait pas besoin de moi, mais je suis tout de même resté – au cas où – car la conformation de la parturiente ne va pas sans me préoccuper.

Il est une tradition par chez nous, qui consiste à laisser portes et fenêtres grandes ouvertes lors d'un accouchement ou d'une mort, car les âmes qui à ces instants vont et viennent ne supportent que très mal l'enfermement. Ces mœurs n'ont pas d'inconvénient en été, mais l'hiver, lorsqu'il gèle à pierre fendre, elles impliquent un certain inconfort, n'empêche qu'il serait incongru de ne point les pratiquer. Cela fait que la naissance d'un veau ou d'un poulain dans la chaleur de l'étable ou de l'écurie est souvent plus confortable que celle d'un petit humain.

Je me suis posté sur le seuil du portail, car les affaires de femmes qui se passent bien ne nécessitent pas la présence du médecin. Les hommes sont tenus de rester à l'écart dans la cour et d'attendre, cela dure parfois plusieurs jours pendants lesquels ils n'entrent pas chez eux et dorment dans la paille quand ils le peuvent. Les femmes mariées se rassemblent autour de la future mère pour lui apporter leur soutien, elles chantent parfois des airs scandés sur une allure particulière qui instituent un rythme propice à la parturition. Les autres, réputées vierges, se maintiennent à distance, avec les gamins qu'elles gardent tandis que leurs mères s'époumonent. On accouche alors accroupie et, lorsque tout va bien, le petit voit la lumière sans grandes douleurs.

Vers la fin de l'après-midi, nous entendîmes les premiers vagissements ; l'enfant était né sans autre labeur que le coutumier. J'ai trinqué avec les hommes avant de reprendre mon cheval et de retourner chez moi, alors que l'obscurité tombait. Demain je vais à Caen et la journée risque d'être difficile.

## Vendredi 25 février

Je ne suis pas revenu chez moi de trois nuits. Je viens de finir ma tournée du vendredi et je rentre de Martigny-sur-Ante après avoir traversé tout le département. Pendant trois jours, je suis resté à Caen à la demande du procureur général, pour cause d'affaire Rodon.

Mais prenons les choses les unes après les autres en commençant par les plus habituelles.

Madame Vernaison a blanchi de toute son infection. Elle était sur le départ. Ses malles déjà avaient été embarquées dans sa calèche et elle n'attendait que moi pour regagner Caen. Contre mon habitude, je l'ai auscultée sans autre témoin et maintenant qu'elle est guérie, j'ai découvert un certain charme à ses intimités. Elle-même a été fort reconnaissante de mes soins, mais comme je sentais un trouble s'insinuer entre nous, j'ai rompu en disant que j'avais d'autres patients, ce qui était vrai, car je devais restituer son abonnement au marquis Vérone de Persigny.

Il était pareil à son ordinaire, je ne lui ai rien trouvé et je suis rentré chez moi pour préparer mon voyage.

Mardi, je me suis rendu à la convocation du procureur général, Monsieur de Flavigny, qui est une sorte de représentant de l'Empereur lui-même, avec plus de pouvoir et de responsabilités que le préfet. C'est un homme d'une hauteur de vues qui n'a d'égale que son ambition. Il sait que sa place est dans une des hautes Chambres de la Nation et ne fait pas mystère de sa volonté d'y accéder le plus vite possible, en cette occurrence l'affaire des sœurs

Rodon, par la publicité qu'il y a habilement donnée, est une des dalles qui pavent sa route. Il s'est débrouillé pour être gagnant à tous les coups, si elles sont coupables, en les envoyant pour le moins aux galères, et si elles ne le sont pas, en prouvant son humanité et sa préoccupation de la présomption d'innocence.

Au lieu de les jeter en prison, comme on traite habituellement les prévenus, il les a établies en résidence surveillée dans un des hôtels de la localité, non le plus luxueux, mais toutefois d'assez bonne tenue pour que les deux sœurs en soient émerveillées. Il compte que s'il parvient à aller contre la rumeur, elles seront ses meilleures propagandistes dans l'éventualité où il solliciterait un suffrage, d'autant qu'alors les hommes qu'elles épouseraient seraient par le surplus de bien qu'elles leur apportent des électeurs importants. Il ne m'a rien dit de tout cela mais j'ai assez de cervelle pour le deviner.

Il m'a reçu dans la demeure qu'il possède au centre de la ville, pour bien marquer qu'il n'attendait pas de moi une enquête de basse police, mais bien un avis autorisé et scientifique, ou en tout cas qui se puisse proclamer tel.

Je suis donc mêlé à une affaire toute politique dont les deux sœurs ne sont que le jouet. Les malheureuses l'ignorent et croient qu'elles doivent leur établissement présent à la certitude qu'ont les autorités de leur innocence. On les brûlera pourtant en place publique si cela va dans les sentines de Monsieur de Flavigny. Voilà tout ce que j'ai compris dans ses phrases contournées et dans l'onctuosité de son langage. Nous ne sommes que des mouches et son miel ne sert qu'à nous engluer. Souvent, quand on perce les intentions des puissants, il vaut mieux se comporter selon leur imagination, on en retire un avantage considérable.

J'ai donc joué le séduit et me suis enquis de la santé mentale des deux femmes. Je me proposais de les rencontrer. Ensuite j'ai suggéré de faire une autopsie de la mère de façon à rechercher sinon des traces de poison, du moins les raisons effectives de sa mort. Il a acquiescé à toutes mes propositions.

« J'ai déjà ordonné, continua-t-il, les dispositions nécessaires pour procéder à l'exhumation et le corps sera déposé à l'hospice général après-demain. Le personnel dont vous aurez besoin vous y attendra à partir de neuf heures. » Il se glissa le doigt sur la fossette du menton et poursuivit : « Comme vous passerez deux ou trois nuits en ville, j'ai pensé vous loger chez moi, mais on m'a dit que vous aviez vos habitudes à l'Hôtel du Lion, j'ai donc pris la liberté de vous y faire réserver une chambre, aux frais de l'État bien sûr. »

À cette seconde, son regard bleu se fixa sur le mien sans ciller et un bref instant ses lèvres s'affinèrent jusqu'à disparaître. « J'espère que tout cela vous satisfera, mon cher monsieur, et que nous parviendrons ensemble à clore heureusement cette affaire. »

Son sourire revint, comme le soleil sort des nuages au printemps, et l'entrevue s'acheva ainsi, il se leva et me tendit la main. Tout dans son attitude respirait une saine franchise. Sa paume était chaude et douce, et me saisissant le bras, il me raccompagna vers la porte de son bureau, aimablement mais fermement.

J'ai eu la sensation de côtoyer un fauve, élégant et dangereux.

Un gendarme m'a ensuite conduit vers les deux sœurs. On les fit descendre au salon et je commençai à les interroger.

Cet entretien dura plus de deux heures, je voulais connaître les circonstances mais aussi les rassurer un peu. Elles ressemblaient à des jeunes génisses, serrées l'une contre l'autre, avec leurs robes de paysannes dans ce décor urbain de dentelles et de velours. Elles savaient ce dont on les accusait et en concevaient une horreur sans borne. En même temps, elles étaient incapables de se défendre et leur innocence même pouvait leur être portée à charge.

Croyant sans doute aux préceptes qu'on leur avait enseignés, elles avaient résolu de dire la vérité tout entière, sans voir que celle-ci les condamnait. Leur mère, qu'elles appelaient Maman, était bien un dragon jaloux qui avait entrepris de faire leur malheur, mais elles regardaient son comportement comme une fatalité à laquelle elles devaient se soumettre. Bien sûr, elles avaient des prétendants, dont deux en tout cas leur agréaient, mais ils avaient été chassés de la propriété avec violence. On avait pratiquement lâché les chiens sur eux. La dureté de leur parente était telle qu'on aurait eu le droit de comprendre qu'elles aient voulu se débarrasser d'elle et souvent, alors qu'elle était bien portante, elles eussent aimé la voir disparaître.

Elles avaient rejeté leurs mauvaises pensées et s'en étaient confessées auprès de Rouvre, qui naturellement les en avait absoutes après quelques rosaires.

Puis la maladie était arrivée, brusquement, sans que rien puisse les en avertir. La vieille Rodon avait commencé à tomber sans que nul obstacle se dressât devant elle, puis son caractère d'irascible était devenu odieux, elle oubliait ce qu'elle avait dit la veille ou s'imaginait avoir ordonné des choses que nul n'avait entendues. Elle alternait des pleurs et des colères inextinguibles, se levait au milieu de la nuit et errait dans la grande cour de la maison comme en plein jour, bref, elle semblait possédée par une entité maléfique qui exacerbait ses défauts et ses peurs.

Les deux sœurs avaient tout entrepris pour enrayer cette horrible disposition de l'esprit. Elles avaient sollicité un exorcisme auprès de Rouvre qui s'en était référé au diocèse, mais s'était contenté de lire les Évangiles sur sa tête en y posant son étole, et comme rien n'agissait, elle avait sombré doucement.

Alors, elles avaient décidé toutes les deux de tout tenter pour qu'elle survive et passe le cap de cette maladie. Elles l'avaient lavée comme une enfant, nourrie à la cuillère, mais sans le moindre résultat. À sa mort, malgré toute leur peine, elles avaient ressenti une sorte de soulagement qui leur avait fait honte. Ensuite, les événements s'étaient succédé sans qu'elles sachent les comprendre autrement que comme une punition de leurs pensées.

Pourtant, l'idée même qu'on puisse les accuser de parricide les plongeait dans la stupeur et dans l'horreur. Elles affichaient une peur incommensurable du châtiment, qu'elles croyaient être la roue comme à l'ancien temps. Elles abordaient elles aussi les rives de la folie.

Je les ai rassurées. J'avais compris ce que je devrais chercher lors de l'autopsie prévue pour le surlendemain.

Le mercredi, j'ai dîné chez ma descendante, où Mortier s'est lancé dans un grand discours sur l'intérêt de la peine de mort et de la guillotine, que méritaient sûrement les filles Rodon, car, n'est-ce pas, il n'est pas de fumée sans feu et un bon tient vaut mieux que deux tu l'auras.

Mais comment Hortense supporte-t-elle un tel déferlement de platitudes et de banalités ? Que ne font-ils des enfants qui lui apprendront les relativités de la vie et de la pensée ? Mais pour cela, il faudrait que l'homme aille au déduit, ce dont je doute.

Le jeudi, je me suis rendu à l'hospice où l'on m'attendait.

La veille, tout ce que j'avais perçu m'avait roulé dans la tête et ma conviction était que je devais tout d'abord rechercher une tumeur dans le cerveau, qui était la seule explication au récit que j'avais entendu. On avait déposé la bière encore plombée sur deux tréteaux dans la grande salle de la morgue entre des draps blancs tendus qui l'isolaient du reste de l'espace. Outre deux assistants, je trouvai là Vaillant, mon confrère de Caen que je connais bien, le commissaire Mouton et un greffier chargé de noter mes constatations.

On défit les scellés et, une fois que nous eûmes eu appliqué des boules camphrées sous nos narines, on ouvrit le cercueil. L'odeur était pestilentielle, et le policier faillit s'évanouir. Le cadavre était dans un état de décomposition avancé, ce qui n'était pas fait pour faciliter notre travail.

Nous sommes convenus, Vaillant et moi, de cesser l'exploration dès que nous aurions atteint un indice tangible dans un sens ou dans l'autre. On ne trouve jamais que ce que l'on cherche, Vaillant souhaitait que nous commencions par le bol digestif et j'étais plutôt pour la trépanation en première intention. Il se rangea à mon avis. Et nous plaçâmes le trépan. Après quelques efforts, nous avons accédé à la dure-mère et, immédiatement dessous, près du lobe temporal gauche, nous avons rencontré les reliquats d'une tumeur de la taille d'une petite orange qui était la raison suffisante de la mort de la malheureuse. Cette découverte mettait les deux sœurs hors de cause et j'en fis le compte rendu que le greffier, imperturbable, nota sur sa main courante.

Nous aurions pu en rester là, mais je voulais en avoir le cœur net, j'incisai donc au-dessous du diaphragme pour atteindre les viscères digestifs et commençai par ouvrir l'estomac. Je vis alors, coincée dans la section supérieure, une boule rosâtre et non digérée. Nous nous jetâmes un regard, Vaillant et moi, mais nous ne dîmes rien et refermâmes aussitôt, arrêtant là cette autopsie. Le commissaire rabattit le cercueil. Il était onze heures et les sœurs Rodon étaient innocentées.

Vaillant et moi partîmes de concert. Il connaissait un restaurant où nous serions en mesure de prendre un agréable repas. Tout autre que nous aurait été dégoûté de cette proximité de la décomposition et des victuailles, mais notre expérience nous montre qu'une bonne nourriture bien arrosée est le meilleur substitut à l'angoisse qui naît de la contemplation de la mort et des cadavres. Cette auberge était assez loin et nous avons emprunté son tilbury pour nous y rendre. Il y a évidemment ses pratiques, car le patron, un personnage de plus d'un mètre quatre-vingt-dix portant lavallière, nous attendait sur le pas du portail et arborait un air réjoui. Il nous avait concocté, annonça-t-il, un repas digne de nous et c'était bien le cas. Nous avons donc savouré en silence le fait d'être vivants et ce n'est qu'au pousse-café que nous avons parlé de ce que nous venions de vivre.

Nous étions parfaitement d'accord. Les deux sœurs avaient bel et bien tenté d'assassiner leur mère, la boule dans l'estomac était un reste du poison qui s'était cristallisé à l'instant du trépas avant que d'être digéré, mais la mort était bien due à la tumeur qui s'était développée tout au long des semaines et qui était la raison des comportements désordonnés qui avaient été constatés chez la défunte. Nous sommes convenus de n'en rien dire. La mère Rodon était de toute manière condamnée et les agissements de ses filles pouvaient être assimilés à un acte de légitime défense. Elles ne présentaient aucun danger pour la société et nous n'étions pas des juges. On nous avait mandatés pour désigner la cause du décès et nous l'avions indiquée, nous n'étions tenus à rien d'autre.

Le reste ne concernait que la conscience des deux sœurs.

Il m'a ensuite ramené à l'Hôtel du Lion.

Inutile de raconter que j'ai passé là trois nuits blanches et reconstituantes dans les bras douillets de Marguerite. Elle me devient de plus en plus chère et me procure des désarrois que ne fige aucune limite. Parfois, je songe à tout le temps perdu, mais bien vite je me rends compte de ma chance d'avoir ainsi pu partager mon existence entre d'une part les félicités de la fidélité et de l'autre les jouissances de la dissipation.

Sans doute, si pendant qu'elle était encore en vie, je n'avais pas été constant pour mon épouse, ne goûterais-je pas comme à présent ces plaisirs sans aucune culpabilité. Mon esprit entre dans un calme qui néglige la durée.

Voici quelques instants, on a frappé à ma vitre. Le jeune Pierre Daubois que j'ai amputé le mois dernier vient de se pendre dans la grange de ses parents.

## Samedi 26 février

Il pleut. Le givre l'a cédé à l'eau.

Vers dix heures, la mère de Pierre Daubois, s'est présentée chez moi en larmes. Ce n'est pas assez d'avoir perdu son fils dans ces circonstances affreuses, il faut en plus que le curé de la paroisse de Ménil, l'abbé Revel, lui refuse de l'enterrer en terre chrétienne avec ses aïeux. Cela, plus que la mort de son enfant, la met au désespoir.

Je connais bien Revel, c'est un bon bougre de prêtre, un véritable paysan. Sa simplicité et sa rudesse lui ont permis de passer au travers du fatras dont on encombre l'esprit des jeunes séminaristes. Sa foi est fondée sur la douleur quotidienne de ses ouailles dans laquelle il retrouve les images de la Passion. Ignorant les desseins de la Providence, il s'avance avec confiance et sans révolte. S'il ne comprend pas les raisons du malheur des hommes, il est capable de les pallier. Je connais le moyen de le convaincre d'aller vers où son cœur le pousse sûrement. J'ai rassuré la mère, je fais mon affaire de l'enterrement de son fils.

Je me reproche de n'avoir pas vu la détresse de Pierre Daubois, j'espérais qu'il trouverait la ressource de surmonter son état. Mais il en est des conformations humaines comme des mystères de la Nature, les mêmes causes ne donnent pas toujours les mêmes effets. Il nous manque la science pleine des choses pour déchiffrer pourquoi elles surviennent. Nous sommes des aveugles qui n'éprouvent le monde que lorsqu'ils s'y cognent, tout le reste n'est que le fruit de notre imaginaire.

Pourquoi Pierre Daubois s'est-il pendu ? Pourquoi les sœurs Rodon ont-elles empoisonné leur mère ? Pourquoi Vertou de la Planche perd-il pied ? Quelles sont les raisons de ces malheurs ? Nul ne saurait répondre que par des bribes et nous ne sommes là que pour colmater.

Je suis parti pour le presbytère de Revel. Il venait de rentrer de sa messe du samedi, qu'il ne dit que, parce que c'est la coutume, devant deux ou trois vieilles qui ne manquent aucune de ses prestations. La conversation s'en est allée sur Pierre Daubois, il était désolé de ne rien pouvoir faire. J'ai lâché que j'avais examiné le jeune homme peu auparavant et que la perte de sa jambe l'avait affecté plus que je ne pensais possible. Revel me questionnait en prenant bien la précaution de ne rien induire. J'ai ajouté qu'il souffrait de maux imaginaires, qu'il avait des douleurs à son membre disparu, un peu comme s'il entendait des voix, bref, qu'il n'était pas dans son état normal. «Je crois qu'il était devenu fou.» J'avais prononcé le mot qu'il attendait. Un fort soulagement se marqua sur ses traits. «Accepteriez-vous de me le certifier ?»

J'étais venu pour cela !

Je m'empressai de rédiger l'acte et le lui remis revêtu de ma signature et de mes titres, ce qui ne manquerait pas de convaincre les autorités diocésaines. C'est ainsi que Pierre Daubois, sur qui un charroi s'était renversé à la veille de Noël, pourra être inhumé dans le cimetière de Mesnil-Hermei à la grande consolation de sa mère et de Revel lui-même.

Il était si heureux que nous avons trinqué.

Je suis rentré à Rapilly par le chemin des écoliers, au travers de la campagne, sous l'éclaircie du ciel. La pluie de ce matin a abattu toutes les poussières, l'air est clair et brillant.

En arrivant chez moi, j'ai trouvé une lettre qui m'avait été apportée à midi. Elle portait le cachet de la poste aux armées daté du quinze de ce mois et d'Aubergenville.

Cette missive comporte la singulière proposition de faire correspondre un conscrit, Brutus Délicieux, analphabète, avec ses parents et sa promise, qui le sont également. Ce Brutus Délicieux est le jeune homme objet du marchandage du vieux Durant, quant à sa promise, ce doit être la fille de Bayard, l'aubergiste du *Chien qui fume*, la seule à n'avoir pas participé à la fièvre générale, lors de la mort du postillon.

Ma vie est bien complète et je prends à peine le temps d'accomplir ce que je dois, ma première impulsion a été de décliner cette offre pour confier la mission à l'abbé Bucard qui sait écrire aussi bien que moi et est bien plus apte à débrouiller les affaires de famille et de cœur.

J'en ai été dissuadé par la signature : Major Rochambaud.

Le comte de Mortmieux, qui est un être détestable mais tout de même un confrère, m'avait signalé la venue dans son hôpital d'un jeune major, mais comme je ne prête généralement pas attention à ce qu'il me dit, je n'avais pas entendu qu'il s'agissait d'un Rochambaud.

Aussitôt mille souvenirs me sont revenus en mémoire qui intéressent ma jeunesse, le moment où je suivais les enseignements de la faculté de Rouen et que je n'étais qu'un godelureau. De tous mes condisciples, un Félix Rochambaud fut celui qui me fut le plus proche. Nous étions arrivés ensemble et nous ne nous sommes plus quittés de tout le temps de notre internat. Nous avions du mal à comprendre les mœurs urbaines de nos camarades.

Nous étions perdus dans cette grande ville de Rouen pour des raisons diverses mais complémentaires. Lui, issu d'une famille de militaires, avait le dégoût du métier des armes du fait de son père qui l'avait traîné, avec son frère Georges, de garnison en forteresse au travers des campagnes de la Révolution et de l'Empire. Alors que son aîné embrassait la carrière, lui s'était engagé comme médecin au commerce pour deux ans et venait à Rouen obtenir son doctorat, dont il avait payé seul les frais avec ce que lui avaient rapporté ses voyages en mer. J'avais quant à moi déjà commencé à fréquenter des malades à la suite de mon père.

La théorie que l'on nous enseignait nous laissait froids et nous ennuyait au-delà de toute mesure. Notre amitié est née de notre singularité, car, lorsque l'on parlait d'incision de bubons et d'amputations, nous seuls savions exactement ce que cela signifiait hors de l'hôpital. Lorsque j'ai pris la succession de mon père dans ce canton et que je me suis marié, j'ai jeté un voile sur ces années de jeunesse que cette lettre vient de lever.

Lundi, au cours de ma tournée, je passerai donc à Bazoches et au Détroit pour remplir les missions dont je suis chargé.

Finalement, les sœurs Rodon sont retournées chez elles, nul doute qu'elles n'oseront en sortir de sitôt, mais cela vaut mieux que la prison ou pire. Pour l'heure, je vais me remettre doucement à mon traité sur la rage.

### Dimanche 27 février

Ce matin, je suis allé à la messe. Ce n'est pas ma coutume, mais Bucard prononçait un sermon à Taillebois et je ne voulais pas le rater, car il allait parler des sœurs Rodon. Cette idée est née d'une discussion que nous avons eue, voici une semaine, et pendant laquelle nous nous sommes indignés du comportement de nos concitoyens à l'égard de ces malchanceuses.

Nous avons eu droit à un morceau de bravoure digne des plus grands prêcheurs, ses ouailles qui, toutes, se sont acharnées contre ces malheureuses baissaient la tête sur leur missel et hésitaient à relever leur regard, que ce soit vers la chaire ou vers l'autel.

N'empêche, et quoi que je pense de la personnalité de Bucard, je juge son autorité sans commune mesure avec son état. Ce qui s'exerce là pour le bien pourrait de la même façon s'exprimer pour le mal. Il n'est pas douteux que les révélations de Rouvre, par exemple, sont pour beaucoup dans toute l'agitation de ces derniers temps, et ce n'est pas parce que la religion tente de réparer ce qu'elle a détruit que son empire en est moins outrecuidant.

Cette affaire laissera des cicatrices qu'il sera bien difficile de faire disparaître et ni les sermons de Bucard, ni les résolutions de Rouvre ne parviendront à en annuler les effets.

## Lundi 28 février

Ma tournée d'aujourd'hui promettait d'être sans histoire. Je devais, en manière de nouveauté, me rendre à Bazoches chez les Délicieux, et pour le reste retrouver mes habituels patients, à commencer par Solange à Mesnil-Hermei.

Elle était égale à elle-même et je lui ai donné sa provision de pilules-bonbons, mais, lorsque je suis arrivé à Saint-Auber, je trouvai la maison dans une grande fièvre.

Le chevalier de Bourdan est mort cette nuit, sans que rien ne le laisse prévoir. Hier soir, il s'est couché comme à son accoutumée et il s'est éteint dans son sommeil. Le couple Mangin était au désespoir. Non seulement ils aimaient leur maître qui, à force, était devenu leur seule famille, mais tout leur avenir est compromis. Nul n'ignore que la disparition du seigneur va entraîner la dissémination de ses biens et que tous ceux qui, jusqu'à présent, en profitaient, vont se voir dans le plus profond dénuement.

Je vais intervenir auprès de mon gendre, désormais libre de mettre ses plans à exécution, pour la sauvegarde des vieux serviteurs, mais je crains de ne pas parvenir à grand-chose.

Bucard, le curé de Taillebois, est arrivé avec moi, suivi de ses clergeots en surplis, pour prononcer les habituels sacrements sur la dépouille. On avait, comme il est de coutume, ouvert toutes les fenêtres de la maison, masqué tous les miroirs, vidé toutes les bassines et jusqu'au moindre verre, afin que l'âme du défunt ne puisse s'y installer et s'en retrouver prisonnière jusqu'à la fin des temps.

On avait allumé au pied de son lit un cierge bénit de la Chandeleur et Bourdan reposait avec un léger sourire sur les lèvres. C'est le cinquième de mes patients que je perds depuis le début de l'année.

Je suis resté à Saint-Auber pendant une petite heure avant de m'en retourner au pas vers Bazoches-au-Houlme.

Je suis passé à la ferme Lourmois, la mère et l'enfant se portent bien et je n'ai rien remarqué qui puisse me donner quelque inquiétude.

Les sœurs Rodon se remettent de leur détention. Quand elles sont rentrées chez elles, elles ont trouvé un chat égorgé sur leur seuil, elles en sont encore tout épouvantées. Si leur mère était vraiment un obstacle à leur établissement, j'espère qu'elles ne vont pas attendre trop longuement pour convoler avec des hommes qui sauront les protéger, car, pour l'heure, elles sont dans une précarité qui m'effraie.

Je leur ai demandé où logeaient les Délicieux, et elles m'ont indiqué la dernière ferme sur la route de Rapilly. Je passe devant presque tous les jours et je ne l'avais pas remarquée plus que cela ; pourtant, il me semble bien avoir accouché la femme, voici longtemps. Ma mémoire me fait parfois défaut, mais je crois que son plus jeune a au moins dix-huit ans, ce qui m'est une certaine excuse.

Lorsque j'ai pénétré dans la cour misérable, une vieille m'a regardé entrer comme si j'étais transparent. Elle s'appelle Martine et on raconte dans le pays que c'est une jeteuse de sorts. Elle était assise sur un banc près d'une mare, malgré le froid, et paraissait fascinée par le vide. J'ai accroché mon cheval à l'anneau près de la porte et j'ai frappé.

La mère est venue m'ouvrir, elle se souvenait de moi et imaginait que j'étais porteur d'une mauvaise nouvelle. Elle s'essuyait les mains sur son tablier et son sourire avait tout du rictus. Je lui ai dit que j'étais chargé d'une lettre de Brutus et toute la famille s'est rassemblée pour écouter les mots du gars. Il régnait un silence extraordinaire, comme si seuls mes propos importaient. (En fait, seules les paroles de leur enfant.)

Toutes les guerres sont des tragédies en ce qu'elles instillent dans la vie des pauvres gens une terrible fatalité où le choix n'est plus permis à personne. Les hommes, et plus particulièrement les malheureux, les subissent sans rien y pouvoir. Ils se savent à ces instants jouets d'un destin sur lequel ils n'ont nul ascendant et se rendent alors compte qu'il en a toujours été ainsi. En me raccompagnant, le père m'a raconté les circonstances du départ de son fils, comme en s'excusant.

J'ai ensuite pris le chemin du Détroit, qui est à moins d'une lieue de chez moi. L'auberge du *Chien qui fume* est, en même temps, le relais de poste qui tient une vingtaine de chevaux à disposition, ce qui fait un grand remue-ménage perpétuel. J'ai rencontré là Louise Bayard, une belle rousse, le visage et les épaules mangés par les taches de son, bien plantée sur ses jambes. Lorsque je lui ai dit que je venais de la part de son fiancé, elle a souhaité ne point en parler à cet endroit, mais plus tard en tout autre lieu qui me conviendrait. Je lui ai proposé de se rendre chez moi, à ma consultation de mercredi, et m'en suis retourné alors que le soleil tombait et qu'arrivait la diligence de Falaise.

## Mardi 1er mars

J'ai commencé à répondre à la lettre de Rochambaud, je finirai cela lorsque la fille Louise sera passée chez moi, si cela se produit.

Ensuite, j'ai vainement tenté de me mettre à mon traité, mais rien ne venait. Les mots ne se présentaient pas.

Cette histoire de Rochambaud remue dans mon esprit des souvenirs que je croyais évanouis, et qui ne m'étaient pas revenus depuis plus de trente ans, il n'est pas qu'un seul Rochambaud sur la terre, peut être celui-ci n'est-il en rien lié à mon ami Félix.

Tout cela m'a échauffé et je suis parti vers midi chez Colette à Condé-sur-Noireau. Là, les choses ne se sont pas du tout passées comme je m'y attendais. Alors que depuis quelques semaines notre relation semblait ne pas lui poser de problème particulier et que je nous imaginais agir comme des adultes que seul leur plaisir guide, je me suis retrouvé devant une scène de larmes que n'auraient pas désavouée les meilleurs dramaturges romantiques.

Elle se tordait les mains en proie au plus grand désespoir, me criant qu'elle n'était pas une fille perdue, qu'elle ne m'avait cédé que sous le coup d'un émoi passager, mais qu'à présent, elle percevait bien qu'elle se damnait et qu'il nous fallait nous mettre en règle avec le ciel ou nous séparer.

Je sors du mariage. Ma vie est marquée au fer rouge par la mort de ma femme et ce que j'ai été contraint de faire. Ce n'est certes pas pour récidiver. J'ai trop vu les exigences de mon caractère pour jurer fidélité à quiconque et moins encore pour repasser devant le maire et le curé. Je lui ai donc dit que je souscrivais à son désir et je me suis retiré.

## Le printemps

Mercredi 2 mars

Les sœurs Rodon sont venues me visiter très tôt ce matin. J'étais encore en chemise et me suis habillé en hâte pour les recevoir. Elles m'ont entretenu du projet d'épouser, l'une Fernand Racholle de Neuvy-au-Houlme, et l'autre le Claude Bardeil de Champcerie. Il n'est pas besoin d'être grand clerc pour voir que les propriétés des uns et des autres sont mitoyennes et que ces épousailles sont conçues pour allier la raison et l'inclination.

Je les scrutais, interrogatif, qu'en avais-je à faire ?

Elles se sont regardées un instant et se sont lancées ensemble, leurs phrases se chevauchant et se complétant les unes les autres :

« C'est que, Docteur, vous avez été si bon avec nous...

– Oui, si gentil...

– Que nous avons pensé que...

– Vous pourriez être juge...

237

– Oui, arbitre de notre résolution…
– De notre choix…
– Après une période…
– Un moment de deuil…
– Convenable…
– Oui, approprié ! »

Tout cela avait l'air d'un numéro de café-concert ou d'une pièce du vaudeville, comme celle que j'ai jadis donnée au théâtre de Pont-Audemer et j'avais bien du mal à garder mon sérieux.

Elles voulaient savoir si les deux hommes qu'elles s'étaient choisis étaient bien convenables, s'ils n'avaient ni maîtresses ni enfants cachés, s'ils n'avaient pas été sujets à de mauvaises maladies, si leurs ascendants étaient bien féconds et si les rejetons de ces familles étaient bien conformés.

Ce sont là des questions que j'ai eu souvent à entendre et auxquelles je ne puis répondre, car je suis tenu à la discrétion par le serment que j'ai prêté. Il n'est pas de mois qu'on ne vienne me consulter sur les capacités des filles et des garçons de ma clientèle. Ce n'est pas tout de l'inclination et du profit, il faut encore que la pureté et la fertilité des couples soient assurées.

Je ne suis entremetteur de rien, bien que je sache des confrères qui cèdent à ce petit jeu des assemblages et traitent leurs patients selon les critères d'un haras ou d'un élevage, alliant les espèces pour parvenir à une prétendue évolution des races comme on le fait des chiens, des vaches ou des chevaux.

Nous sommes en situation d'assez facilement verser dans ces attitudes de démiurge et j'en connais qui ne s'en privent pas. Quant à moi, je m'en tiens à l'écart, conscient de ce que l'amélioration de l'Humanité, si elle doit survenir, ne sera que le fruit du hasard ou de la Providence, selon ce que l'on croit. Je ne veux donc point m'en mêler.

J'ai conseillé aux deux sœurs de se renseigner par ailleurs et d'agir avec prudence car j'entrevois ces noces comme l'occasion de nouveaux troubles dans le canton. Elles sont parties vaguement déçues mais avec la sensation que j'agréais à leurs unions, ce dont je me suis bien gardé.

J'ai ensuite commencé ma consultation, mes auscultations, mes vaccinations habituelles, bien qu'aujourd'hui la presse soit moins grande que d'habitude.

Vers trois heures de l'après-midi, Marianne Lourmois s'est présentée à mon cabinet, j'avais bien perçu, lors de mon passage à la ferme, que quelques mots restaient en suspens qu'elle n'oserait exprimer que dans la confidentialité de mon office. Sa dernière grossesse a non seulement été douloureuse, mais l'a inquiétée. Elle avait entendu la discussion que j'avais eue avec son mari et se savait en danger de mort, si elle se retrouvait à nouveau enceinte. Elle était horrifiée des réactions qu'il avait eues et était prise en étau entre son désir de se maintenir en vie et les devoirs de son mariage, dont elle pressentait justement qu'ils se révéleraient funestes pour elle. Si elle ne réagissait pas, elle avait conscience d'être condamnée, d'autant que la rigueur de l'abbé Rouvre la poussait à la procréation comme à un martyre qu'elle rejetait.

Quoi qu'il puisse lui en coûter, si un tel choix se présentait, elle emploierait toutes les possibilités pour s'en préserver. Et je sais qu'elle faisait là allusion à certaines dangereuses pratiques dont les envoûteuses de la région sont adeptes. Elle préférait être une femme damnée que de voir son existence détruite. Je lui ai indiqué qu'il existait d'autres moyens de se prémunir d'être à nouveau grosse. Je lui ai parlé des redingotes de la maison Goodyear, mais elle m'a dit que son époux rejetterait assurément de les utiliser. Elle refusait de dépendre de ses lubies, d'autant qu'il donnait moins de valeur à sa vie qu'à celle de son chien.

Je lui ai expliqué qu'il suffisait d'opposer une barrière physique au cheminement du sperme et que bien des solutions étaient possibles, ainsi, sur le modèle de paysannes hongroises, avais-je expérimenté avec succès auprès de certaines un tampon de cire d'abeille que l'on place à l'entrée même de l'utérus, ce dont son mari ne s'apercevrait sûrement pas. Elle pouvait le mettre elle-même quand elle le voudrait et, à condition de ne pas manquer de se laver les organes après l'acte, elle serait à même de dormir tranquille.

La journée s'est poursuivie sans autre singularité, et je guettais Louise Bayard, du Détroit, pour lui lire la missive de Brutus et enregistrer sa repartie. Ce qui advint alors que la nuit tombait déjà.

Il faisait sombre lorsque le commis d'écurie de Colette cogna à mon carreau, il m'apportait un mot de sa maîtresse et devait attendre une réponse. Je la décachetai et la parcourus, pour lui dire que je passerais à Condé demain matin.

## Jeudi 3 mars

J'ai relu le poulet de Colette, elle m'appelle son « petit docteur chéri » et s'excuse de ses « emportements ». Le papier sent la fleur de jasmin et la poudre de riz. Quelque peu de cette histoire s'est brisé en moi. J'en retire une grande nostalgie. J'ignore ce que j'imaginais de cette jolie aventure, peut-être quelque chose comme l'égalité et la liberté. J'aurais tant aimé que nous instaurions une nouvelle forme affectueuse qui ne s'encombrerait ni de la possession ni de la jalousie. Mais cela semble décidément impossible, c'est tout ou rien ; il n'y a pas de moyen terme.

Je suis allé chez Colette un peu à contrecœur, peut-être parce que je ne pouvais me dispenser de répondre. J'étais loin de mes courses fiévreuses vers Condé-sur-Noireau. Lorsque je suis arrivé chez elle, j'étais comme emprunté, ne sachant plus comment agir, hésitant entre le besoin impérieux de la posséder et celui plus raisonnable de l'écouter. Non que l'émoi se soit absenté de mon âme, mais sa qualité avait changé. Il était devenu une convoitise que nulle préoccupation de l'autre n'apprenait à soutenir, et lorsque j'ai passé mes mains sous ses jupes, il n'y avait plus cette impression fraîche de me saisir d'un fruit, mais la volonté de faire aboutir une pulsion presque animale. Je l'ai baisée tout habillée, sans rechercher la jouissance de dénouer ses lacets et de lisser ses guipures. À l'issue de cette violente conjonction, où je ne m'étais nullement embarrassé de son plaisir, je n'ai plus eu que le désir de m'en aller, comme si, désormais, tout était consumé.

Mon mariage avec Adélaïde avait été arrangé par mon père. Je ne me souvenais plus pourquoi j'y avais souscrit. Les longues années passées avec elle ont été si heureuses que j'en avais oublié ce qui les sous-tendait et il a fallu cette double circonstance que constituent ma rupture avec Colette et la venue de cette lettre de ce major Rochambaud, pour que je revienne à ma jeunesse. Peu à peu des bribes sortent de la tombe où je les avais enfouies. Lorsque je suis arrivé à Rouen pour mon internat, j'avais déjà depuis longtemps commencé à exercer en suivant mon père. L'affreuse période de l'occupation qui avait suivi la chute de l'Empire, avec son cortège d'exactions, avait composé sinon la part la plus importante de ma formation, du moins la plus impressionnante. Jamais par la suite je n'ai été confronté comme à ce moment-là aux plus extrêmes limites que peut atteindre la détresse humaine. Même durant la terrible épidémie de typhus de 1849, la misère ne fut pas aussi grave qu'alors. Pendant longtemps encore nos campagnes se souviendront des hordes de cosaques ou de uhlans qui avaient alors déferlé dans nos villages, s'y comportant avec la plus intense sauvagerie. Cette expérience avait éteint en moi toute sympathie pour les humains que je savais capables de la plus grande lâcheté et de la plus extrême brutalité.

Était-ce parce que dans les villes cette violence avait été moindre, ou que je fréquentais alors, à l'hôpital général, des fils de famille que la fortune de leurs parents avait épargnés, mais ils me paraissaient à mille lieues de la réalité. De même, mes maîtres ne fournissaient pas l'impression de regarder la médecine, que j'envisageais comme un sacerdoce, autrement que comme une carrière qu'il convient de guider pour une gloire toute personnelle. Le summum de leur pratique me semblait n'être que le moyen de leur accession aux différentes académies.

Ainsi ne voyaient-ils leurs patients que comme les marches de leur ascension et, les considérant telles, n'hésitaient pas à faire d'eux les instruments de leurs expérimentations les plus hasardeuses. Une idée, une intuition, même des plus vagues, donnait lieu à des inoculations, des tentatives, des essais, que les meilleurs appliquaient à eux-mêmes, mais que la plupart tentaient sur les indigents que le dénuement avait jetés dans les travées hospitalières. Combien de femmes enceintes n'ont-elles été suivies gratuitement que pour expérimenter de nouvelles méthodes d'accouchement ? Et combien l'ont-elles payé de leur vie ?

En un mot, je n'avais rien de commun avec ces gens, auxquels mes préoccupations thérapeutiques apparaissaient, au mieux comme des naïvetés, au pire comme de la bêtise. Je n'ai jamais frayé avec eux. L'expérience de mon externat à Caen m'avait immunisé contre la fréquentation des bordels et des cabarets. J'attendais simplement qu'arrive l'instant où je pourrais achever ma thèse et, doctorat en poche, prendre la succession de mon père qui de longtemps m'avait destiné sa clientèle.

C'est dans cette occurrence que j'ai rencontré Félix Rochambaud. Il avait parcouru le monde, connaissait des terres lointaines et des mœurs différentes. Il avait rompu avec sa parentèle qui voulait faire de lui un soldat et avait économisé pour payer ses études médicales. Malgré son jeune âge, il mettait en tout une hauteur de vues surprenante. Il considérait toutes les explications qui se présentaient à lui et réussissait à ne se point fixer immédiatement sur celles qui correspondaient le mieux à l'opinion générale. Il parvenait à discerner dans la pelote des lieux communs les fils qui permettraient d'atteindre à une solution inédite.

En ce temps-là, l'influence de la médecine galénique était encore puissante. La principale référence était dans les textes des Anciens, comme si ceux-ci avaient eu la grâce d'une science complète que nous aurions oubliée. Pour la plupart, si Galien ou Hippocrate n'avaient pas cité une méthode ou un ingrédient, c'est qu'ils n'existaient tout simplement pas. Il ne leur apparaissait pas que si ces grands Antiques avaient possédé la connaissance qu'ils leur attribuaient, les malheurs de l'humanité auraient de longue date été éradiqués et que nous vivrions dans l'harmonie et la santé. Et quand on le leur faisait remarquer, par un raisonnement absurde ils en arrivaient à considérer le malade comme le principal responsable de ses maux en ce que leurs causes en étaient ses désordres intimes.

Rien d'étonnant alors que nous fussions mis au ban de nos maîtres et de nos camarades. Félix et moi nous sommes donc retrouvés grâce à l'isolement dans lequel on nous tenait tous les deux. Nous avons travaillé ensemble et, lorsque ses efforts furent enfin reconnus par son père, à cette époque en garnison à Rouen, et qu'il lui ouvrit de nouveau sa maison, il m'introduisit dans son intimité familiale. Ce me fut comme un second foyer, pendant presque deux ans.

Félix avait un frère aîné, Georges, qui, lui, avait suivi les avis de son père et parcouru le cursus qui le mènerait à un commandement militaire. Il venait de se marier avec

Carole Dujardin, la fille d'un gros négociant en grain de Rouen. Il entrait dans la vie avec les deux atouts majeurs d'une carrière guerrière : la fortune d'une riche alliance et le vide des tableaux d'avancement. La chute de l'Empire avait libéré des grades et promettait aux jeunes officiers qualifiés une rapide ascension dans l'armée royale. Le vieux monde s'était effondré dans les flammes de Waterloo. Le nouveau naissait déformé par les fers de la terreur blanche, mais porteur d'une immense espérance en ce qu'il balayait les remugles non de la Révolution, mais de ses suites désastreuses.

Nous étions pleins d'une ardeur qui se confondait avec notre jeunesse.

C'était le début de l'été. La chaleur n'était plus tempérée par l'air de la mer qui adoucit d'habitude les rigueurs des climats. Je m'étais installé pour mettre la dernière main à mon travail dans le jardin qui descend doucettement vers la Seine. Je parachevais ma thèse. Je devais la soutenir la semaine suivante. J'étais distrait par les navires qui déchargeaient et les chalands qui remontaient le cours du fleuve dans les sifflets des maîtres d'équipage, les hennissements des chevaux au halage et les cris des mouettes. Tous les symptômes de cette vie laborieuse qui se développe aux abords des lieux de commerce. Mon passage dans le monde des études et des étudiants allait enfin se clore et je vaticinais sur mes futures occupations. Mon expérience de la faculté n'avait pas entamé mon désir de servir mes contemporains et je m'apprêtais enfin à mettre en pratique dans mes campagnes la somme de ce que j'avais appris durant ces cinq années passées loin de chez moi.

Un jour que la demeure était désertée, nous nous sommes retrouvés seuls Carole et moi. Nous accomplîmes un acte qui anéantit et sa fidélité d'épouse et le respect que je devais à la maison de mes hôtes. Cela n'eut lieu qu'une unique fois au milieu de cet après-midi-là. Nous avions été submergés par une exigence aussi soudaine et violente que ces mascarets qui se forment parfois, lors de certaines marées, et remontent le cours de la rivière, balayant tout et ne se calmant que dans les méandres de la plaine, vers Paris.

Voilà. Le lendemain, je trouvai un prétexte pour retourner chez mon père, et je n'ai plus jamais revu ni Félix, ni Georges, ni Carole.

## Vendredi 4 mars

Pendant tout le chemin qui me menait à Falaise pour mon inspection habituelle, j'ai eu le cœur tout empli de nostalgie. Il est bien naturel que s'achèvent les histoires d'amour, mais je regrette vraiment cet accouplement brutal auquel je me suis abandonné avec Colette. Non pas tant pour la violence de l'acte et l'insatisfaction profonde qui en a résulté, pas même pour les sentiments que j'ai pu susciter chez elle, mais pour le peu de gloire de ce coït, qui non seulement m'a laissé insatisfait mais a fait naître en moi un certain dégoût de mes fonctions de mâle. Il n'est guère agréable de se découvrir ces instincts animaux que l'on méprise chez les autres.

Les images qui me restent effacent malheureusement toutes les autres. Il ne demeure rien de la douceur de nos conjugaisons, rien que la peinture de cette femme écartelée et la fin misérable où nous n'avions plus rien à nous dire. Je me suis vu dans le costume d'un homme insensible et sans scrupules. Et, lorsque je me suis reboutonné, j'ai trouvé mon sexe à la fois inutile et incongru. J'ignore qui ricanait en mon for intérieur, mais j'ai eu horreur d'avoir quoi que ce soit de commun avec lui.

Comment connaître ce qu'éprouve l'autre ? De quoi, à ce moment-là, était comblée l'âme de Colette ? Elle m'est apparue d'une faiblesse et d'un abandon tels que mon indignité en était aggravée. Je ne me suis vu que comme le simple objet de mes pulsions. Voilà donc, à l'envers, ce que ressentent mes putains des maisons Fernier et Duchâtel. Tout cela est augmenté des souvenirs de mon aventure avec Carole Rochambaud, qui était si profondément ensevelie dans ma mémoire.

Pendant plus de trente ans, tout avait été recouvert comme par la mer et, lorsqu'elle s'est retirée, tout ce que le temps n'avait pu décomposer s'est retrouvé aussi présent qu'en ces jours-là. Je n'ai pas cette dureté qui fait regarder le monde comme coupable de ce qui lui advient. Je ne me suis pas préoccupé de savoir si Carole n'était pas aussi responsable que moi de ce qui était survenu, j'ai été complètement submergé par ma propre culpabilité. En trompant son époux dans la demeure même qui m'avait accueilli, n'avais-je pas trahi mon ami et les principes les plus élevés qui dirigent les hommes et fondent la civilisation ?

À dix heures, je suis arrivé à Falaise. Je suis directement allé à la maison Fernier. Celle-ci ne ferme jamais et sert de cabaret dans le début de la journée. Bien sûr, les clients qui le désirent peuvent monter avec une des quatre filles qui autrement donnent à boire. La clientèle est principalement de routiers et de paysans, ce qui explique que sa fréquentation est plus importante aux jours de marché et le soir, quand les courriers et les marcheurs font étape.

L'établissement est très mal tenu et je ne serais guère étonné de le voir consigné sous peu. Mais le propriétaire de l'immeuble, qui en tire un fort profit, ne veut pas se priver de ce revenu et cherche de nouveaux locataires dans le même commerce. Il use de son influence au conseil municipal pour le maintenir en attendant.

Le patron est un grand dadais de quarante ans qui passe son temps rivé à une table en ingurgitant de l'absinthe et il est généralement ivre mort à l'angélus. Nul ne s'en rend compte, mais il suffirait d'une poussée, à ce moment-là, pour qu'il tombe à terre et soit incapable de se relever.

Il a le visage mangé par la vérole et tente de le cacher par une barbe rare, filasse et jaune. Tant qu'il n'est pas saoul, il regarde les clients avec des yeux de chat, mais dès que l'ivresse s'impose, son regard se noie dans les larmes, car il pleure toute la soirée pour des riens.

On se moque de lui mais il n'en a cure, tout à son désespoir.

En réalité le lupanar est tenu d'une main de fer par sa femme qu'on appelle Doriane et qui monte également quand on le lui demande. Je l'ausculte à part, car le règlement ne stipule pas que les maîtresses soient suivies comme les pensionnaires. J'ai donc procédé à mon inspection coutumière et je m'apprêtais à m'en aller lorsque Léontine Cugnière s'est approchée de moi.

Elle est arrivée à Falaise voici huit mois. Elle venait de Paris, où elle travaillait dans un bordel hors ligne de la rue

Taitbout. Elle a quitté la capitale quand elle est devenue grosse, pour revenir au pays et accoucher à l'hôpital général. Comme tous ses parents avaient disparu, elle n'a eu d'autre choix que de se remettre à son ancien travail. Sa seule préoccupation est le sort de sa fille, Nelly, placée en nourrice à Cordey, dans le ménage Ferrier, qui s'en occupe bien, car la mère paye la pension rubis sur l'ongle et, dès qu'elle peut s'échapper, va rencontrer son enfant qui a dix mois à présent. Je suis allé la visiter l'année dernière, juste avant Noël. Elle est en bonne santé, mais le moindre des accidents qui surviendrait à sa mère se solderait par un immédiat abandon, car les Ferrier sont fort âpres au gain.

Léontine m'a tendu une bourse qui contenait dix francs en infimes pièces qu'elle était parvenue à épargner. « C'est, me dit-elle, pour que vous vous occupiez de ma fille. » Elle n'avait pas besoin de me payer pour cela. Elle a insisté pour que je prenne son argent, et je lui ai affirmé que c'était convenable pour un abonnement d'un an.

Sur le chemin du retour, je suis passé par Cordey pour voir l'enfant et j'ai informé le ménage Ferrier que, désormais, ils répondraient devant moi de la santé et du bien-être de la fillette. Je leur ai donné dix francs pour assurer le mois suivant.

En rentrant, une lourde fumée montait vers chez moi, j'ai claqué mon fouet et nous sommes partis au trot.

L'incendie avait débuté dans la grange de la ferme Bertache à Fourneaux-le-Val. Les flammes attaquaient déjà le toit de la chaumière. J'étais parmi les premiers arrivants. Je me suis mis dans la petite chaîne pour porter les seaux d'eau, mais la tâche était impossible, le feu grondait. Il allait dévorer la bâtisse sans que nous ne puissions plus agir. Heureusement, on était parvenu à sortir les bêtes et à les parquer dans un pré, mais nous ne pouvions rien sauver ni des biens, ni des constructions. Au bout d'une heure, nous nous regroupâmes pour regarder la maison s'effondrer dans le brasier.

L'exploitation appartient au domaine de Vérone de Persigny, ce qui fait que les habitants sont au moins assurés d'un toit jusqu'à la reconstruction des bâtiments. N'empêche, ils avaient le cœur brisé de ce qui leur arrivait là.

## Samedi 5 mars

Je me suis remis à mon traité. J'ai classé et numéroté mes collections. Je me suis étourdi dans le travail méthodique, laissant mon imagination en paix et refusant toutes ses sollicitations. Honorine me portait mes collations, du café, du thé, comme si c'était pour elle un moyen de participer à mon œuvre.

Vers la fin de la journée, j'ai lu la bonne thèse de Germon qui doit passer prendre mon avis demain.

Je vais me coucher tôt.

## Dimanche 6 mars

Sur le coteau, les labours ont repris. Le sillon sombre se découpe sur le vert de l'herbe naissante comme un lent coup de pinceau. Déjà, les trois pommiers qui couronnent la butte ébauchent leur floraison. Après une période d'un froid perçant, l'hiver aura été clément, bien qu'il ne faille jurer de rien et que des tourmentes puissent encore survenir.

250

Vers onze heures, l'apprenti du forgeron m'a encore été amené par son maître pour une nouvelle brûlure au bras, l'autre commence à peine à se résorber. Bien sûr, je l'ai soigné de la même façon, mais je me suis étonné du manque d'attention qu'il porte à sa pratique. Les atteintes du feu sont, paraît-il, les prolégomènes de son apprentissage... Soit ! Le jeune homme me regardait l'air chafouin pendant que je pansais sa plaie. Lorsqu'ils sont partis, ils m'ont laissé une pièce de un franc.

À midi, Germon est arrivé et nous avons discuté de sa thèse avant de nous mettre à table, rejoints par Vaillant, qui a parcouru le chemin de Falaise, accompagné de Thibaud de la Fresnaye, qu'il m'avait amené pour me le présenter. Il vient d'adhérer à l'Association. C'est un médecin avisé, qui a créé une petite entreprise où il file du caoutchouc avec du tissu pour fabriquer des corsets et des bandages de contention. Cette industrie lui rapporte gentiment ; elle est, selon lui, promise à un grand lendemain. J'en accepte l'augure. Je leur ai fait connaître Germon et me suis débrouillé pour qu'ils veuillent bien également le parrainer à la faculté de Caen, ce qui, j'espère, va assurer son devenir.

Maurasse, Fournois et Garon sont arrivés alors que mes invités prenaient congé. Mes trois métayers me présentaient leurs comptes comme ils le font chaque premier dimanche de mars. C'est une nouvelle année qui débute alors.

Je les ai introduits dans mon cabinet, où ils se sont tenus debout, le chapeau à la main, un peu empruntés. Je les ai priés de s'asseoir et j'ai demandé à Honorine de nous porter une bouteille de gros. C'est une tradition qu'avait instaurée mon père de réunir ainsi ses fermiers, pour planifier avec eux l'année à venir. Je la maintiens avec un certain plaisir bien que je sache qu'il est assez vain de tenter d'apporter un ordre subsidiaire au rythme des saisons. Les décisions importantes s'imposent toutes seules et je ne puis qu'en constater les décrets.

Maurasse va agrandir l'étable et acquérir dix autres têtes, ce qui mangera la moitié du revenu des Herblay. Fournois achètera à la prochaine foire deux chevaux supplémentaires et une nouvelle charrue, qui seront payés par une large coupe dans la futaie des Chartreux, et Garon réaménagera sa ferme comme il a été fait pour les deux autres, en échange de quoi il bénéficiera du bois d'une parcelle des Venteux. Ce seront là les travaux extraordinaires de l'été.

Tout cela entendu, nous avons vidé la bouteille et ils s'en sont allés dans leurs foyers.

Il est presque minuit, j'ai terminé de corriger mon chapitre et vais me mettre au lit.

### Lundi 7 mars

Aujourd'hui, j'ai pris le tilbury. Le temps était doux, fixe au clair, contrairement à hier.

Je suis passé voir Solange. Je l'ai trouvée assez abattue, les rapports qu'elle a avec sa bru sont de plus en plus difficiles et ses plaintes commencent à insupporter son fils, qui n'est venu la visiter de trois semaines. Elle s'en languit et coule ses journées à l'attendre. Et lui n'apparaît jamais. Elle imagine que c'est là l'influence de sa belle-fille, mais soupçonne également que sa présence lui devient importune, ce qui est sans doute le fond de l'histoire. Comment puis-je lui apporter le moindre soulagement alors qu'à l'évidence il suffirait que son gars la reprenne chez lui ?

À La Forêt-Auvray, je suis allé prendre quelques nouvelles de mon sorcier, le père Duchaume. Je n'étais pas annoncé et la porte de la cabane était close. J'ai cogné un peu violemment, inquiet de son sort. L'angor peut se révéler fulgurant et, comme il habite à peu près seul, je l'imaginais déjà mort sur son grabat. Au bout de quelques minutes, il a ouvert à mon grand soulagement. Il se reboutonnait et ne m'a pas demandé d'entrer ; il devait être en compagnie. Notre entretien n'a duré que quelques secondes, il n'avait besoin de rien et me montra que j'étais importun. Rassuré, j'ai pris le trajet de Pont-d'Ouilly. Au travers de la volée des arbres, j'ai alors vu Marcelline Brandot, passablement débraillée, qui quittait la cabane en rajustant sa jupe.

J'en ricanais, lorsque je tombai sur Duchaume qui m'attendait au coude du chemin. J'arrêtai ma jument un peu brutalement et elle se cabra. Il était furieux. «Je ne viens pas, me dit-il, vous interrompre dans vos traitements, moi ! » Je me suis donc excusé et j'ai repris ma route.

Cet épisode m'a mis en joie, et j'avoue que depuis une semaine, je n'avais pas eu l'occasion de rire comme je l'ai fait, seul dans ma calèche, et jusqu'à Pont-d'Ouilly.

À la ferme Gatiniaux, tout allait bien. On prépare la noce qui aura lieu au moment de mardi gras, juste avant le carême. Cela se tiendra dans la vaste cour en cas de beau et dans la grange si le temps se gâte. On attend plus de cent invités, venus des quatre coins du canton. On débarrasse, on repeint, on nettoie. Tout va bien. J'ai traversé l'Orne et je suis donc retourné chez moi, il était dans les deux heures de l'après-midi.

Je me suis installé dans mon jardin d'hiver et me suis remis à mon étude.

La nuit tombait. Un cavalier a dévalé le coteau au grand galop, au travers du champ labouré. Ce genre d'allure annonce presque toujours un malheur. J'ai commencé à préparer mes trousses et à m'habiller. Honorine a introduit un grand homme roux, le fils du père Durant. Un accident venait d'avoir lieu à la ferme. Un des valets d'écurie avait reçu une ruade en pleine face alors qu'il débourrait un étalon.

« C'est de sa faute, maugréa le père Durant, lorsque j'arrivai. Quelle idée de se mettre derrière, cela m'apprendra à engager des gens qu'on ne connaît pas. »

C'était presque un adolescent. On l'avait allongé sur un brancard à la porte de la grange. Il était gravement commotionné et délirait en appelant sa grand-mère. Il était couvert de sang.

Je demandai une bassine d'eau bouillante et commençai à nettoyer le caillé de sa figure. Il avait eu de la chance, à part une fracture de la mâchoire et du nez, il n'avait rien de visible. Il souffrait. Je lui ai donné un peu d'opium, mais je n'avais pas la capacité d'agir plus. Il ne restait plus qu'à attendre pour voir s'il n'y avait pas eu de choc interne. Si d'ici à demain il n'a pas eu d'hémorragie et n'est pas mort, le pronostic sera favorable. Après la nuit, nous saurons s'il y a eu plus de peur que de mal.

## Vendredi 11 mars

De quatre jours, il ne s'est rien produit, et c'est tant mieux, j'ai eu le loisir d'un peu me reposer. Le valet des Durant n'a pas présenté d'autre signe que la douleur de sa fracture. Et ma consultation de mercredi s'est passée comme à l'accoutumée.

J'ai cultivé mes roses que j'avais quelque peu délaissées, j'ai soigné mes simples et rien d'autre. Je suis paisible !

Ce matin, je suis allé chez les Ferrier. La petite m'a accueilli comme un grand-père, les autres affectaient cette sorte d'attention particulière que l'on manifeste à celui qui détient l'autorité. Ils sont au courant de ce que je traite Vérone, « Monsieur le Marquis », comme ils disent. Ils m'imaginent comme un familier de celui-ci, un genre de sous-intendant des humeurs, dont on est susceptible d'avoir besoin. Tout leur comportement est fondé sur cette prudence qui prévoit des issues propices à toutes les éventualités. Cela ne peut pas nuire. Ils se ménagent ainsi des ouvertures qui sauront toujours servir, d'autant que nul n'est à l'abri de la maladie. Pour moi, en tout cas, cela m'assure que Nelly sera bien nourrie et ne se retrouvera pas asservie, si d'aventure ces gens apprenaient que sa mère se prostitue. J'ai d'ailleurs proposé de les suivre gratuitement, ce qui me donnera une occasion supplémentaire de voir ma petite filleule.

Je me suis ensuite porté à Martigny-sur-l'Ante, pour rendre ma visite au ci-devant marquis. Il va le mieux du monde et, compte tenu de la façon dont il avance, c'est une véritable insolence qui me réjouit. Il m'a retenu à déjeuner et je n'ai pas voulu lui refuser cette marque de fausse amitié. Que fait-il dans ce coin perdu de l'Orne ? Il a tout du mondain et serait plus à sa place dans un salon parisien. Notre époque est si férue de noblesse qu'il y serait la coqueluche de tous les boudoirs. Mais il est vrai qu'il ne sait pas tenir sa langue et qu'il professe un mépris sans borne pour les « Buonaparti ». Il ne manque pas une seule fois de railler la moustache cirée de l'Empereur, dont il emprunte comiquement les allures, et sa priapie qui, paraît-il, ne connaît aucune limite.

« Savez-vous, me dit-il, qu'un soir à la Malmaison, alors que la lumière baissait et que les jeux de l'après-midi l'avaient passablement échauffé, le Buonaparté crut apercevoir une femme endormie dans la galerie. Le drôle ne fit ni une ni deux et se précipita sous la robe. C'était celle du cardinal de Rohan, qui s'était assoupi là. Décidément, tout lui est bon ! »

C'est assez l'hôpital qui se moque de la charité !

Alors que nous en étions au café (il annonce fièrement le torréfier pour son usage personnel), un courrier est arrivé de Falaise. Il apportait un mot de Fortier qui désirait me voir au plus vite. Le temps d'atteler et j'étais en route.

Depuis que je pratique ce métier, j'ai appris à ne rien m'imaginer des besoins de mes patients. Je me suis toujours trompé. Alors je laisse venir. J'ai donc été mon train jusqu'à Falaise, ne songeant qu'à la couleur du ciel et goûtant la fraîcheur de l'air. Le mois de mars, dans notre pays, est toujours ainsi entre deux états. Il alterne les éclaircies plus lumineuses que des gloires de théâtre et les orages violents et obscurs, tonnants et fulgurants. Les bêtes s'en effraient mais j'y découvre de la merveille, surtout quand les rayons du soleil masqué par les cumulus tombent sur la terre comme des colonnes de clarté.

Fortier ne m'a jamais convié chez lui et j'ignore même où il habite. Il n'était pas à la mairie. Le gardien me proposa de me guider. Nous avons couru à son domicile, près de la cathédrale. Il m'attendait sur le seuil.

« Venez », me murmura-il. Il me précéda le long d'un couloir qui donnait vers l'arrière de la demeure. Nous entrâmes dans une chambre sombre, éclairée par une veilleuse. Il s'effaça pour m'y laisser pénétrer.

Un pauvre petit être gisait dans des draps blancs. Elle n'avait pas plus de quatorze ans. En examinant son visage émacié, il me fut facile de faire un diagnostic. L'enfant se mourait de consomption phtisique. À chacune de ses respirations, une bave rosée bruissait au coin de ses lèvres. Que ne m'avait-on demandé plus tôt ? Je savais bien que mon art ne me serait d'aucune aide. Je me suis retourné vers Fortier. Il vit aussitôt mon désarroi et d'un seul coup s'effondra en pleurs dans le fauteuil qui jouxtait le lit. Toute sa charpente semblait s'être liquéfiée. Ses chairs s'affaissaient comme si elles fondaient.

J'ai pris le pouls de l'enfant. Il était sec et filant. L'issue serait pour cette nuit, demain au plus tard. Je me suis donc résolu à assister à l'agonie qui commençait, plus pour soutenir Fortier que par utilité.

Les heures se sont écoulées, scandées par la cloche voisine. Vers minuit, la fillette rendit l'âme dans un ultime

râle. Fortier murmurait « ma fille, ma petite gamine »...
Brutalement, il releva son visage vers moi.

« Partez, me dit-il, je me charge de tout », son ton était
péremptoire et ses yeux brillaient d'une fureur contenue
contre toute la création. Je me suis retrouvé dans la rue. La
lune sortait de derrière le toit de l'église et répandait sa clarté
sur les pavés de la place éclairée par l'unique bec de gaz.

Je suis retourné vers chez moi dans la campagne obscure. Assez loin, vers l'ouest, l'horizon rougissait d'un nouvel incendie, le temps que j'y aille, le feu était maîtrisé. Il
n'avait fait aucune victime. Tant mieux !

## Samedi 12 mars

Il est de tradition dans nos pays de ne mener aucune
réjouissance à partir du mercredi des cendres et jusqu'au
lundi pascal. Aujourd'hui, ultime samedi avant le carême,
Fernand Gatiniaux mariait sa fille. Autrement, il aurait
fallu attendre après Pâques. J'ai bien compris les raisons
de cette hâte à la façon dont elle se tenait le dos.

Je me préparais à me rendre à Pont-d'Ouilly, lorsque
j'avisai le maréchal-ferrant et son aide, qui cette fois s'était
brûlé au visage. Cela est la troisième fois en moins d'un
mois. Lorsque l'on a un apprenti aussi maladroit, on se
doit de l'éloigner des foyers, sinon il risque de se blesser
plus sérieusement encore. Le gars me jetait des regards
inquiétants, comme si j'étais capable de chasser le mal qui
accaparait sa face et ne le désirais pas.

Avec tout cela, j'arrivai à la noce juste au début de la
messe. Pour le reste, ce fut un mariage comme on en voit
sans cesse, avec musique, facéties diverses et plus ou

moins salaces. Que de simagrées. Ils n'en avaient eu aucun besoin auparavant, pour accomplir ce qui est le plus naturel. N'était le père Gatiniaux pour lequel j'ai une forme d'amitié, j'aurais décliné l'invitation.

Après avoir marqué ma présence, je me suis esquivé, laissant la fête à ses rires et à ses chants.

### Jeudi 17 mars

Depuis ma rupture avec Colette, je ne sais plus bien comment garer mon corps et mes humeurs. Je pars au grand galop dans la campagne sous la pluie ou dans le vent, mais cet exercice me calme à grand-peine. Le pire n'est pas dans ces émois de la peau, mais en ce qu'ils m'obnubilent. Ce n'est pourtant pas le travail qui me manque, mais rien n'y fait, ni les mots, ni les phrases ne viennent.

Alors je m'allonge et je songe.

Je revois les images de mes ajustements avec Colette ou avec Marguerite et je m'endors comme un adolescent, la tête pleine de ces jeux. À mon réveil, je me sens un peu ridicule, mais qu'y puis-je ? Noter scrupuleusement les détails de mes ébats intimes, les préciser, les caractériser, et ainsi couchés sur le papier, ils perdront peut-être leurs facultés émollientes.

J'ai accompli ma tournée du lundi avec toujours les mêmes patients que je suis au plus près, presque sans qu'ils payent, car je sais bien que je ne vais les voir que pour me distraire, tant leur état m'inspire peu d'inquiétude.

Lorsque je déambule à Condé-sur-Noireau, mon cœur se serre un peu. Je nourris l'espérance de rencontrer

Colette par hasard, alors qu'il me suffirait de sonner chez elle, ce à quoi je suis incapable de me résoudre.

Hier, consultation et marché. Huit clients, deux chapons, une poule et un lapin, le tout vivant. Trente sous.

Aujourd'hui, je suis encore allé hanter les chaussées de Condé et j'ai vagabondé jusqu'aux vêpres. C'est alors que j'ai vu Colette qui se rendait à l'église, sans doute pour s'y confesser, car nous sommes entrés dans la période du carême et la fête de la Résurrection suscite de grandes émotions religieuses chez les femmes de notre région. Elle était accompagnée d'une de ses amies que j'ai rencontrée parfois en arrivant alors qu'elle s'en allait et dont j'ai vite compris, à ses sourires entendus, qu'elle était une de ses confidentes. Bref, les Cendres ont succédé au mardi gras et ce carême est aussi le mien.

La Louise est venue trois fois demander des nouvelles, il n'y en avait point et elle est repartie presque en pleurs.

## Vendredi 18 mars

Le temps a tourné à l'orage.

À Falaise, j'ai commencé par visiter la maison Duchâtel. Je l'avais un peu négligée jusqu'à présent. On y dénombre six prostituées, sans compter la tenancière et son amie, car cette clôture est tenue par des tribades, Clotilde Duchâtel, qui a donné son nom à l'entreprise, et Aurélie Granjeau, que tout le monde appelle Mademoiselle Luke. Ce qui fait huit femmes en tout, car même si leurs mœurs semblent les éloigner des mâles, Clotilde Duchâtel et Mademoiselle Luke montent également à l'occasion. La firme est mieux tenue que les autres bordels. Clotilde Duchâtel me dit avoir la cinquantaine et Mademoiselle Luke est nettement plus jeune, les autres vont de dix-sept à trente-cinq ans. Bien que ce commerce de l'être humain ait quelque chose d'horrible, il paraît bien qu'elles se soient organisées un peu à la manière des saint-simoniens. Elles considèrent leur corps comme un moyen de production et l'exploitent avec conscience, tels de bons ouvriers. Pour autant, elles regardent les deux femmes qui les gouvernent avec sympathie, sinon avec amour, et semblent travailler à une œuvre commune.

Mademoiselle Luke entretient des rapports courtois avec Jean-Claude Colin, qui dirige la succursale du Crédit municipal. Il ne se sent pas obligé au secret professionnel pour ce qui concerne ces créatures, comme il dit, et il m'a affirmé qu'elles avaient fait instituer des comptes au nom de tous les membres de leur modeste communauté et qu'elles les approvisionnent régulièrement.

Elles-mêmes sont à la tête d'une coquette fortune qui leur permettrait de s'établir ailleurs. Mais, visiblement, elles n'y tiennent guère. Je ne doute pas qu'elles soient prêtes à défendre bec et ongles le petit phalanstère qu'elles se sont constitué, ni que leurs pensionnaires ne les assistent le cas échéant.

Finalement, tout n'est qu'une question d'attitude, ce ne sont pas les actes licencieux en eux-mêmes qui sont pervers, mais ceux qui les perpètrent. L'odieux n'est pas de vendre son corps, c'est l'esclavage qui en découle.

Certes, la cellule familiale est le fondement de notre civilisation, mais les rapports entre les êtres sont susceptibles d'une variété inouïe, et il nous faut considérer la nature elle-même, qui n'interdit rien qu'elle ne sanctionne par la disparition, en quelque sorte tout ce qui ne tue pas est permis.

Nous sommes communément entraînés à regarder les femmes avec un a priori favorable, bien souvent nous leur attribuons des vertus d'épouse et de mère aimée, alors d'autant plus monstrueux nous apparaissent les manquements à cette idée préconçue. Pourtant, cela aussi est une injustice, et elles-mêmes ne s'y trompent pas qui voient notre aveuglement à leur égard plus comme une insulte que comme une allégeance. Attribuer à un être humain, quel qu'il soit, une qualité collective est le plus terrible piège dans lequel notre esprit puisse tomber. Aucun stigmate particulier n'indique la méchanceté ou la bonté ; si les escrocs et les assassins avaient leurs torts marqués sur une partie quelconque de leur physionomie, l'empirisme et la durée en auraient déjà débarrassé l'humanité. Et qui n'a jamais vu de méchant avec un visage d'ange et de saint avec un faciès de brute ?

La médecine m'autorise à m'affranchir de la pensée commune et me permet d'envisager le monde plus sereinement. Je ne suis tenu à rien si ce n'est à ne pas nuire et mon caractère ne me porte nullement aux ambitions qui dirigent la plupart des hommes. Aussi, si j'avais à choisir entre ces putains et certaines personnes de ma connaissance, j'irais vers ce qui me paraît le moins hypocrite.

Ainsi à la maison Fernier.

Doriane Fernier est une magnifique créature. Le temps n'a pas de prise sur elle et c'est une réalité des plus curieuses de voir une femme douée d'une telle beauté vivre au côté de son ivrogne brutal de mari et se vendre au plus offrant dans un minable bouge d'une lointaine province. Assurément, elle aurait les moyens de séduire de plus hautes personnalités que les poivrots de son cabaret. Mais sa vie n'a point été formulée ainsi et elle se place à l'encan sans scrupules et hors de l'ordre que nous voudrions attribuer aux choses.

Sous son visage lisse et doux, derrière ses yeux clairs se cache une malveillance sans merci qui s'exerce dès qu'elle est en état. Alors que tout en elle peut se payer, cette méchanceté, elle, est toujours parfaitement gratuite. Elle fait le mal de façon insidieuse et perpétuelle. Les filles de son établissement la redoutent, et elle ne les choisit que pour ce qu'elle pèse sur elles. Elle sait son entreprise en sursis et montre dans son ton et dans ses attitudes toute la virtuosité de ses stratégies, menaçante ou minaudant, défendant sa cause avec une habileté qui lui permet de se maintenir, alors même que tout est contre elle. Elle s'est aperçue de mon intérêt au devenir de Léontine et depuis l'a prise sous sa protection. Ainsi, elle pense me mettre de son côté. Elle ne se trompe pas. Je le lui ai dit, si elle réformait son établissement sur le plan de l'hygiène, elle aurait en moi un défenseur auprès des édiles communaux.

Lorsque je suis rentré chez moi au milieu de l'après-midi, Honorine m'a averti que l'on m'attendait au salon. À la moue qu'elle arborait, je compris que c'était une femme.

Je reconnus tout de suite Angeline de Chaussoy, l'intime de Colette de Framon. J'étais un peu étonné de la trouver chez moi, inquiet aussi de ce qu'elle allait sans doute m'entretenir de son amie, et je ne tenais à m'expliquer de quelque façon que ce soit.

« Ne croyez surtout pas, me dit-elle, que Colette m'ait envoyée vers vous. Mais comprenez, Docteur, elle m'est une amie très chère et depuis votre rupture, je la vois dépérir. J'ai donc pris sur moi de mener cette démarche auprès de vous, pour tenter de réformer cet état de choses. Je suis consciente d'outrepasser les frontières qu'assigne la bienséance, mais entendez mon attitude, l'amitié ne doit pas s'encombrer des bornes de la convention. Si vous pouviez la contempler, je ne doute pas que vous en seriez ému. Je vous sais un homme d'une exquise sensibilité et c'est à elle que j'en appelle pour soulager ma malheureuse sœur. »

Je demandai à Honorine de nous servir un thé et la conversation se poursuivit sur ce ton pendant une petite demi-heure. En s'en allant, elle me lança : « Si vous ne le produisez pour elle, au moins faites-le pour moi », me laissant dans une perplexité sans limite.

### Dimanche 20 mars

Vendredi frugal, samedi chiche, dimanche famélique, piètre, misérable, aride, médiocre. Honorine veut ma mort ! Heureusement, j'ai du cognac.

Vers neuf heures du soir, un incendie s'est déclaré à la ferme Rolland. J'y suis allé au galop, avec ma trousse.

C'est le troisième sinistre en moins d'un mois. Je ne connais que trop cette loi des séries. Concernant le feu, elle n'a rien de naturel. Il est des êtres qui se procurent un plaisir morbide à l'observation même lointaine des flammes, c'est une sorte de passion qui s'empare d'eux et les pousse à mettre la fournaise n'importe où, sans préoccupation des drames et des misères qu'ils déchaînent ainsi. À moins de le prendre à sa naissance même, il est quasiment impossible d'arrêter l'évolution du brasier. Il se régale de nos colombages de bois, de torchis et de nos toits de chaume. Si l'on y parvient, ou si une pluie bénéfique semble l'éteindre, il n'est pas exceptionnel qu'il se poursuive doucement dans la charpente et la ronge, provoquant soit des reprises brutales, soit des effondrements soudains.

L'habitation des Rolland était ravagée par les flammes, on entendait le ronflement de la flambée dévorant les solives et les murs. Le voisinage s'affairait à tirer l'eau, mais chaque fois que l'on jetait un seau, on avait l'impression qu'au lieu de l'étouffer, l'averse donnait une nourriture supplémentaire à la fournaise qui gagnait en vigueur.

Toute la famille était restée prisonnière de la maison, seule la mère, qui était allée soigner ses poules, avait réchappé de la tragédie. Elle regardait ses amours et ses joies se consumer et la folie s'était allumée dans ses yeux.

Au milieu de la nuit le feu s'est éteint, car une lourde pluie s'est mise à tomber. Seule la lune éclairait les décombres fumants où l'on retrouva six cadavres carbonisés, le père, le petit Antoine que j'ai, il n'y a guère, sauvé du croup, son frère Arnaud, ses deux sœurs et la vieille mère Rolland qui allait fêter ses quatre-vingts ans.

J'ai résolu de ramener Hélène Rolland chez moi. Ses proches résident assez loin et ils ne passeront la recueillir que demain. Je lui ai donné deux pastilles d'opium pour la calmer. Comment pourrait-elle se remettre de ce drame ?

## Lundi 21 mars

Ce matin, très tôt, ses parents sont venus chercher Hélène Rolland. Elle se laissait mener comme une gamine somnambule. Elle parlait en s'adressant à ses enfants morts. Le sinistre cortège a disparu sur le chemin. J'ai longuement suivi des yeux leur petit groupe qui s'éloignait vers la couche de nuages comme une barrière à l'horizon.

Je me suis dirigé vers Pont-d'Ouilly pour ma consultation au père Gatiniaux. Il m'a demandé si j'étais en mesure d'étendre ma visite à sa fille Amélie, qui s'est mariée la semaine passée et vit maintenant avec son époux à trois lieues de chez lui, au Mesnil-Villement. « Ainsi vous pourrez aller chez elle avant de venir chez moi. » J'ai compris qu'il s'agissait de lui donner des nouvelles qu'il ne désirait pas chercher lui-même. Il m'a assuré que tout était arrangé avec son gendre. Pourquoi ne pas le suivre aussi alors ? Il a fait celui qui n'entend pas et je n'en ai pas rajouté. Je m'arrêterai à Mesnil-Villement avant mon retour et je tirerai cela au clair avec Amélie.

J'ai examiné le reste de la famille de Gatiniaux. Ils se portent bien. Sauf Adélaïde, qui se plaint de malaises et de bouffées de chaleur depuis une huitaine. La donzelle va sur ses dix-neuf ans. Je lui ai demandé si elle avait un galant. Elle a secoué la tête, au bord des larmes. La mère s'est contentée de hausser les épaules.

Je suis ensuite parti voir Vertou de la Planche. Il récupère sans difficulté, mais moralement il reste bien bas.

Heureusement, sa gouvernante, Victorine Dreux, a pris les choses en main. Tout le monde sait que, depuis qu'il est veuf, elle a poussé son service habituel jusqu'à son lit. Vertou, du temps de sa gloire, n'était pas homme à s'abstenir un seul jour. Elle en a tiré le prestige qui lui permet à présent, comme première concubine, de tenir cette maison qui, sans elle, s'en irait à vau-l'eau.

Elle a assisté à mon examen avec anxiété. Elle veille jalousement aux intérêts de celui dont elle a partagé la plus grande tranche de sa vie, mais elle n'a légalement aucun droit d'assurer sa régence. S'il se rencontrait que son maître devienne réellement incapable de la soutenir, il lui faudrait s'en remettre aux dispositions de la loi qui la considère comme une servante sans la moindre autorité. Elle sait qu'alors, de toute part, la famille lointaine, les métayers, les débiteurs et les fournisseurs profiteraient de la situation.

Je vois une certaine grandeur dans cette abnégation, qui la rend plus fidèle dans l'adversité que ne le serait une épouse.

En quittant Sainte-Honorine, je me suis dirigé vers Taillebois pour tenter de ranger l'abbé Bucard à mes vues. Je lui ai remontré que les convenances et la crainte du scandale devaient l'amener à proposer à Vertou de régulariser sa situation avec Victorine Dreux, et que, de plus, c'était offrir à ses deux ouailles la meilleure garantie de poursuivre une vie heureuse. Il en est convenu.

Ensuite, je me suis rendu chez Colette. Je n'en dis rien, je n'en écris rien, mais cette semaine a été tourmentée de ce que m'avait conté Angeline de Chaussoy. Lorsque j'en avais le loisir, mes pensées s'envolaient vers Condé. Toute ma raison me poussait à m'abstenir de cette démarche et autre chose que je ne suis pas parvenu à départager me tirait à l'envers. En arrivant devant sa demeure, j'ai été bien étonné d'en voir tous les volets fermés, j'ai cogné chez le concierge dont la fenêtre était ouverte. « Madame est partie aux eaux à Châtelguyon », m'a-t-il annoncé. J'avoue que j'en ai été jaloux. Quel autre médecin avait donc bien pu lui prescrire cette cure ?

## Jeudi 24 mars

Les trois jours ont été occupés par le complot que j'ai mis en œuvre. L'abbé en a été l'instrument volontaire et efficace. Cela s'est déroulé de la façon suivante. Il a commencé par sermonner Victorine en lui produisant qu'elle vivait en état de péché mortel et que, même si elle était toute dévouée à son maître et exempte d'arrière-pensées, elle l'entraînait sur les chemins diaboliques de l'adultère. Il lui a annoncé qu'il ne l'absoudrait en rien tant qu'elle n'aurait pas choisi entre la chasteté ou le sacrement.

Ensuite, avec subtilité, il s'est attaqué à deux des amies de la pauvre femme en les incitant également à faire pression. Tout cela lui a pris son mardi en entièreté.

Le lendemain, il est allé voir Vertou de la Planche après les vêpres. Il a refusé de me révéler ce qu'il lui a raconté, mais il est parvenu à le persuader, avec l'aide de Dieu, a-t-il ajouté, si bien que les bans, pour un mariage qui aura lieu après Pâques, ont été publiés ce matin même. Il est venu me rendre compte avec cette fierté particulière qu'ont les êtres qui sont convaincus de la valeur de leurs croyances.

«Je suis sidéré que vous ayez eu une attitude aussi chrétienne, vous, le libre penseur, vous, le mécréant.

– Ne triomphez pas, l'abbé, lui ai-je répondu, ce que vous avez fait pour l'amour de Dieu, je l'ai, moi, conçu par affection pour l'humanité.»

Ce qui, on me l'accordera, n'est pas du tout la même chose.

J'ai donc été surpris, sur la fin de mercredi, alors que tout le monde déjà était parti, de voir se présenter Angeline de Chaussoy. Comme je m'en étonnais, «Eh bien, me lança-t-elle, cette consultation n'est-elle donc pas ouverte à tous?». Certes, mais il aurait suffi de m'appeler et je me serais volontiers déplacé. «Comme toujours», ai-je ajouté, un peu fat en m'asseyant à mon bureau.

Elle se contenta de sourire avec une certaine négligence dans l'œil, comme si elle dominait l'émoi qu'elle venait d'édifier en moi. Elle voulait se faire ausculter. Je lui ai dit que je n'examinais jamais de dame sans qu'elle soit accompagnée d'une parente ou d'une amie. Elle hocha la tête d'une mine finaude, en laissant pointer le bout de sa langue entre ses lèvres. Mon émotion devint à ce point palpable que je ne me suis pas levé lorsque Honorine a frappé à la porte pour apporter un thé que je n'avais pas commandé.

La suite se prolongea ainsi, de sous-entendu en périphrase, avec des expressions à double sens, le tout en vue de m'exciter encore plus que je n'étais disposé à l'être. À la fin, elle se dressa.

«Décidément, vous ne voulez pas déroger à vos principes et m'examiner, me dit-elle, c'est dommage, c'eût été rapide, je n'ai pas de dessous.»

Et elle me lança l'œillade la plus assassine que l'on puisse imaginer en laissant voler sa robe au moment où elle ouvrit la porte, sans me donner le temps de la raccompagner.

Cette nuit, la ferme Heurtebise a brûlé de fond en comble. Deux morts et un blessé que l'on m'a amené au petit matin dans un char à bancs. Je l'ai pansé au mieux et je lui ai administré de l'opium et de la belladone. Je doute qu'il survive à la semaine.

Vendredi 25 mars

Hier, j'ai passé la journée à essayer de travailler à mon traité. Mais je ne suis parvenu à écrire qu'un monceau d'insanités que je me suis empressé de détruire. Ma tête est tout embarrassée des femmes que je rencontre et qui me font des avances. Je n'avais pas décelé un tel charme chez moi auparavant, ou alors ne m'en apercevais-je pas. Je ne suis pourtant pas de première jeunesse et ma fortune n'est pas assez considérable pour qu'elle puisse obliger l'attention. Je n'ignore pas que la médecine est bien près du sexe et que, de plus, l'esprit est souvent sujet de la matière, mais je n'imagine pas que mes collègues se trouvent ainsi que moi l'objet de ces attirances. Ou alors s'abstiennent-ils de me le dire. Je ne suis en effet assez proche d'aucun d'entre eux pour que nous nous fassions des confidences de cet ordre.

Les salles de garde regorgent d'inscriptions obscènes et les chansons de carabins ne s'embarrassent pas de fioritures, mais pour autant est-ce à la pratique qu'il faut attribuer un tel déferlement ? Certains de mes confrères sont si bien-pensants qu'on peut se demander s'ils ne se sont pas construit une armure pour affronter leurs émois et les réduire.

Maître Matthieu Cotard, le maréchal-ferrant de Fourneaux-le-Val, s'est présenté chez moi, ce matin, en compagnie de Claude Cheminade, son aide. Celui-ci souffrait de fortes brûlures sur les paumes des mains. Les plaies profondes commençaient déjà à suppurer et elles ne dataient pas d'aujourd'hui, comme ils tentaient me le faire accroire. J'ai utilisé à nouveau mon baume de fougère mélangé à un peu d'opium.

Une fois qu'il fut pansé, je lui ai demandé ce qui lui était arrivé. Il a jeté un regard de chien vers son maître, qui a répondu à sa place de manière catégorique : « C'est à cause de sa maladresse. » L'adolescent s'est lancé dans une longue description, dont il ressortait que les cendres rougies avaient jailli du foyer et étaient venues se fixer sur lui comme par enchantement. Je me suis bien gardé d'argumenter, mais me suis promis de tirer cela au clair. Je soupçonne un de ces martyrs de l'apprentissage. Bien souvent certains patrons présument leur savoir-faire uniquement transmissible par la violence. Ils ont été formés ainsi. Ils perçoivent dans les douleurs qu'ils infligent à leurs apprentis une manière de vaccine, ils leur font éprouver volontairement ce qu'ils risqueraient de subir par accident et pensent les garantir ainsi des aléas de leur technique.

N'arrive-t-il pas au paysan, lorsque son fils a atteint l'âge de raison, de le mener sur les bornes de son domaine et de lui donner là une mémorable correction, de façon qu'il n'oublie pas l'emplacement cadastral de cette limite ? Ce sont des mœurs que je réprouve mais qui sont une sorte d'usage initiatique dont bien des métiers se figurent ne pouvoir se priver.

Germon doit venir dans l'après-midi, je me propose de l'emmener avec moi jusqu'à Fourneaux-le-Val chez le forgeron pour tenter de le raisonner. Il ne convenait pas que je le fasse chez moi devant son apprenti. J'ai remarqué que si on s'oppose de front à une tradition surgie du plus loin, l'humiliation qui en résulte pour le maître finit par rejaillir sur son élève. Mieux vaut donc séparer les choses devant une bonne bolée. Je ne crois qu'à ce genre d'efficacité.

Germon est arrivé vers dix heures. Comme ma tournée d'aujourd'hui ne comporte qu'une visite à Vérone de Persigny, nous avions arrêté de nous porter ensemble à Falaise dans l'entreprise de filage de Thibaud de la Fresnaye. Nous pourrions aussi parler de sa thèse en route. Il doit la soutenir au début de mai et voulait quelques éclaircissements sur le déroulement de son passage.

Nous avons donc quitté Rapilly de concert. Il avait attaché son cheval à ma carriole. Nous nous sommes dirigés vers Martigny-sur-l'Ante par les Loges-Saulces. Au-dessus de la grange, flottait le drapeau des charpentiers. Il annonçait que le toit était achevé. Depuis quatre jours, le temps s'est remis au beau et toute la campagne fourmille des besognes des champs. Mon tilbury allait bon train, nous croisions sur les chemins des tâcherons qui mettaient chapeau bas et nous saluaient de la main.

Aux premières maisons de Martigny, Germon m'a demandé de le laisser au cabaret. Il a des relations violentes avec les nobles de la région. Il les accuse de pervertir le travail des hommes. Je me garde bien quant à moi de toute politique que je considère comme néfaste à notre pratique. Ne doit-on pas aussi bien soigner un républicain qu'un royaliste ou un bonapartiste ? un paysan qu'un ouvrier et un patron qu'un manœuvre ?

Mais Germon est un être entier qui a une vue toute personnelle des rapports sociaux. Chacun n'en fait toujours qu'à sa tête, et c'est bien normal.

J'ai expédié ma consultation à Persigny, qui se porte le mieux du monde. Il m'a soumis l'idée de se marier bientôt, ce à quoi j'ai souscrit avec enthousiasme.

Sur la route de Falaise, la conversation est venue sur ces patients qui sombrent dans la neurasthénie après une épreuve, comme Vertou de la Planche ou certaines mères au moment des relevailles. Ce sont des cas singuliers qui se déclarent même quand tout paraît pour le mieux. Ceux qui en sont atteints négligent alors tout ce qui forge la vie. Même, ils resteraient toute la journée au lit et rien ne saurait les distraire de la contemplation morbide de leur propre existence. Nul ne maîtrise le traitement de cette affection de l'esprit. Certains préconisent le calomel, d'autres des bains de pieds révulsifs, ou encore des purges et des saignées. Je suis informé par expérience que rien de tout cela ne donne de résultats.

Germon, lui, imagine le soin de cette atteinte dans les cures thermales. Il pense que des immersions vigoureuses et des ingestions d'eau carbonée ont la capacité de parvenir à réduire l'amertume. Et dans certains cas de mal d'amour, a-t-il ajouté, une inédite compagnie et une nouvelle conjugaison sont souvent souveraines. Or les stations, avec leur ambiance émolliente, leurs hôtels de luxe et l'ennui qui y règne, incitent souvent à nouer des liens passionnels qui viennent rapidement effacer les anciens.

« Et vous savez bien, mon cher, pour les afflictions de passion des femmes, il n'est qu'un seul remède, que nous ne pouvons hélas, prescrire, *penis vulgarum repetita*. Quant aux hommes, n'est-ce pas, ils ont les moyens de se débrouiller. »

C'est ainsi que j'ai compris, avec agacement, qui était le médecin qui avait envoyé Colette de Framon prendre les eaux à Châtelguyon et dans quelle intention. Il ignore, je crois, les relations que j'ai entretenues avec elle, mais je n'en ai pas moins claqué mon cheval et nous sommes partis au trot.

Nous nous sommes rendus à la manufacture de la Fresnaye. C'est une bâtisse sur la route de Caen, qui étend plus de mille mètres carrés dans un bâtiment tout en longueur. L'intérieur est encombré de machines à filer et à tisser. Le procédé qu'a inventé notre confrère consiste à tresser une trame de caoutchouc dans un tissu qui dès lors lui emprunte son élasticité. Cela en fait un matériau idéal pour les bandages et ce qui implique une contention, comme les corsets. Il a commencé petitement, nous a-t-il dit, dans une grange, avec un jacquard qu'il avait récupéré dans une fabrique de Lyon. Alors, il était seul avec un façonnier. Il partageait son temps entre ses patients et son petit établissement.

Ensuite, les commandes sont apparues, surtout du service médical de l'armée pendant la campagne de Crimée. Son matériel n'a plus suffi à la demande. Il a donc été contraint d'acheter des machines neuves importées de

Southampton, car les Anglais sont experts en cette sorte de mécanique.

Aujourd'hui, il emploie une centaine d'ouvrières et exporte ses bandages dans toute l'Europe. C'est un homme avisé. Il a pris un brevet pour ces tissus d'une nouvelle sorte, de cette manière il ne s'en confectionne pas dans le monde sans qu'il en touche un pourcentage. Ainsi peut-il désormais se vouer uniquement à l'art thérapeutique, sans se soucier des revenus qu'il lui rapporte, et considère comme juste de faire profiter ses contemporains de la fortune que lui a procurée son intelligence.

« Nous sommes quelques-uns à avoir mêlé notre pratique à une expansion industrielle annexe, ainsi le docteur Louis Auzoux qui, à Saint-Aubin d'Écrosville, façonne des mannequins anatomiques pour toute l'Europe, Henri Cormerais qui fabrique de l'huile à La Chapelle-sur-Erdre ou Robert Bolloré qui a une manufacture de papier à Quimperlé. » Il est en contact avec ces médecins issus de la révolution technique. Je l'ai engagé à leur demander de participer à notre association, ce qu'il m'assure avoir déjà fait.

Après cette promenade, nous nous sommes mis à table et n'en sommes sortis qu'à six heures, après force libations et vœux de prospérité respective.

Sur la route du retour, comme nous étions passablement éméchés, nous avons résolu de rendre visite au maître forgeron Cotard pour tirer au clair l'affaire de son apprenti. Quelquefois l'ivresse entraîne à des actes que la raison se refuse à justifier, mais là ce fut heureux. La nuit commençait à tomber et nous avions droit à un de ces magnifiques couchers de soleil qui ensanglantent les cieux.

À Fourneaux-le-Val, nous aperçûmes une silhouette quittant le village subrepticement. Nous l'avons suivie à travers champs, jusqu'à une ferme à moins d'une lieue.

Alors, nous vîmes voler un sabot empli de braise dans une grange pleine de foin. Nous nous sommes précipités. Pendant que j'étouffais le feu à son début, Germon se hâta à la poursuite de l'incendiaire en appelant au secours. Les habitants sortirent de la maison et se lancèrent à leur tour dans la course. Au bout de quelques minutes, ils arrivèrent avec le coupable passablement brutalisé. Ils l'auraient pendu sur l'heure sans notre intervention.

Le déséquilibré qui maintenait le canton dans la terreur depuis plus d'un mois n'était autre que Claude Cheminade, l'apprenti du forgeron. Ses yeux jetaient des éclairs. Il était comme possédé d'une fureur inextinguible, vociférante. Il hurlait des injures obscènes. Il se débattait, tel un chat furieux, griffant et crachant, entre les mains fermes de Germon. On ne voyait chez lui aucune marque de repentir, il est pourtant responsable de huit morts et de la ruine de deux familles. Il est bon pour l'échafaud, car je doute qu'un jury populaire lui découvre les moindres circonstances atténuantes. Pourtant, à l'évidence, c'est un malade plus justiciable de l'asile que de la guillotine, mais nos contemporains ne l'entendent pas de cette oreille, ce sont des adeptes d'une vengeance plus directe, et si les mœurs l'avaient permis, ils l'eussent condamné immédiatement au bûcher. Que celui qui a tué par le feu périsse par lui !

Complètement dessaoulés, nous sommes restés à le protéger contre la vindicte plébéienne jusqu'à l'arrivée de la maréchaussée.

## Dimanche 27 mars

Ce matin, sur le coup de huit heures, trois calèches sont entrées dans le jardin. Je n'attendais personne, mais une joyeuse compagnie menée par Angeline de Chaussoy est venue me convier à une partie de campagne à l'océan. C'est bien la première fois qu'une chose de cette sorte m'arrive.

C'était une allègre suite d'élégantes femmes et de jeunes gens qui souhaitaient s'encombrer de moi. Je n'ai pas voulu refuser cette invite, d'autant qu'Angeline m'avait réservé une place auprès d'elle dans la voiture de tête. Je me suis donc vêtu à la hâte et je suis parti avec eux comme un jouvenceau. Tout le monde était d'une belle humeur, et les plaisanteries fusaient d'un véhicule à l'autre. Toutes les horreurs des dernières semaines ont fondu dans cette allégresse.

Notre convoi a pris la direction de Dives-sur-Mer, où nous sommes parvenus vers midi après avoir épuisé nos équipages.

Cette joyeuse compagnie fêtait ainsi le deuxième dimanche du carême. Ce sont des adeptes d'une façon de paganisme hédonistique, qui repoussent les astreintes rigoristes de la religion. Ils pensent que le paradis est sur terre et non après la mort comme nous l'enseignent les recteurs. De toute manière, celui qu'on leur propose sans ivresse ni jouissance n'a rien pour les satisfaire. Ils regardent, avec juste raison, les joies de la vie comme des dons du ciel, et ceux qui refusent de proclamer en profiter comme des hypocrites. Ce sont les promoteurs de ce qui, demain, sera vertu, je n'en doute pas.

Toute cette chaude ambiance et tous ces parfums mêlés nous entraînaient dans une extraordinaire jubilation d'exister, et lorsque nous sommes arrivés sur la côte, la vigueur de l'air marin a exalté encore plus nos sens.

Nous n'en étions pas à la concupiscence, mais nous trouvions une fougue juvénile qui ne s'embarrassait pas des coutumières dispositions de la société. Nous avons grassement mangé, certains disaient des poésies, d'autres faisaient des plaisanteries ou chantaient, nous nous sommes ainsi enivrés pas tant de vin que de bonheur.

Angeline avait posé sa main sur ma jambe et me triturait la cuisse en une sorte d'attouchement à laquelle la décence ne trouvait rien à redire, mais qui portait en elle, par l'émoi qu'elle suscitait, plus de jouissance qu'une simple conjugaison.

Nous allâmes nous promener le long de la marée, puis nous sommes égaillés dans les dunes, sans plus nous préoccuper les uns des autres.

Je me suis retrouvé seul avec Angeline et elle m'a gratifié d'une certaine caresse qui n'intéresse nullement les doigts, face à la mer, le nez au vent.

Ils ne m'ont déposé chez moi que très tard dans la nuit.

## Lundi 28 mars

J'ai commencé ma tournée avec les yeux à moitié clos. J'ai pris la calèche malgré le temps instable, car je n'étais pas sûr de pouvoir rester sur mon cheval. Honorine m'a dévisagé avec un fort courroux. Je suis d'abord passé chez

Amélie, qui se porte le mieux du monde après ses noces. Elle vit encore chez les parents de son mari, où une modeste dépendance a été aménagée pour le ménage. Le reste de sa vie s'accomplira dans cette propriété. Ils forment un charmant petit couple qui regarde la société avec une fermeté et une naïveté rafraîchissantes.

J'ai l'impression qu'Amélie, que je soigne depuis son enfance, appartient à ma parentèle et je me comporte à la manière d'un vieil oncle. J'espère n'avoir jamais besoin d'en accomplir plus.

À none, je me suis présenté chez Vertou de la Planche où j'ai été accueilli par Victorine. Elle m'a annoncé ses noces qui doivent avoir lieu juste après Pâques si rien ne survient de fâcheux. J'ai félicité Vertou de la bonne nouvelle. Il en a été ému. J'ai offert en cadeau de mariage la parcelle objet de notre litige passé. Nous signerons les papiers tantôt.

Vers vêpres, je suis arrivé chez Solange Martel au Mesnil-Hermei. Elle était assise devant l'âtre et regardait le brasier, fascinée. Elle était si immobile qu'une courte minute je l'ai pensée morte. L'ambiance de la cabane était singulière. Le décor habituel se retournait comme un gant et, dans cet envers, régnait un silence qui obstruait même les grésillements du feu. L'atmosphère avait une consistance épaisse, presque grasse. La clarté s'était levée depuis longtemps, pourtant, dehors une nuit éternelle semblait s'être établie. Des ténèbres mangeaient l'air. Je ne m'en rapporte pas à grand-chose de surnaturel, mais là un frisson fila le long de mes vertèbres. Les vieilles femmes disent à celui qui sent cela qu'un trépassé marche sur sa tombe.

Et c'est bien ce que je ressentis à ce moment-là. La pièce tout entière était emplie d'une présence singulière, immémoriale et dangereuse.

Plus que les chambres de malades où la mort rôde, plus que dans la puanteur des grabats, une suffocation m'emporta et je dus me retenir au chambranle de la porte pour ne point chuter à la renverse. Je ne suis pas homme à m'enfuir comme un enfant dans ces circonstances. Je m'avançai donc vers ma patiente et immédiatement la funèbre ambiance disparut, comme si elle n'avait jamais existé.

Solange leva vers moi un regard de porcelaine et me sourit. « Comment allez-vous, docteur ? » me dit-elle comme si de rien n'était.

Je lui ai laissé ses bonbons et je suis parti sans qu'elle ne m'exprime rien d'autre. Elle m'a raccompagné au seuil et s'y est tenue longuement pendant que je m'éloignais.

Lorsque je suis arrivé à La Forêt-Auvray, le père Duchaume m'a regardé d'une inquiétante façon. Sa tournure se marquait à la fois de suspicion et de respect. Il était comme un chien qui sent la viande mais ignore où elle est cachée. Il tournait autour de moi, cherchant je ne sais quel stigmate. Il reniflait, et son regard devenait plus aigu, jusqu'à me transpercer. À la fin, il me mit mal à l'aise. J'ai rompu en lui demandant si son attitude répondait à l'incident de la dernière visite. Il fit un geste comme pour dire « Broutilles », comme si quelque chose d'autrement important le préoccupait. J'avais le sentiment d'avoir près de moi un animal inquiet et prêt à me sauter à la gorge.

Je passai outre et tentai de l'ausculter, comme prévu.

« Vous l'avez rencontrée, vous portez encore son odeur. » De qui voulait-il parler ? « Vous savez bien, me dit-il, celle dont nul ne doit prononcer le nom, celle dont personne ne peut voir le corps. »

J'ai eu la sensation qu'il avait peur de moi. Je suis remonté dans mon tilbury en lui recommandant de venir chez moi à la moindre douleur dans la poitrine.

La nuit à présent était tombée et ma lanterne lançait des ombres mouvantes sur le chemin. J'eus l'impression d'une présence qui me poursuivait, ma monture montrait les signes d'un grand énervement. Elle faisait de brusques écarts. Je tentai de la ramener par la bride, au risque de verser. Les roues grinçaient comme si Ernest ne les graissait jamais et, juste derrière moi, j'entendais le pas feutré d'un palefroi. Doucement, une sourde frayeur s'est infiltrée en moi. Mon cœur s'agitait sans aucune raison particulière. Le cheval hennissait et reniflait sans cesse. Je parvenais à grand-peine à calmer son agitation. Les feuilles de la forêt bruissaient étrangement, sans que je puisse percevoir le moindre signe de vent. J'ai ainsi poursuivi mon chemin jusque chez moi, et sitôt passé le portail, tout s'est dissipé brusquement tel un fruit de mon imagination.

## Jeudi 31 mars

Ces trois derniers jours ont été sombres et mornes. J'étais incapable de faire quoi que ce soit. Au-delà d'une vague de mélancolie, j'avais l'impression d'aller sous un joug implacable, mon front pesait des tonnes. Chacun de mes gestes était coulé dans le bronze.

J'ai quand même assuré ma consultation de mercredi, mais le médecin était plus abattu que ses patients.

Au début de l'après-midi, j'ai interdit ma porte et je me suis endormi dans mon cabinet. Mon sommeil a été agité de rêves étranges. Tout y était anodin, mais extrêmement précis. J'obéissais à une terreur abominable qui m'éveillait en sursaut et en suée. Mais ces réveils mêmes n'étaient pas complets, il me semblait continuer à agir dans un songe comme si la frontière entre le réel et l'imaginaire avait cédé. Mes craintes et mes intuitions se débondaient et déferlaient en moi sans barrage. J'y étais englouti.

Tout s'est estompé ce matin, et ces frayeurs n'ont plus été que des lambeaux de brume s'égaillant sur la mer après l'orage. Par instants, pourtant, tout au long de la journée, me sont venues des courbatures étranges, des échappées odorantes dont je ne percevais pas l'origine et qui se sont prolongées jusqu'au soir pour cesser définitivement à la nuit tombée.

### Vendredi 1er avril

Aujourd'hui, je me suis réveillé frais et dispos. Ma crise s'est effacée aussi soudainement qu'elle est apparue.

Le ciel était clair et doux. La nature tout entière bruissait aimablement autour de moi. Je suis allé au trot au travers du bocage, ivre de goûter la saveur de l'air et les parfums des arbres en fleurs qui bordaient mon chemin.

Une heure plus tard, au château de Persigny, j'ai remonté la longue allée de tilleuls. Les pétales tombaient alentour sous l'effet d'une brise tranquille. Une neige odorante s'estompait dans la poussière du sentier.

À mon arrivée, un valet de ferme s'est emparé de mon cheval et l'a conduit à l'herbage pendant que le maître d'hôtel m'indiquait avec cérémonie que Son Excellence m'attendait dans la bibliothèque.

L'arrestation mouvementée du jeune Cheminade a fortement influencé l'opinion que l'on a de moi. Ce qui, somme toute, n'est qu'une petite affaire dans laquelle les circonstances ont eu une plus grande importance que la volonté, prend des allures d'événement extraordinaire. Il est vrai que cette espèce de faits divers qui maintiennent en haleine tout un pays constituent des moments saillants de la chronique de nos campagnes.

Les agissements de cet adolescent sont indubitablement le signe d'une maladie mentale qui devrait l'exonérer de son acte. Il n'est que de voir ses attitudes lors de son arrestation, cette folie qui voletait dans ses yeux et noyait son regard dans un marécage, la bave qui sortait de sa bouche. Il avait tout le comportement d'un enragé plus justiciable de soins que de prison.

Vérone de Persigny m'attendait dans sa bibliothèque. Dès mon entrée, il se précipita vers moi, les bras tendus. Il protesta de sa sympathie, de son amitié même, comme il est naturel d'un suzerain vers son vassal méritant. J'étais submergé par ce débordement d'affection. Il me donnait du « mon cher », comme il aurait dit « mon cousin ». Bref, nous étions entre gens du même monde face à la valetaille assassine. J'ai subi ces assauts avec un flegme dont je ne suis pas peu fier.

Persigny m'indiqua alors qu'il avait décidé de faire suivre médicalement tout son personnel, des gros métayers aux plus humbles bergers, et qu'il me chargeait désormais de cette prestation pour les émoluments royaux de deux mille francs par an, en dehors des médications.

Il possède cinq fermes dans les environs et compte, sans les femmes et les enfants liés au domaine, une cinquantaine de personnes qui y travaillent de façon permanente. Cela signifie pour moi une centaine de patients en plus que je vais devoir ausculter. Il en est que je connais déjà et d'autres qu'il me faut rencontrer pour la première fois. Ce service commence la semaine prochaine. Compte tenu que j'ai perdu cinq malades depuis le début de l'année, cette nouveauté double largement le revenu de mon exercice. Mais cette fonction m'attache à lui plus que je ne voudrais. Si je n'y prends garde, il risque de me considérer comme un employé. Sous ses dehors amicaux, c'est ce qu'il rumine, mais je n'aviserai qu'en temps utile et si cela s'avère nécessaire.

À Cordey, ma filleule, Nelly, va bien, et tard j'ai pu donner de bonnes nouvelles à sa mère. Tant que les Ferrier penseront qu'ils ont à y gagner, elle sera la plus choyée des enfants, mais gare si les subsides cessent. Elle se retrouvera alors soumise à toutes les activités de la ferme que personne ne veut accomplir sans souci de son jeune âge.

Dans nos campagnes, le labeur prime sur l'enfance. Il n'est pas rare d'apercevoir des bambins suivant leurs parents aux champs. Notre monde du travail ne s'encombre guère de la faiblesse. Seules les classes supérieures peuvent se permettre de suivre l'évolution des individus, de les voir croître et parvenir à une maturité féconde. Pour les autres, on consomme les êtres verts. Personne ne désire leur mort, mais leur vie n'a aucune importance. Seuls les plus forts peuvent espérer en l'avenir.

Un jour, cette fausse image des sociétés humaines nous emportera sur un chemin pire que celui que nous aurions l'impudence d'imaginer. Bien sûr, les hommes ne sont égaux ni sur le plan de la raison, ni sur celui de la physiologie, mais ils sont liés de telle manière que le mépris d'un seul d'entre eux, fût-il le pire, entraîne la dépréciation de l'ensemble tout entier.

Voilà un bien long détour pour expliquer que je m'intéresse à Nelly et à sa mère, une putain bien vulgaire d'un bordel de second ordre. Peut-être est-ce parce que je suis touché par elle et ému du sort de sa fille.

Certaines affinités entre personnes dépassent leurs apparences, comme si elles s'étaient croisées ailleurs, dans un autre univers, et se reconnaissant dans celui-ci ne pouvaient qu'aller les unes vers les autres. Pourquoi certains êtres se rencontrent-ils et, alors, monte-t-il de leur être un insolite et doux parfum ? Dans la violence atroce de ce monde gît ce miracle de la reconnaissance de l'autre.

À Falaise, la demeure de Fortier était à nouveau ouverte. Il a reconstitué sa morgue comme s'il plaçait son devoir d'élu au-dessus de sa propre misère, ou alors simplement est-il parvenu, grâce à un égoïsme forcené, à se convaincre que rien hors ses désirs n'existait. Il m'a reçu fort aimablement, m'a assuré qu'il se portait bien et m'a demandé de revenir sous quinzaine pour m'entretenir d'un projet qu'il a et dont il ne peut encore rien me dire. Pour le reste, lui aussi m'a félicité de mon intervention dans l'affaire de l'incendiaire.

## Samedi 2 avril

Tôt dans la matinée, Christian Brousse, l'intendant de Persigny, est passé pour préciser les modalités de mon action sur les propriétés de son maître. La totalité du domaine agricole est réparti en huit fermes sous la responsabilité d'une famille qui se transmet le bien selon un rituel établi depuis l'Ancien Régime.

Si l'on ajoute à ce patrimoine les demeures et immeubles de rapport que le marquis possède à Falaise, Caen, Rouen et Paris, on est en mesure d'imaginer la fortune de Vérone, une des plus importantes de la région.

Cela fait cent vingt-sept patients potentiels. Je suis censé les examiner une fois par mois. Du point de vue de ma moyenne de consultations, à trois sous par visite, cela correspond à effectivement deux mille deux cents francs environ. Bien vu et bien calculé ! Pour cette lourde tâche, je vais demander à Germon de m'assister pour son canton. Ainsi, nous partagerons cette manne sans que je risque de me la voir soustraire. Mais avant de mettre ce projet à exécution, je vais rencontrer chacune de ces familles et essayer d'inventorier ce qui les agite. Brousse avait amené un contrat que j'ai, bien entendu, refusé de signer. Il ne s'en est pas formalisé, il s'y attendait.

Les puissants sont ainsi. Ils tentent de s'attacher au mieux les personnes qui les intéressent, mais ils répugnent à la confiance. Ils prennent les garanties les plus basses et chargent un subalterne de ces besognes pour le désavouer le cas échéant.

## Dimanche 3 avril

Troisième dimanche du carême. Honorine prend les dogmes au pied de la lettre, autant pour mon âme que pour sa propre tranquillité. Impossible d'inviter quiconque à banqueter sous peine de méchante hargne et de reproches muets. Entre mes convictions et ma paix, mon choix a été vite fait, c'est sans doute un peu lâche, mais je préfère réserver mon courage à des réalités plus essentielles. Heureusement, elle n'a pas caché mes pipes et mon tabac, ni bouclé ma cave à liqueurs. Elle ne m'empêche d'ailleurs pas de m'enivrer à loisir. Elle en reste à me concocter une cuisine pauvre et insipide, tout simplement. La bande des prêtres n'en fait d'ailleurs même pas des gorges chaudes, sauf Rouvre peut-être, qui a un caractère vindicatif, les autres se contentent de bénir les actions de ma gouvernante.

J'ai passé mon après-midi à essayer de travailler sur mon traité de la rage. Mais chaque fois que je levais le front, je voyais le visage et certains détails de l'anatomie de Madame de Chaussoy.

Mon mémoire renferme l'idée centrale que la rage est due à la contention sexuelle. Le retour des gonades à leur origine construit l'infection. Mais quand peut-on parler de privation ? On voit bien que cette dimension est toute psychologique. Quel meilleur sujet d'expérimentation que moi-même pour distinguer quand émerge la frustration maligne ? Il conviendrait de noter toutes les phases de mes relations intimes, sans rien omettre, de façon à déterminer et à caractériser, le plus précisément possible, à

287

partir de quel moment, chez moi et chez mes partenaires, surgit le germe qui, s'il se développe, porte au trouble.

## Lundi 4 avril

La ferme Soubise est une grande bâtisse où vivent quinze personnes, une sorte de petit hameau à un jet de pierre du village. Elle est menée d'une forte poigne par le père, Jean, la quarantaine affirmée et burinée. Malgré sa vigoureuse apparence, j'ai éprouvé en lui une faiblesse de la constitution que je vois à son teint et à la couleur de ses yeux.

Il a réuni tout son monde à mon arrivée : sa femme, Jeanne, et ses cinq fils, dont les prénoms sont tous des composés de Jean, comme si cette parentèle appartenait à une même espèce. Ils ont d'ailleurs tous la même expression du visage au rire ou à la concentration.

À la ferme Cosne à La Pommeraye, j'ai également examiné une quinzaine de personnes sans rien déceler de particulier. Tout cela m'a tenu jusque tard dans l'après-midi, si bien que je n'ai pas pu aller ausculter Vertou de la Planche à Sainte-Honorine et que je me suis contenté de passer chez Durant, sous prétexte de visiter ma fracture de la mâchoire, mais surtout pour constater l'état du patriarche, qui est encore assez en forme pour son mal.

Chez moi, je trouvai deux gendarmes confortablement installés dans la cuisine. Ils étaient porteurs d'une convocation du juge d'instruction chargé de l'affaire Cheminade, un certain Cosme, qui me demandait de me rendre à son bureau le mardi douze avril. Cette assignation tout officielle était accompagnée d'un petit mot manuscrit de Monsieur de Flavigny, m'indiquant qu'il serait heureux de m'avoir à déjeuner à cette occasion. J'ai fait porter mon accord par la maréchaussée. Voilà une bonne excuse pour passer la nuit à Caen.

## Mercredi 6 avril

Honorine est retournée visiter sa tante, elle sera absente de deux jours. Elle m'a laissé deux repas froids et insipides.

Aujourd'hui, le marché et donc la consultation.

Les choses sont allées leur train habituel, jusqu'au milieu de l'après-midi, au moment où Angeline de Chaussoy est arrivée escortée de Silvia di Maradi e Vincenzi, une de ses amies italiennes en villégiature au manoir. « Vous répugniez à m'examiner seule, n'est-ce pas ? Alors, j'ai amené de la compagnie », dit-elle en soulevant sa robe, découvrant ainsi les plus jolies cuisses et le plus désirable ventre bouclé du monde.

Nous nous sommes lutinés tous les trois jusque tard dans la nuit. Elles s'en sont allées vers dix heures, à la lueur des lanternes, en me donnant rendez-vous le lendemain à Saint-Denis-de-Méré au château d'Angeline.

J'ai eu bien du mal à m'endormir. Heureux qu'Honorine ait été absente.

## Samedi 9 avril

Eh bien, depuis mercredi, en quatre jours, j'ai vécu la plus enivrante aventure licencieuse et je l'ai vue s'achever.

Ces journées auront été les plus lubriques de ma vie. Je serais même prêt à aller à confesse rien que pour en faire la publicité.

Nous avons expérimenté toutes les fraudes conjugales que la bacchanale peut offrir à trois humains bien conformés. Je suis parvenu à accomplir ma tournée, mais à aucun moment l'attention des deux dames ne s'est relâchée. Alors que j'allais sur les routes, elles m'ont suivi dans une calèche qu'elles conduisaient elles-mêmes, et entre mes visites, sur tous les chemins, nous nous sommes assemblés ; dans les creux des fossés, dans l'épaisseur des bosquets, au bord des champs, bref, nulle trêve, nul repos.

Elles m'accompagnaient jusqu'aux villages de mes patients, les traversaient en trombe et m'attendaient un peu plus loin sur le trajet, prêtes à la licence. Outre le jeudi, où nous avons copulé toute la journée et une bonne partie de la soirée, nous nous sommes conjugués cinq fois dans la campagne, puis nous avons repris notre manège au château pour la nuit de vendredi.

Ce matin, Angeline m'a annoncé que nous ne nous reverrions plus. Elle va épouser Vérone de Persigny et Silvia sera sa demoiselle d'honneur. Elle m'a congédié, assez sèchement, comme en se jouant. Le jour pointait à peine. J'étais si assommé de luxure que je n'ai su réagir et n'en suis pas encore revenu.

Je me suis retrouvé chez moi, avec une vague amertume à la bouche. J'ai encore la faiblesse de tomber facilement amoureux, et je ne puis consentir à la fornication si le cœur n'y a aucune part. Je m'écroule comme un jouvenceau et la chute est toujours trop brutale. Je paie mes esclandres par la tristesse et une mélancolie qui me consume un peu plus à chaque fois. N'empêche, j'ai vu ici ce qu'il en était d'être abandonné.

J'ai lu la missive de l'ami Rochambaud qui était arrivée avant cette escapade. Il est bien le garçon de Georges et de Carole Rochambaud. J'ai eu un petit choc en apprenant la mort précoce de celle que je perçois encore comme la jeune femme qui m'attira dans ce bosquet. En découvrant les mots de son fils, je sens son parfum, ressuscité comme par magie. Mon esprit en est tout attendri.

Puisque tous les protagonistes de cette histoire sont partis pour l'autre monde, je ne crois pas nécessaire de faire état de cette vieille relation dans mes courriers, d'ailleurs cela ne pourrait s'exprimer dans une lettre. Je ne puis pousser à ce point l'indécence. Cet homme veut être mon ami, qu'il le soit. Peut-être, si nous nous voyons un jour en face et si cette amitié se concrétise, lui révélerai-je ce qu'il peut en être.

Pour l'heure, je ne puis me défendre d'une sollicitude toute paternelle pour lui qui s'en va à l'aventure et risque d'y laisser sa vie. Il ne sera d'ailleurs pas le seul. Je gage que bientôt dans nos villages arriveront ces nouvelles atroces qui annoncent la mort d'un fils ou d'un père. Mais cela, je le sais, n'entre pas dans les plans de ceux qui préparent les guerres.

Je rédigeais ma réponse quand la jeune Louise est venue chez moi pour écouter le récit de son amant. À la fin de ma lecture, elle m'a dicté une missive assez mystérieuse. Elle commence par « Il pleut sur Le Détroit », alors que depuis une quinzaine, le temps est magnifique. Ce doit être un code élaboré pour que nous échappent des discours par trop osés. Je consens à ces enfantillages.

Elle passait d'une sorte d'indifférence à des montées de larmes qui la rendaient infiniment désirable. Elle s'en est ensuite allée à travers champs, et je l'ai longuement regardée s'éloigner dans le jour qui décroissait. Elle a le corps ferme de ces paysannes qui sont faites pour l'amour.

Je me suis bien gardé de laisser mon imagination m'entraîner plus avant. Mon ultime aventure sentimentale m'a vacciné contre les vaticinations érotiques. Mes désirs se sont affadis par l'impression d'avoir été le jouet d'une machination et, si je n'en conçois pas d'aigreur, j'en ai quelques remugles, parfois, un peu honteux. J'ai le sentiment d'avoir été un objet pour ces dames, et ce rôle de naïf m'agace.

Mais qu'y puis-je ?

## Dimanche 10 avril

Ce fameux vendredi, j'avais donc visité les autres fermes des domaines de Vérone de Persigny, sans me douter que je faisais accomplir le tour du propriétaire à la future maîtresse des lieux. Je n'ai généralement rien vu qui puisse prêter à inquiétude. Quatre des huit femmes sont grosses à des degrés divers, mais aucune naissance n'est à attendre avant le mois d'août. Il sera bien temps, alors, d'aviser.

Honorine sent quelque chose de ma confusion. Hier, alors que je regardais Louise quitter ma demeure, elle est entrée dans mon bureau sans frapper, comme si elle voulait me surprendre. Tandis que j'étais accoudé pensif, au chambranle de la fenêtre, elle m'a jeté un regard trouble que je me suis refusé à interpréter. Je n'ignore pas que, si je le désirais, et malgré ses superstitions, il me serait possible d'en faire mon ordinaire. Mais je ne me vois guère me mettre en ménage avec la gouvernante qui a si longuement côtoyé ma défunte épouse. Pourtant, il suffit que ce genre d'idées s'implantent dans la cervelle pour qu'elles y tournent et y fécondent le désir, mais je saurai y résister.

J'ai travaillé au mémoire de la rage. Plus j'avance et moins je suis convaincu de son utilité, mais j'écris mécaniquement. Les thèses que je vais y défendre et qui s'imposent à moi sont antinomiques avec l'expression habituelle de la décence sociale, elles impliquent un tel revirement des mœurs que je crains de ne pouvoir les faire admettre par le corps médical. Je poursuis tout de même.

## Lundi 11 avril

Je suis allé porter aux parents de Délicieux le courrier de leur fils.

J'ai appris la mort de la tante octogénaire qui habitait là avec eux. Elle est passée la semaine dernière, de façon subite, sans envisager les dispositions testamentaires que l'on attendait d'elle. Mais la grande affaire concerne la cadette, Françoise. Charmante jouvencelle au teint de pêche, elle est souvent prise de crises d'hystérie assez inconvenantes et bien embarrassantes quand elles s'appliquent à une jeune fille. Voici un an, elle s'est mise à se dévêtir dans la cour et à découvrir son ventre en riant aux éclats. Heureusement, ces scandales n'ont pas dépassé le cercle de la ferme et le père Délicieux est un homme pondéré. J'en sais qui auraient appelé l'exorciste pour moins que cela. Il n'y a que deux traitements efficaces, le lit ou le cloître. J'ai donc conseillé au père Délicieux de la porter aux carmélites de Lisieux dont je connais la supérieure et pour laquelle j'ai rédigé un petit mot. Parfois, dans notre corps, quelque forme électrique prédispose à un destin hors du commun pour le pire comme pour le meilleur. Toute cette frénésie se peut résoudre dans l'amour de Dieu. J'ai souvent perçu que la sainteté ou la perdition étaient de semblable nature. Marguerite, l'aînée, plus heureuse, va épouser le fils Durant, bientôt chef de toute sa famille. Son père ne survivra certes pas à Pâques.

Je suis passé le voir à la conclusion de ma tournée. Il a pris la couche et ne l'abandonnera plus. D'ailleurs, maître Desœuvre, le notaire de Flers, était là pour régler les dispositions testamentaires. Nos paysans ne sauraient succomber sans avoir décidé toutes les mesures que leur départ impose. Ils ont si souvent vu le travail d'une existence saccagé par la disparition de son auteur, qu'ils appellent comme une bénédiction l'opportunité d'une longue maladie qui annonce la fin par avance et leur permet d'envisager sereinement leur trépas. Ils étayent le vide qu'ils vont laisser et ne craignent que deux choses, la mort subite et la folie, qui désagrégeraient en quelques instants ce que toute une vie de labeur est parvenue à construire.

En quittant la ferme, j'ai été arrêté par une des filles. Elle m'a demandé si son père souffrirait et, à ma réponse négative, elle a presque craché de rage comme une chatte furieuse. Il est des drames dans les ménages dont il vaut mieux ne pas connaître la substance.

J'ai ensuite poursuivi mon chemin jusqu'à La Forêt-Auvray. Le père Duchaume m'attendait sur le seuil de sa hutte de charbonnier. Je l'ai ausculté. Il va bien. Je présage que le laudanum et la belladone que je lui ai prescrits y sont pour quelque chose. Nous nous sommes mis à la table qu'il a installée sous les arbres et il m'a servi un verre de son vieux calva. Nous avons devisé comme deux confrères de mes patients et de quelques-uns des siens. Pour lui comme pour moi, le père Durant est perdu.

Je suis rentré chez moi à la nuit tombante, fourbu et vaguement mélancolique. J'ai reçu un colis de livres et ma commande de pharmacie, je déballerai tout cela à mon retour de Caen.

## Mercredi 13 avril

Mardi matin, j'ai pris le tilbury et je suis parti pour Caen avec Ernest qui m'avait demandé de le déposer chez ses parents à Saint-Martin-de-Mieux. Ce n'est pas un détour bien considérable.

Ernest est chez moi depuis trois ans et je ne sais rien de lui. Il est arrivé sur la recommandation de Fournois, mon métayer de Saint-Auber. Il connaissait le départ de mon précédent palefrenier, Auguste Tanoir, qui venait de se marier. L'entretien des écuries ne convient qu'à un célibataire, c'est un état de peu de rapport qui ne permettrait pas d'entretenir une famille et qui réclame une attention spéciale, surtout chez moi dont l'activité exige des montures en bonne forme.

Lorsque Ernest est entré à mon service, il avait quatorze ans. Il semblait encore un enfant et j'ai même hésité à lui donner la charge de mes bêtes. Mais il montrait un don particulier qui le faisait comprendre les animaux, comme s'il était capable de parler leur langage, avec des sifflements et des claquements de langue. Ainsi, depuis sa venue, jamais équidés ne se sont mieux portés que les miens. Mais, à même mesure, il ne sait s'expliquer avec les humains, il demeure le plus souvent muet, s'accommodant du minimum de communication, je n'ai jamais pu lui tirer plus de quatre mots et se rapportant strictement à son travail. Pour le reste, il ne répond que par oui, non et peut-être, ce qui ne permet pas d'aller bien loin dans la connaissance de son existence.

Il couche dans une stalle et n'a aucune vie privée. Il s'en contente mais je doute qu'il ait la force de longtemps traîner ainsi, d'autant que je perçois chez lui un bouillonnement qui ne s'exprime pas et qui un jour ou l'autre éclatera comme une marmite sous pression. C'est tout le bien que je lui souhaite.

Une fois Ernest déposé, je suis parti vers Caen au petit trot par la route toute droite de Falaise. J'y suis arrivé à onze heures et me suis immédiatement rendu au palais de justice. Un huissier m'a introduit dans le bureau du juge Cosme, qui m'a accueilli fort civilement et m'a fait raconter la façon dont Germon et moi avions arrêté l'incendiaire. Le greffier attendait l'agrément du magistrat avant de noter les termes de mon témoignage. J'ai compris alors que le sort du misérable était scellé avant même que les jurés eussent accompli leur devoir. Puisque je l'avais soigné pour des brûlures à la suite des autres incendies, il en était forcément l'unique auteur. Cosme n'instruisait qu'à charge. Je ne disais que la vérité, et cela pesait plus lourd que je n'aurais aimé, mais les actes étaient indiscutables. Pourtant, je me suis gardé d'aller plus loin qu'on ne me le demandait, de peur d'enfoncer encore davantage le malheureux.

Le pire fut la confrontation qui suivit ma déposition. Le garçon me fut présenté entravé et en habit de prisonnier. Il avait le visage tuméfié, car nombre de ses compagnons de cellule étaient des paysans et son crime leur était plus odieux qu'un viol ou qu'un assassinat. Il était, aux yeux des plus misérables, le prototype de la malveillance inacceptable, encore plus bas qu'eux sur l'échelle de l'infamie.

Son corps refusait de le soutenir, comme s'il se punissait de son forfait et réclamait une expiation extrême. Il bredouillait des phrases incompréhensibles et l'instructeur, sans la moindre compassion, lui parlait avec une dureté qui me fut bientôt insupportable. Mais que pouvais-je faire, sinon me taire pour ne rien envenimer ?

Je sais bien qu'une société policée est dans l'obligation de maintenir l'ordre, mais pourquoi est-ce toujours avec cette certitude que l'auteur d'une faute n'appartient pas à la même humanité que les innocents ? Ce n'est pas seulement l'autre qui est l'objet de la sentence, car en portant verdict, il arrive aussi que l'on se condamne soi-même. Je regarde avec une grande méfiance ce qui a trait à l'impartialité des hommes, et quel que soit le crime, je me découvre souvent plus proche du prévenu que de ses juges.

Le magistrat ergotait. Le greffier notait. Et Cheminade s'enfonçait dans une mare fangeuse d'incompréhension et de dénis irréalistes. Il se contredisait, puis, au bord des larmes, acquiesçait. Il était à bout, incapable de se souvenir du moindre fait et prêt à tout admettre. L'aurait-on accusé de l'incendie de Londres qu'il en serait convenu. Il souffrait plus de son exclusion de la société que des risques mortels qui le guettaient. Et chacun de ses aveux rendus plus circonstanciés par les questions brutales de Cosme le rapprochait un peu plus de la guillotine. Ce n'était plus qu'une loque avide de compréhension et de reconnaissance, fût-ce au prix de sa vie.

Au fur et à mesure de l'interrogatoire, il se décomposait, bafouillait, balbutiait, bredouillait, et son corps s'affaissait, tremblait, si bien qu'à la fin, il se souilla, incapable de maîtriser quoi que ce soit, et s'effondra en se convulsant comme sous l'effet d'une crise épileptique. Je me suis précipité pour lui apporter mes soins, mais le magistrat affirma qu'il simulait pour échapper au châtiment.

Je relatai cet épisode à Flavigny pendant le déjeuner.

« Oui, me dit-il, Cosme est un juge plein d'avenir, il faut comprendre que cette affaire le touche de près, ses parents sont morts dans un incendie criminel. C'est d'ailleurs pourquoi je l'ai désigné pour mener cette enquête, il agira avec toute la rigueur voulue. »

Je lui ai fait remarquer que sévérité n'était pas justice.

« Mais qu'avons-nous besoin d'équité en la matière, répliqua-t-il, la question de la culpabilité ne se pose pas, vous en êtes vous-même le témoin. Il est primordial de sévir contre ces scélérats, non seulement c'est la loi, mais l'ordre public en dépend. La plus terrible des fermetés est nécessaire au moment où la Nation exige le sacrifice de ses citoyens. Comment pourrait-on comprendre que l'on envoie des innocents à la mort en Italie ou ailleurs, et que l'on épargne les assassins ? »

– Pourtant, n'est-il pas visible à tous que Cheminade est complètement irresponsable ? Il est fou et épileptique, je ne sais son histoire mais pour qu'elle l'ait aussi fortement marqué, il faut qu'elle ait été bien horrible.

– Certes, continua-t-il, mais de quoi ses victimes furent-elles donc responsables ? Et leurs parents ne méritent-ils pas compensation ? Le crime de Cheminade constituerait-il une circonstance atténuante pour eux, s'ils s'entichaient d'une vengeance ? Et si la société la leur refuse, ne se poserait-elle pas elle-même en coupable justiciable de réparation ? De plus, si cet être est dégénéré au point que vous pensez, n'est-ce pas une œuvre de salubrité publique que de le mettre hors d'état de nuire ? Non, mon cher, il ne convient pas de nous laisser aller à la moindre complaisance. L'opinion réclame sa tête et elle l'aura. »

Sur cette phrase définitive, il attaqua le homard en souriant.

Je n'avais plus rien à dire. J'ai donc achevé un déjeuner devenu insipide en ne devisant plus que de choses anodines auxquelles il a répondu avec une grâce toute politique. Lorsque nous sommes sortis de table, en me reconduisant, il m'a dit : « Nous attendons beaucoup de vous, Docteur, croyez-moi ! », puis, avec une désinvolture assez désagréable : « Vous restez sans doute à Caen, ce soir... À l'Hôtel du Lion, je suppose. »

J'ai ri avec une effronterie égale à la sienne.

Je me suis remis de mes désappointements amoureux avec Marguerite, qui s'est prêtée à toutes mes fantaisies jusqu'à un point avancé de la nuit, mais ces ébats ont été amoindris par la pensée que j'avais d'Angeline de Chaussoy. Elle m'assaillait et parfois son visage venait s'interposer entre moi et celle qui était dans mes bras.

Sommes-nous tous ainsi constitués ? Je suis dans le giron d'une femme et je songe à une autre, la première me dispense des caresses et la seconde m'a assommé de son mépris. Pourtant, c'est celle-ci qui me fait me tendre. Je n'ai guère couché avec Marguerite Renoir qu'une demi-douzaine de fois, mais j'ai appris à manipuler sa chair comme un instrument. Je sais quels attouchements la mènent à l'extase, mais alors même que je ressens pour elle une attirance certaine, je ne parviens à son accomplissement qu'en la mettant à distance, comme si un autre la touchait. Je deviens une sorte de spectateur de mes propres gestes et je ne jouis moi-même que joué.

Presque sans avoir dormi, je suis parti à l'aube et je suis arrivé à dix heures à Rapilly pour ma consultation. Il s'y trouvait à ce moment une dizaine de patients.

### Jeudi 14 avril

Vers midi et demi, Germon s'est présenté. Il est convoqué demain chez le juge d'instruction et en tire quelque frayeur, je lui ai dit que je l'avais vu deux jours auparavant et qu'il lui suffisait de raconter les événements que nous avions vécus ensemble. Cela semble l'avoir rassuré. Nous avons longuement parlé de la thèse qui fera de lui un médecin à part entière. J'ai appris qu'il avait été contacté par l'Union mutuelle de Caen. Sa nomination est en cours mais ne prendra effet que si tout se déroule bien à la faculté, ce dont je ne doute pas. Je l'ai convié à déjeuner dimanche.

Nous avons trop bu. Je suis fatigué.

## Vendredi 15 avril

Aujourd'hui, ma tournée vers Falaise promettait d'être aussi lourde que celle de la dernière huitaine. Cela n'a pas manqué. Mis en chemin sur le coup de six, je ne suis rentré que vers dix heures du soir, épuisé.

Je me suis porté chez Fortier. Il désirait me voir pour des raisons assez obscures qu'il se proposait de m'exposer. Une commission impériale se tient à Paris dans la semaine du onze au dix-huit mai. C'est une initiative de l'Empereur lui-même et à laquelle doivent participer, outre nos grandes intelligences de la capitale, un certain nombre de praticiens venus de toute la France.

Fortier, chargé de la zone de l'Ouest qui va de Rouen à Nantes, a pensé à moi. Il s'en est entretenu avec le procureur général et le préfet, qui ont trouvé l'idée pertinente, avec, semble-t-il, un certain enthousiasme. J'ai bien sûr agréé à cette proposition, ne fût-ce que pour entrevoir ce nouveau Paris dont on me dit monts et merveilles. Le voyage se fera en train, ce qui est, paraît-il, assez confortable et reposant. Il m'a parlé d'autre part d'une nomination à l'Académie de Médecine, ce qui me touche assez, bien que je ne sois pas dupe des raisons qui la soutiennent.

## Samedi 16 avril

Le plus important est l'état de fatigue dans lequel m'a mis cette huitaine. J'ai compté avoir vu, malgré mes frasques, pas moins de vingt-cinq patients en vingt-quatre heures de travail.

À l'évidence, je ne puis assumer des tournées aussi longues alors que rien ne guette. Que serait-ce si des événements plus conséquents que ceux de cette semaine se déclaraient ? Je serais bien vite noyé sous le flot des humeurs. Je vais donc demander à Germon de m'assister dans cette tâche, à lui la routine, à moi les consultations de plus d'envergure. Je me propose de lui ristourner la moitié du revenu de Vérone et je pense qu'il acceptera cet arrangement.

### Dimanche 17 avril

Ernest, le valet d'écurie, a attelé la calèche, que je laisse à Honorine pour qu'elle donne libre cours à ses superstitions. Il me procure quelques inquiétudes, ce jeune homme, avec son air en dedans et ce mutisme étonnant dont il ne sort que pour dire « Bonjour » ou « Au revoir, Maît' ». Au demeurant, je serais bien en peine de lui reprocher quoi que ce soit, tout ce qu'il fait est bien. Mais je sais certaines natures peu expressives qui, à un moment particulier, sans rien de prévisible, peuvent aller aux extrémités les plus graves. Enfin ce ne sont pas des motifs de défiance suffisants pour que je m'en défasse. De plus, il appartient à une famille fort défavorisée et je ne crois pas que les six cents francs qu'il me coûte à l'an aillent ailleurs qu'à son soutien. Je ne vais pas détruire ce bel agencement sur une simple impression.

Je me suis remis à la rédaction de mon traité en attendant Germon, qui est arrivé sur le coup de midi.

Nous sommes immédiatement passés à table et je lui ai exprimé ma proposition au dessert. Je la trouvais honnête, compte tenu de mon autorité et de sa position, mais il ne l'a pas prise ainsi, il a préféré que nous nous rétribuions à la consultation véritablement accomplie, ce qui est légitime et ne doit pas changer grand-chose au point de vue pécuniaire, mais instaure entre nous une sorte d'égalité que je crois inappropriée. Je le lui ai fait remarquer et finalement, après un marchandage assez sordide, nous sommes convenus qu'un de ses actes ne valait que les deux tiers d'un des miens. J'ai toutefois retiré de cette discussion une sensation assez fâcheuse. Nous n'en avons pas moins achevé le repas avec un vieux cognac. Nous mettrons cet arrangement en place après Pâques.

Vers quatre heures, Honorine est rentrée avec une brassée inimaginable de buis bénit qu'elle s'est empressée de distribuer à toute la maison, sauf dans mon bureau et dans ma chambre ; elle n'a pas osé.

## Mardi 19 avril

Lundi, en arrivant près de la cabane de Solange Martel, j'ai été assailli par l'émotion bizarre que j'avais eue la dernière fois, mais comme édulcorée. Une sorte d'odeur qui, par le simple effet d'une illusion de la mémoire, persiste longtemps après que les atomes aromatiques se sont dissipés. Je ne suis pas revenu sur ce que j'avais éprouvé à ce moment-là. Je répugnais même à m'en souvenir de peur de ressentir encore cette terrible impression morbide qui m'avait abattu pendant plusieurs jours. Comme d'habitude, elle m'a accueilli sur le pas de sa porte. Elle avait un sourire ironique et méchant sur les lèvres.

Jusqu'ici, je ne voyais en elle qu'une pauvre femme abandonnée par son fils, représentation des afflictions qui surviennent lorsque le pacte entre les générations se rompt. Mais ce qui m'est apparu à cet instant était d'une tout autre nature, presque monstrueuse. Son regard avait une expression de haine si mauvaise que j'en ai conçu de l'effroi.

Elle ricanait en m'invitant à entrer dans la sombre pièce commune. Elle ne présentait plus du tout les douleurs pour lesquelles je la traitais, disparues comme par miracle. Je m'efforçai de sourire en manipulant son articulation un mois plus tôt endolorie, elle était normalement mobile et n'occasionnait plus aucune gêne. « Je t'l'ai ben cassé son pacte, ça on peut l'dire, pas vrai ? » jeta-t-elle, comme on crache. « Al' va s'le prend' en travers ! » Je lui ai demandé de quoi elle parlait et elle m'a expliqué que sa bru lui avait envoyé un sort et qu'elle l'avait retourné en découvrant le bol plein de sable, d'ossements de rat et autres œufs et plumes de poulet déposé sous son lit pour la faire périr. Bientôt, ce serait son tour à elle de souffrir les mille morts.

Ce sont là des discours qui m'insupportent et que je refuse d'entendre. Je lui ai dit que si elle persistait dans ces sottises, je ne viendrais plus la visiter. Elle m'a lancé un sale regard en dessous et a murmuré : « J'savons c'que j'savons ! »

Je l'ai laissée sur place, sans lui donner les bonbons que j'avais préparés pour elle.

Alors que je quittais Mesnil-Hermei pour Neuvy-au-Houlme, j'ai rencontré l'abbé Revel suivi d'un autre curé que je ne connaissais pas, ils hâtaient leur marche en direction de la métairie Martel. J'ai arrêté mon cheval pour les saluer. Revel me regardait, gêné, comme pris en flagrant délit d'adultère, alors que l'autre répliquait à mes civilités avec une onction tout épiscopale. Ils n'avaient nulle envie d'engager la conversation. Ils s'en sont donc allés après ce bref salut et sont entrés dans la bâtisse, à la porte de laquelle le fils Martel les attendait.

Les activités fantaisistes des prêtres ne m'intéressent pas. J'ai traversé par Bazoches-au-Houlme et j'ai croisé la mère Délicieux, qui m'a demandé si j'avais des messages de son gars, je lui ai répondu que la poste aux armées est longue en temps de guerre. J'aurais mieux dû me taire, pour elle la France n'est pas dans les hostilités, j'ai donc eu droit à une crise de larmes que j'ai eu bien du mal à calmer.

Je me suis rendu ensuite à Neuvy, pour vérifier la mâchoire du commis. Il se remet bien et s'est même attelé à de nouvelles tâches, comme il convient. L'état du père Durant est stationnaire, il s'affaiblit chaque jour un peu plus, mais tant qu'il est vivant, il reste le maître et se fait obéir au doigt et à l'œil. Toutes les femmes de la maison se pressent autour du lit où il gît, soutenu par des coussins, et répondent à ses moindres désirs. Il m'a reçu avec toutes les civilités d'usage et m'a bien montré mon inutilité pour ce qui le concerne.

Sur la route, aux Loges-Saulces, la grange est à présent achevée et prête pour les foins.

Vers midi, je suis parvenu à Pierrepont pour visiter la famille Cosne. Cette place compte quinze personnes, que je me suis efforcé d'ausculter les unes après les autres et qui ne présentaient rien de bien grave. Il en a été de même à La Pommeraye. Je ne suis pas moins rentré chez moi à la nuit déjà bien avancée.

Alors que d'habitude Honorine est bien chiche sur la lumière, se contentant de la lanterne du porche, je trouvai l'entrée et mon bureau fortement éclairés. Je laissai mon cheval aux soins d'Ernest et me dépêchai vers la maison.

L'abbé Revel m'y attendait. À mon regard interrogatif, il répondit en bredouillant que Geneviève Martel était à l'agonie. Sans plus poser de question, j'ai aussitôt rebroussé. Le temps d'atteler et nous étions sur la route de Mesnil-Hermei.

Chemin faisant, je lui demandai de quoi il s'agissait et qui était le prêtre qui l'accompagnait ce matin. C'était le révérend père Martin, l'exorciste du diocèse, qui était intervenu à sa sollicitation, car depuis plus d'une semaine, Geneviève Martel présentait des signes de possession de plus en plus violents.

Au départ, il avait regardé les incidents que lui rapportait le mari comme les inventions d'un esprit tiraillé entre l'amour de sa mère et celui de sa conjointe. Il n'ignorait pas que souvent de telles tensions l'emportent sur la raison, mais ce qu'il lui conta sur sa femme allait bien au-delà de ces imaginations et, de plus, les symptômes n'avaient cessé de croître jusqu'à en être insupportables.

Il s'était donc acheminé à la ferme et là, Geneviève l'avait accueilli à moitié nue, vociférant des phrases sans suite dans un langage incompréhensible et jetant des blasphèmes dont il frémissait encore. Il avait essayé ce qui

306

était en son pouvoir, prières et aspersions d'eau bénite, mais rien n'y avait fait, alors, en désespoir de cause, il en avait appelé à la houlette diocésaine, qui lui avait mandé ce père Martin, qu'il ne fréquentait pas mais dont il avait souvent entendu vanter les mérites et l'autorité de la pratique. Lorsque je les ai rencontrés ce matin, ils se rendaient à une séance d'exorcisme, dont ils étaient convenus qu'elle ne prendrait pas plus que la journée.

Au début, tout s'était bien déroulé, ils avaient fouetté l'air dans la grande salle commune en adjurant le diable de s'éloigner, avec force onctions et projections, mais rapidement les choses s'étaient aggravées, et bientôt, comme Geneviève faisait preuve d'une force surhumaine, ils n'avaient plus pu la contenir qu'en usant de moyens de plus en plus violents, si bien qu'à la fin, ils l'avaient battue en exigeant que le démon leur donne son nom.

Il parlait en bafouillant, complètement submergé par l'émotion, incapable de retenir les sanglots qui émergeaient à la fin de chaque phrase. J'avais l'impression d'avoir en face de moi un petit enfant qui a voulu être un homme et auquel il en a cuit. Imbécile superstitieux !

Je découvris la femme gisant nue sur son grabat, elle n'avait plus rien d'humain. Elle portait la marque de coups puissants et ses yeux étaient cernés d'un masque noir comme on n'en rencontre que dans les agonies les plus douloureuses. Elle respirait de manière hâtive et sèche, sans que cela ait encore pris la forme du râle final. Elle ouvrait les cuisses et remontait spasmodiquement son ventre de la plus obscène des façons. Ses jambes présentaient des plaques violettes et vertes comme dans les cas de forte contention et elle souriait horriblement en exposant ses gencives comme une chienne enragée.

Dans un coin, près du foyer, le père Martin avait perdu toute sa superbe du matin, les genoux écartés sous sa soutane, le cheveu en bataille, le col défait et le visage en suée, il semblait assommé comme s'il s'était battu avec la pire des brutes. Il caressait mécaniquement un crucifix d'ébène et de nacre. Quant au fils Martel, il errait près de la fenêtre, toute raison enfuie.

Les flammes dansaient dans la cheminée, illuminant cette scène de désastre. L'atmosphère avait un relent d'encens froid qui ne parvenait pas à effacer les remugles de selles qui gravitaient dans l'air comme on en sent dans les cas de forte dysenterie. Lorsque je m'approchai de la paillasse ignoblement souillée, la femme grogna tel un animal sauvage qui attend le coup de grâce à la curée. Ses mains étaient crispées et ses ongles entraient dans ses paumes.

Ses traits se contractèrent. Un cri de bête qu'on immole sortit de sa gorge. Ses bras, ses jambes se tordirent, comme si elle essayait de s'opposer vainement à une charge de souffrance qui montait de ses abysses. Elle tentait de fuir. Sa tête tournait maintenant sur son cou à s'en décrocher, tandis qu'elle écumait et ruisselait. Son corps gesticulait dans une totale dislocation, puis brutalement tout cela se figea et un rictus s'affirma sur ses lèvres.

Son regard endolori se posa sur moi et elle articula avec une voix de petite fille : « Mais c'est le docteur ! Bonjour, Docteur ! Comment allez-vous…, Docteur ? »

Puis elle retomba sur le flanc.

Je m'approchai et entrepris de lui prendre le pouls. Il était sec et précis, comme une mécanique d'horloge. La peau était brûlante. Ses yeux se révulsaient et allaient sans cesse de moi au mur. Brutalement, son autre main s'empara de la mienne, l'attira vers son ventre. Sa force était stupéfiante et, à l'instant, elle partit d'un ricanement qui résonne encore à mes oreilles.

Les deux prêtres étaient tombés à genoux et récitaient ensemble la prière de saint Michel alors que le rire n'en finissait pas. J'ai réussi à me dégager et j'ai préparé trois onces de laudanum dans un verre d'eau que je l'ai forcée à boire avec l'aide de son mari. Elle se calma aussitôt et sombra immédiatement dans un profond sommeil. On ouvrit les fenêtres pour chasser l'air pestilentiel qui avait envahi la pièce, le souffle de la nuit passa dans la maison. Le pouls était redevenu normal et le visage s'était détendu. Au bout de quelques instants, les cernes de ses yeux avaient à leur tour disparu. Je recouvris sa pudeur d'un drap et restai à la veiller jusqu'au petit jour, sans que les horribles événements se reproduisent.

Je suis ensuite rentré chez moi et me suis couché, mais le souvenir m'en manque. Ce matin en m'éveillant, j'avais la sensation d'avoir eu un cauchemar. J'étais dans un état second et me déplaçais au jugé.

Vers midi, le fils Martel se présenta chez moi ; il m'annonça que sa mère était morte pendant la nuit et me remercia de la guérison de sa femme.

Je n'en fus pas autrement surpris.

### Mercredi 20 avril

La semaine pascale est la plus commerçante de l'année. Avant Pâques, je ne puis agir autrement que de recevoir tout au long du jour à ma consultation. Le peuple voit cela comme une obligation. De la même manière qu'il importe de communier à la fête de la Résurrection et qu'il faut au moins se confesser la veille, même si on ne s'en est préoccupé de l'an tout entier, il est également nécessaire de questionner le médecin et de s'assurer que le véhicule de la foi est lui aussi en bon état de marche. Ils y viennent tous et avec une telle presse que je crains souvent de passer à ce moment-là devant quelque chose de sérieux.

Pendant toute cette journée, la maison a donc été le lieu d'un incessant va-et-vient qui s'est prolongé jusque tard dans la nuit. Il y a toujours plus de femmes et d'enfants que d'hommes qui se présentent chez moi. Les mâles se targuent d'une rudesse et d'une résistance à la souffrance qui, hélas, les entraînent à ne consulter que tardivement, lorsque le mal dont ils souffrent les abat assez pour qu'ils n'aient plus d'autre choix. C'est d'ailleurs pourquoi j'ai institué ce système d'abonnement qui, par sa régularité, efface le côté exceptionnel de mon intervention et donc le danger supposé de la maladie. Pourtant, à cette consultation annuelle, on vient en famille, il s'agit d'un rite presque magique.

L'année ne débute vraiment qu'à cette époque et les bonnes résolutions traditionnellement prises en janvier ne se concrétisent qu'en avril. On sort alors de l'engourdissement de l'hiver et il faut être prêt pour les labeurs et le soin des récoltes qui commencent et assureront pitance et bien-être pour l'année.

C'est aussi le moment où l'on augure du temps et où l'on est en mesure de jauger si le ciel apportera misère ou bienfaits. Car si les hommes de la terre sont rudes, c'est parce que leurs travaux sont d'une fragilité extrême. Ne suffit-il pas d'une gelée pour réduire à néant une cueillette, d'une grêle pour détruire les semis, d'une bourrasque pour pourrir une moisson ? Ils le savent bien et aussi qu'ils n'y peuvent rien.

Ce fatalisme est la marque de leur vie entière. Comment s'étonner qu'ils soient prêts à tout pour se concilier un démiurge qui n'existe que dans leur imagination ? De même, lorsque tombe la foudre, comment imaginer qu'elle n'a pas choisi sa cible et qu'elle s'est abattue sans raison particulière ? Comment accepter qu'il n'est aucune justification au malheur et que celui qui le subit n'en est que la victime innocente, quels que soient les crimes qu'il a commis par ailleurs ? Notre conscience primitive est rétive à refuser la corrélation des phénomènes et, à tort, regarde les uns comme la conséquence des autres. Nous sommes en quête du système qui nous a construits, mais, hélas, c'est notre esprit seul qui en élabore les théories.

## Jeudi 21 avril

Aux Loges-Saulces, on m'a annoncé que le procès de l'incendiaire allait avoir lieu sous peu et qu'on espérait beaucoup de la guillotine ou, au moins, du bagne.

Je ne me suis pas attardé. Je savais que ma journée serait longue et je ne tenais pas à faire partager ma perception de cette affaire. Je doute que l'on soit d'accord avec moi et que la moindre parole en faveur du malheureux accusé soit entendue autrement que comme une injure à ses victimes.

La famille Rolland a péri tout entière dans les flammes et la mère seule survivante est à présent internée à l'hôpital général de Caen. Mais couper le cou au misérable ne rendra pas le bonheur parti en fumée, pas plus que son arrestation n'a reconstruit la grange.

À Saint-Martin-de-Mieux, Garon a entrepris les aménagements que j'ai commandés. Le tas de fumier a été déplacé assez loin du puits, qui est désormais couvert, et demain on commencera à percer les trois fenêtres supplémentaires de la façade.

Il regarde mes préoccupations d'hygiène avec suspicion, un homme, un vrai, se doit de rester sale, ne raconte-t-on pas que l'odeur du bouc attire ses femelles ? La crasse, l'huile comme ils disent, favorise la pousse des cheveux, soutient l'intégrité du corps et des organes, les puces assainissent le sang, bref un monceau de superstitions plus absurdes les unes que les autres, que je combats avec fermeté.

Garon ne me cache pas son inquiétude pour l'hiver prochain, il craint de n'avoir pas la capacité de chauffer un espace aussi ouvert sans y laisser son revenu. Je lui ai répété que je lui offrais un boqueteau de la forêt des Herbauts ou de celle des Menus-Bois, à sa guise.

Un de ses fils a tiré un mauvais numéro, il s'en est allé vers Paris. Il doute d'avoir le courage de mener à bien toute sa besogne. Je lui ai assuré que j'imaginerais une solution entre Maurasse et Fournois.

J'ai examiné Mathilde, sa femme, qui se plaint d'une grande fatigue au milieu de la journée, je n'ai rien trouvé d'autre qu'une forte mélancolie du départ de son aîné, une sorte de dégoût de la vie dont je ne saurais la soulager. La tâche est clairement répartie dans le ménage, si elle n'est plus à même d'assumer la charge de l'étable et du logement, il est à craindre que les ennuis de Garon ne fassent que commencer, d'autant que la fille de la famille, malgré sa bonne volonté, est bien trop jeune pour porter tout ce labeur.

Je me suis ensuite rendu vers Cordey visiter ma filleule, sa mère avait pu prendre une permission de la maison Fernier après la rude journée d'hier, car les affaires satisfaisantes se finissent souvent au bordel et ainsi, les jours de foire, sa besogne ne se termine que très tard. Elle avait parcouru à pied les quelque deux lieues qui séparent Falaise de Cordey et y était arrivée vers dix heures, pour rester avec Nelly jusqu'à quatre, de façon à s'en retourner pour l'ouverture du lupanar.

Elle profite de ces quelques instants qui lui ont une saveur d'éternité. Elle cajole la fillette qui gazouille, lui dispense de charmants petits surnoms et la gave de sucreries, qu'elle offre également aux gamins Ferrier. On pourrait croire une petite bourgeoise citadine aux champs qui visite sa tête blonde en nourrice. C'est d'ailleurs ainsi que la voient les Ferrier qui lui donnent du « Madame », car finalement, la présence de l'enfant constitue une part non négligeable de leur revenu. Ils se moquent des raisons de mon intervention, du moment qu'ils sont sûrs que la pension sera payée. Léontine se complaît dans ce rôle et le savoure comme un aperçu du paradis.

Je les ai laissés à ces lambeaux de bonheur.

La ferme Fournois était dans une grande excitation, car on venait de livrer la nouvelle charrue dont nous avons fait l'acquisition aux Forges générales de Rouen. C'est une étonnante mécanique, bien loin de l'araire de nos champs. On y trouve toutes sortes de vis et de volants pour régler la hauteur du soc, sa pénétration dans le sol, et que sais-je encore. Tout en fonte et en acier brillant, elle apporte à la métairie une innovation qui renvoie le reste de l'équipement au musée des vieilleries et des antiquités. Il faut dire que cette modernité a un coût : plus de mille francs, que nous avons payés rubis sur l'ongle, mais son poids exige au moins quatre bœufs pour la tirer, et donc autant de servitude et de nourriture.

Selon Fournois, nous réussirons à effectuer des labours profonds deux fois plus vite qu'avant. Je lui ai fait remarquer qu'alors, il serait en mesure d'également la mettre au service des fermes Maurasse et Garon. Il en est convenu avec une certaine réticence. Si nous parvenons à rendre effectif cet arrangement, nous ne pourrons que nous réjouir de cette acquisition. Cela m'a d'ailleurs donné l'idée de mutualiser les moyens dans les trois domaines, ce qui me permettrait d'en supporter plus facilement le coût et de mener notre agriculture dans le grand mouvement de nouveauté qui agite notre monde. Encore faudrait-il que les mentalités de nos paysans s'adaptent à cette nouvelle forme d'exploitation. Ils n'y sont nullement préparés, il n'est que de voir le rictus avec lequel Fournois a répondu à ma proposition.

Il m'a ensuite conduit à l'écurie, où étaient les deux chevaux arrivés au moment de la foire, deux magnifiques animaux de la race boulonnaise, un gris pommelé et une jument blanche tachée de rouille, avec des sabots comme des têtes de géants chevelus. Ils piaffaient dans leurs stalles et jetaient sur moi un regard intéressé et intelligent. On peut dire bien des choses de Fournois, mais pour ce qui est de choisir des bêtes, il a plus qu'une science, un véritable don intuitif, qui le mène directement au meilleur. Je l'ai félicité de ses choix, ce dont il s'est rengorgé avec une fierté qui ne manque pas de raisons.

Fournois a trois filles de dix-huit, dix-neuf et vingt ans, qui sont la représentation même de la santé femelle. Blondes tirant sur le roux, bien plantées sur des jambes fermes, les hanches larges et la poitrine opulente, le teint rosé et clair, elles sont comme une allégorie de l'Agriculture telle que pourrait la brosser un peintre de la capitale dans une vaste fresque bucolique vantant la terre et son labeur. Elles sont riantes de surcroît et prêtes à enfanter. Même habillées, elles semblent nues comme des antiques. Rien n'est plus beau que cette palpitation des chairs qu'elles imposent par leur simple présence.

Je leur ai demandé si elles avaient des galants. « Trop ! » a répliqué la mère en souriant. Marcelle Fournois est l'exacte représentation de ses filles et elle sait de quoi elle parle. Elle-même a été longtemps la demoiselle la plus désirée du canton, jusqu'à ce qu'elle choisisse Fournois à l'instant où il reprenait la ferme.

C'est une dame de chef et d'intelligence, alors que son époux est un pur instinctif. Elle possède une pensée de la clarté de ses yeux. Au vrai, elle fait marcher l'exploitation bien plus qu'elle ne le dit, accorte avec les journaliers et les brassiers, elle pose elle-même les limites des préséances et veille à la convenable exécution de toutes les tâches qu'imposent les récoltes sans s'en laisser conter. Je l'ai examinée à son tour.

Alors que la crasse est la règle chez nos paysans, elle respire la propreté. C'est ainsi, certaines personnes sentent bon et d'autres pas. Sûre de ses charmes au demeurant, elle s'est prêtée à mes palpations sans façon et je me suis bien gardé de m'égarer, bien que ce ne soit pas l'envie qui m'en a manqué. Elle le pressentait d'ailleurs, qui palpitait des narines. Un certain choc dans le croisement des regards a produit que j'ai arrêté là mon auscultation, pour passer à celle de son mari.

Tout cela m'a mis d'excellente humeur. Je suis parti au trot de mon cheval vers La Forêt-Auvray. Duchaume commençait son repas sur la table dressée dehors. Il m'a invité à m'asseoir et à le partager avec lui. J'ai sorti le fricot que m'avait préparé Honorine et l'ai versé au pot commun. Lise, la petite souillon qui lui sert de gouvernante, de bonne et sans doute aussi d'autre chose, faisait cuire un ragoût sur un feu de bois à côté et cela embaumait. Un vent léger courait dans les hautes branches de la futaie et dispersait la fumée, matérialisant ainsi les rayons du soleil.

Duchaume et moi jouons à qui d'entre nous parlera le premier. Certains jours où nous ne sommes ni pressés ni de mauvaise humeur, il nous est arrivé de rester ainsi plus d'une heure en silence et même une fois de ne rien nous dire du tout. Mais aujourd'hui, il en avait à conter.

« La vieille Solange est crevée », commença-t-il en coupant une tranche de miche et en me la tendant. « Oui. – Vous étiez là-bas », ce n'était pas une question, mais il me servit quand même un bol de cidre. « Pas à ce moment-là. » Il hocha la tête en mastiquant son pain. « Elle a dû souffrir, la garce ! » C'était encore une affirmation.

Lise apporta la fricassée sur la table et attendit. «Prends et file», lâcha Duchaume. La petite s'en alla manger dans son coin à l'autre bout de la clairière, Duchaume posa sur moi ses yeux bleu-gris.

«Elle avait conclu pacte, c'te chienne, il fallait qu'il lui en cuise et moins alors qu'maintenant, ousqu'elle peut bien rôtir! Elle avait fait entente! Elle est allée au cornu, qu'elle a baisé au cul, sûr! La vilaine! Facile d'y aller et moins d'en revenir, ouais! Facile d'y aller... Vous-même n'êtes pas passé loin l'autre jour... Je sens ces choses, moi!» Je lui jetai un regard interrogatif. «Le retour du bâton, me lança-t-il en me reservant de la gibelotte. C'est du lapin! Pas mal le pâté d'Honorine», et il cligna de l'œil, salace. «L'aut' mauvais, l'Durant, lui aussi y va claquer, pass'ra pas Pâques, non! L'a l'sang qu'est pourri!»

Le diagnostic était exact.

«Et vous, père Duchaume, comment va le cœur?

– Pour ce qui est la fantaisie, ça va! dit-il en lorgnant vers la souillon qui mangeait en silence. Pour ce qui est d'l'organe, ça cogne un peu fort parfois! Et j'ai les jambes qui s'échappent sur leur côté.

– Et quand c'est le caprice, comment va l'organe?

– Pour ça! Ça va encore.

– Si ça palpite, avalez deux pilules, vous en avez?»

Il fit oui de la tête et sortit sa bouteille de calva de sous la table.

«Faites attention à vous, Docteur, me jeta-t-il en remplissant les verres à ras bord, prenez bien soin de vous!

– N'ayez crainte, dis-je en buvant mon gobelet cul sec, avant de me dresser pour partir.

– Il ne faut jamais autant s'en défier que quand on n'y croit pas ! »

Je déteste les phrases prophétiques des charlatans, mais pour Duchaume, comme pour Bucard d'ailleurs, ma sympathie dépasse cette réflexion. Je l'ai donc salué d'un portez-vous-bien et suis remonté sur mon cheval. Il s'est levé et m'a rétorqué un Dieu-vous-garde parfaitement ecclésiastique.

Le soleil commençait à redescendre lorsque j'ai suivi le chemin de Rapilly.

De toutes les métairies de mon patrimoine, celle de Maurasse, aux Isles-Bardel, est la plus belle. Elle est nichée au creux du vallon, dans un écrin de noisetiers, tout près du confluent de la Baize et du Boulay. De là, on voit le bocage qui s'étage sur le coteau vers les Hauts des Isles, et quand on y accède, comme moi, en venant de l'Orne par le bois, on découvre brusquement un paysage qui s'écoule en pente douce comme vers le ciel. Depuis toujours, en arrivant en cette contrée, je ressens un choc presque amoureux, qui me met en joie. La ferme elle-même, peut-être à cause de cette situation, est pour moi le lieu de toutes mes expérimentations agricoles. Maurasse, qui est certainement le plus fin de mes fermiers, s'y prête sans trop rechigner.

C'est ainsi que je l'ai orienté vers la production laitière, ce qui ne lui plaît qu'à moitié, cette tâche étant traditionnellement réservée aux femmes, mais notre cheptel est assez conséquent pour qu'il en tire quelque fierté. Il ne s'en prive d'ailleurs pas, affirmant par tout le canton que lui et moi sommes les plus grands producteurs de lait, de beurre et de fromage, ce qui est largement exagéré. J'ai réussi, à force de patience, à lui faire adopter des mesures d'hygiène à la pointe de la modernité, ce qu'il considère comme une illumination de ma part par laquelle il lui faut bien passer ; d'ailleurs, il m'en laisse toute la féminité supposée. Pourtant, notre lait tourne moins rapidement, notre beurre rancit plus tard et nos fromages ne s'en trouvent pas plus mal. Puisque rien de ce que je préconise ne nuit vraiment, on en passe par là où je veux.

Lorsque je suis arrivé, Maurasse est venu vers moi de son pas un peu lancé sur le côté. Il m'a annoncé que depuis que nous avions décidé de les sortir, les vaches se portaient mieux – pardi ! Il avait commencé de poser les fondations de la nouvelle étable pour leur donner un peu plus d'aise. Il y avait employé son gendre Catulle Frontigny. Il voulait me demander l'autorisation de loger le jeune ménage dans une dépendance inhabitée que je possède à moins de cinq cents mètres de l'habitation principale. J'ai accepté à la condition que le couple aille en guise de loyer, pour un quart de son temps, aider à la ferme Garon. Il en a été d'accord. Il a appelé Catulle et Sylvette et leur a énoncé cela comme si c'était sa propre décision. Il a conclu en disant : « Et le docteur le permettra, n'est-ce pas, Docteur ? »

J'ai acquiescé.

Je suis arrivé à Rapilly dans le plus beau des couchers de soleil que puisse procurer un mois d'avril. Honorine s'était installée sur le seuil de la maison, contre l'éclat, et se livrait à des travaux de couture. L'auréole qui entourait le chignon de ses cheveux et illuminait ses épaules la transfigurait. Elle s'est levée à mon approche et j'ai su que je rentrais chez moi.

## Vendredi 22 avril

Aujourd'hui, vendredi saint, tout l'entrain est mis en terre.

Il ne faut imaginer ni tournée, ni commerce. Une trêve s'est posée dans les activités humaines en suspens. Les jeunes gens vont en cortège à confesse, les femmes disent leur chapelet sur le pas des portes et une sorte de silence irréel enveloppe les champs qui ne connaissent ni le labour ni la promenade.

Comme je n'ai rien à faire et que nul ne voudrait que j'agisse de quelque manière que ce soit, voici venir quatre jours durant lesquels je vais rester chez moi.

Les prêtres pensent que je ne crois pas en Dieu. Ils sont dans l'erreur. Certes, je regarde avec infiniment d'ironie leur vieillard barbu et leurs assemblées de saints, leurs actions de grâce et leurs simagrées, mais je sais bien qu'il y eut une impulsion originelle et que cet élan a un but qui se découvrira un temps, mais cet objectif nous est incompréhensible, même si nous le distinguons par fugitifs instants. Nous sommes effrayés de nous égarer dans l'immensité de l'univers mais la route est droite et bornée. Notre seule mission est de conjurer notre peur.

Les politiques, eux, imaginent que je suis un homme sans convictions. Les idéologies baroques dont ils masquent leurs ambitions détraquées, leur goût de la breloque et des honneurs me laissent froid, c'est vrai. Il est tout aussi exact que je regarde avec effroi leur esprit de système, leurs fantasmes d'ordre et les moyens démesurés que leurs stratégies s'y procurent.

Ma vie est telle que j'ai traversé de nombreux régimes. Né aux confins de la Révolution et de ses errances, j'ai connu l'Empire et ses conquêtes, la Restauration et la terreur blanche, le despotisme bonhomme de Louis XVIII, la monarchie absolue de Charles X, celle populaire de Louis Philippe, la république du prince président et, depuis le coup d'État, un empire autoritaire qui prétend ressusciter un passé qui ne revient jamais que sous forme de caricature. Mais de tout ce mouvement, que demeure-t-il ? Plus de puissance pour les puissants, plus de misère pour les misérables.

Non, je ne réfute ni l'Architecture, ni l'Idée, je crains simplement que nous n'ayons pas les moyens de les saisir et que tous ceux qui prétendent le contraire ne soient que des menteurs. Il ne nous reste au fond que cette grande idée thérapeutique qui nous incite dans la mesure du possible à ne pas léser, avant toute chose à ne pas nuire.

### Dimanche 24 avril

Ernest m'a apporté une lettre de Rochambaud arrivée depuis jeudi et qu'il avait gardée par-devers lui, pour une raison obscure. Je l'ai décachetée avec une certaine fièvre, qui m'a étonné.

Ils descendent vers le sud. Le faste et l'apparat déployés par une armée en marche sont certainement nécessaires à la gloire des chefs guerriers, mais que ne met-on autant de moyens à des préoccupations plus altruistes ? Tout ce déploiement n'a pour objectif que la bataille, les hommes y sont transformés en coqs de combat et tous ces tambours ces clairons et ces cymbales ne servent qu'à les enflammer. Rochambaud s'étonne que les convois d'artillerie circulent au galop, mais que serait une puissance qui n'irait qu'au train du raisonnable ? En vérité, les simagrées des militaires ne sont que celles de la Nation tout entière qui aime tant le lustre et l'éclat, mais qui feint d'en ignorer le véritable prix. À forger des brutes, pourquoi être déconcerté de leur comportement ?

Quant à Délicieux, comment imaginer qu'un jeune homme bien constitué se prive de copulation pendant plus d'une semaine ? Nous allons tous ainsi au coït, poussés par une force que nous sommes incapables de contrôler. Je conçois que, devant sa puissance, nous en appelions au diable, car elle nous domine et nous transforme en objets. C'est une chose de comprendre et c'en est une autre que d'admettre ce que l'on a échafaudé.

Au moins, l'appétence des Délicieux pour le sexe n'est-elle pas obligée. Elle est perçue comme une malédiction mais elle l'est bien moins que si elle était enserrée dans le carcan des bonnes mœurs ou les anathèmes des Églises. Elle s'exprime avec une vigueur qui serait dans l'obligation de se retourner contre le monde en totalité, si elle était contrainte.

Finalement, avec toutes nos belles considérations sur la société, nous traitons le peuple comme une somme d'individus inférieurs et indissociables, qui n'existent que par leur nombre et dont la pensée est égale à celle du moindre d'entre eux. Avec un peu de sensibilité, un peu d'intelligence, il nous paraît ployer sous le joug d'une autorité imbécile et inflexible que nous contribuons tous à construire. Il n'est que de voir le jeune Délicieux, parti pourtant au bénéfice de tous, que l'on manipule comme s'il était impuissant à se contraindre, alors qu'il ne demande rien d'autre que l'estime.

Brutalement, le visage de mon fils s'est imposé à moi. Mon pauvre Gaston qui dort sous les sables ou les cailloux de quelque djebel algérien. Il a suffi d'un rien pour que la lente construction de son être s'effondre.

Je l'ai revu dans sa prime enfance, alors que les sentiments des adultes ne s'étaient pas encore manifestés. Petit garçon aux cheveux bouclés qui se cachait dans les jupes de sa mère et levait vers moi des yeux interrogatifs. Facéties enfantines qui se jouaient des mots et découvraient dans le moindre brin d'herbe un monde à explorer. Petites menottes potelées qui ne pouvaient se saisir des objets et qui ne désiraient qu'une chose, parvenir à grandir. Et plus tard, quand il eut décidé de mener lui aussi une carrière médicale, me suivant dans ma tournée, comme moi-même mon père. J'ai tellement essayé de ne point commettre avec lui les erreurs que j'avais subies, pour qu'il devienne meilleur que je ne l'étais. Pourquoi l'ai-je laissé partir pour les terres arides de l'Afrique ?

Il était en ma capacité de le maintenir à côté de moi, il aurait suffi que je passe sur ma certitude de l'iniquité du rachat du numéro. Gaston est mort parce que je n'ai pas été capable de sacrifier mon opinion à son destin. Sans doute fallait-il qu'il s'en aille pour s'accomplir pleinement, mais pourquoi, mon Dieu, pourquoi n'est-il pas revenu ? Pourquoi un fusil berbère a-t-il couché dans la poussière ce qui était mon espérance ?

Alors, la douleur m'a aveuglé à tel point que j'ai négligé mes autres enfants. Comme si j'avais abdiqué au profit du hasard leur devenir. Et l'autre partait sur les mers, et ma fille épousait l'abominable Mortier.

La mélancolie me submerge, mon impuissance également.

### Lundi 25 avril

Je suis allé à pied vers Le Détroit à la fin de la journée. C'était une douce promenade, qui a eu la vertu de me reposer de toute cette fièvre qui a précédé la célébration pascale. Je suis entré dans un lieu déserté en raison des diverses cérémonies. Il serait faux de penser que cette commémoration incite à la joie païenne des beuveries et des agapes comme les banquets des antiques religions de mort et de renaissance. C'est une fête familiale et les commerces en font les frais.

Le père Bayard était absent et Louise seule gardait l'auberge du *Chien qui fume*, nous nous sommes installés dans la grande salle qui est aussi débit de tabac, d'où le nom.

Louise devait guetter l'arrivée de la diligence de Rouen. Je lui ai donc lu le texte de Brutus sur place. Elle écoutait les expressions que je disais sans rien y entendre. Visiblement elle attendait quelque chose qui ne venait pas. Au fur et à mesure de ma lecture, elle devenait chagrine et ses yeux se mouillaient de larmes.

À la fin, elle n'y tint plus, pourquoi Brutus ne réagissait-il pas à son dernier mot ? Je lui ai expliqué que la poste militaire amenait les plis à se croiser et que Brutus n'avait sans doute pas encore reçu cette missive. Elle hocha la tête, mais visiblement, elle ne comprenait pas cet étalement du temps qui la contrariait. Je lui ai demandé si elle voulait répondre à cette lettre. « Dites-lui que la pluie a redoublé sur Le Détroit et que je n'en puis plus. » Dehors, il faisait un soleil éclatant qui jouait sur les carreaux en culs-de-bouteille des fenêtres de la salle. Elle a vu mon regard et ses yeux se sont posés sur moi avec une sorte de défi. « C'est tout ce que j'ai à dire... »

La voiture de Rouen s'est alors présentée dans un fort fracas d'attelage à six chevaux. J'ai glissé à Louise qu'elle pouvait venir chez moi quand elle le désirerait et je me suis retiré en croisant son père qui rentrait également. Il est sourd comme un pot et n'a pas entendu mon bonjour.

## Mardi 26 avril

Tôt ce matin, je me suis mis en chemin vers Bazoches. J'étais un peu inquiet de la réaction qu'aurait le père Délicieux au petit mot de son aîné, mais je m'abstiens toujours d'anticiper les ennuis, j'attends qu'ils surviennent pour les résoudre.

En tout état de cause, il ne s'est rien passé.

Dès mon arrivée, j'ai pris le vieux à part et je lui ai lu les phrases de son fils. Il s'est contenté de hocher de la tête, mais n'a pas bronché. À l'évidence, tout cela n'était pas une découverte pour lui. « Il est comme moi, lâcha-t-il. Il n'y a rien à y faire. Les mâles de cette famille sont "vifs du membre". » Il voit cela comme une fatalité.

Voilà le résultat de siècles d'un intense travail religieux, qui sanctifie la souffrance et dénie toute probité à la jouissance. Dans l'esprit de quel fou peut bien naître un tel mépris pour les œuvres humaines, qui seraient aussi celles de Dieu, s'il existait ? Je serais en mesure de concevoir qu'un athée stupide bannisse une activité qui appartient si pleinement à la nature de l'homme, qu'un philosophe haineux des êtres vivants leur reproche ce qui est leur substance, mais qu'un croyant, qui regarde l'univers comme l'expression divine, rejette ce qu'elle a dispensé de plus évidemment commun à toutes ses créatures est une sorte d'antinomie que je ne puis admettre. On devrait révérer le sexe dans les églises.

J'ai essayé de comprendre cette extraordinaire vision du monde qui rend ignoble le plus sacré, qui place la honte là où réside la noblesse. Contraindre la volupté, c'est maîtriser l'homme et, au final, le dégoûter de son plaisir, c'est aussi l'amener à redouter sa propre liberté.

Puis nous sommes passés dans la salle commune pour que je lise la lettre destinée à la famille, écoutée, comme toujours, dans le plus profond silence.

Lorsque j'ai noté la réponse, j'ai appris que le père Durant était mort vendredi et déjà mis en terre, ce dont nul ne s'est avisé de m'avertir, et dans la foulée, que le fils Durant a demandé la Marguerite. J'imagine que Brutus Délicieux sera en mesure de bénéficier d'une permission à l'occasion du mariage. Si toutefois il est encore vivant. La seconde de ses sœurs est entrée aux carmélites de Lisieux, c'est bien le moins que ceux qui ont une responsabilité dans de tels maux en assument pareillement le soin.

La chaleur est fort grande pour un mois d'avril, cela est mauvais pour les cultures et ça l'est également pour les hommes. Les bizarreries du temps sont ferment de dérèglements des humeurs qui savent prendre des proportions catastrophiques. Pour l'instant, cela influe surtout sur mon caractère. Je n'aime guère me trouver en suée alors que je devrais aller dans la douceur du printemps. J'ai chevauché au pas de Bazoches vers Rabodanges.

J'ai dans l'esprit une fureur que je ne m'explique pas. J'arrive à un âge où il faudrait se contenter du jour présent, oublier le passé et négliger le futur. Mais dans le même moment, depuis le commencement de cette année, j'ai vu reprendre une sève que je croyais tarie.

La force de mes désirs a emporté les digues de mon entendement. Ne me suis-je pas retrouvé dans des situations qui sont ordinairement l'apanage des jeunes gens ? Les émois que j'ai ressentis n'étaient-ils pas de ceux qu'offre généralement le début de la saison d'homme ? Je n'ai plus la vivacité du muscle et le rebond des nerfs qui mettent les sens en alerte et permettent de regarder le monde comme une proie à conquérir. Même mon esprit me tance de tout ce déploiement irréfléchi. Mais dans le même temps, quelque chose en moi se comporte comme un enfant. Ma constitution montre une rupture des âges et il me semble vivre un éternel présent qui ne s'embarrasse ni des limites du corps, ni des avertissements de l'expérience, ni des alarmes de la raison.

Les êtres pressentent le renouveau de la nature, ce flux émollient rompt les téguments des graines, précipite les animaux dans la chasse ou le brame, et je ne fais pas exception à cette règle.

Je cheminais ainsi, encombré de ces réflexions, lorsque brutalement, par une association d'idées que je ne m'explique pas, alors que tournaient en moi les images mêlées de toutes ces femmes, c'est le visage d'Adélaïde, ma défunte épouse, qui s'est imposé à ma mémoire avec une présence aussi extraordinaire que celle d'une hallucination.

Une somme de petits événements, de ceux que l'on ne remarque même pas, m'est revenue d'un seul coup, un sourire, la grâce d'une main qui redresse une fleur dans un vase, un geste de sollicitude, l'effet d'une pensée, un regard, ces minuscules instants disparus qui sont le reflet de l'âme et ce que l'on chérit vraiment chez les êtres que l'on aime. Cette sensation diffuse que, par-delà les impressions coutumières, une intimité souterraine s'efforce de s'offrir, de briser la contention des chairs, d'exprimer la vérité secrète qui nous habite et que l'on appelle peut-être l'amour. Alors qu'auparavant mon être tout entier se donnait à la révolte et à la violence, une douce, tendre, féconde sérénité m'a envahi et j'ai relevé le front dans la chaleur des rayons du soleil, heureux d'être vivant.

Je suis arrivé dans Rabodanges. L'abbé Rouvre m'attendait, visiblement depuis longtemps, près du calvaire. Il m'a convié à entrer dans son presbytère. Nous ne sommes guère proches, aussi me suis-je étonné de cette soudaine sollicitude. Je ne l'en ai pas moins suivi.

« Je voulais vous parler, Docteur, parce que nous ne sommes pas amis. Au vrai, tout nous sépare. Vous ne m'aimez pas, je sais que vous vous gaussez de moi, et je ne vous apprécie pas non plus. Je n'estime ni votre façon de voir la vie, ni les conseils que vous prodiguez à mes ouailles, ni la manière dont vous considérez l'être humain et son rapport avec le ciel, ni la folie outrancière de vos mœurs. Il n'y a rien qui puisse nous rapprocher dans notre appréciation du monde et des desseins de la Providence. Pourtant, je n'avise personne d'autre que vous à qui m'en remettre dans l'état présent. Non seulement car, à l'évidence, vous êtes un bon médecin, mais surtout nul autre que vous ne me donnera l'avis impartial dont j'ai besoin. Vous ne m'avez pas en affection, mais vous ne me haïssez pas non plus, et au-delà de mes actes, dont je n'ignore pas que vous les méprisez, vous saurez me regarder tel que je suis.

– C'est un bien grand compliment que vous me faites, l'abbé.

– Il m'en coûte. Mais je mets cela sur le compte de la volonté divine et de la nécessaire contrition qui doit animer les enfants de Dieu.»

Il se leva et alla chercher dans le buffet une bouteille de vieille poire dont il nous servit un verre. Il but, se laissa réchauffer par le liquide et se lança :

«Depuis quelques semaines, je ressens certains malaises que je ne puis expliquer ni par la charge de mes activités, ni par des écarts de mon existence. Il m'arrive brutalement de ne plus sentir mon corps, d'en être comme totalement dégagé. Dans ces moments, même l'appréhension du temps disparaît, je suis comme absent à moi-même. Quelquefois mon dernier souvenir se situe en plein jour, alors que la nuit est largement tombée. On y trouve comme une rupture des heures, et je ne connais rien de ce qui se déroule à ces instants. Est-ce que je me livre à des actions indignes ? Est-ce que je dors ? Est-ce que je reste simplement immobile ? Je ne sais. Une part de ma vie s'efface de ma conscience.

– Et cela se manifeste-t-il dans certaines circonstances particulières ? Vous est-il arrivé de commencer une activité et de ne point vous voir l'achever ?

– Nullement.

– Cela se produit-il toujours lorsque vous êtes au repos ?

– Je le crois. »

Je lui demandai aussi si dans sa parentèle de tels événements étaient déjà survenus, il me répondit par la négative.

Peut-être tourmentait-il abusivement son corps ?

Il s'est passé la main sur le menton.

« Toute chair doit se dominer, Docteur, la mienne également. Je ne suis pas un saint, indemne de concupiscence. Alors, il me faut dompter cet animal emporté qui réside en moi et m'incite à la lubricité quand je le laisse aller. Je porte, en effet, dessous de mon scapulaire une haire et un chapelet de filigrane autour de mes hanches, qui sont là pour rappeler à la bête que j'en suis le maître et que je ne craindrais pas de la châtier si elle venait à se manifester, même si la douleur qui en résulterait m'était insupportable.

– Puisque vous m'avez demandé mon avis de mécréant, l'abbé, lui ai-je dit, je puis vous annoncer que ni Dieu ni diable ne président à vos absences. Simplement, votre conscience s'offre, malgré vous, un repos que vous lui refusez. Je vais également vous fournir une recommandation d'athée : il existe à Falaise une maison fort discrète, que je connais et surveille, vous pouvez vous y rendre en toute licence. Demandez-y de ma part Mademoiselle Luke. Non, ne vous fâchez pas ! Concédez en ce lieu quelque liberté à votre bestiole, permettez-lui de gambader tout son soûl, une fois à l'occasion. Vous en serez quitte pour une bonne confession, vos pénitences y trouveront une raison et le ciel quelques Ave et quelques Notre-Père de plus. Disons que ces conseils sont une ordonnance médicale. Pour le reste, dialoguez avec un de vos frères, Bucard par exemple, qui donnera des limites à vos manquements. Croyez-moi, c'est un bien grand orgueil que de vouloir échapper au destin qui nous échoit, la sainteté et le martyre nous sont attribués, ils ne se conquièrent pas. »

Rouvre laissa paraître un sourire sur ses lèvres minces. Il nous resservit une rasade de poire, ses yeux se perdirent du côté de la fenêtre au travers de laquelle on voyait la masse de l'église dont les pierres blanches reflétaient l'éclat du soleil jusque dans la pièce.

« Ainsi, voilà mon épreuve, murmura-t-il. Selon vous, je ne puis choisir qu'entre l'absence de la conscience et l'acceptation du péché.

– Je le crains fort, l'abbé. D'ailleurs quelle serait la vertu de votre mission, si vous n'étiez pas un homme comme les autres ? Je veux dire, comment obtenir les ressources de la véritable indulgence si nul trouble ne nous agite ? Que vaudrait la plus haute expression de la divinité, la miséricorde, si tous les êtres étaient des saints ? On ne peut soigner ce que vous appelez le manquement qu'en y mettant soi-même les mains. Un médecin n'est jamais immunisé contre les maladies qu'il traite et périt aussi bien que les autres dans les épidémies. Il me semble que le soin de l'âme de vos ouailles passe également par le risque de votre propre damnation. Et c'est justice !

– Vous êtes plus qu'un mécréant, Docteur, vous êtes une émanation du Tentateur.

– Je croyais qu'à défaut d'être amis, nous avions une certaine complicité. Mettez que je n'ai rien indiqué et que j'ai avoué n'avoir aucun avis sur votre mal. D'ailleurs, même si ce que vous dites est vrai, ne savez-vous donc pas que, si votre foi est assez sincère, vous n'avez rien à redouter ?

– Croyez-vous à Satan, Docteur ?

– Je ne présume de rien, l'abbé, si ce n'est de l'unité de la création et d'un sens que nous ne pouvons percevoir. Je me contente de pallier les souffrances du mieux que je le puis, c'est tout.

– Vous êtes un esprit fort, Docteur, craignez que cela ne vous perde.

– Cette perte ne serait point trop grande, l'abbé. »

Heureusement, Célestine, la femme qui s'occupe du presbytère, est entrée à ce moment-là, arrêtant une conversation que je n'avais guère envie de pousser plus loin. Rouvre s'est levé pour me raccompagner et m'a tenu la porte sans me serrer la main. Il semblait flotter dans sa soutane, mais je suppose que c'était là l'effet de ces deux verres de poire, pris à jeun, et qui d'ailleurs menaçaient de me tourner également la tête.

Je suis monté sur mon cheval et me suis dirigé au pas vers la route de Mesnil-Hermei.

Le soleil, déjà haut dans l'azur, lançait ses rayons et faisait vibrer l'air du chemin. Il jouait avec la poussière du sentier. Juste devant moi, une colonne de fumée noire grimpait, toute droite dans le ciel. J'ai piqué des éperons, et nous nous en sommes allés au grand trot vers ce nouvel incendie. La masure de Solange Martel était en flammes, son fils y avait mis le feu. Il était sur la chaussée à regarder le toit flamber et les solives s'effondrer. Il contemplait cela avec une sorte de tristesse dans le regard, alors que sa femme, à ses côtés, avait les yeux brillants, comme si le brasier était pareillement en elle. Je ne me suis pas attardé. Je préfère ne pas connaître les raisons de certains événements dont je pressens le sens mais contre lesquels je ne puis rien.

Je ne suis venu à bout de ma tournée qu'à l'obscurité tombante. Je suis rentré chez moi épuisé. Germon m'y attendait.

Nous nous sommes réparti la charge des visites aux abonnés des métairies de Vérone de Persigny. Je lui laisse celles qui appartiennent aux frontières de son canton. Une fois qu'il aura présenté sa thèse, il prendra en main également ment celles qui sont actuellement hors de ces limites. Je me contenterai quant à moi des soins du château et de la ferme attenante. Ce que j'accomplirai dès ma prochaine tournée de vendredi.

Nous avons dîné ensemble et il s'en est retourné vers Condé dans le soir.

## Mercredi 27 avril

Ce matin à l'aurore – j'étais encore en chemise –, Honorine est venue me chercher dans ma chambre. Désormais, elle entre sans frapper. La mère Délicieux était dans mon salon d'attente. Elle avait couvert les trois lieues qui nous séparent, dans la nuit, sans en parler à son mari, pour être sûre de me trouver chez moi.

Elle était dans le désarroi. Je craignais quelque malheur, mais elle désirait ajouter quelques mots pour son garçon. Elle lui racontait comment elle avait été victime des attentions lubriques de son beau-père et combien l'idée que Marguerite lui avait caché sa relation avec le fils Durant lui paraissait plus grave que les agissements nerveux de sa cadette, ce dont je conviens également.

J'ai noté une phrase de sa lettre qui résume au mieux ce que je ressens : « *J'imagine ce que ces petites révélations doivent te causer de peine, toi qui es loin, toi qui es parti justement pour que reste celui qui va devenir ton frère dans le mariage, cela est bien injuste.* » En partant elle m'a dit : « Bien abusif est le droit de la fortune qui épargne les plus riches au détriment des plus pauvres, bien injuste la législation de la France qui use des bras plus pour tenir le fusil que la charrue, bien méprisable la loi des mœurs qui cloître les filles qui ont le plus nécessité des consolations de la chair, combien a-t-il fallu que pèchent les hommes pour que Dieu applique ainsi sur eux sa fureur et son courroux ? »

Depuis le début de l'année, j'ai perdu, d'une façon ou de l'autre, plus de dix patients. Autant d'individus avec lesquels j'avais noué des liens de sollicitude et de proximité. Cela forme trois à quatre morts par mois, il ne s'est pas passé de semaine sans que je déplore une disparition.

Cela ne rend que plus présente cette sensation d'une accélération du temps, c'est d'ailleurs sans doute de cette impression que sont nées mon appétence violente d'antidote, et les médications que je me suis appliquées.

Je me permets cette compassion envers moi-même, car au fur et à mesure que je me rapproche du terme de mon existence, je fais la somme des inutilités de ma philosophie.

Je puis, par la raison, regarder cette échéance avec sérénité, mais celle-ci ne me garantit nullement de cette peur
animale qui saisit tous les êtres humains au seuil de ce
dernier voyage. Je puis me dire que cela n'est rien qu'un
instant, voire la plus sublime des expériences, je n'en suis
pas moins tourmenté. Seule la copulation, dans l'exercice
de l'organisme qu'elle impose et dans le vide qu'elle procure, m'indique que je suis encore en vie.

Lorsque je sens des cuisses se serrer autour de mes
hanches, quand je vois des yeux s'égarer et que je recueille
le souffle d'une bouche qui halète, alors oui, la pensée de
la mort s'éloigne pour un bref moment. Oui, les effluves
des corps et la douceur des chairs que je perçois sous ma
main dispersent le parfum de la fin.

Mais la grande différence entre les amours de ma
jeunesse et celles d'aujourd'hui réside dans le fait que
jadis je m'y perdais, alors qu'à présent je me regarde
comme un objet, à l'extérieur de moi-même. Il ne me
suffit plus de jouir, il faut également que je constate
cette volupté. C'est pour des êtres de ma complexion
que la maison Duchâtel possède cette chambre toute
tapissée de miroirs.

En peu de temps, cela m'est devenu une drogue aussi
indispensable que le boire et le manger. Plus encore que
quand la nature mystérieuse de l'espèce illuminait en moi
l'exigence de l'accouplement, l'envie en est tyrannique.
Voici maintenant sept jours que je n'ai pas copulé et la
carence me transforme en chien en chasse.

Ma consultation a commencé à dix heures. Mon premier patient était un homme, Romain Plaisir, de la ferme du même nom à Saint-Martin-de-Mieux, à près de trois lieues de chez moi. Je l'avais vu lors de ma tournée de l'abonnement Vérone de Persigny et comme il sait qu'il ne paiera rien, il vient à ma visite. Depuis trois semaines il manque d'appétit, et, en effet, il est pâle et a les yeux cernés. Je n'ai pas besoin de pousser plus loin mes investigations pour être instruit de quoi il souffre, lui-même le connaît aussi d'ailleurs qui m'exprime qu'il produit des diarrhées sanglantes et y a déniché des vers.

Pour nos paysans, ces parasites ne se logent pas dans les voies digestives et intestinales, mais ils s'attaquent à tous les organes, et plus particulièrement au plus noble de tous, le muscle cardiaque. Ils pensent que les vers leur pissent sur le cœur, malheureux viscère qui ne peut se défendre contre semblable sacrilège. Il m'a dit qu'avant de venir me trouver, il a déjà consulté et qu'il s'est fait traiter par les trois potions traditionnelles. Il a ingurgité par toutes les routes possibles des quantités curieuses de lait froid ou chaud, d'ail dont il porte un collier autour du cou, et depuis une semaine, il avale au réveil à jeun un grand verre d'urine de jeune fille vierge.

Évidemment, les vers sont toujours là.

Je lui ai demandé à qui il s'était adressé pour ces remèdes, il m'a cité François Rambard, le forgeron de Champcerie, la mère Caillote, qui s'occupe du ménage du curé de Pierrepont et Flambard, un charretier de Pierrefite-en-Cinglais, dont je n'avais pas encore entendu parler. Il a ajouté que deux prêtres n'avaient pas répugné à dire des prières sur son ventre. J'ai été assez heureux de n'y voir aucun de mes familiers.

J'ai préparé une décoction de vingt grammes de fougère

mâle, de tanaisie et de globulaire, à raison d'un tiers de chaque, que j'ai laissée infuser dans du malaga. J'use de cette préparation depuis dix ans et elle est rapidement souveraine pour ce type d'affection. Je l'ai sommé d'en avaler un verre devant moi et de réitérer tous les matins pendant dix jours. Il a grimacé mais il s'est exécuté. Je l'ai renvoyé ainsi, il reviendra plus tard, guéri, et ne me paiera mes médecines qu'à ce moment-là.

Il a protesté. Il croyait mes soins entièrement gratuits. Je lui ai dit qu'il pourrait s'adresser à Brousse, l'intendant de Vérone, pour les lui rembourser. Si je cédais à ce genre de remarques, il me faudrait bientôt traiter tout mon monde pour rien.

À la fin de la journée, alors que j'achevais la vaccination de la famille Féraud, je vis arriver Marcelline Brandot.

Elle était toujours en mal d'enfant et se lamentait de la stérilité de son union. Elle n'est mariée que depuis l'automne et son mariage n'a été consommé effectivement que depuis février, puisque, auparavant, ni elle ni son époux n'avaient su s'y prendre. Au début d'avril, ils sont tous deux allés en pèlerinage au sanctuaire de Saint-Thomas de Biville et, pour faire bonne mesure, pendant quatre jours, ils ont mâché de la salvia, puis les quatre suivants, ils ont absorbé un quart de litre du suc de cette plante broyée dans une auge d'érable, sans rien avaler d'autre avant, et elle s'étonne de n'avoir toujours pas conçu.

Je connais bien ces superstitions et d'autres encore, car la campagne en est toute pleine. Infuser du millet sauvage et en boire à jeun pendant toute la quarantaine du carême, jeûner trois journées, se signer trois fois de la main gauche, bref, tout un rituel qui ne remplacera jamais le seul véritable et qui consiste à persévérer chaque soir dans la copulation.

Je lui ai demandé pourquoi elle tenait tant à avoir promptement un enfant, après tout, n'est-ce pas un don de Dieu ? Pourquoi ne pas attendre sagement que vienne ce qui doit advenir ? Il lui suffisait de complaire à son époux, d'exécuter son obligation conjugale sans fraude, et nul doute qu'alors elle serait rapidement enceinte. Elle me regarda et se contenta de sourire, avant de me remercier.

Je n'ai eu le fin mot de l'histoire que plus tard dans la soirée par Honorine, qui s'est informée de la visite de Marcelline en me servant mon souper. Les rejetons Brandot ne sont pas dans la capacité de procréer, et le père se serait attelé à la tâche pour le compte du premier mariage. Il aurait donné un délai au nouveau couple, faute de quoi il s'y mettrait encore, ce que Marcelline ne veut à aucun prix. Voilà pourquoi elle tente par tous les moyens possibles de concevoir avant l'achèvement de ce singulier ultimatum. Voilà aussi pourquoi je l'ai trouvée à la cabane du père Duchaume.

Honorine a refusé de me raconter de quel mal était atteint le fils Brandot en rougissant de façon parfaitement charmante. Je l'ai taquinée en poussant mon questionnement avec quelques détails coquins. Elle gloussait comme une fille que l'on chasse, cela m'a assez émoustillé et elle aussi, mais nous en sommes restés là. Cela me paraît plus sage.

### Jeudi 28 avril

Ce matin, je me suis éveillé tout encanaillé d'un rêve que j'ai produit.

N'aurais-je pas à suivre moi-même les conseils que je sers aux autres ? N'ai-je pas conseillé la maison Duchâtel à l'abbé Rouvre ? Mais je ne puis, et il ne le faut, et alors je devrais abandonner l'idée d'y soigner les filles, ce qui, je crois, ne saurait que leur apporter du tort. Je n'ai d'autre choix que d'augmenter le rythme de mes visites à Caen, en espérant que Marguerite, pour laquelle mes conjugaisons ne sont à l'évidence que d'aimables distractions, ne s'en lasse trop vite. Bref, me voici soumis à la contrainte que je redoute le plus. Je guette depuis un moment les symptômes d'hydrophobie qui sont les avant-gardes de la rage, comme je suis en train de l'établir dans mon traité.

Ernest m'a porté une lettre de Rochambaud venue de Varennes-sous-Dun. Il a été promu au grade de chirurgien en chef à la place de cette brute de Mortmieux. Je suis renseigné depuis longtemps sur la duplicité de ce médecin de salon, non seulement son incapacité foncière, qui n'est pas à démontrer, mais sa forfanterie, qui n'est rien d'autre qu'une forfaiture.

J'ai bien connu Mortmieux lorsqu'il a rejoint la garnison. C'est un homme séduisant qui possède un vernis de culture qui fait merveille en compagnie, et souvent, par la suite, je l'ai rencontré chez les Mortier. Nous avons sympathisé au début, car il avait servi sous Bugeaud en même temps que mon fils et cette circonstance nous avait rapprochés. Ensuite, j'ai eu à traiter des patients passés par ses mains. L'ami Rochambaud va, je le gage, se trouver face à une succession délicate.

Je ne suis pas instruit de la solution au dilemme qu'il pose et qui nous touche tous. À savoir, se durcir le cœur ou subir les affres de la compassion. Je ne connais qu'une seule option, celle d'aller sans douter de soi et des surprises que ménage la vie. Les hommes sont extraordinaires, ils croient que tout est bien ou que tout est vice, mais où sont-ils l'un et l'autre ? Nous ne sommes pas capables de l'apprécier.

Les sœurs Rodon se sont échinées à sauver leur mère et dans le même temps elles ont tenté de l'empoisonner. Lorsque le cancer d'Adélaïde ne lui a plus laissé d'autre choix que de voir ses souffrances déjà atroces augmenter jusqu'à une mort qui pouvait tarder des semaines, il a bien fallu que je prenne la responsabilité d'abréger cette épouvantable agonie. Était-ce bien ou mal ? Pourquoi devons-nous poursuivre notre service jusqu'au bout de la douleur ? Nous ignorons même si le but de notre existence nous apparaîtra à la dernière seconde.

Toutes ces considérations m'ont empli d'un désespoir que j'ai vidangé dans ma réponse aux armées ; égoïstement je m'en suis senti mieux. Je suis donc sorti pour une longue promenade en tilbury dans la campagne. Autour de moi, les champs étaient semés d'hommes, de femmes et d'enfants en plein travail, ils me saluaient de la main et je filais dans la poussière.

Je ne suis revenu qu'au crépuscule, dans l'éclatement incandescent du soleil couchant. À la nuit, un valet de ferme m'a porté un mot de Madame Vernaison. Elle est de retour à Saint-Germain-Langot et désire m'y voir. J'ai dit que je passerais à la fin de ma tournée de demain.

Honorine m'évite depuis hier. En rentrant j'ai trouvé une table dressée dans mon cabinet et c'est Ernest qui m'a servi mon repas. Ce garçon a de plus en plus l'air abruti. Je lui ai demandé où était ma gouvernante, il a mis dix bonnes minutes à me répondre. Honorine est chez sa tante qui décline de plus en plus. Comme je lui en avais donné l'autorisation, elle y va quand elle le juge nécessaire. Bien ! Je suis quand même encore capable de me débrouiller tout seul.

## Samedi 30 avril

Les noces de Vérone de Persigny avec Angeline de Chaussoy sont fixées au premier mardi de juin. On raconte que les mariages de mai ne durent pas plus que rosée au soleil. Vérone est de ces êtres qui voient des signes partout, malgré sa fortune et la considération dont il jouit ici comme à Paris, il n'en est pas moins resté un paysan attentif au vol des oiseaux ou aux faux pas des chevaux. Homme de culture au demeurant, habile à disserter sur un nombre de sujets impressionnant, il n'en est pas moins capable, comme le plus ignare de ses fermiers, de s'effrayer de la peau d'un orvet trouvée sur sa route et d'accomplir un détour d'une lieue pour ne point passer par-dessus.

Les superstitions qui agitent la cervelle des mortels sont l'illustration de leur profond conservatisme. Les hommes de progrès croient que les individus de la sorte du ci-devant sont rétifs à l'amélioration de la société pour garder leurs privilèges, certes une part de cela est vraie, mais le plus gros gît dans la crainte de la marche du temps. Ils savent que le monde vit dans un équilibre instable et que la moindre des entorses aux traditions qui ont fait leurs preuves est susceptible d'entraîner leur chute et, par conséquent, la leur. Ainsi, ils dressent cette barricade dérisoire qui n'empêche rien, mais les rassure sur leur propre destinée.

Persigny ne doute pas que les événements les plus tragiques de sa vie, qui en fut prodigue, auraient pu s'éviter par une lecture plus attentive des avertissements du destin.

La cour du manoir était toute parfumée de l'arôme du café que l'on torréfie. Il est singulier de sentir, au milieu de cette campagne où résonnent en écho les chants des coqs et les aboiements des chiens, cette odeur exotique que nul n'escompte y trouver. Elle prend de loin, se mêlant aux parfums plus subtils des pommiers en fleur ou des tilleuls, puis elle s'impose résolument et s'immisce partout, si bien que longtemps après l'avoir quittée, elle persiste à la narine, comme un souvenir.

Persigny m'a attendu, avec une certaine impatience, sur le perron de sa demeure. J'ai laissé mon tilbury à la garde d'un commis et j'ai gravi les dix marches avec l'allure d'un jeune homme. Nous sommes immédiatement passés dans son salon et je l'ai examiné. Comme toujours, je n'ai rien décelé, si ce n'est une certaine excitation du tempérament.

Pendant qu'il se rajustait, il m'a annoncé la date de ses épousailles et m'y a convié.

L'image des seins et du ventre d'Angeline m'est fugitivement apparue, et un instant, pour une raison que je ne connais que trop, mes jambes sont devenues de coton, si bien que j'ai dû me retenir à la table pour ne point chuter.

« Et vous-même, mon cher ?

– Pardon ?

– Ne me dites pas qu'un compagnon tel que vous peut se contenter du célibat et se priver de la fantaisie ! »

Il m'a tendu une cigarette et s'en est allumé une, il les fait directement venir de Paris où elles sont confectionnées et conditionnées en paquets de cent. Il s'était assis dans un des fauteuils anglais de sa bibliothèque et m'avait invité à agir de même.

« Bouonaparté fume la même chose, savez-vous ? C'est de lui que j'ai pris cet ordinaire, Morny l'y a initié, du temps où ils étaient tous deux en Italie. Alors, vos mœurs ? Flavigny est passé ici l'autre jour et m'a conté que vous aviez vos habitudes chez une certaine veuve à Caen. Que voulez-vous, mon cher, vous êtes désormais un notable, comme moi, et pour nous autres il n'est point de domaine privé, nous vivons sous les yeux de la force publique dans ce régime détestable. Heureusement que commence cette campagne d'Italie, elle va donner un peu de lustre à ce monde de tout petits bourgeois. D'ailleurs, personne ne comprend rien à cet Empire, vous êtes au courant de ce que dit l'usurpateur lui-même ? "Morny est orléaniste, l'Impératrice est légitimiste, Jérôme est républicain, moi-même je suis socialiste, il n'y a que Persigny qui soit bonapartiste, et il est fou. Ce que je confirme, c'est mon cousin et depuis notre enfance, il est dément. »

Mon rire fut, je le crains, un peu contraint, cette idée que la maréchaussée était en mesure de s'intéresser à mes activités m'était profondément désagréable.

« Je vois que je vous ai troublé, est-ce mon histoire de police ? Sachez, mon ami, vous pouvez bien baiser toutes les veuves du monde, tant que vous n'agissez pas contre l'État... Ah, mais par exemple, ne vous avisez pas de cacher quoi que ce soit, on en userait contre vous ! »

J'ai cru déceler une menace dans cette phrase, mais, content de son effet, Vérone ne faisait que poser sur moi un regard amusé. Nous avons achevé notre cigarette en parlant de tout et de rien.

Ensuite, j'ai visité le personnel du manoir. Le majordome se plaint de maux de dos, une des servantes est grosse et l'ignorait, la gouvernante montre des marques d'hystérie qui ne se sont pas encore entièrement révélées, voilà bien du travail pour l'hiver. Vers onze heures j'ai pris congé.

Sur la route de Falaise, j'ai subi un très violent orage, la pluie masquait le paysage comme un brouillard et le vent haletait en bourrasques manquant d'arracher la capote de ma calèche. Poussé par le souffle, j'ai finalement aperçu la tour du château de Guillaume le Conquérant dans la grisaille et me suis rendu directement à la maison Duchâtel, dans la rue qui contourne la cathédrale.

Clotilde Duchâtel m'a reçu. Mademoiselle Luke crachait le sang depuis trois jours. Je suis immédiatement monté la voir. Elle reposait dans le grand lit de sa chambre privée, toute décorée de portraits d'elle du temps où elle chantait au café-concert à Paris. J'ai vu tout de suite que je ne pourrais rien. J'ai tout de même sorti mon stéthoscope pour l'ausculter, mais je savais déjà ce que j'allais entendre : le râle crépitant de la phtisie galopante. À la percussion, j'ai constaté que le poumon tout entier résonnait mal. Elle était saisie de violentes quintes de toux qui la jetaient pantelante sur ses coussins, et rejetait des glaires sanglantes dans son mouchoir. À ce point, il n'y avait plus rien à tenter.

J'ai pris Clotilde à part, dans le couloir, et lui ai murmuré que sa concubine ne passerait sûrement pas le printemps et qu'il lui fallait se préparer à une grande douleur. Je l'ai engagée à n'entretenir aucun rapport trop contigu avec elle et évidemment aucune intimité.

« Je connais la gravité de la maladie, Docteur, me dit-elle, mais vous-même en pareille circonstance, abandonneriez-vous à la solitude l'être que vous aimez le plus au monde ? Le laisseriez-vous mourir comme un chien sous prétexte que, peut-être, vous pourriez être atteint du même mal ? Non, Docteur, aujourd'hui plus que jamais, Luke a besoin de tout mon amour, et de ma présence la plus proche. D'ailleurs, que serait la vie pour moi sans elle ? Nous avons traversé ensemble bien des aléas. Nous avons subi les mêmes mépris et les mêmes haines, nos existences sont liées. »

Elle se refusa la moindre larme et entra en souriant dans la chambre de son amie. Elle me recommanda de ne rien révéler à personne et surtout pas aux pensionnaires.

Doriane Fernier, elle, se porte à merveille, tout comme sa méchanceté. Son époux montre toujours l'œil jaune de la cirrhose avancée. J'ai apporté à Léontine Cugnière des nouvelles de son enfant. Là aussi, je retrouve ce que l'humain a de plus respectable, dans la tendresse que donne cette putain à sa petite fille, dans ces liens qui les attachent et qui sont finalement ce que la création offre de meilleur.

Alors, qu'importent les violences des lois, les minuscules complots des puissants, les guerres même, tout cela ne se maintient que dans le méprisable en ce qu'il annihile toujours ces sentiments simples et fragiles qui forment les amours et les amitiés.

Je suis arrivé à Saint-Germain-Langot alors que le vent était tombé et que le soleil projetait déjà de longues ombres sur le chemin.

Madame Vernaison était seule, elle avait renvoyé tout son personnel pour la soirée, sauf les deux gardes qui logent dans le petit bâtiment qui commande la route. Elle m'attendait dans son salon, uniquement vêtue d'une chemise.

Mon cœur s'est mis à battre d'une manière dont je ne l'aurais pas cru capable. Aucun mot ne fut échangé, que pouvais-je dire ?

Elle m'attira vers elle en me saisissant la main et l'introduisit contre son sein, dans l'échancrure de son corsage. Ses gestes avaient la charmante maladresse de celle qui se donne sans en avoir l'habitude. Je ne fus pas surpris. Au fond, et depuis le début, tout concourait à cette situation. Elle ne faisait plus le moindre mouvement. Elle se laissait mener par une vague qui ne lui appartenait pas plus qu'à moi.

Les corps ne divulguent rien de ceux qui les habitent. Je l'avais suivie dans les émois les plus violents de son traitement, je l'avais examinée dans ses intimités les plus secrètes, et néanmoins, je la découvrais. Cette étrange familiarité s'effaçait chaque fois que je voulais la saisir. Son visage lui-même se brouillait pour s'empreindre d'une tout autre physionomie. Je percevais avec une précision extrême le grain de la peau, une brillance au coin des lèvres, mais rien de tout cela ne semblait appartenir à la même personne. Nous étions dans le même présent mais nos êtres étaient d'absence. Ensuite tout se précipita dans une fièvre de suées et de gémissements. Nous avons accompli toutes les mimiques possibles de l'amour avec une merveilleuse et douce précision durant toute la nuit.

Lorsque mon sexe faiblissait, elle s'en emparait et le ressuscitait en un cycle dont je ne pouvais imaginer la fin autrement que dans un spasme ultime. Je ne sais ce qui nous a alors possédés, ni pourquoi, ni comment. Je ne suis revenu à moi qu'au petit matin, dans la chaleur des rayons qui venaient de la fenêtre.

Elle dormait nue sur le lit dévasté et il montait de sa personne un parfum que je ne reconnaissais pas mais qui semblait tenir un équilibre secret entre toutes les fragrances des peaux, des plus vives aux plus douces, les exaltant toutes sans en choisir aucune.

Notre esprit est impuissant à rendre vraiment ce que ressent le corps dans les moments de l'abandon. On est en mesure de mettre des mots sur les actes, on peut jouir de toute une palette d'expressions, mais, au fond, elles ne renseignent pas sur l'intangible des instants enfuis. L'amour, dans toutes ses formes physiques, est ce qu'on trouve de plus commun à l'humanité. Toutes les conformations, à quelques détails près, se ressemblent et tous les humains en usent de la même manière, mais à la façon du temps d'Augustin, je puis m'en remémorer le passé, en espérer le futur, mais du présent rien ne reste qui s'est évanoui à tout jamais. Je ne désirais rien d'autre que de m'anéantir dans le sommeil. En s'éveillant, elle me ressuscita et nous reprîmes notre ronde lubrique, mais au fur et à mesure que la journée s'écoulait, les effets de la possession que nous avions subie se sont estompés. Nous nous sommes retrouvés tels qu'en nous-mêmes et alors que la magie s'enfuyait, il n'y eut rapidement plus que l'appareil de nos anatomies dans leur assemblage humide. Elle et moi tentâmes de faire renaître le miracle des dernières heures, en vain. Alors, nous n'avions plus qu'à employer la force, puisque les caresses étaient non seulement impuissantes, mais nous plongeaient à chaque fois un peu plus profondément dans une indifférence mutuelle.

Il ne nous restait que la violence. Nous en usâmes comme deux désespérés qui luttent pour demeurer en vie. Il nous fallait détruire ces corps qui nous abandonnaient, les lacérer pour qu'ils rendent enfin le suc que nous avions goûté mais dont nous n'étions pas rassasiés.

J'ai dû effectuer un effort terrible sur moi-même pour parvenir à arrêter mes gestes et mes coups. Et je me suis enfui, alors que l'obscurité tombait.

À présent, dans le calme retrouvé de mon cabinet de travail, je pense avoir compris le sens de toute cette histoire. Ni Renée Vernaison, ni moi ne nous sommes aimés. Ce qui a fait la force de notre coïncidence est plus subtil que la rencontre de deux êtres en eux-mêmes anodins. Renée recherchait une certitude de rétablissement, tout en croyant concevoir un désir pour ma personne. Quant à moi, j'ai répondu à cet appel, non seulement parce que depuis une semaine je crains la contrainte du manque vénérien, mais aussi parce que je suis constitué pour me soumettre à cette exigence.

## Dimanche 1er mai

Honorine est allée à la messe de matines, assez tôt pour pouvoir préparer le repas d'aujourd'hui. Ma fille et Mortier viennent de Caen pour déjeuner chez moi. Depuis bientôt trois ans, j'ai remis la gestion de mes biens au notaire et il me sert une rente mensuelle. C'est un arrangement qui me permet de ne point trop me préoccuper de mes affaires financières, auxquelles je n'entends pas grand-chose.

Ils se présenteront vers midi, coucheront à la maison et repartiront demain matin. Honorine a beaucoup d'attachement pour Hortense qu'elle a élevée et cette dernière lui porte une longue affection.

Le repas se déroulera dehors, dans le jardin. J'y ai convié Germon, sa famille et l'abbé Bucard, de façon à ne pas assumer seul tous les frais de la conversation. Honorine se joindra à nous. Elle s'est mise sur son trente et un, ces gains de toilette l'embellissent notablement.

Germon est arrivé vers dix heures avec son épouse Éléonore et sa petite fille Émilie, une charmante demoiselle de cinq printemps. Il m'est assez rare de voir Germon avec son ménage, son personnage change alors du tout au tout. Lorsqu'il est seul, il manifeste un fort tempérament de garçon, hâbleur et parfois vindicatif. Il boit plus que de raison et n'hésite jamais à se lancer dans toute joute verbale en usant d'un humour acerbe. En présence de sa conjointe, il est infiniment plus précautionneux et file doux. Il a convolé avec Éléonore voici bientôt six années.

Elle était l'enfant unique d'un médecin de Flers, sans grand bien, qui a succombé à la violente épidémie de choléra de 1850. À sa disparition, sa compagne et sa fille se sont retrouvées sans ressources et n'ont eu d'autre choix que de vendre les produits de la pharmacie paternelle sur les marchés, ce qui leur a permis de survivre pendant presque deux ans. Au bout de quelques mois, le corps médical, saisi par l'habitude, a cessé de s'intéresser à leur sort et les deux femmes sont tombées dans un dénuement qui allait finir par les mener à vivre de charité. La mère, qui n'avait jamais supporté le décès de son époux, a sombré dans une consomption qui l'a emportée en quelques semaines. Elle est morte à l'hôpital public, et c'est là que la demoiselle a heureusement rencontré mon Germon.

Il venait de quitter la marine nationale, où il était auparavant médecin navigant. Il avait acquis à bord des navires de la Royale une bonne pratique de la chirurgie, et aurait pu continuer cette carrière. La campagne de Chine de 1848 et la perte, sur les côtes de Corée, du vaisseau où il était embarqué l'ont amené à regarder avec circonspection les expéditions lointaines. Il rapportait d'Orient certaines coutumes enseignées par des médecins chinois, qui n'ont pas grand-chose à voir avec les nôtres, et avait tenté de les exercer dans les foires et les marchés, sans souscrire aux formalités administratives en vigueur.

Selon Germon et les Chinois, la peau est parcourue de flux électriques qui se déplacent le long de sentiers invisibles tracés sur toute l'anatomie et c'est du déséquilibre de ces écoulements que naît la maladie. Il suffit donc de les rétablir pour que le patient récupère la santé. On le fait en usant de fines aiguilles que l'on pique en des points précis, où se croisent ces chemins, ou bien en chauffant ces mêmes endroits par un système assez semblable à nos ventouses. Il eut quelques succès, surtout avec des atteintes rhumatismales dont nous-mêmes ne savons pas grand-chose, si bien que le corps médical de Nantes où il opérait l'a assigné pour exercice illégal.

Il n'a eu d'autre choix que la fuite et c'est ainsi qu'il s'est retrouvé à Flers juste à temps pour y rencontrer Éléonore, qui allait sombrer dans la misère.

Elle a fait appel aux anciens amis de son père pour obtenir un statut régulier à son mari, en l'engageant désormais à mettre sous le boisseau ses connaissances exotiques, et c'est ainsi qu'il est devenu officier de santé, attaché au canton de Condé-sur-Noireau, où je l'ai connu.

Pendant qu'Éléonore et Honorine s'occupaient de préparer la table, Germon et sa petite sont venus voir mon jardin de simples. Nous devisions agréablement lorsque ma fille et son époux sont arrivés en grand équipage. Ils étaient accompagnés par Sophie du Veran et ce commissaire-priseur de Rouen, Ferry, que j'avais déjà vus pour le jour de l'an. Je suppose que de leur côté ils ne désiraient pas non plus faire seuls tous les frais de la conversation. Nous serons donc non pas sept mais neuf convives, nos pitances sont bien assez copieuses pour se diviser un peu. N'empêche, j'eusse aimé être prévenu !

Honorine, elle, ne fut pas de ma libéralité, elle gourmanda Hortense qui se contenta de répliquer par des « Oui, Honorine », souriant avant de l'embrasser tendrement. J'ai, à cet instant, retrouvé un peu de ma famille disparue et j'ai eu du mal à cacher mon émotion.

Nous sommes passés au repas sans attendre Bucard qui, pris par ses offices, n'arrive jamais avant quatorze heures. C'est une habitude à laquelle il faut s'accoutumer, il ne mange jamais que le plat principal et le dessert.

La conversation a d'abord roulé sur l'affrontement qui se prépare, puisque nos armées sont, aux allégations du sieur Ferry, entrées cette semaine en Italie. Selon lui, l'Autriche aurait mobilisé près de cinq cent mille hommes, et le jeune François-Joseph manquerait d'argent pour maintenir une telle troupe sur le pied de guerre. D'ailleurs, des négociations avec Cavour seraient en train, mais dans le même temps, celui-ci serait désespéré des propositions de l'Autriche. Il rêverait d'en découdre et l'Empereur lui aurait fait des promesses l'an dernier qu'il entendrait voir tenues. Tout cela était dit sur le ton énervant de celui qui est informé parce qu'il côtoie le pouvoir, que je sache Rouen n'est pas la capitale de la France et Ferry n'est ni Morny ni Persigny. « D'ailleurs, poursuivit-il, tout infatué de lui-même, nous nous doutons bien à quoi s'attachent ces diplomaties… » Il laissa sa phrase en suspens avec un sourire vicieux que je ne suis pas près d'oublier et auquel mon gendre répondit par un ricanement de même acabit.

Heureusement, Bucard est arrivé sur ces entrefaites avec un petit discours préparé tout au long de son chemin sur notre héroïsme à Germon et à moi, qui avait permis d'arrêter le fol incendiaire qui terrorisait nos campagnes. J'en suis resté sur le flanc, mais Éléonore a renchéri, à la grande gêne de son époux qui déteste se mettre en avant. Ne pas s'imposer est son principal défaut, surtout face à des personnages comme les hommes de cette table. Éléonore, qui en est consciente, pallie, comme elle peut, cette pusillanimité, le poussant et le forçant à dépasser une humilité qui le dessert.

Pendant qu'elle racontait nos exploits, j'ai intercepté un regard furieux d'Honorine. Il s'adressait à Sophie du Veran qui, des yeux, me lançait une telle invite qu'en les croisant, j'ai reçu un choc dans la poitrine. Ensuite, j'ai surpris le même genre d'œillade que portait ma fille sur le commissaire-priseur. J'en ai été ennuyé.

Certes, je ne verrais aucun inconvénient à ce que le notaire qui tant trompe le soit à son tour, mais le goût d'Hortense pour un personnage tel que celui-là me laisse perplexe. Il a tout du bellâtre prétentieux, et quelquefois les femmes malheureuses jettent leur dévolu sur des hommes qui les affligeront plus encore. Comment peut-elle ne pas discerner le jeu qu'il mène, cette stratégie primitive n'a d'autre but que d'affirmer une séduction pitoyable et vaine. Bucard a perçu la même chose que moi, il m'a cligné de l'œil et a plongé son nez dans son verre, pour bien montrer que tout cela ne le concernait en rien.

Mon gendre pendant ce temps, aveugle, pérorait sur le fait que seule la guillotine était capable de compenser les crimes du misérable et trouvait dans notre silence un acquiescement qui n'était dû qu'à l'ennui. Seul Germon a failli enfourcher un cheval de bataille, mais sur un regard de sa femme, il est descendu de sa selle.

Quelqu'un a proposé une promenade en calèche dont j'ai décliné l'offre. Et ils s'en sont tous allés sur le chemin poudreux. Ils avaient arrêté de raccompagner Germon et sa famille jusqu'à Condé-sur-Noireau. Quant à moi, je suis allé me reposer dans mon jardin d'hiver, tandis que Bucard rejoignait sa cure pour les vêpres.

À leur retour, Hortense m'a annoncé, alors que les autres restaient dans la voiture, qu'ils avaient décidé de rentrer le soir même à Caen. J'ai compris au regard de Mortier que quelque chose n'allait pas, mais je ne suis pas allé plus avant. Je me suis contenté de les saluer aimablement.

## Lundi 2 mai

Ce matin, comme je m'apprêtais à partir, Germon est arrivé alors que je ne l'attendais point. Il voulait me tenir au fait de la tournée que lui-même allait entreprendre, selon notre accord, dans les domaines de Vérone de Persigny qui touchaient à son canton. Il n'avait pas besoin de venir jusqu'à moi pour cela, ce qui avait été dit était fort clair. Il m'a proposé de chevaucher à mes côtés.

« Ma femme n'apprécie pas votre gendre et son ami, commença-t-il après quelques instants.

— Elle a bon goût

— Je crains qu'elle n'ait dépassé les bornes hier.

— Comment cela ! On ne va jamais assez loin avec les gens de cette sorte, vous savez, et de toute façon ils s'en remettent toujours. Que s'est-il passé ?

— Ils ne vous ont donc pas raconté ? Elle les a traités de voleurs.

— Ce n'est pas faux ! Mais comme cela, sans aucune raison ? »

C'est ainsi que j'ai appris que Mortier, libéré de sa promesse vis-à-vis de moi, s'était jeté comme une hyène sur le patrimoine du chevalier de Bourdan. Depuis la mort de ce dernier, rien ne pouvait plus l'empêcher de mettre son projet à exécution. Il avait donc produit au fils, qui continuait de se baguenauder à Paris, la somme de ses dettes au moment de l'héritage et lui avait proposé de renoncer à celui-ci à son profit, en échange d'une petite rente perpétuelle de deux mille francs. L'autre, croyant son père complètement ruiné et ayant conscience d'être incapable de relever le domaine, fut trop heureux de signer et de remercier bien bas.

« Vous comprenez, n'est-ce pas ? Le notaire du père d'Éléonore avait agi de même à son décès, et comme votre gendre et son ami riaient de cela comme d'une bonne plaisanterie, elle n'a pas su se retenir. Elle s'est probablement mise à la place du fils du chevalier. »

Le sort de ce galopin m'indiffère, mais non celui des époux Mangin. Puisque désormais Mortier est propriétaire d'un château dans l'arrière-pays, il va lui falloir des gardiens. Lorsque j'irai à Caen, je tenterai de concrétiser, qu'il le veuille ou pas, ce genre d'arrangement. N'empêche la situation est cocasse, qui remet ces deux aigrefins à la position qui est la leur. Décidément, cette petite Madame Germon a un caractère qui me convient. « Voilà qui est bien fait », ai-je lancé en partant d'un grand éclat de rire.

Germon, rassuré, s'en est allé sur son chemin à l'embranchement de Ménil-Vin et j'ai continué ma route vers Pont-d'Ouilly jusqu'à la ferme Gatiniaux.

La cadette, Adélaïde, ne se porte pas bien. J'ai senti aux soupirs qu'elle poussait pendant que je l'auscultais, que si nous n'y prenons garde, nous irons vers une forme de consomption des plus difficiles à traiter ou alors vers des attitudes scandaleuses qui ne produiront de bien pour personne. Elle est dans le même cas que la fille des Délicieux, mais n'est pas encore arrivée au point où les bornes de la bienséance sont dépassées. Pourtant, les barrières sont bien fragiles. Sa mère semble s'en rendre compte et connaître le remède aussi bien que moi.

Lorsque je l'ai examinée à son tour, elle m'a dit qu'un jeune homme des environs virevoltait autour de la jouvencelle. Le prétendant aurait du bien, il serait honnête et travailleur, joliment proportionné, bref, ne posséderait que des qualités, sauf celle d'appartenir à la famille des Soubise, de Pierrepont, avec lesquels les Gatiniaux sont fâchés depuis l'Ancien Régime pour une affaire de bornage qui aurait mal tourné. Son père a posé un veto intangible. Depuis, Adélaïde se morfond.

J'ai été rassuré par ce discours, car il élimine la composante physiologique, et ainsi nous ne sommes plus qu'en présence d'une banale histoire d'amants de Vérone. Il n'y a qu'au théâtre que ces contes finissent dans le sang. Dans la vie courante, il suffit d'une bonne négociation entre les parents ou encore d'une précoce position irréversible et intéressante de la fille que les jeunes gens savent assez bien se ménager.

J'ai promis que j'allais arranger cela en passant chez les Soubise, qui sont fermiers de Vérone de Persigny et entrepris le vieux Gatiniaux au moment de son auscultation. Je lui ai présenté le cas de son enfant sous les dehors les plus désastreux. Je lui ai raconté l'histoire des Délicieux, contraints pour des raisons analogues de mettre leur descendante chez les carmélites de Lisieux. Comme il est républicain et très violemment anticlérical, il s'est tout de suite révolté à l'idée d'avoir engendré une nonne et plus encore de devoir donner une dot à un couvent et à des religieuses, mieux valait encore le fils Soubise.

« Mais ce sont eux, les Soubise, qui ne voudront jamais, je vous en fiche mon billet. Ce sont des âpres au gain et à la rancune, surtout le Jean, vous verrez !

– Les Soubise, je m'en charge ! »

Les bans ont été publiés et les noces de Vertou de la Planche et de Victorine Dreux auront lieu aux alentours du quinze. Ces fiançailles ont revigoré le vieux bougre, parbleu ! Il m'a engueulé comme jamais, sous les yeux réjouis de sa future. Nous nous sommes chamaillés à propos de l'Empereur, de la guerre, du prix du beurre et même de la cueillette des olives en basse Provence, tant nous étions heureux de ce retour vindicatif à la santé.

Lorsque j'ai quitté la demeure, j'ai croisé la petite Marie, qui m'a souri de façon, ma foi, assez coquine. Cela m'a mis de joyeuse humeur et je m'en suis allé vers La Forêt-Auvray, où j'avais rendez-vous avec le père Duchaume, qui m'a semblé aller le mieux du monde. Nous avons éclusé une bouteille de gros et quelques verres de calva qui m'ont bien tourné la tête.

Après une demi-heure de silence partagé, alors que je m'apprêtais à repartir, il m'a saisi le bras et a plongé ses yeux dans les miens.

« Vous vous sentez bien, Docteur ?

– Parfaitement.

– Bien ! Vous devriez prendre garde à votre santé.

– Pourquoi ? Vous me pensez malade ?

– Pas encore, non, pas encore, mais quelque intrigue se trame que je ne crois guère bonne. Une certaine femme, une jeunesse peut-être, que vous auriez délaissée. Nous sommes entre hommes, nous pouvons bien parler de ces choses-là. Vous comme moi avons certains besoins, n'est-ce pas, et quelquefois nous nous laissons mener plus par notre queue que par notre tête. Nous arrivons sans y mettre d'intention à éveiller des espérances chez certains êtres faibles qui, si elles sont déçues, se retournent contre nous.

– Père Duchaume, nous nous fréquentons depuis longtemps, et nous sommes bons amis, je pense. Alors, venez-en au fait.

– Écoutez, je sais que vous vous moquez de cela, mais on vous en veut, et on a lâché des chiens contre vous.

– Et qui est ce "on" ? »

Il est demeuré silencieux. Il doit y avoir une certaine morale des sorciers qui leur interdit de dévoiler leurs sources. Malgré mon insistance, je ne suis pas parvenu à ce qu'il en démorde. D'ailleurs, cela n'a pas d'importance. Je ne crois pas à ces maléfices et à ces conjurations. Il ne l'ignore pas et nous en sommes restés là.

Pourtant, alors que je prenais congé, il a saisi mon bras : « Écoutez, Docteur, si par malheur vous alliez mal, cherchez un objet inhabituel, un assemblage singulier chez vous, et jetez-le dans un bon feu, puis faites-moi appeler. »

J'ai poursuivi ma tournée par Rabodanges et les Isles-Bardel. La femme Lourmois et la fille Maurasse se portent bien ainsi que leur progéniture. J'avais emporté pour chacune une bouteille de Quina de Rocher et une autre d'huile de foie de morue de Defresne que je leur ai recommandé d'absorber chaque matin à jeun. Les amples travaux de la campagne commencent, elles y participeront quoi que je dise, alors autant les fortifier.

## Mardi 3 mai

Tout est calme et la canicule s'est encore renforcée. Un colis est arrivé de mon libraire de Rouen. Parmi les livres que j'avais commandés, il m'en avait choisi un, *Les Mystères de Paris*. Un petit feuilleton fort agréable à lire et qui, semble-t-il, est un grand succès à la capitale. Je m'y suis plongé et la lecture a été assez passionnante pour me maintenir jusqu'à l'ombre. J'ai discerné dans cet ouvrage une certaine vision de la France et des rapports qui y régissent les êtres et les milieux, qui n'est dénuée ni de fondement ni d'intérêt. Lorsque la chaleur est tombée, mis en appétit, je me suis attaqué à mon mémoire qui m'a tenu jusqu'à une heure avancée de la nuit.

Mon pharmacien m'a d'autre part fourni ma commande de cinq litres de Quina de Rocher, six d'huile de foie de morue de Defresne et de trois boîtes de pilules de Blancard, dont je connais l'usage immédiat.

## Mercredi 4 mai

Ma consultation s'est déroulée comme à l'accoutumée. J'ai reçu une dizaine de visites avec les habituelles médiocres affections de mai. J'ai dispensé des compositions d'angélique et de petite centaurée pour les fièvres, de la camomille, de la menthe, de la sauge et du serpolet pour calmer quelques indigestions. Bref, j'ai déployé mon arsenal de simples. Ce jardin que je parfais depuis quelques années me permet de traiter bien des maux à un coût qui convient aux plus démunis de mes patients et qui va bien aux autres. Il n'est pas tout de bien soigner, encore faut-il rester accessible à toutes les bourses.

J'ai terminé mes consultations et je suis monté dans ma chambre poursuivre la lecture des *Mystères de Paris*. J'ai alors entendu un grand remue-ménage dans l'entrée. Honorine, qui veille de mieux en mieux à mon confort et à ma tranquillité, tentait de convaincre Louise Bayard de revenir demain. Elle s'était emparée de deux lettres dont elle avait reconnu l'écriture, arrivées par la malle-poste au Détroit, et elle les avait subtilisées dans sa hâte de me les faire déchiffrer.

Je suis donc descendu en chemise pour lire ce courrier, alors qu'Honorine me lançait un regard furibond. Louise Bayard portait là deux plis de Lyon, où l'armée était alors en cantonnement, avant que de se hasarder à l'assaut des Alpes et des plaines de Lombardie.

J'ai lu à la jeune fille directement le mot de son amant. Elle me tournait le dos et regardait le jardin, comme pour me cacher ses sentiments. Je ne percevais que sa silhouette se découpant sur le ciel qui sombrait dans le bleu.

Comme je comprenais que le drame qui se nouait entre ces deux-là n'était pas seulement celui de la séparation, j'ai entendu un choc sourd. Elle venait de s'évanouir sur le tapis. J'ai appelé Honorine à l'aide. Nous relevâmes la jeune femme, et comme elle s'était souillée dans son malaise, je la fis déshabiller et installer dans la chambre que je réserve aux amis au rez-de-chaussée de mon logis.

Ensuite, je me portai auprès d'elle pour lui donner les soins que nécessitait son état. Je demandai à Honorine de rester près de moi.

Louise est enceinte d'au moins trois mois. J'aurais dû m'en douter en découvrant la façon dont elle assujettissait son corps, se tenait parfois les reins.

Je lui ai administré quelques gouttes d'ammoniaque et elle est revenue à elle. Dès qu'elle s'est vue ainsi allongée, elle a éclaté en sanglots. Une bonde cédait à un flux impétueux et trop longtemps contenu. J'ai attendu que s'écoulent ses larmes, avant de l'interroger plus loin.

Pendant ce temps, Honorine bredouillait des phrases confuses, patenôtres, lamentations ou jurons. Louise ne connaissait pas son état. Ni ses nausées, ni ses vertiges, ni son aménorrhée de trois mois ne l'avaient renseignée sur sa grossesse. Je me suis enquis du père, elle s'est troublée, puis m'a lâché le nom de Brutus.

Pourtant, j'ai voulu pousser plus avant mes investigations, car j'avais remarqué sur ses bras, sur le haut de sa gorge et de son dos dénudés des hématomes à divers stades de la résorption.

Elle s'est alors enfermée dans un silence farouche, les yeux brillants, la bouche tordue, présentant tous les symptômes précurseurs de la crise nerveuse. Je me suis donc contenté de lui faire servir une forte tisane de tilleul. Je l'ai quittée en la laissant à la garde d'Honorine que j'ai engagée à passer la nuit auprès d'elle. Je vais maintenir Louise chez moi jusqu'à ce que j'aie résolu les tenants et les aboutissants de ce que je vois comme un drame familial assez crapuleux.

## Jeudi 5 mai

Je me suis éveillé très tôt ce matin, et l'aube pointait à peine, avec les chants des oiseaux qui pressentent l'arrivée du jour longtemps avant que les rayons du soleil ne dépassent l'horizon. Je me suis installé à ma table de travail pour lire tranquillement les deux lettres de Rochambaud.

La naïveté assez singulière de ce jeune homme est en train de s'effriter sous les coups du réel. Il y a loin des intentions aux actes dans leur brutale évidence. Il va au-devant de bien des déconvenues, s'il imagine que l'organisation des États a pour préoccupation le bien-être des individus.

L'ordonnancement que le politique inspire est fondé sur ce que sans l'ordre il n'est pas de stabilité, mais la vie n'est faite que de bouleversements, un bipède qui marche est en perpétuel déséquilibre. Et sous les dehors de l'harmonie se cachent souvent le goût de la panoplie et la quête des honneurs. Nul d'entre nous n'en est d'ailleurs indemne, qui avons tous un fonds de médiocrité. Nous aimerions tant nous élever au-dessus de notre condition fondamentalement animale que nous sommes prêts à accepter toutes les illusions. Et lorsque nous avons atteint les objectifs que nous nous sommes fixés, en fonction de notre culture et de notre imagination, nous nous battons comme des chiens pour les préserver. La lutte pour le pouvoir qui nous anime est ancestrale, elle vient du temps si peu lointain où seuls les plus forts parvenaient à survivre. Malgré toute notre civilisation, malgré nos chemins de fer et les conquêtes que nous faisons sur l'ignorance, notre morale est toujours celle de la horde, où seule la prédominance garantit la sûreté et devient alors la cible de toutes les attaques.

Notre profession est à la fois le refuge des pires égoïsmes et des plus imposantes forces d'âme, le choix de la route appartient à chacun. Je ne suis pas sûr que notre confrontation permanente avec la réalité souvent absurde du destin des hommes ne nous entraîne pas plus sur le sentier de la lassitude que sur celui du sacrifice.

C'est ainsi. Toute lutte est vaine à ce propos, sinon celle qui viendrait d'une poussée sociale et populaire à laquelle je ne crois guère et qui, si elle se produisait, serait bientôt noyée dans le sang, tant sont considérables la hargne des possédants et l'insolence des carrières qui se construisent aujourd'hui. Non, l'époque n'est pas aux fermes résolutions mais au pillage des biens de tous par quelques-uns et à la transgression des principes mêmes sur lesquels ils fondent leur légitimité. Ainsi mon gendre et Ferry, commissaire-priseur de Rouen, ainsi le comte de Mortmieux, Vérone de Persigny, Fortier, les exemples sont foison.

Nous sommes dans le « chacun pour soi ». Pour le reste, comment ne pas faire preuve d'indulgence pour les plus démunis, leurs fautes ne seront jamais si énormes que celles de la prévarication et du désir de guerre. Bien sûr, Brutus Délicieux est un personnage sans grande envergure, Claude Cheminade un fou pyromane et un assassin sans excuse, évidemment, mais que sont leurs lamentables exploits, qui leur coûtent leur tête, face à ceux des puissants qui eux demeurent impunis ? Vers huit heures, j'ai commandé à Ernest d'aller jusqu'à Bazoches chercher le frère de Brutus pour que je lui communique le message qui lui est adressé. Il est arrivé un peu plus tard et a lu le billet tout seul, avant de me dicter un petit mot où il s'engage à accomplir la mission dont il est chargé. Je crois que, lorsque Louise va se réveiller, nous aurons droit à une bien pénible histoire.

Midi.

Louise dort encore. J'ai poursuivi la lecture des lettres de Rochambaud. Il me tient pour confident de sa bonne fortune. Décidément, nous sommes bien du même bois pour ce qui concerne les femmes. Cette hâte pour le mariage me rappelle la mienne lorsque mon père me conta le projet qu'il avait formé pour moi. Combien de temps a-t-il fallu avant que je me couche sur la jeune Adélaïde et la trousse dans l'herbe qui borde la rivière ? Quelques heures, pas beaucoup plus !

Louise s'est éveillée sur le coup de quatre heures. Elle était assise sur le bord du lit, en chemise. Son épaule droite et une partie de sa gorge étaient découvertes. Elle me regarda approcher de sa couche avec dans les yeux une telle résignation et une telle invite que j'en ai été tout retourné.

Je me suis assis sur une chaise juste en face d'elle. Elle baissait la tête comme un chien soumis et balançait ses jambes sur le rebord du lit. Je me suis vu dans l'image d'un chasseur prêt à forcer une biche, l'abandon qu'elle manifestait était celui du désespoir. J'y ai, de plus, perçu une sorte d'habitude qui m'a fait horreur. Je me suis saisi d'un châle laissé là par Honorine et lui en ai recouvert les épaules.

Elle est restée silencieuse un moment, en respirant longuement, puis brutalement, sans que rien ne le laisse prévoir, après un soupir, elle s'effondra en sanglots. Alors entre les hoquets et les larmes, elle articula :

« Qu'est-ce que vous guignez encore ? Qu'est-ce que vous voulez de moi, hein ? Vous pouvez bien tout me faire, je m'en fiche, je m'en fous ! »

Honorine est entrée à ce moment-là avec un bol de bouillon, elle s'est assise à côté d'elle et lui a pris les mains. Louise s'est retournée vers elle, a posé sa tête sur son épaule et, comme une somnambule, elle a commencé à raconter la lamentable histoire de sa vie.

À la mort de sa mère, alors qu'elle n'avait qu'à peine dix ans, son père s'était emparé de sa pudeur, presque chaque jour, puis il a vu le profit qu'il pouvait en tirer et l'a louée à des clients de passage. Bientôt le bruit a couru auprès des amateurs et ils sont venus de tout le canton. Cela a duré jusqu'à ce qu'elle rencontre Délicieux, qui s'est mis en tête de la tirer de son esclavage, mais lui parti, cela a recommencé de plus belle. Je suis tombé de bien haut, à l'énoncé des noms de ceux qui ont ainsi abusé d'elle. Ces canailles sont connues honorablement dans le canton. Au début, j'ai pensé à une affabulation comme on en rencontre souvent dans les discours hystériques, mais les corrélations étaient par trop aveuglantes et certaines trop proches de moi pour que je puisse douter longtemps, à commencer par des amis de mon gendre, comme ce commissaire-priseur dont le vice se marque sur son visage.

Je ne sais que faire, sa parole ne pèsera pas lourd contre celle d'un maire ou d'un conseiller municipal. Moi-même, n'ai-je pas douté un moment ? De plus elle est enceinte.

Elle sent, m'a-t-elle dit, que c'est de Délicieux, car c'est le seul qu'elle ait jamais aimé. Je vais garder la jeune femme chez moi, puis nous aviserons.

## Mardi 10 mai

Ma journée de vendredi a été fort lourde. Je l'ai commencée par une visite chez Vérone de Persigny, à propos de l'affaire Soubise. Je n'y étais pas attendu, j'ai été reçu par Brousse, qui m'a questionné au sujet de mes consultations dans les fermes, et nous avons mis au point une façon de procéder quant aux médications que j'utilise et à leur paiement jusqu'à ce que Vérone, qui n'était pas encore levé, nous rejoigne. Il est descendu, assez surpris.

Lorsque je lui ai dit l'objet de ma présence, il s'est moqué de moi avec assez de méchanceté en me traitant de marieuse. Finalement, il a demandé à Brousse de prendre les dispositions nécessaires. Celui-ci est bien plus qu'un simple intendant, complètement dévoué à son maître, il se charge de tout ce que le comte ne veut accomplir lui-même et comprend ses ordres à demi-mot.

Avant mon départ, Persigny m'a présenté sa future épouse. Angeline a feint de ne pas me connaître et j'ai agi de même. Comme il est difficile de jouer cette comédie-là. J'ai quitté Martigny-sur-l'Ante assez écœuré des mœurs de notre société si policée en apparence et si monstrueuse dans les faits. J'avais l'impression de ne m'être lavé de plusieurs semaines et une crasse morale me collait à la cervelle.

En passant à Saint-Germain-Langot, j'ai vu le château fermé, je me suis enquis de la présence de Renée auprès des gardiens, elle est partie à Nantes où son mari vient d'être nommé préfet, ce qui est une promotion assez exceptionnelle.

Ensuite, je suis allé chez les Ferrier, à Cordey, voir ma filleule. La petite Nelly se porte bien. J'ai laissé à la mère Ferrier deux bouteilles d'huile de foie de morue, en commandant la même prescription pour tous les enfants. En regardant Nelly, je pensais à Louise, et je m'imaginais ces doux yeux bleus dans le calvaire qu'elle avait subi. J'en ai été tout retourné. Je m'en suis allé quasiment en larmes après l'avoir embrassée.

Je me suis rendu au bordel Fernier pour accomplir mon service. Doriane a pris les choses en main, les chambres sont plus propres qu'elles n'ont jamais été et les pensionnaires en bonne santé. J'ai donné à Léontine Cugnière des nouvelles de sa fille, elle en a été toute revigorée.

La maison Duchâtel était fermée. Mademoiselle Luke est morte ce matin. J'ai présenté mes condoléances à Clotilde, qui se tenait très droite au milieu de ses bataillons vêtus de noir et de parme. J'ai bien sûr reporté mon examen au mois prochain.

Je ne suis rentré à Rapilly qu'à la nuit sans avoir eu le temps de passer chez les Délicieux, ce que j'ai fait samedi. Les parents de Brutus prévenus par Pierre m'attendaient. Dès que j'ai eu commencé la lecture de la lettre de leur garçon, en entendant la cachette du pécule de la Martine, le père s'est précipité dans la grange, suivi de son fils. Ils sont revenus quelques minutes après avec une caissette en bois enveloppée dans un torchon rouge. Le père y a regardé rapidement, m'a jeté un œil suspicieux et, considérant que je pouvais être mêlé au secret, a étalé sur la table le contenu de la boîte. Ils ont compté les pièces devant moi. Il y en avait pour plus de vingt mille francs, dont une bonne part en or. La stupeur s'est établie dans la salle commune, comme si cette somme était trop considérable pour qu'on ait la capacité d'envisager comment en user. Je me suis senti de trop et m'apprêtais à me retirer quand le père Délicieux s'est dressé devant moi pour m'en empêcher. Un instant j'ai eu peur, il avait pris une carrure que je ne lui connaissais pas.

Puisque j'étais dans la confidence, j'appartenais à présent à la famille. Il m'a immédiatement dicté une lettre pour son fils. Et là j'ai constaté qu'il savait parfaitement quoi faire de ce pactole. Il restait une petite amertume quant au destin de Brutus, dont ils entrevoient bien qu'il risque sa vie en Italie. Puis il a sorti une bouteille de calva et nous avons trinqué au futur.

Les propos sont ensuite venus sur la fille Durant, Geneviève, dont on parle dans le pli. C'est elle qui m'avait abordé en espérant que son père allait souffrir avant de rendre l'âme. Au dire de la mère Délicieux, c'est une femme dangereuse et j'ai eu droit aux habituels récits de sorcière et d'aiguillettes nouées que je connais depuis si longtemps que je n'y attache plus d'importance.

Pourtant, était-ce à cause de ce que j'avais appris la veille concernant la destinée effrayante de Louise, était-ce par la chaleur de l'alcool, ce coin de campagne que je comprends si bien et ses habitants me sont apparus sous un aspect bien différent.

Si en trente ans d'exercice tout m'avait échappé des mœurs et des coutumes de l'auberge du Détroit, s'il avait pu se passer sous mon nez tant de comportements abominables, alors, sans doute, toutes mes certitudes n'étaient-elles fondées que sur du sable. Cela m'entraînait dans un flot de pensées qui allaient se chevauchant en une folle sarabande et dans lesquelles ni les sabbats au clair de lune, ni les vengeances de géants, ni le sang et ni le meurtre n'étaient si improbables que je le croyais.

En rentrant chez moi, une vague de lassitude m'a envahi et je me suis couché sur le coup de sept heures pour ne me réveiller que dimanche à l'aube. Durant toute la nuit, j'avais formé le projet de me rendre à Caen pour dénoncer l'ignoble manège du patron du *Chien qui fume* aux plus hautes autorités. De toute manière, je devais aller au chef-lieu pour parler à mon gendre du couple Mangin et j'avais prévenu Hortense qu'ils m'auraient dimanche à déjeuner.

J'avais résolu de me diriger vers la cathédrale, où j'étais sûr d'attraper le procureur général au sortir de la messe. Il était là, en effet, et m'a donné rendez-vous à cinq heures chez lui.

Je me suis présenté chez ma descendante et son époux à midi.

Je les ai trouvés extrêmement gênés par mes révélations. Ils sont en froid avec le commissaire-priseur.

« Par la faute de votre fille, a lancé le notaire, alors qu'Hortense piquait du nez dans son assiette. Ne lui avez-vous pas appris qu'il n'est pas convenable de se jeter ainsi à la tête des gens ? Dieu sait que je ne suis pas bégueule et que je comprends les choses, mais si j'admets d'être cocu, je ne puis rester sans rien dire quand cela se déroule sous mon museau, n'est-ce pas. Mari trompé, certes, mais pas complaisant. Je vous fais juge, après que votre ami nous a quittés, ce dimanche-là, nous avons résolu de nous rendre sur les bords de l'Orne pour y chercher un peu de fraîcheur. Hortense voulait sommeiller un peu dans l'herbe et je suis parti avec Sophie du Veran suivre un instant la rivière, l'abandonnant avec Monsieur Ferry. J'étais sans soupçon, pauvre imbécile ! Alors que nous revenions, j'ai trouvé votre fille troussée comme une putain dans les bras de cet homme lui-même assez débraillé et dans une position qui ne permettait pas de doute sur leur entretien intime, n'est-ce pas, Madame ?

– Mais vous-même, avec Sophie du Veran, ne vous étiez-vous pas un peu amusé ? rétorqua Hortense en pleurnichant.

– Comment j'agis ne regarde que moi ! Vous n'aviez pas à vous laisser prendre ainsi. N'importe qui aurait eu le loisir de vous voir, et pour qui serais-je alors passé ? Qu'en pensez-vous, Docteur ? Ceci est un véritable flagrant délit et j'aurais eu le droit de demander le divorce. »

Que ne le fait-il pas ! Mais il a trop bien établi le plan de sa fortune pour oublier mon héritage.

Je me suis retiré en les abandonnant à leur scène de ménage et je suis parti rejoindre Flavigny chez lui, comme il m'y avait convié.

À ma grande surprise, il était déjà au courant de ce que je lui racontai et il m'a pressé de chasser tout cela de mon esprit.

« Laissez-moi agir, a conclu le procureur général, cette affaire ne vous concerne pas. Quant à la fille, je n'ai aucun conseil à vous donner, mais ne la gardez pas chez vous.

On pourrait voir dans votre sollicitude autre chose qu'une juste préoccupation de l'humanité. Recommandez-la à quelque couvent, ou bien envoyez-la chez une vieille tante, mais croyez-moi, cher ami, ne vous en mêlez plus. »

Je suis parti dans un état d'abandon affreux. Et je suis allé me réfugier dans les bras de Marguerite Renoir.

Le lendemain, en rentrant chez moi, j'ai poussé jusqu'au bosquet de La Forêt-Auvray pour aller voir mon sorcier. Duchaume a chassé sa souillon et a sorti une bonbonne de calvados de sous sa paillasse. Il s'est installé à sa table en claquant deux verres sur la planche et m'a invité à prendre place à ses côtés. Il lapait son eau-de-vie en chuintant des lèvres et j'ai bu de même. Nous avons ainsi avalé la bouteille. La gnôle aidant, je l'ai questionné sur l'auberge du Détroit et son propriétaire. Il a hoché le chef d'un air entendu. « C'est du mauvais homme, m'a-t-il dit, il s'est voué au pire depuis longtemps. » Il laissa un temps avant de me lâcher : « Il faut du mal pour que subsiste le bien. Ils sont les deux faces d'une même pièce et l'un ne va pas sans l'autre. »

Il a ensuite planté ses yeux bleus dans les miens et m'a demandé « Voulez-vous que je fasse quelque chose ? » Cette question sonnait si étrangement que je me suis contenté de refuser de la tête, il s'est alors enfermé dans un mutisme dont il n'est pas sorti avant que je parte, si ce n'est pour me souhaiter une bonne journée comme s'il ne s'était rien passé.

À Taillebois, l'abbé Bucard avait retroussé les manches de sa soutane et bêchait le jardin de son presbytère avec une énergie que son âge n'aurait pas laissé soupçonner. Je suis resté quelques minutes à le regarder retourner la terre avec la même vigueur qu'il met à prononcer son sermon du dimanche. Ses cheveux blancs étaient en bataille et ils reflétaient le soleil à la façon d'une auréole. J'ai songé qu'une telle peinture était bien faite pour accréditer l'image de sa sainteté dans l'esprit souvent simple de ses ouailles.

Bucard a longuement écouté ce que j'avais à lui dire et qui n'a pas semblé le surprendre. J'ignore comment cet individu peut supporter ce qu'il entend en confession.

« Vous ne connaissez pas, m'a-t-il murmuré, les détours du diable, vous méconnaissez les apparences qu'il prend pour parvenir à ses fins.

– Que vient donc faire le diable dans une affaire qui nécessiterait plutôt l'intervention de la maréchaussée ? » lui ai-je demandé.

Il s'est contenté de sourire. Je déteste la façon de supériorité que ces religieux affectent quand ils ne savent quoi répondre. Il s'est excusé en prétextant une messe à dire pour l'âme du vieux Durant, dont on commémorait les quinze jours après le décès, et il m'a planté là.

Honorine m'attendait sur le seuil. Louise avait disparu hier dans l'après-midi. Au départ, Honorine pensait qu'elle était sortie prendre l'air, mais, ne la voyant pas rentrer de la nuit, elle s'était inquiétée et avait envoyé Ernest à sa recherche en commençant par l'auberge du *Chien qui fume*. Il était revenu bredouille et depuis, aucune nouvelle.

Je me suis contenté de hausser les épaules et de ne point écouter les reproches d'Honorine, fort heureuse au demeurant que rien n'ait été volé de la maison.

À la fin de l'après-midi le frère de Brutus est passé, accompagné du fils Durant. Ils étaient tous les deux dans un état de grande excitation. Ils se sont invités dans mon bureau comme en terrain conquis. Je les avais vus approcher de loin, installé que j'étais dans mon jardin à boire une camomille que m'avait préparée Honorine pour me remettre de mes émotions. N'était le sort de Louise, je les aurais volontiers mis à la porte. Ils voulaient me dicter un mot pour Brutus.

Ils étaient allés au *Chien qui fume* et s'en étaient pris au père Bayard tant et si bien qu'il s'en était pissé dessus. Le tout était raconté sur le ton de la fanfaronnade la plus abjecte. Je me suis senti complètement ridicule, avec mes délicatesses et mes interventions. Presque aussi risible que Rochambaud dans sa tentative d'éduquer Brutus Délicieux. Quelques gifles, quelques insultes ont fait mieux et plus vite que toutes mes consultations et mes connaissances prétendument élevées. La vie n'est qu'une bouffonnerie où la force l'emporte toujours quoi qu'il advienne.

En revenant de ma promenade, je suis tombé sur le père Bayard devant ma grille. Il présentait tous les signes de la plus grande fureur. Il exigeait de voir sa fille. Je lui ai rétorqué que j'ignorais où elle se trouvait et que, si je l'avais su, je ne le lui aurais pas dit, car j'étais parfaitement au courant de ses turpitudes. Il a bredouillé quelques phrases incompréhensibles, mais dont le ton laissait entrevoir la menace, avant de s'en retourner sans ébaucher un geste. Pourtant, j'ai bien senti que, s'il l'avait pu, il m'aurait massacré sur mon seuil sans autre forme de procès.

Mon Dieu, comment une société si bien policée que la nôtre possède-t-elle de semblables coulisses ? Ces hommes et ces femmes taciturnes ou hâbleurs cachent au fond de leur cœur des marécages secrets qui m'effraient au-delà de tout. Je ne sais guère plus à qui me fier.

Heureusement, je pars demain pour Paris, ce petit divertissement m'est bien nécessaire pour échapper à la sale atmosphère qui règne par ici.

## Jeudi 19 mai

Mercredi dernier, Ernest me conduisit avec le tilbury à Falaise où j'avais rendez-vous avec Fortier. Il avait loué une voiture de remise à quatre places, et le postillon faisait les cent pas devant l'auberge Roufier en nous attendant. Ernest chargea ma valise près de celle de Fortier et nous quittâmes Falaise à grand train en direction de Rouen.

Il était six heures du matin. Fortier avait graissé la main au cocher qui menait ses bêtes vivement car nous devions couvrir pas moins de trente lieues et voulions atteindre Rouen avant la nuit. Nous changeâmes d'attelage à Thiéville.

Durant tout le temps que dura cette première étape, Fortier dormit, nullement incommodé par les heurts et les cahots. Ses obligations politiques l'amènent à faire ce trajet inconfortable plusieurs fois par an. Il siège au Sénat et tient une demeure à Paris. Il y descend pour les sessions de l'Assemblée chez maître Grison, avoué près la Cour impériale, où il loue à l'année un appartement du rez-de-chaussée.

J'étais si excité qu'il me fut impossible de fermer l'œil, attiré que j'étais par les villages et les hameaux que nous traversions au grand galop. Le postillon sonnait de la trompe pour prévenir les accidents qui n'auraient pas manqué de survenir, tant notre vitesse était élevée. Je ne vis pas passer le temps et je fus très surpris d'arriver si vite à Lisieux, notre second relais.

Fortier se réveilla alors et, comme nous étions dans les délais, il commanda à l'auberge une petite collation que nous partageâmes pendant que l'on changeait les chevaux.

Et nous sommes repartis à un train d'enfer. Nous avons devisé jusqu'à Brionne, où nous allions faire étape pour nous restaurer et où nous sommes parvenus à midi et demi.

Nous avons donc déjeuné à l'hôtel du Bénévent, où il a, semble-t-il, ses habitudes. Un repas, vraiment copieux, nous y attendait, que nous avons dégusté en discutant de politique et en buvant un excellent bourgogne. Fortier est un homme avisé qui sait se taire et écouter, je lui ai raconté la misère qui m'environnait et mes désillusions ; l'état sanitaire du canton où j'exerce et les efforts qu'il conviendrait d'accomplir pour mettre en œuvre des mesures hygié-niques. Coûteuses au premier abord, elles permettraient de réaliser de notables économies de soins. Il a été fort intéressé par ma démarche de vaccination, je lui ai dit que si l'on parvenait à l'étendre, nous n'entendrions bientôt plus parler de petite vérole. Il a souri, un peu dubitatif, et m'a informé que c'étaient là les thèmes dont nous aurions à traiter lors de notre séjour à Paris.

Nous sommes repartis de Brionne une heure plus tard. L'espace de la digestion ensommeillée, nous étions déjà à Elbeuf. La Seine coulait tranquillement et nous avons suivi son méandre pour entrer dans Rouen au crépuscule.

Voici près de vingt-cinq ans que je n'étais pas retourné dans cette ville et la nostalgie s'est emparée de moi.

Je sais bien qu'avec le temps tout change, mais je n'imaginais pas à ce point. Là où ne se rencontraient que des pâturages ou des marais, on voit, à présent, d'imposantes manufactures qui transforment les produits venus du port. Les sentiers paysans ont été pavés et de massives charrettes, lourdement chargées, les parcourent à grand fracas. Alors que la journée touchait à sa fin et que, chez nous, les laboureurs étaient depuis longtemps rentrés, la presse, ici, semblait ne jamais vouloir diminuer. Mais ce qui m'a le plus frappé, ce sont les odeurs lourdes et louches que l'on découvre là. Les narines en sont assaillies, rien ne leur permet de trouver le repos et mes sens ainsi excités me plongeaient dans un désarroi bien proche de la frayeur.

Nous avons enfin atteint l'hôtel du Commerce et des Chemins de fer, près de la station de la Compagnie de l'Ouest, où nos chambres étaient réservées.

J'étais éreinté. J'arrivais à peine à me tenir debout, tant la longue position assise du voyage m'avait ankylosé le dos et les jambes.

Je me suis excusé auprès de Fortier et je suis monté me coucher.

Cette première nuit hors de chez moi a été horrible. À aucun moment le bruit n'a cessé et, même au plus profond de l'obscurité, j'entendais le choc des charrois et les sifflements des usines au loin. Lorsque j'ai finalement trouvé le sommeil à force de me tourner et de me retourner dans mon lit de passage, ce fut pour faire des songes absurdes où les visages se mêlaient. Je voyais leurs expressions se fondre et devenir si hostiles que j'ouvrais les yeux en suée, comme si je venais d'échapper à un terrible danger. Finalement, alors que l'aube pointait au travers des persiennes, j'ai sombré dans un pesant endormissement plein de rêves érotiques qui m'ont laissé encore plus pantelant que les cauchemars.

C'est donc passablement épuisé que je me suis éveillé, cherchant mes habitudes et ne les découvrant évidemment pas. J'ai déverrouillé la fenêtre pour aspirer une grande bouffée d'air pur mais je n'ai trouvé qu'un épouvantable mélange de poussier et de lourdes émanations d'acier chauffé et de charbon brûlant. Je me suis débarbouillé et rasé dans une bassine suspecte et je suis descendu au salon où des tables avaient été dressées. Fortier patientait là en compagnie de Flavigny, le procureur général. Nous avons mangé en hâte, car le train, contrairement à la diligence, n'attend pas et il faut être à pied d'œuvre au moins une heure avant son départ pour tous les contrôles.

Dans le bâtiment tout de fonte, de brique et de verre, noirci par la fumée, les porteurs, qui s'étaient emparés de nos malles à l'hôtel, nous guettaient pour l'enregistrement de nos bagages. La foule était dense et colorée. Je n'avais pas imaginé que tant de personnes pouvaient se rendre à Paris en même temps. Quelles affaires les appellent là-bas ? Mystère !

Fortier a usé de son influence pour nous épargner les nombreuses formalités qu'implique l'accès au train. Nous n'avons pas eu à faire la queue pour nos billets, alors qu'autour des guichets, la presse était considérable. Le chef de gare lui-même nous a conduits, avec les plus grands égards, à notre voiture de première classe, en tête, au bout du quai, derrière le tender de la motrice. À ce moment-là, la locomotive arriva en marche arrière pour être accrochée au convoi. Un ouvrier sauta sur la voie, juste devant le fourgon, au risque d'être écrasé. La machine s'approcha avec une délicatesse étonnante et les boggies se cognèrent, mettant un branle vite amorti dans toute la rame. Le sous-chef de station en capote à boutons blancs courait de toute part pour vérifier les attelages. La bête en chauffe soufflait et ahanait, avec des jets de vapeur fusant sans raison apparente. On découvrait là une pulsation presque vivante.

Sans doute, un jour le voyage en chemin de fer sera à ce point entré dans les mœurs qu'on regardera les locomotives comme des objets habituels, mais pour l'heure, on tremble de confier sa vie à cet engin au bord de l'explosion apoplectique. On sent vibrer sa puissance. On voit bien que des hommes de l'art, avec des gestes précis, entretiennent les roues, les essieux et les engrenages, mais on ne peut se défendre d'une peur irrationnelle, car si nous savons bien que des mortels maîtrisent cette machine, elle n'en apparaît pas moins comme mue par l'effet d'une volonté supérieure et inaccessible.

Nous nous sommes installés dans notre compartiment. Toute la verrière résonnait d'un mélange étonnant d'interjections humaines et de souffles mécaniques. Fortier et Flavigny, bien calés dans leurs fauteuils, me regardaient d'un air amusé. Pour eux ce voyage est une agréable habitude, et ils se gaussaient de mes émois et de mes étonnements.

À huit heures précises, les surveillants ont fermé les portières, deux coups de sifflet de l'engin, puis un long trait de marine, une série de bruits de ferraille, des cris et des ordres lancés et la locomotive a démarré. Doucement puis en accélérant, elle nous a emmenés dans un élan doux et fluide sur les rails.

« Vous verrez, a dit Flavigny, on n'est pas plus tôt parti que l'on est déjà arrivé. »

Nous avons passé les méandres de la Seine dans le fracas métallique des viaducs. La machine, devant nous haletait et nous entraînait si rondement que nous étions presque collés sur nos fauteuils. J'ai voulu ouvrir une fenêtre, et, aussitôt, j'ai été saisi par le souffle de l'air plein de poussières brûlantes. J'ai refermé immédiatement. Fortier annonça que nous allions à plus de cinquante kilomètres à l'heure. À certains moments, la motrice hurlait et bientôt nous croisions une route où les diligences et les charrois avaient fait halte à l'ordre des gardes-barrières, nul doute qu'ils eussent été pulvérisés, s'ils s'étaient trouvés sur notre chemin.

Je regardais les paysages défiler. Lorsque mes yeux s'arrêtaient sur un détail, ils n'avaient pas le temps de s'y fixer, emportés qu'ils étaient sur un autre, tant et si bien que j'ai eu l'impression que le voyage n'avait duré qu'une minute, lorsque nous avons abordé les premières maisons de la banlieue de Paris et, plus hâtivement encore, les faubourgs, dépassés dans les hurlements de la vapeur.

Voici dix ans à peine, le train allait à vingt kilomètres-heure, il va désormais deux fois plus vite, qu'en sera-t-il dans la prochaine décennie ? Sommes-nous prêts à accepter de telles vitesses ? Le trajet entre Rouen et Paris est de près de quarante lieues, en diligence on parvient difficilement, et en crevant les chevaux, à l'accomplir en deux lentes journées. Désormais nulle commune, nul lieu-dit, ne pourra plus être délaissé. Le chemin de fer deviendra comme nos routes, mais qu'allons-nous construire avec tout ce temps que nous allons épargner ?

Nous sommes arrivés dans l'imposante gare de l'Ouest – rive droite –, en traversant la ville dans une oblongue tranchée qui part des fortifications pour pénétrer dans le cœur même de la cité après un long tunnel creusé sous les hautes maisons de rapport des Batignolles. Alors que tout le trajet me semblait s'être passé en un court instant, l'entrée dans la station m'a paru interminable.

En fait, j'avais hâte de laisser la machine, trop heureux d'avoir survécu, et j'étais déjà habillé de pied en cap alors que nous n'étions pas encore parvenus au début du quai. Finalement, le convoi s'est immobilisé et nous sommes descendus sur la terre stable, comme des marins quittant leur navire et gardant encore dans leurs jambes le mouvement du tangage. Un monde inimaginable se pressait dans la gare et sur la place du Havre. Il était à peine dix heures et demie. Les facteurs se sont emparés de nos malles et les ont chargées dans un fiacre qui attendait dans l'allée d'Amsterdam.

Fortier loge voie Saint-Honoré, Flavigny possède un appartement rue de Grenelle, près de l'hôtel des Fermes, et ils m'ont choisi une hôtellerie dans leur proximité, au croisement des deux artères, le Grand Hôtel de la Martinique et de la Belgique, où ils m'ont réservé une chambre spacieuse qui malheureusement ouvre sur la cour. Nous avons pris rendez-vous dans le grand salon vers midi pour aller manger ensemble de l'autre côté de la Seine.

Passant entre le Louvre et Saint-Germain-l'Auxerrois, nous avons, dans le vent, traversé la rivière au pont des Arts. La Seine était tout encombrée de chalands qui déchargeaient du sable et du charbon à droite, des tonneaux à gauche. Vers le pont Neuf et l'île de la Cité, la Samaritaine, qui pompe l'eau pour toute la ville, laissait échapper par sa cheminée élancée et noire une fumée dense qui faisait comme un brouillard, s'accrochant à la vague et s'engouffrant sous les arches. Nous avons débouché face à l'Académie et sommes arrivés au Cercle Malaquais, sur le quai du même nom, qui est fréquenté par des littérateurs, des médecins et des inventeurs, et où mes amis semblent avoir toutes les entrées.

L'endroit, dont les hautes fenêtres donnent directement sur la Seine, est installé sur le modèle de ces clubs anglais, où les gentlemen viennent pour se dérober à leurs épouses et se retrouver entre eux. Ils dissertent en ce lieu de choses fondamentales qui intéressent l'avenir de l'humanité, la validité du système métrique, la politique européenne et coloniale, jouent au jacquet ou au whist, lisent les journaux et, surtout, tâchent de découvrir dans les méandres de la réalité les moyens de se constituer ou de conforter un patrimoine dont ils n'envisagent que la croissance.

C'est là que Monsieur Velpeau, chirurgien de la maison de l'Empereur, nous a rejoints. Il arrivait de son service, qu'il occupe depuis 1834, à l'hôpital de la Charité tout proche, dans le quadrilatère des rues Taranne, des Saints-Pères, Jacob et Saint-Benoît. Flavigny m'a présenté avec un tel flot de louanges que j'en ai été gêné. Je suis bien loin de toutes ces mondanités, non que je sois meilleur que ces gens, que je respecte au demeurant, mais près d'eux j'ai l'impression de jouer à un jeu dont j'ignore les règles et où donc je ne puis que perdre.

Grand et maigre, le visage osseux, le front large, Velpeau a des sourcils envahissants qui lui donnent un aspect sévère. Pourtant, il est d'une gentillesse extraordinaire ; il nous a longuement parlé de la maison qu'il comptait acheter à la campagne. Il en avait une en vue, du côté d'Antony, dont l'actuel propriétaire ne veut se défaire, mais il ne désespère pas de parvenir à ses fins. Il rêve d'y offrir des réceptions où se rencontreraient des écrivains, des savants, des hommes politiques, car il croit à raison que l'avancement de la société ne s'accomplira que dans le partage des compétences et des connaissances.

À Paris, auprès de l'autorité impériale, on est dans le domaine du faux-semblant. À l'évidence, les flatteries de Flavigny à mon endroit ne sont que les éléments d'une rhétorique subtile qui est plus établie pour conforter les puissants dans leur exception que pour me montrer à ma juste valeur. Des personnes extraordinaires ne sauraient se contenter de relations ordinaires. Il faut bien que ceux qui pénètrent dans leurs cercles puissent d'une façon ou de l'autre se placer hors de la masse du vulgaire.

Certes, la situation médicale de la France est préoccupante, les lois de Ventôse ont complètement désorganisé la profession et les ajouts suivants n'ont été que des emplâtres sur des jambes de bois, mais il semble que, dans les antichambres du Palais, on ne tente que de préserver les privilèges acquis sans vouloir aller bien plus loin. Mes confrères sont très rétifs à tout ce qui empêcherait la pratique libérale, et je le suis aussi, mais le moindre encadrement leur donne des poussées fébriles que je parviens à éviter.

Nous avons terminé cette discussion à bâtons rompus vers quatre heures de l'après-midi, un peu assommés par le vieux corton et le chablis qui avaient arrosé le repas d'huîtres de Marennes, de potage aux œufs, de poulet sauté aux champignons, de cailles des vignes, de glace de fruit, de fromages et de liqueurs.

Nous nous sommes séparés et, fort aimablement, le professeur Velpeau m'a accompagné dans une promenade au long de la perspective de Rivoli, suivant les grilles de fer forgé jusqu'à la place de la Concorde où se dresse le superbe obélisque de Louxor. Il est ensuite parti, au travers du parc des Tuileries, pour la résidence impériale où il devait rencontrer l'Impératrice.

J'ai donc remonté les Champs-Élysées, vers le palais de l'Industrie qui fait face d'un côté à l'Élysée, où s'est tramé le coup d'État, et de l'autre à la Seine qui porte toute la vigueur de la cité. Paris prétend devenir, sur le désir de l'Empereur, la première ville du monde. Il n'est que de voir le fabuleux équipement de becs de gaz qui illumine les grandes avenues pendant toute la nuit. Nous sommes bien loin de nos campagnes où, lorsque tombe le soir, toute activité cesse.

Mais aussi, comment nos élites, vivant dans cette lumière perpétuelle, pourraient-elles comprendre les préoccupations de nos paysans qui vaquent encore dans la peur des ténèbres, dans les mystères des superstitions et de la religion primitive, pour lesquels n'existe que l'angoisse d'une récolte dont ils ne maîtrisent ni la croissance ni le profit final ?

Ainsi pensif, je suis remonté à pied, le long de la rue Saint-Honoré, jusqu'à mon palace.

Tout le globe semble s'être fixé rendez-vous dans ces hôtels de luxe. Sujets de Sa Majesté la Reine qui regardent le monde du haut de leur puissance maritime, trinquent et chantent le *God Save the Queen* à la moindre occasion, leurs femmes ont la peau blanche, piquée de taches de rousseur, alors qu'eux-mêmes sont burinés par le soleil des Indes. Lombards, Sardes, Savoyards, Florentins, Piémontais qui militent à Paris pour l'unité italienne avec des airs de conspirateurs, prêts à donner du *fratello mio* à l'Empereur, qui lui-même, paraît-il, a été *carbonaro*. Espagnols qui jouent les hidalgos et se flattent de connaître de toute éternité la famille de l'Impératrice. Propriétaires terriens de la Prusse qui vivent partout en pays conquis. Millionnaires des Amériques qui viennent dépenser à Paris les fortunes procurées par l'or arraché aux montagnes rocheuses du Grand Ouest. Brésiliens, Argentins, Mexicains en rupture de révolution. Bref, tout un monde hétéroclite qui n'a qu'un seul point commun, une richesse insolente, car la capitale est ouverte à tous ceux qui peuvent y laisser couler leur argent.

On dit qu'Haussmann, préfet de la Seine, aurait cruellement résumé la situation de la métropole par un : « Paris vertueux ? Ne fût-ce que pendant vingt-quatre heures, ce serait une catastrophe incalculable ! » Ce à quoi l'Empereur aurait rétorqué en souriant : « Ce désastre-là, je ne le crains pas. »

Voilà la ville.

Je me sentais abandonné. Je n'avais rien à faire d'autre que de me mettre au lit et dormir. Je ne m'en étais pas rendu compte, mais toute cette journée m'avait épuisé.

Sitôt couché, je me suis endormi.

Le lendemain, le premier cénacle de la commission devait avoir lieu à partir de dix heures à l'École de médecine. Un carton présentant le programme m'attendait chez le portier. On y trouvait quatre réunions organisées, deux le vendredi, une le samedi au matin et une le lundi après-midi avec une présentation officielle de nos conclusions à Monsieur Rouland, le ministre de l'Instruction publique et des Cultes, au boulevard Saint-Germain. Le lundi, un banquet de clôture était prévu qui exigeait une tenue de soirée. Je n'en avais pas présagé l'usage, la mienne était heureusement restée chez moi, car si je l'avais emportée, je n'aurais pas assumé le ridicule de la porter. J'ai posé mon problème au concierge.

« Ne vous inquiétez pas, Monsieur, me dit-il, avez-vous dans votre malle un costume de rechange à vos mesures ? Je vais le faire prendre par un groom et vous aurez un habit de location de la meilleure qualité dans l'après-midi. Je suppose aussi que vous voudrez des vernis et des accessoires ? Le tout sera déposé dans votre chambre. Cela ira-t-il ainsi, Monsieur ? »

Je lui ai laissé un pourboire de dix francs et je m'en suis allé vers la faculté de médecine en fiacre car le portier en avait sifflé un d'autorité à mon apparition.

Nous étions bien moins nombreux que je ne l'avais supposé, une cinquantaine de personnes pas plus et seulement huit médecins de province. Mauritain qui venait de Marseille, rond, bonhomme, avec un accent à l'ail, Morin de Bordeaux, sec et nerveux, jouant sans cesse avec ses bésicles, Rabaisse et Finot de Lyon, Maurois de Limoges, Van de Meer de Lille, Frinkc de Metz, et moi, le seul médecin de campagne. En face de nous, des docteurs et chirurgiens parisiens qui nous regardaient avec une certaine condescendance. La présidence de cette commission était assurée par Alfred Velpeau et ses deux inséparables Pierre Bretonneau et Armand Trousseau, appelés par les autres « la bande des Tourangeaux ».

J'ai d'ailleurs tort de parler de huit provinciaux, puisque les trois sont également étrangers à la capitale. Bretonnau a commencé par être officier de santé à Chenonceaux, dont il est maire, et Trousseau vient de l'hôpital de Tours et a été élu à la députation d'Eure-et-Loir en 1848. Ils sont tous deux inventeurs et propagateurs de la trachéotomie que je n'ai pas osé pratiquer sur le petit Rolland. Velpeau a ouvert nos travaux par une allocution qui a marqué les voies de notre réflexion.

« L'Empereur, a-t-il dit, nous demande d'étudier les mesures à prendre pour le cas où se renouvellerait une épidémie comme celle de 1855, je crois que ce n'est pas un hasard s'il a choisi des hommes opposés aux thèses du défunt Monsieur Broussais, et qui pensent, comme notre maître, Pierre Bretonneau, que les fléaux épidémiques, ces coups de tonnerre dans un ciel pur, ne sont engendrés et disséminés que par leurs germes reproducteurs. »

Ce n'est pas par inadvertance, non plus, si notre groupe ne compte pas d'académiciens, à l'évidence un tel discours remet en question la génération spontanée, ce que peu sont prêts à admettre. Nous avons travaillé jusqu'à midi et, à ce moment-là, on nous a servi des plateaux sur lesquels était disposée cette nouvelle forme de nourriture issue de la guerre de Crimée, ces tranches de pain fourrées de poulet, de viande ou de jambon inventées par lord Sandwich,

386

qui voulait se sustenter tout en commandant la manœuvre. Nous avons fait de même et étudié tout en mangeant. C'est d'ailleurs une innovation fort judicieuse, que je vais utiliser pour mes tournées, si Honorine y consent. Notre besogne s'est poursuivie jusqu'à quatre heures.

À la fin, je me suis rapproché de Bretonnau et nous nous sommes dirigés de concert vers la sortie. Tout au long de nos débats et malgré son âge relativement avancé, il s'est montré d'une sagacité et d'une invention peu communes, un véritable savant, d'une extrême modestie et d'un désintéressement rare dans la capitale. Homme d'esprit au demeurant, et dont on murmure qu'il a de très nombreuses maîtresses, ce qui est loin de me déplaire. Nous avons parlé de ces virus dont il nous a entretenus une bonne partie de la matinée.

« Un germe spécial, exclusif à chaque contagion, mon cher, ce qui suppose des remèdes propres, et non des diètes ou des saignées, un agent spécifique, vous dis-je. Moi, j'utilise beaucoup de quinquina pour faire tomber la fièvre, qui est notre ennemie la plus dangereuse, et je laisse agir le corps, avec d'excellents résultats. »

Il m'a félicité pour mes modestes initiatives sur la vaccination et nous nous sommes quittés amis.

Nous vivons une époque particulière, l'Empereur, dont je ne partage pas les projets le moins du monde, est une sorte d'original, il voit plus loin que son entourage qui paraît bien plus conservateur que lui. De plus, il est capable d'accorder sa confiance à des gens qui possèdent sa propre singularité d'autodidacte aventureux. Je comprends pourquoi Flavigny et Fortier, qui sont de fins politiques, m'ont choisi pour cette aventure.

En rentrant à l'hôtel, je me suis fait monter un bain et j'ai trouvé sur mon lit un costume de gala et ses accessoires de gandin, le tout à mes mesures.

Un peu plus tard, j'ai reçu un billet de Fortier. Il m'attendrait, revêtu de mon habit, à sept heures précises dans le grand hall.

« Venez, me dit-il alors, nous sommes invités au bal que donne l'Impératrice ce soir aux Tuileries. »

Je n'imaginais pas qu'une telle profusion de faste et de luxe soit possible. L'Impératrice a le goût de l'ostentation. Elle aime le scintillement des lumières et l'agitation des foules. Nous sommes arrivés en un lieu éclairé jusqu'au toit, sur toutes les corniches, toutes les lucarnes. Là, se mêlaient les toilettes éblouissantes et les chamarrures des costumes. Les femmes portaient ces crinolines dont l'ampleur est maintenue par des arceaux de jonc.

« Elles ont mis leur oiseau en cage, me souffla Fortier, mais cela ne l'empêche ni de chanter ni de s'ébattre. D'ailleurs, on utilise tant de tissu pour les robes qu'il n'en reste plus pour les décolletés. »

De fait, toutes ces créatures avaient les épaules nues, la hardiesse de leurs corsages, qui plongeaient audacieusement dans leurs gorges, n'était tempérée que par des amoncellements de bijoux scintillants. Sur chaque marche de l'escalier à double révolution on trouvait un garde en grande tenue sabre au clair.

En pénétrant dans les salons, j'ai été assailli par une débauche de couleurs, laquais portant perruque poudrée et habit à la française, chambellans à tricorne, en uniforme rouge orné d'or pour la maison de l'Empereur et bleu pour celle de l'Impératrice, officiers d'ordonnance en accoutrement azuré et argent. Là, une foule faisait un sourd murmure frétillant. Diplomates couverts de décorations, membres de corps constitués en vêtements brodés, militaires du palais ou de nations étrangères en mission à Paris. J'avais l'impression qu'un mélange du monde entier s'était donné rendez-vous dans ces hautes pièces dorées.

À neuf heures précises, on annonça Leurs Majestés. Napoléon III était en costume de général de division, culotte de casimir et bas blancs, Eugénie portait une crinoline de soie ivoirine et rose et un somptueux diadème de diamants. Ils se tenaient par la main. Ils cheminèrent entre les révérences et les saluts jusqu'à deux fauteuils élevés de quelques marches. À un signe des maîtres du lieu, la fête débuta et l'on se lança dans les valses sans la moindre interruption. L'Empereur dansait comme un collégien, l'Impératrice était entre les bras de bienheureux prévus longtemps à l'avance.

Vers minuit, Leurs Altesses se retirèrent pour leur souper intime et les buffets furent ouverts. Chacun se précipita vers les tables chargées de mignardises, de vins fins et de liqueurs. Puis le cotillon commença, mené par le marquis de Caux. Je ne suis rentré me coucher qu'à l'aube, clôturant ainsi ma seconde journée à Paris.

Le lendemain matin, nous sommes tombés d'accord après de nombreuses palabres sur le texte que nous allions soumettre dans l'après-midi au ministre de l'Instruction publique. Il concernait les dispositions à prendre en cas d'épidémie.

Avec Trousseau, qui est notre secrétaire et dont je suis l'adjoint, nous avons rédigé le document et l'avons présenté au vote de nos collègues.

À treize heures, je suis allé dîner avec mes confrères au restaurant des Grands-Augustins, avant de retourner m'allonger pour une sieste. Vers la fin de la journée, le groom m'a avisé que Messieurs Fortier et de Flavigny m'attendaient au grand salon.

« Voulez-vous être des nôtres ce soir, mon cher, nous allons écouter le *Faust* de Gounod, au Théâtre-Lyrique où nous avons une loge. L'opéra a été créé en mars et en est à sa dernière représentation. »

Nous nous sommes donné rendez-vous au théâtre et je suis monté m'apprêter.

Alors que je descendais de mon fiacre, boulevard Saint-Martin, quelle ne fut pas ma surprise de voir mes amis escortés de trois femmes en robe de gala. En m'approchant, j'eus un coup au cœur, car je reconnus parmi elles Silvia di Maradi e Vincenzi qui me fut présentée comme une familière de la comtesse de Castiglione et feignit de ne pas me reconnaître.

Nous nous sommes établis dans notre loge, les hommes derrière et les dames contre la balustrade cramoisie pour faire admirer leurs toilettes au parterre. L'éclairage brillant du gaz donnait au théâtre un aspect fantomatique et vibrant.

L'orchestre attaqua l'ouverture et un silence frémissant s'installa dans la salle. La scène se découpait devant moi avec, en avant-plan, les épaules nues des jeunes femmes qui nous accompagnaient.

Du début jusqu'à la fin du premier acte, nous sommes restés sidérés par la richesse de l'orchestration et la puissance mélodieuse des voix de Messieurs Balanqué-Méphisto et Barbot-Faust, comme de Madame Miolhan-Carvalho, qui est l'épouse du propriétaire du lieu et interprète une extraordinaire Marguerite.

Au cours des parties suivantes, nous nous sommes de plus en plus penchés vers les créatures magnifiques assises devant nous, comme si nous leur parlions dans le creux de l'oreille, mais surtout pour sentir monter le parfum né de leur émoi.

Et lorsque Faust et Marguerite attaquèrent le désormais fameux :

*« Ne permettrez-vous pas, ma belle demoiselle,*
*Qu'on vous offre le bras pour faire le chemin ?*
*– Non, Monsieur, je ne suis demoiselle ni belle,*
*Et je n'ai pas besoin qu'on me donne la main »*

je pris celle de Silvia dans la pénombre de la loge et, à la façon dont elle me la serra, je compris que je pouvais tout espérer.

Pendant toute la seconde partie, nous avons ainsi partagé des œillades et des attouchements de plus en plus osés. À *« Laisse-moi, laisse-moi, contempler ton visage »*, elle se saisit de mon genou, à *« Gloire immortelle de nos aïeux »*, je glissai mes doigts sous son bras et caressai sa hanche au travers du tissu de soie de son corsage, à *« Oui, c'est toi je t'aime »*, sa main se crispa sur ma cuisse, et à *« Christ est ressuscité »*, le regard qu'elle me lança m'invitait à finir la nuit chez elle.

Mais il n'était pas encore temps. La soirée ne faisait que commencer. Le rideau tomba sous les applaudissements et pendant la quinzaine de rappels qui suivirent, nous nous éclipsâmes pour atteindre les coulisses.

Le plateau tout entier encombré de comédiens, de musiciens et d'une foule de familiers, avait été dégagé de ses décors, remontés dans les cintres, pour que soit installé le buffet. Lorsque Gounod et ses deux librettistes nous rejoignirent, tout ce petit monde entonna « *Gloire immortelle de nos aïeux* », le chœur des soldats qui va sans doute devenir un chant populaire des rues et des campagnes.

La Carvalho entonna alors son air des « *bijoux* » et les musiciens l'accompagnèrent en chantant leur partie.

Cette assemblée interprétant un air aussi passionné devant un parterre vide avait quelque chose d'assez émouvant pour me donner les larmes aux yeux.

Nous sommes allés souper en bande au Café Riche. Nous n'étions plus qu'une vingtaine de familiers, et avons envahi la grande salle toute tapissée de glaces à notre fantaisie. J'ai alors constaté que nous avions perdu Fortier et Flavigny.

La Carvalho présidait la tablée, avec Méphisto à sa droite et Faust à sa gauche, de l'autre côté, son directeur de mari tripotait, sans que cela gêne personne, deux jeunes débutantes. J'étais placé juste en face de Silvia. Au milieu du repas, alors que plaisanteries et rosseries fusaient, je sentis le pied déchaussé de Silvia qui remontait le long de ma cuisse. Elle continuait à discourir avec son voisin tout en accentuant sa singulière caresse.

Nous partîmes vers trois heures du matin et nous allâmes chez elle pour la parachever.

Je retournai dans ma chambre à l'aube, et j'entendis le groom qui soufflait au concierge : « Encore un qui va à matines ! » et cela me fit rire. Je me couchai et je dormis jusqu'à midi pour me reconstituer. J'avais rendez-vous pour déjeuner chez Silvia. Elle habite un charmant petit hôtel particulier de la rue de Hambourg dans le tout nouveau quartier de l'Europe.

La femme de chambre m'ouvrit. « Madame repose encore ! » me souffla-t-elle, comme si la moindre phrase un peu haute n'eût pas manqué de la réveiller. « Si Monsieur veut bien patienter un peu au petit salon. » Elle m'introduisit dans un charmant boudoir bouton-d'or avec des sièges brochés de coquelicots et de bleuets, le rideau-store en poult-de-soie vert pomme était tiré et le soleil qui le traversait donnait à la pénombre une douce et mélancolique couleur tilleul.

Je m'installai sur la causeuse et j'attendis. Au bout d'une demi-heure, Silvia arriva, dans un superbe déshabillé de dentelle jade pour se précipiter sur moi et me couvrir de baisers, comme si nous ne nous étions vus de plus d'un mois.

« Pouvez-vous patienter encore un peu, mon chéri, me dit-elle, juste une petite minute et je suis toute à vous, à moins que vous ne vouliez que je le sois tout de suite », ajouta-t-elle avec un air malicieux.

Au-delà des mots, on devine dans le corps de certaines femmes une sorte d'invite, liée au mouvement des hanches, à la position des jambes, à la tenue du buste et de la gorge, qui fait que nul homme ne peut y résister, et moi bien moins qu'un autre. Je la suivis donc dans sa chambre. À peine en avions-nous passé le seuil que sa dentelle tomba.

Deux heures après, nous étions affamés.

« Allons au Pavillon de la Concorde, mon amour, je vais vite me préparer. » Elle sonna sa servante et me guida vers la porte.

Un moment plus tard nous étions dans sa calèche. «Vous verrez, me dit-elle, ce sera délicieux. Sentez-vous comme tout est léger !»

Nous arrivâmes place de la Concorde, à l'instant même où l'Impératrice sortait du jardin des Tuileries dans sa Daumont, entourée d'un peloton de lanciers qui allaient au petit trot vers le bois de Boulogne. Une foule applaudissait au passage du cortège, des hommes qui soulevaient leur couvre-chef, des femmes qui esquissaient des révérences. Les sabots de l'escadron claquaient sur le pavé. Devant le Tivoli, quatre rangs de marronniers, très touffus, d'un vert tendre, isolent la terrasse des rayons du soleil et créent une douce pénombre, nous sommes restés là à minauder en dégustant du lait. Derrière nous, au concert de l'Horloge, l'orchestre s'est jeté dans un galop, et nous sommes allés nous installer en face pour profiter plus confortablement des valses, des mazurkas et des polkas qui se sont succédé sans interruption jusqu'à ce que la lumière commence à rougeoyer derrière l'Arc de triomphe.

Silvia voulut alors aller sur les boulevards et nous retournâmes vers la Madeleine, à pied, suivis par son coupé. Nous empruntâmes ces magnifiques avenues que le baron Haussmann a tracées. D'autres couples effectuaient la même promenade et chacun se saluait en soulevant le chapeau ou en inclinant la tête. À l'évidence, ma compagne connaissait tout le monde, nous remontâmes ainsi le long de la rue Basse-du-Rempart et les Capucines. Le crépuscule tombait doucement, des bribes de musique s'échappaient des établissements qui bordaient notre route, notes de violon ou de piano qui s'éloignaient au fur et à mesure de notre progression pour être immédiatement remplacées. Le pavé était blanc brillant et on sentait un léger souffle d'air qui nous mettait dans une sorte d'apesanteur, comme si nos corps eux-mêmes se fussent effacés.

Les restaurants s'allumaient les uns après les autres et jetaient, au travers de leurs vitrines, un éclat cru sur les écaillères. La foule se faisait plus dense et plus joyeuse comme le chemin du soir s'affirmait. Les immeubles devenaient noirs sur un fond de ciel outremer, et de-ci de-là, des fenêtres s'éclairaient.

Par endroits, brutalement, toute une cage d'escalier s'enflammait comme une fusée qui monterait toute droite dans la masse obscure de l'habitation. Doucement, Paris sombrait dans l'ombre mauve et lilas. Le boulevard que nous suivions toujours était encore dans la lumière rose du jour, mais les artères adjacentes étaient déjà entrées dans la nuit et seules les boutiques brillantes les illuminaient. Parfois, les rues n'étaient que de grandes béances de jais et, au bout, dans une brume irréelle et bleutée, on distinguait un carrefour embrasé flottant sur le vide.

Les voitures à leur tour allumaient leurs lumignons et, brutalement, à la chaîne, tous les réverbères de l'avenue s'éveillèrent en une perspective qui pouvait paraître infinie.

Déjà dans les restaurants crûment éclairés, on voyait les gens qui commençaient à s'installer pour le dîner. Le ciel tournait au bleu sombre et par-dessus descendait la vapeur rousse de Paris enflammé comme par le nuage rouge d'une fournaise.

Soudain, Silvia serra mon bras plus fort.

« Chéri, j'ai envie et j'ai faim et j'ai soif, prends donc un salon particulier. Je sais un endroit très bien, tu veux, n'est-ce pas ? »

Nous reprîmes donc sa voiture et nous partîmes pour la rue de l'Université. C'était un établissement qui venait d'ouvrir, mais où elle semblait déjà connue.

Alors que nous montions à l'étage, elle s'exclama : «Zaza, comment vas-tu, Zaza !», et elle se retourna vers moi : «Tu veux bien l'inviter avec nous, hein, dis oui, on fera comme avec Angeline, tu veux bien ? Tu veux bien, mon lapin ?» Une petite femme brune souriait benoîtement d'une bouche carnivore. Elle monta avec nous.

Un instant, je fus dans l'obligation de sortir. Comme je revenais, et avant que je ne pousse la porte, j'entendis : «Sois pas jalouse, ma mignonne gamahuche, ma petite gougnotte, tu comprends, c'est un Anglais que je trimbale jusqu'à mardi, il y a deux gardénias qui m'ont donné cinq cents francs pour que je l'amuse, faut pas qu'il s'ennuie, paraît-il, et crois-moi, je n'épargne rien pour !»

Je reçus cela comme une douche froide. Je prétextai une grande fatigue pour rentrer et je les laissai à leurs caresses saphiques pour lesquelles, d'ailleurs, je n'étais rien moins qu'utile.

Lundi, je me réveillai avec l'humiliation qui m'assaillait par vagues. J'étais incapable de suivre la moindre conversation, pourtant le sujet était de première importance puisqu'il concernait la réglementation de notre profession. Alors, je m'en remis à ce que disait Velpeau et le suivis en tout point. Le moindre mot, la phrase la plus anodine, ravivait en moi une honte qui s'attachait plus à une blessure d'orgueil qu'à une réelle malveillance. Après tout, je n'avais eu que ce que je souhaitais. Fortier et Flavigny avaient payé Silvia pour qu'elle en passe par tout ce que je voulais, soit ! Que désirer en plus ? Être aimé peut-être ?

Je retrouvai Velpeau, Bretonnau et Trousseau, pour mettre une dernière main au compte rendu qui devait être transmis au ministre dans l'après midi. Fortier et Flavigny se joignirent à nous, ils me demandèrent avec une certaine gaillardise si mon séjour me convenait. On ne peut que remercier pour les cadeaux que l'on reçoit, même s'ils sont quelque peu empoisonnés, ce que je fis.

La soirée se termina par le banquet donné en notre honneur. Je laissai mes confrères entreprendre une virée dans la nuit de Paris ; moi, j'en avais assez soupé. Épuisé, je rentrai me coucher. Mon train partait tôt le lendemain.

La cohue encombrait la rue d'Amsterdam. Les fiacres, les coupés, les tilburys étaient déchargés de leurs coffres par des porteurs au visage buriné et aux muscles saillants. Il n'était que cinq heures, et pourtant la grande salle sous la haute voûte avait des allures de foire. L'express était à quai, mais d'autres trains partaient pour Auteuil, Argenteuil ou Versailles et Saint-Germain. Une lumière rasante illuminait la verrière et jouait avec les fumées qui montaient dans le ciel clair, noires et pourtant lumineuses. D'autres locomotives arrivaient en sifflant et en lâchant des panaches de vapeur qui s'estompaient dans tout ce brouillard et qui, avec les cris, les stridences, les heurts de métal, les grincements de plates-formes, faisaient un tableau ahurissant et enivrant.

Toute cette surexcitation trouva son acmé dans le sifflement du sous-chef de station et dans les ordres des aiguilleurs lorsque ceux-ci ouvrirent la voie. Le convoi dans lequel je m'étais installé démarra. Nous n'avions pas passé les fortifications que je dormais déjà, bercé par les balancements des boggies sur les rails.

Je ne me réveillai qu'en gare de Rouen. J'errai autour des messageries en cherchant une diligence pour Falaise, il n'y en avait pas avant la journée suivante, mais une malle partait pour Caen, un peu plus tard dans la matinée.

J'étais dans un état de détresse tel que l'idée de retrouver Marguerite m'apparut comme une île dans un océan de solitude. Je venais d'un autre monde.

Marguerite m'ouvrit les bras, mais j'avais goûté à des saveurs plus épicées et ses manifestations amoureuses me semblaient bien fades, ses baisers bien tièdes et ses attouchements trop malhabiles. Une soudaine vigueur insolente et égoïste monta en moi, je la reconnus. Comme si mon sexe s'emparait de ma tête et prétendait déchirer l'être qui était en face de moi. Je me jetai hors du lit, habité par un dégoût de moi-même que Marguerite prit pour elle.

Ce matin, le postillon m'a laissé devant chez moi. Au courrier, j'ai trouvé copie du décret, signé de l'Empereur, qui me faisait membre de l'Académie de Médecine et commandeur de la Légion d'honneur. Je suis inconscient de quoi j'ai ainsi mérité.

En fin d'après-midi, Germon est venu me voir, tout fier et tout joyeux. Il a été reçu docteur en médecine et sa thèse a obtenu les félicitations du jury. Désormais, il va pouvoir exercer où il le désirera, adhérer à l'Association, accepter les fonctions qui lui ont été proposées à la mutuelle et son revenu va en être démultiplié. J'en suis heureux pour lui et content d'avoir été utile à quelque chose.

### Vendredi 24 mai

Vendredi, j'aurais entrepris avec Germon mes visites aux métairies de Vérone de Persigny de façon à le présenter à ceux qui seront aussi désormais ses patients. Nous sommes partis tous les deux avec mon coupé, son cheval attaché par la bride à l'arrière, car une fois les fermes contrôlées, je devais me rendre à Falaise pour ma tournée aux lieux de tolérance. Mais, alors que nous étions en route, je me suis brutalement senti très fatigué et je me suis effondré sur mon siège. J'ai sombré dans une espèce de coma dont rien n'aurait pu m'extraire. Je chutais dans un univers composé entièrement de noirceur, incapable de me raccrocher à quoi que ce soit.

Ce n'est que ce matin que je me suis éveillé, comme s'il ne s'était rien passé.

Le récit que Germon et Honorine m'ont conté de ces cinq jours est bien différent de ce que j'ai vécu et qui n'est qu'une sorte de long sommeil sans rêve. Une fois allongé, une intense suée s'est emparée de moi et m'a entraîné à abandonner mes vêtements en criant que je brûlais. Germon a demandé des serviettes d'eau froide pour essayer d'abaisser la fièvre qui me tenait, mais je me débattais comme un dément. J'ai même failli lui casser le bras alors qu'il tentait de me maîtriser. J'avais, paraît-il, une force extraordinaire et seuls les efforts conjugués d'Ernest et de Germon sont parvenus à me faire réintégrer mon lit, où ils m'ont sanglé. Toute la nuit et toute la journée de samedi, je vomissais de la bile et hurlais des imprécations et des injures obscènes, tant que l'on avait prié Honorine de s'éloigner. Épouvantée, elle a demandé à Ernest d'aller chercher le père Duchaume à La Forêt-Auvray.

Il est venu immédiatement. Il a ordonné que l'on ouvre toutes les fenêtres, que l'on éteigne tous les feux de la demeure, que l'on masque tous les miroirs, que l'on vide tous les récipients et que l'on n'allume nulle bougie sous aucun prétexte. Puis il m'a administré un breuvage de sa confection et je me suis, paraît-il, calmé. Alors, il a requis un prêtre pour me donner l'extrême-onction et réciter sur ma tête la prière de saint Michel. Bucard est arrivé tout de suite après sa messe et a procédé comme Duchaume l'exigeait.

Pendant ce temps, lui et Honorine ont fouillé toute la bâtisse, de la cave au grenier, sans oublier mon bureau, les granges, les appentis, la serre, retournant tout.

Lundi, vers cinq heures du soir, ils ont trouvé, cachée sous les marches du perron, une coupe de terre cuite qui contenait du sable, divers excréments et des débris d'animaux. Duchaume a ordonné d'allumer un grand feu et a tout jeté dedans. Honorine me jure qu'elle a alors entendu un atroce cri de douleur, comme un chien que l'on martyrise, quelque chose d'inhumain.

Germon me dit, renchérissant sur ce discours, qu'à cet instant je me suis apaisé et que les cernes noirs qui entouraient mes yeux comme ceux d'un moribond se sont atténués et ont disparu. Au bout de quelques minutes, je me suis endormi comme un enfant.

Je ne méconnais pas que les signes qui m'ont affaibli sont semblables à ceux que j'ai moi-même observés chez la fille Martel, mais il est vain de mettre ainsi ce que l'on ignore sur le dos d'une quelconque entité diabolique. Je crains malheureusement que, pour les maux qui nous affectent, nous n'ayons la capacité que de nous en prendre à des raisons purement matérielles et que notre responsabilité soit de les rechercher sans nous laisser aveugler par les miasmes de la superstition.

Germon m'a prescrit un composé de valérianate d'ammonium qui, dit-il, m'aidera à me reconstituer et à dormir. Je lui ai suggéré également une boulette d'un grain d'opium, ce qu'il a jugé fort bien. Il a mêlé le tout dans une robuste infusion de tilleul que j'ai bue à petites gorgées. Pour ce qui est de ma clientèle, il s'en chargera le temps de mon rétablissement.

### Mercredi 25 mai

Honorine a renvoyé les patients qui se présentaient à ma consultation du mercredi.

Germon est venu me voir. Il trouve que je me rétablis bien, c'est heureux ! Demain, je dois me rendre à Caen où je suis convoqué, comme lui, pour le procès de Claude Cheminade, l'incendiaire. Nous sommes convenus d'y aller ensemble. Il passera me chercher vers tierce.

Cet après-midi, j'ai pu me lancer dans une longue promenade à cheval. Elle m'a mené à La Forêt-Auvray. Je voulais remercier le père Duchaume de sa diligence. Comme s'il avait été prévenu de ma visite, il m'attendait devant sa cabane de charbonnier toute décorée des bleuets et des coquelicots qui avaient poussé sur le limon qui la recouvre. Il loge ainsi dans un monceau de fleurs. J'ai laissé ma monture brouter dans la clairière et je me suis installé à la large table dressée dehors pour la bonne saison.

Il s'est assis en face de moi sur un morceau de tronc et a posé entre nous une grande bonbonne vernissée pleine d'un vieux calva d'avant l'occupation. Il m'a longuement contemplé, les yeux brillants. Derrière lui, la forêt bruissait doucement sous l'effet d'un petit vent de printemps. Il a glissé son index sur sa moustache comme pour la lisser. Puis il s'est servi une rasade et l'a avalée cul sec. J'ai fait de même. Le jeu s'est poursuivi deux ou trois coups en silence avec une sorte de défi.

« Alors ?

– Alors merci de vos efforts !

– Il faut s'entraider !

– Certes !

– Vous avez beau ne pas l'accepter, vous n'en êtes pas passé bien loin.

– Si vous le dites !

– C'est comme je le pense. Et j'en vois, vous pouvez avoir confiance ! De toute façon, les choses ont été renvoyées à leur origine, et durement, accordez-m'en foi. On me conte que vous êtes devenu académicien, mes félicitations ! »

J'ai cru déceler une pointe d'ironie dans cette repartie et je lui ai souri. Ni lui ni moi ne sommes dupes de la valeur des fanfreluches et des colifichets ; nous avons trinqué à ma décoration, parce qu'il est juste d'avoir un motif pour boire.

Alors que j'étais sur le départ et que je montais en selle, il m'a lancé :

« Vous ne voulez pas savoir d'où c'est venu ? »

J'ai secoué la tête.

« Qu'importe !

– Bientôt un de vos familiers va dépérir, ce sera lui ! »

Et je m'en suis allé à travers la futaie dans l'odeur tendre du printemps. Toute angoisse s'était enfuie.

## Samedi 28 mai

Jeudi, à treize heures, nous étions au Palais de Justice. La foule s'était massée aux alentours. Lorsque le fourgon escorté d'un escadron de gendarmes à cheval est arrivé, on s'est mis à crier « À mort », à lancer des injures et des pierres. Les pandores ont tiré leurs sabres et ont repoussé la populace du poitrail de leurs montures, pendant que le lourd portail de bronze s'ouvrait et que la sinistre carriole pénétrait dans l'arrière-cour.

Les insultes et les cris ont continué alors que la porte se refermait. J'avais eu le temps d'apercevoir, comme accroché à la lucarne grillagée du chariot, le visage blême de l'incendiaire.

Germon et moi nous sommes présentés à l'huissier de service qui nous a enfermés avec les autres déposants dans un petit cabinet attenant à la salle d'audience. Nous étions dix à attendre d'entrer en scène.

Les minutes se sont mises à passer avec une singulière lenteur. Nous ne percevions rien des débats qui avaient dû commencer derrière la double porte calfeutrée qui nous séparait de la foule. Vers trois heures, les premiers témoins ont été appelés.

J'ai à mon tour été introduit dans le tribunal rouge et or. J'ai eu l'impression d'entrer dans un four, les odeurs de sueur, de cire, de poussière montaient vers moi et me prenaient au cœur.

Dans le box des accusés, entre deux gendarmes, était la figure blanche de Claude Cheminade, tassé sur son siège, anéanti par la charge du rituel et la vindicte de l'auditoire. Au premier rang des spectateurs se trouvaient des officiers de gendarmerie en grand uniforme, des fonctionnaires vêtus de noir et arborant les rubans ou les rosettes de la Légion d'honneur ou du Mérite agricole. Derrière, de jolies femmes agitant leur éventail, des notables retraités en quête de distractions et qui finissaient de digérer leur repas, plus loin encore, contre la porte à double battant ouverte sur la salle des pas perdus, la masse du public, en large partie composé de petits-bourgeois venus là comme en promenade, et de quelques agriculteurs reconnaissables à leurs amples blouses bleues des jours exceptionnels. Devant moi, je vis Germon, accablé, sur le banc des témoins, les coudes sur ses genoux et le menton posé sur ses mains croisées. J'avançai à pas lents, saisi par l'ambiance chaude et solennelle, jusqu'à la barre, face au président entouré de ses deux assesseurs, tous vêtus de toges rouges à bordure d'hermine et qui m'observaient fixement.

404

«Veuillez décliner vos nom, prénoms, titres et qualité, monsieur.

– Le Cœur, Jean-Baptiste, Louis, Clément, docteur en médecine, membre de l'Académie, commandeur de la Légion d'honneur, médecin à Rapilly, département de l'Orne.

– Jurez-vous de dire la vérité, toute la vérité et rien que la vérité ? Dites "Je le jure".

– Je le jure.

– Docteur, votre témoignage doit être spontané, tournez-vous vers le jury et racontez ce que vous savez.»

Les jurés paraissaient ne pas m'écouter ou ne rien comprendre à ce que je relatais, perdus qu'ils étaient dans une accumulation de pensées contradictoires, assommés par la solennité du lieu et les yeux des plus doux, des plus équitables, brillaient d'une espèce de fureur légale qui faisait peur à voir. Je savais que la justice ne se peut rendre sans apparat, mais j'ignorais à quel point nous étions sensibles à cette force subtile du décorum. Ce que je discernais dans l'ardeur de leurs expressions était l'idée qu'ils se fabriquaient de la probité, un genre de monstruosité intransigeante et sans pitié. Mon visage, un moment, se tourna vers l'inculpé hirsute sur son banc surélevé, avec son avocat juste en dessous de lui qui regardait ses ongles et semblait plus préoccupé de leur soin que de ce qui se tramait devant lui.

«Je vous remercie, Docteur, n'avez-vous rien d'autre à déclarer ?

– Monsieur le Président, je voudrais préciser que je ne pense pas que l'accusé soit pleinement responsable des...»

À cet instant, le substitut du procureur impérial se dressa comme un diable qui sort de sa boîte et m'interrompit :

« Monsieur le Président, le docteur est ici au titre de témoin et non d'expert.

– Docteur, la cour vous rappelle que vous ne devez témoigner que sur les faits dont vous avez connaissance et seulement sur eux. Si vous n'avez rien à ajouter, vous pouvez vous retirer. »

Je suis allé m'installer auprès de Germon qui me jeta un regard compatissant. Les débats se sont poursuivis de cette façon jusqu'à la nuit. Une sourde humiliation se réveilla en moi, je ne voulais pas être de ces braves gens qui m'entouraient et qui hurlaient à la mort.

Je suis allé dîner avec Vaillant, nous étions tous les deux honteux d'avoir participé à ce théâtre.

Vendredi, les débats se sont poursuivis sans surprise. La foule hurla « À mort ! » à l'entrée de Cheminade. Les gendarmes la repoussèrent sabre au clair du poitrail de leurs chevaux.

Le réquisitoire exigea la peine capitale. La plaidoirie de l'avocat ronfla comme un bon feu de cheminée et le jury répondit « Oui » à toutes les questions, en vertu de quoi l'apprenti du maréchal-ferrant de Fourneaux-le-Val qui avait incendié cinq fermes et causé la perte de dix personnes fut condamné à avoir la tête tranchée sur la place publique. Il s'effondra et, quand on lui demanda s'il n'avait rien à ajouter, il ne put qu'articuler « Maman ».

L'assistance en a beaucoup ri.

J'ai quitté Caen comme le jour s'effaçait et je suis arrivé chez moi tard dans la soirée.

Vers minuit, je me suis réveillé en hurlant. Je suis incapable de me souvenir du rêve qui a motivé cet état, ce que je me rappelle en revanche, c'est Honorine qui s'est précipitée à mon chevet en chemise et en cheveux. D'habitude, cette masse blonde est cachée par un sévère bonnet bleu qui lui enserre toute la tête et la vieillit terriblement. Elle porte en outre des robes grises et informes qui lui donnent un corps de matrone. La femme qui était près de mon lit n'était nullement celle que je connais depuis si longtemps, celle qui me gourmande pour mon désordre et me concocte de superbes repas.

Comme elle se penchait vers moi, je vis, par l'embrasure de son corsage, un sein rond et blanc. Par pur réflexe je l'ai attirée vers moi.

« Monsieur », a-t-elle lâché dans un soupir, et elle s'est abandonnée à mes enlacements.

Mon Dieu, qu'elle était malhabile ! comme ses baisers allaient sans savoir, comme ses gestes ignoraient ce qu'ils cherchaient, mais jamais depuis longtemps, et malgré ce que j'ai éprouvé depuis le début de l'année, je n'ai eu le sentiment d'être emporté par un tel émoi. Mon cœur battait frénétiquement pendant que mes doigts exploraient cette pulpe soyeuse et tendre, et que ma bouche s'enfuyait sur la courbe de son ventre.

Elle ne se protégeait pas. Elle palpitait doucement sous mes caresses. Il montait de sa chair une odeur douce de framboise et de menthe. Je sentais ses jambes contre les miennes qui les écartaient doucement. Nos peaux étaient en suée et nos humeurs se mêlaient dans la clarté de la lune pleine qui entrait par la fenêtre entrebâillée sur la tiédeur de la nuit. Nous nous sommes assemblés. Elle a de nouveau gémi « Monsieur ». Il m'a semblé que tout son corps se fendait pour me dégager un passage. Je suis resté longtemps immobile, serré en elle. Je pesais de tout mon poids sur son ventre. Elle m'a enserré de ses bras, de ses cuisses, et comme elle jouissait pour la première fois, elle a hurlé « Jean-Baptiste ». Comme si elle avait contenu ce cri durant toute sa vie.

### Dimanche 29 mai

Tout le samedi s'est déroulé en câlineries et en découvertes mutuelles. Comme Ernest était allé chez ses parents, nous sommes restés quasiment tout le jour dans mes draps. Depuis la mort de ma femme, je ne m'étais plus trouvé à y prendre un plaisir autre que solitaire. Nous hésitions entre le tutoiement et le voussoiement. J'avais du mal à l'appeler Honorine. Quel était son second prénom ? Céline, me dit-elle.

Désormais, je la nommerai ainsi.

### Lundi 30 mai

Ce matin, j'ai repris mes tournées suspendues depuis presque deux semaines, avec l'assurance qui était celle de mes débuts.

Le petit Marcel Maurasse va maintenant être sevré. C'est un moment important pour les nouveau-nés, l'instant où il convient de se pencher sur eux avec le plus de précaution. Cette étape est souvent fatale, car nos paysans, et la coutume, la veulent brutale et irrémédiable comme une rupture. Et l'on passe du lait de la mère ou de la nourrice directement au ragoût et à la daube. Certes, les nourritures roboratives sont indispensables, mais il faut les apporter de façon rationnelle et progressive. J'ai souvent remarqué que le marmot se détache alors sans heurt du giron féminin et que le risque mortel en est atténué. L'enfant se porte bien, il attrape facilement le doigt qu'on lui tend et rit de sa seule dent qui s'apprête à sortir. J'ai recommandé de lui procurer des bouillies finement moulues et largement mouillées de lait de chèvre, pendant un mois, puis au fur et à mesure de les épaissir et de ne commencer à donner celui de vache, que je crois trop robuste, que d'ici une vingtaine de semaines.

J'ai suivi le chemin de La Forêt-Auvray en passant par Rabodanges, je sais que si l'on y a besoin de moi, on ne manquera pas de m'arrêter. C'est une des choses à considérer que je tiens de mon père, je ne m'impose jamais sans raison importante, je déambule comme par hasard et chacun connaît que, le cas échéant, je suis là.

Un des rôles du médecin est d'être ainsi présent dans le paysage de tous, sans ostentation. De même, il importe de ne point trop expliquer comment l'on compte agir, non pour tirer du mystère une quelconque mainmise, mais pour ne pas trop frapper les esprits et être en état d'intervenir vite et fort au moment propice. Mes patients détestent macérer dans la crainte de l'intervention, il vaut bien mieux qu'elle les saisisse par surprise.

Alors que je m'apprêtais à remonter à cheval, Marcelline Brandot, cachée dans un des contreforts de l'église, me fit des signes excités. Je compris à ces gestes que je devais auparavant contourner la place comme si je m'en allais, pour la retrouver plus loin. Elle avait pris un raccourci et m'attendait en effet derrière le cimetière.

Je tenais ma monture par la bride et je l'ai laissée brouter l'herbe du fossé. Marcelline s'était adossée au mur, contre le pilier qui soutient la grille de fer forgé.

« Docteu', j'vas enfanter, et j'veux point !

– Allons bon, mais tu le désirais, la dernière fois, non ?

– Oui, mais çui-là non ! i va avoi' l'sabot fourchu, vu qu'ce s'rait not'curé l'père !

– L'abbé Rouvre ?

– Ouais, not'curé !

– Et comment ça s'est produit, ça ?

– Comment ça s'est fait ? Comment ça s'est fait, mais comme ça s'fait, tiens ! Samedi, j'vas à confesse, vu qu'j'-voulions communier l'dimanche, alors j'fais tout, l'Confi-teor, l'Bénissez-moi-mon-père et tout l'tintouin. Pi j'lui raconte rapport à c'te chose qu'je voulions ét'grosse et que l'Françouai, et que l'vieux pè'Brandot et que l'pè'Du-chaume. Alors y m'écoute, et i dit rin. Moi, j'suis prête pour vingt Ave et cinquante Not'Pè', vu qu'le geste y l'est c'qu'il est, mais qu'l'intention, alle est pas malf'sante. Mais y dit toujours rin. Après tantôt, v'là-ti pas qu'y bondit d'sa cabane, tout rouge, comm'fou, et qu'y m'entraîne dans l'sacristie et qu'y m'fait mon affaire ! Comm' j'vous dis !

– Mais toi tu refusais ?

– C'te blagu', si j'voulions pas, j'me défendions !

– Tu étais d'accord, alors !

– Ben ouais ! c't'un homme, non ? Sûr, c'en est un ! Mais l'histoire, comment j'peux dire, l'a pas faite comme

y faut, alors si d'un côté y vient un bon chrétien, d'l'aut'
y sort un diablotin ! Et ça, j'veux pas, qu'est qui va
dir'el'Françouais, si vouait un Morico avec l'œil roug',
hein !

– Tu n'as pas honte !

– Ben ça, non ! Mais j'suis ben embêtée, hein ! En plus,
j'a pas eu m'n'absolution, j'point pu communier ! J'aurais
pu, r'marquez, vu qu'c'est l'pè Bucard qu'a dit la messe
dimanche, rapport qu'l'pè Rouvre y l'est malade, mais y a
l'respect du Seigneur, hein ! »

J'ai éclaté de rire et j'ai tranquillisé Marcelline en lui
affirmant qu'elle n'avait rien à craindre.

Ma préoccupation allait plutôt vers Rouvre.

Après l'avoir laissée rassurée sur sa future progéniture,
je me suis donc dirigé vers le presbytère. La mère
Célestine, la servante du curé, me guettait sur le pas de la
porte comme si elle attendait ma venue.

Rouvre était en chemise dans son lit, la figure tournée
vers le mur. Je lui ai touché le bras. Il s'est tourné vers moi,
le visage baigné de larmes et la bouche tordue en une sorte
de rictus. Il s'est traité de sodomite, de sacrilège, d'adultère, et il est vrai qu'il était parvenu en quelques minutes à
accumuler une variété plus grande de péchés mortels
qu'un être normal en une année.

Ce qui me retenait de rire était l'intense détresse dans
laquelle il paraissait se débattre ; celle qui façonne le malheur de tous ceux qui veulent porter une charge, alors que
leurs épaules en sont incapables. Ils se retrouvent ainsi
seuls face à eux-mêmes et il n'est pire juge pour un être
humain que lui.

Je n'aime pas Rouvre, mais je ne puis me défendre

d'une compassion à son égard qui est liée à son état d'homme. Je lui ai longuement tâté le pouls, uniquement pour garder son poignet dans ma main et lui apporter le réconfort d'un contact. Il ne m'appartenait pas de lui faire la moindre remarque sur son comportement que je ne suis nullement apte à arbitrer. Je me suis contenté d'affirmer à sa servante qu'il avait une forte fièvre et qu'il délirait, de façon qu'elle ne prenne pas ses propos au pied de la lettre.

Plus tard, je me suis arrêté chez Bucard, à Taillebois, et sous le sceau du secret professionnel, je lui ai dit ce que je savais et l'état de son confrère. Nul doute qu'il connaisse le moyen de le pallier. Il est d'ailleurs parti immédiatement pour Rabodanges, assez joyeux, ma foi.

## Mardi 31 mai

Cette nuit, Honorine a dormi avec moi, et ce matin, le facteur m'a apporté une lettre d'Italie, assez volumineuse, car elle contenait le journal que Rochambaud a tenu tout au long de la marche de son armée entre Lyon et les plaines du Piémont. Pour ce qui concerne Louise Bayard, je suis obligé de lui reconnaître une vision relativement sage : « *... sachez qu'il est déjà trop tard pour la fille qui a subi depuis si longtemps la corruption humaine, qu'elle-même doit en être profondément atteinte* », et plus loin : « *Voulant agir pour le bien, vous risquez de vous retrouver dans une situation telle que vous pourriez bien vous voir présenter la facture de toutes ces vilenies. Laissez les Déli-*

412

*cieux régler cette affaire, ils useront d'arguments qui ne sont pas dans vos moyens.* »

Nul ne sait où elle est à présent, sans doute la retrouverai-je tantôt comme pensionnaire à la maison Fernier ou chez la Duchâtel ou ailleurs encore, peut-être même à Paris, dans quelque salon particulier.

## L'été

### Mercredi 1er juin

Vers la fin de la journée, Honorine et moi, comme de jeunes amoureux, sommes allés, en nous tenant la main, nous promener dans l'air si léger de cet achèvement de printemps. Je n'avais pas imaginé, avec mes autres conquêtes, être en état d'ainsi déambuler ; de me contenter de chastes baisers et de tendres enlacements et de n'en point concevoir de déception.

Et pourtant, voilà que je me conduis comme un jouvenceau et que j'y trouve de l'agrément.

### Jeudi 2 juin

Je suis allé lire à la famille Délicieux les lettres de leur gars. Cette forme assez curieuse de testament ne manque pas d'une certaine grandeur. Les Délicieux regardent le monde, depuis qu'ils ont reçu leur petite fortune, avec des yeux de notables, c'est-à-dire de haut. Alors qu'auparavant ils se comportaient avec la modestie qui allait à leur état de misérables, aujourd'hui ils fanfaronnent.

Depuis que le père Durant est mort, et que sa fille va bientôt en épouser le fils, le vieux Délicieux s'invente des allures de patriarche. Il a entrepris des travaux dans leur masure et m'a demandé des conseils pour qu'elle finisse par ressembler à la demeure des Maurasse. C'est tout juste s'il ne me donne pas du « mon cher » comme Vérone de Persigny.

Lorsque je suis arrivé à la ferme, on tuait le cochon.

Du plus loin, j'ai entendu des clameurs de désespoir, une détresse abominable. Ces cris se sont éteints comme j'entrais dans la cour. Le sang de la bête coulait à gros bouillons fumants dans un baquet installé sous lui. C'était un porc de plus de mille livres. Il était attaché par les pieds sur une échelle appuyée contre le mur. On avait dressé une longue table couverte d'un drap blanc et sur laquelle coutelas et hachoirs avaient été disposés.

Le père Délicieux s'est avancé vers moi, pendant que le reste de la famille commençait à brasser le liquide du baquet. Il portait un tablier de cuir dégoulinant et j'ai compris qu'il avait encore trop d'occupation pour même écouter les mots de son garçon. Nous sommes convenus que je poursuivrais ma tournée et reviendrais vers midi pour lui dire les nouvelles.

Alors que je m'acheminais, j'ai rencontré Pierre, le jeune frère, pour qui j'avais aussi une lettre, que je lui ai lue sur le bord de la route.

Il acquiesçait à chacune des phrases de son aîné et semblait partager sa hargne. Il forme désormais une bonne équipe avec le fils Durant et ils sont partis pour faire les quatre cents coups dans tout le canton.

Comme je n'avais rien d'autre, je me suis rendu chez les sœurs Rodon que je n'avais pas vues depuis longtemps. L'exploitation a bien changé. Alors qu'auparavant elle était tenue d'une main de fer par la vieille Rodon, les journaliers, jadis menés au fouet, vaquaient tranquillement à leurs affaires et préparaient les instruments de la moisson toute proche. Lorsque je leur ai demandé si les sœurs étaient en ce lieu, ils se sont contentés de sourire de façon assez égrillarde et de me désigner le corps de ferme, au fond de la cour. C'est une demeure de deux étages, presque bourgeoise, dont les volets du haut étaient clos. Lorsque j'ai frappé à la poterne, j'ai entendu des rires étouffés et une voix féminine demander qui était là. Je me suis annoncé, j'ai perçu un vif remue-ménage, et Marguerite Rodon, en cheveux et passablement négligée, a entrebâillé en se gardant bien de me faire entrer.

«Je venais simplement pour prendre des nouvelles, ai-je articulé.

– Mais, c'est le docteur, a dit Marguerite un peu trop fort, Catherine, c'est le médecin, descends-tu ?

– J'arrive !» a-t-on répondu dans la maison

Et Catherine à son tour, tout aussi débraillée que son aînée, s'est encadrée dans le battant de la porte.

«Je pense que je dérange, ai-je laissé tomber l'air de rien.

– Mais pas du tout, Docteur, pas du tout !

– Nous allions passer chez vous…

– Vous trouver pour vous aviser…

– Pour vous annoncer notre mariage…
– Oui, en même temps, dans une semaine.
– Nous comptons sur vous, hein, Docteur ! »
Je les ai félicitées et je m'en suis retourné en souriant vers mon cheval attaché à l'anneau du portail.

Alors que je montais en selle, Suzanne Voisin me salua.
« Bonjour, Docteur, vous venez de chez les Rodon ? Deux belles saletés celles-là, leur mère est à peine refroidie qu'elles font déjà la noce dans sa maison. Elles ne vous ont pas laissé entrer, je parie ! Dame ! Faudrait pas tomber sur leurs coquins, des fois que ça se saurait qui c'est qui les baise à longueur de journée. Si c'est pas malheureux de voir ça ! »

Et comme ces réflexions n'appelaient pas de réponse, elle s'en est allée vers ses besognes en grommelant.

À mon retour chez les Délicieux, la mère, aidée de sa fille, hachait la viande et la poussait dans des boyaux blancs enroulés dans un baquet plein d'eau pour confectionner des saucissons et des saucisses.

J'ai pris le père à part pour lui lire la missive de Brutus, qui contenait quelques termes un peu rudes.

L'éclat du soleil dehors rendait la salle commune encore plus sombre. Le père a attendu un long moment en silence. Les mots sont ensuite sortis de sa bouche comme si sa langue les pesait un à un. À l'abattement succéda une colère qu'il parvenait à peine à dissimuler.

Dans sa lettre en forme de testament, son fils lui reprochait son marché avec Durant, mais ce n'étaient pas ces termes acerbes qui le touchaient au cœur, au vrai, il voyait dans le projet d'épouser Louise la ruine de tout ce qu'il croyait avoir enfin atteint.

Un ménage dans cette partie du monde est une association qui a ses règles et ses contrats. On ne les transgresse pas impunément. La séparation qui s'installe entre les besoins érotiques, pour lesquels on admet toutes les possibilités, et les obligations sociales, où on n'en tolère aucune, est intangible. Les mettre en cause, c'est prétendre renverser l'ordre établi et brûler le peu que l'on possède, ce qui est impardonnable. On n'épouse pas une catin ou une créature légère, parce qu'elle serait enceinte également des tares de tous ses clients. Ce sont ces absurdités-là qui règlent les mœurs et les comportements, bien rares sont ceux qui s'en révoltent.

La mère et la fille sont entrées. Le père m'a alors demandé de lire les lettres, exactement comme si rien ne s'était passé et que nous nous étions contentés de deviser en les attendant. J'ai utilisé les notes de Rochambaud pour leur décrire le long périple de leur fils vers l'Italie mais ils n'ont rien à faire de ce qui se déroule au loin, ils ne voient qu'à une lieue de chez eux et tout le reste n'a guère d'importance. Le pauvre Brutus pourra bien périr sous la mitraille, ils n'en ont cure, il est déjà mort en quittant le pays et il ne ressuscitera que quand il y reviendra. La distance, qu'ils sont incapables d'imaginer, l'a transformé en un être abstrait, auquel on donne des nouvelles parce qu'il le faut bien, mais comme on lance une bouteille à la mer sans vraiment en attendre de retour.

Ils ont ensuite choisi de composer ensemble une réponse. Le nombre de saucisses, le poids des jambons, les tranches de lard et les kilos de gras double ont été l'objet de discussions et de marchandages, comme à la foire.

Ils proclament ainsi, face à la disparition de leur fils, qu'eux sont bien vivants et décidés à le rester. Je les ai quittés rapidement, car je ne tenais pas à partager un repas qu'ils ne m'ont d'ailleurs pas proposé.

Honorine s'était mise belle. Elle avait noué ses cheveux blonds en un chignon rond et portait sa robe des dimanches avec un corsage en dentelle mauve. Elle se comporte désormais en maîtresse de maison et cela me convient. Nous avons déjeuné ensemble sous la tonnelle comme un couple de bons bourgeois, puis nous sommes montés dormir dans les bras l'un de l'autre.

À mon réveil, je me suis remis à mon traité sur la rage, pendant qu'elle préparait des confitures avec les premières cerises du jardin.

### Vendredi 3 juin

Aux Loges-Saulces, on rentre les foins dans la nouvelle grange. Sur tout le chemin, on ramasse les blés mûrs et on le met en gerbes. Il n'est de lieu où l'on ne se presse de moissonner la récolte précoce du fait de la canicule, par peur d'un orage ou d'une tempête. Ma calèche me transporte dans une marée ambrée et laborieuse qui, finalement, est aussi ma raison d'être.

La chaleur qui n'a pas faibli depuis trois semaines devient de plus en plus présente, même les nuits n'offrent plus la fraîcheur propice au sommeil.

Le pas de ma jument m'a conduit jusqu'à la longue allée de tilleuls du château de Persigny. Les arbres formaient une voûte fraîche. Sur le gazon dont la pente descend à la pièce d'eau, des cygnes couraient maladroitement vers la fraîcheur du lac. Le calme de la demeure contrastait avec l'agitation des champs.

Dans l'entrée pavée d'un carrelage blanc et noir, Vérone s'était mis à l'abri de la fournaise. Tout dans sa vêture annonçait le désœuvrement et l'ennui. Il était dans une de ses phases mélancoliques, périodes par lesquelles il passe assez souvent et qui brisent son exubérance habituelle. Je l'ai vu deux ou trois fois dans cette disposition. Alors plus rien ne parvient à retenir son attention et le globe pourrait bien se disjoindre qu'il n'en serait pas étonné.

Mon père était ainsi. Alors que la plupart du temps, il semblait tirer le monde comme une de ces machines à vapeur de la ligne de Paris, et que rien n'avait la capacité de résister ni à sa volonté, ni à son charme, à d'autres moments, il s'effondrait dans son cabinet, ne se changeant pas de plusieurs jours, incapable même de déjeuner et ne trouvant intérêt à rien.

Vers la fin de sa vie, il ne s'occupait même plus de ses patients, m'en remettant entièrement la charge. Il justifiait cette attitude par la nécessité de me permettre, à mon tour, d'acquérir la confiance de la clientèle qu'il comptait me laisser, mais je savais, moi, que le goût de l'action s'était évanoui et que chaque seconde qui passait rendait moins certain son retour. Aujourd'hui que je suis plus vieux qu'il ne l'était à sa mort, je vois bien l'embûche à laquelle il a succombé. Elle est liée à cet aveuglement qui nous fait croire que notre œuvre est indispensable. Au fur et à mesure que le temps va, le corps se découvre des failles et l'on s'aperçoit que le monde n'en avance pas moins. Alors le doute vient saper l'édifice vital, et ni l'intelligence, ni la violence ne parviennent à restaurer la confiance qui s'est évaporée.

Mais pour Vérone, le mal semblait bien plus profond, il ne s'était pas rasé. Sa moustache d'habitude dressée et lustrée tombait lamentablement sur ses joues. Je l'ai interrogé sur les raisons de son état.

Au début, il a refusé de se justifier. Mais ensuite, j'ai saisi, dans son discours empâté, qu'il n'avait pas dessoûlé de trois jours, ni dormi non plus. La noce qui devait se tenir dans moins de deux semaines était annulée. J'en ai demandé la cause, mais il n'a pas daigné me l'expliquer plus avant et j'ai vu, à la fureur de ses yeux, qu'il ne convenait pas que j'insiste. De toute façon, quels qu'en soient les motifs, je n'aurais guère voulu être d'une de ces confidences qui humilient ceux qui les font au point de déclencher les plus profondes inimitiés. Je m'en suis donc allé après l'avoir examiné, m'être assuré de sa santé physiologique et lui avoir administré trois pilules de valérianate d'ammonium.

Je me suis ensuite dirigé vers Falaise pour déjeuner avec Fortier. J'ai attendu dans l'antichambre pendant un bon quart d'heure, avant de croiser le procureur général de Flavigny avec lequel il conférait.

« Comment allez-vous, mon cher ami ? Mais je ne vous ai pas encore congratulé de votre nomination, Monsieur l'Académicien ! Comme vous avez pu le voir, nous avons agi avec diligence ! »

Et il s'en est allé, me laissant avec Fortier.

« J'ai pensé que nous serions plus à l'aise en déjeunant ici », me dit ce dernier en me faisant signe de le suivre dans un petit salon où une table avait été dressée.

Le repas nous a été présenté par un maître d'hôtel en frac. Il s'éclipsait après avoir amené les mets et frappait avant d'entrer, avec la pratique de ceux qui côtoient les secrets de l'État ou ceux du boudoir, sans y avoir aucune part. Il était talonné par deux domestiques qui portaient les plats et les découvraient comme il les claironnait. Chaque fois que cette troupe pénétrait dans la pièce, nous cessions notre conversation, plus par respect de leur rituel que pour éviter qu'ils n'écoutent nos paroles.

« Cassolettes d'huîtres soufflées au safran à la mode Ragondin sur leur lit de chou vert en paupiettes et à la jetée de chefs de cèpes. »

Les valets, dans un parfait ensemble, soulevèrent les cloches d'argent, les maintenant en l'air comme des cymbales d'orchestre, pendant que le maître d'hôtel annonçait le vin avant de le servir :

« Château-la-tour, 1810. »

Fortier savoura longuement le cru et lissa sa moustache en souriant.

« Vous vous demandez sans doute ce que tout cela signifie, et pourquoi les amis de notre petit groupe, qui est franchement du parti de l'Empereur, favorisent un homme tel que vous, qui n'est, semble-t-il, que celui de l'Art. Voyez-vous, Docteur, la France de cet Empire n'est plus celle de l'Ancien Régime, ni même de la Révolution. Elle a pris un lourd retard dans l'avancement des techniques et des colonies, face aux royaumes marins que sont la Grande-Bretagne et les Pays-Bas. Nous avons manqué d'être la grande puissance continentale dont rêvait le Premier Empereur et la défaite de 1815 a rogné nos ailes. Nous avons perdu une grosse fraction de notre force et presque toutes nos possessions ultramarines. Si les choses se poursuivent ainsi, nous risquons de n'être plus qu'un État secondaire voué à la servitude de ceux qui sont d'ores et déjà en passe de surpasser tous les autres, et en particulier les Anglais et leurs inféodés. Une des causes de cette situation réside dans nos luttes intestines et dans notre incapacité à répandre le progrès sur tout le territoire, il n'est que de voir la différence entre Paris et la province pour s'en persuader. Pour remédier à cela, il nous est nécessaire de nous appuyer sur des personnalités fortes, capables de convaincre. Nous avons bien vu, dans les sept dernières années, qu'il ne suffisait pas d'un gouvernement autoritaire pour réussir les refontes essentielles. Il faut, comme dit Sa Majesté, toucher à la fois la raison et le cœur. Nous sommes conscients qu'il serait vain d'exiger de notables indépendants tels que vous de renier quoi que ce soit de leurs convictions. Il n'est nul besoin d'une allégeance pour réaliser pragmatiquement les réformes que, dans votre domaine, vous pensez indispensables. Nous ne vous demandons pas de soutenir l'Empire mais d'agir pour la France et les Français. »

À ce moment-là, il me fixa longuement. Cette offre était raisonnable, mais je sentais je ne sais quel piège. Le maître d'hôtel frappa alors et annonça :

« Baron d'agneau farci à la Soubise accompagné de ses aubergines à la turque. »

Et le rituel se reproduisit, me laissant le temps de réfléchir.

Un long discours était inutile. Après tout, si j'avais les moyens, avec l'appui du pouvoir, d'achever mon œuvre prophylactique, d'étendre les vaccinations et de changer les comportements, si j'avais la capacité de mener pour tous les patients ce que j'accomplissais dans mes possessions en en faisant supporter la lourde charge à la collectivité, au moins, une part de l'impôt reviendrait-elle au profit commun. De plus, on ne me demandait nulle allégeance, nul silence contre ce soutien.

« Pourquoi pas ! Nous verrons bien !

– J'en étais sûr, mangeons avant que ce ne soit froid. »

Cela acquis, le repas se poursuivit – fromage, petits-fours aux amandes, beignets d'orange – assez joyeusement.

Incidemment, j'ai alors appris ce qu'il était arrivé à Vérone de Persigny et à son mariage.

Angeline de Chaussoy s'appelle en réalité Angèle Crémant, elle est depuis fort longtemps renommée dans ce quartier de Paris situé au pied de Montmartre et dominé par l'église Notre-Dame-de-Lorette. Elle avait été inscrite au dispensaire et était entretenue par un nommé Legrand, journaliste connu des chefs de l'administration pour avoir « rendu des services » dans des temps difficiles.

Monsieur de Persigny, proche de l'Empereur et chevalier d'aventure, était considérablement gêné des frasques de son cousin, qui s'était mis en tête de s'opposer de façon intransigeante au gouvernement et dont l'ironie nuisait au ministre.

Un complot bien parisien a donc été ourdi pour le réduire.

L'affaire a été préparée de longue main. On a commencé par installer la fille, dotée de sa noblesse d'emprunt, dans un château que possède le ministère dans la région, celui de Méry. Puis, en la nantissant généreusement, on a fait en sorte qu'elle soit connue et reconnue dans le voisinage.

Elle a organisé des fêtes et déployé toutes les facettes de sa séduction qu'elle a ample. Le collet ainsi posé, le renard s'y est pris. Il est tombé follement amoureux, au point de proposer le mariage à la donzelle, ce qu'elle a évidemment accepté. La machine matrimoniale s'est mise en marche et il n'y a plus eu qu'à dévoiler le pot aux roses pour abattre le trop grand parleur. Ce qui a été effectué voici trois jours avec le résultat que l'on sait.

J'ai écouté tout cela avec une certaine gêne, dont mon hôte ne s'est guère aperçu, tout à la joie de la bonne plaisanterie.

Ma visite aux bordels m'a ensuite semblé d'une pureté sans égale.

Dans quelles mains me suis-je fourré et combien relatives deviennent les décorations et les prébendes, mais puisque je suis dans la boue jusqu'aux épaules, autant en user avec intelligence. Nous verrons !

Ce n'est que sur le chemin du retour que j'ai compris le sens de tout cela : une aimable démonstration de force. Soyez avec nous et vous aurez tout ce que vous désirez, soyez contre nous et nous vous briserons. Je n'imaginais pas avoir tant d'importance dans ce canton.

Mais nul ne sait qui il est vraiment, c'est le regard d'autrui qui nous assigne une place. N'empêche, il ne fait guère bon se confronter aux puissants, même si de nos jours ils n'ont plus la faculté de nous exécuter purement et simplement comme au temps de l'absolutisme, même si la Révolution a heureusement aboli les lettres de cachet et l'arbitraire trop flagrant, les moyens de pression n'en sont devenus que plus pervers. Les gages ont été donnés, les menaces formulées, la puissance démontrée par l'exemple et les demandes ont été énoncées.

Je n'ai d'autre défense que de ne tenir à rien, et peut-être est-ce là la sagesse.

En rentrant chez moi, j'ai trouvé un pli que je n'attendais plus ; le facteur, dans sa carriole à chien, me l'a porté spécialement au vu du timbre. La lettre vient des Amériques et elle est de mon fils. Elle date du mois dernier. Voici que je suis grand-père ; il est à Boston un petit Américain qui a pour nom William, Jean-Baptiste, Évariste Le Cœur. Cela m'est un plus fort honneur que toutes les croix et toutes les académies. François apparaît à présent plus serein. La paternité offre cette occasion de relativiser les craintes et les ressentiments que l'on nourrit.

Peut-être avant la fin de l'année entreprendrai-je le voyage vers Boston, puisqu'on m'y invite, et découvrirai-je ainsi la nouvelle génération des Le Cœur.

## Dimanche 5 juin

Samedi, la journée s'est déroulée dans une douce euphorie avec Honorine. Au vrai, nous n'avons guère quitté le lit. Je suis ébahi de l'accord des chairs que nous nous sommes trouvé et auprès duquel j'ai bien failli passer. Avec elle, j'ai curieusement rencontré cette prédilection particulière qui s'exprime encore plus parfaitement dans la conjonction. Il nous semble connaître tous les ressorts de nos corps et en jouer comme d'instruments. Cela est d'autant plus étonnant que tous ses gestes sont initiés avec une parfaite innocence, sans la moindre préméditation.

Où se nichent donc l'attirance et la beauté ? Dans des riens que nous sommes parfois les seuls à remarquer : une ride, un déhanchement original, une façon de plisser les lèvres dans un sourire ou les yeux dans un regard, de tendre les muscles sous un effort. Souvent, nous ne le percevons même pas, mais ce simple fragment envahit l'ensemble pour le rendre aimable, efface les imperfections du corps et aveugle sur celles de l'âme.

## Lundi 6 juin

C'est la femme Gatiniaux qui me donne les plus graves inquiétudes, j'ai remarqué une certaine pâleur terne qui rend la peau brillante et fine que je n'aime guère. Je connais cette apparence, c'était celle d'Adélaïde quand on a su l'envahissement de ses seins par le cancer. Mais il est des mots que nos paysans répugnent à entendre, et celui-ci en est un, avec un autre, qui lui est corollaire : intervention.

Je lui ai demandé de défaire son cotillon, elle s'est exécutée avec répugnance et je n'ai pas eu besoin de tâter pour voir une grosseur importante à sa mamelle gauche. Une boule de la taille d'une petite pomme qui roulait sous ma main. Je lui ai expliqué que pour tenter de sauver sa vie, il n'y avait qu'une seule chose à faire : abattre l'objet le plus vite possible. C'est une femme courageuse qui a admis ce verdict sans trop en montrer, mais sa lèvre inférieure tremblait d'un mouvement irrépressible.

« Faut qu'j'en cause à mon homme », a-t-elle murmuré.

Je lui ai dit qu'il lui suffirait de venir chez moi sans crainte et qu'avec l'éther j'avais les moyens pour qu'elle ne souffre pas trop de l'amputation. Je m'en suis allé pour les laisser seuls prendre leur décision.

Ma tournée de ce lundi devait ensuite me conduire chez le père Duchaume, qui m'avait envoyé chercher car il se plaignait de douleurs persistantes dans la poitrine. Je l'ai ausculté et j'ai entendu un râle du côté droit, qui est le signe évident d'une atteinte pulmonaire très évolutive.

À la percussion, j'ai décelé les nombreuses cavités d'une phtisie extrêmement avancée et foudroyante, puisque je n'en avais rien perçu à ma dernière auscultation. Il m'a ensuite avoué que depuis quelque peu, il crachait le sang, mais qu'il avait pris des dispositions pour arranger cela. Je lui ai demandé lesquelles, mais il s'est contenté de me lancer un sourire torve en sortant sa bouteille de calavados et j'ai compris qu'il devait y avoir un rapport avec la silhouette que j'avais vue s'enfuir dans les futaies. J'ai souvent entendu dire que certaines croyances populaires prétendaient guérir toutes les maladies pulmonaires par le coït. Notre bonhomme va sans doute succomber rapidement, peut-être l'air chaud de l'été le maintiendra-t-il encore un peu, mais il est certain qu'il ne passera pas l'hiver. Comme ma science ne réaliserait guère plus que ses manigances, je ne vois pas de quel droit je me permettrais de les juger. J'ai donc laissé, là encore, la chose aller et nous avons bu notre alcool comme deux vieux amis, en attendant la mort.

Sur la route du retour, j'ai fait un saut chez Bucard, à Taillebois. Il était une fois de plus dans son jardin où il coupait des fleurs pour décorer son église.

« Je venais prendre des nouvelles de votre confrère.

– Le pauvre, il est dans une mauvaise position. On va le changer de paroisse naturellement ! Pour l'instant, on l'a mis dans un séminaire, comme professeur. Il parle bel et bien latin, vous savez !

– Cela ne semble pas vous inquiéter outre mesure.

– Je me demande parfois si l'astreinte de nos vœux n'est pas une façon de nous amener à chuter plus rapidement pour pouvoir pardonner plus vite.

– Tout cela ne me paraît pas très catholique, l'abbé.

– Les voies du Seigneur sont souvent impénétrables, Docteur. »

Au moment de partir, il m'a saisi le bras.

« Honorine est une bonne fille, vous savez ! Faites-y attention ! Elle est heureuse et elle le mérite. »

En rentrant chez moi, pour la première fois depuis ma jeunesse, je me suis assis au clavier. Et j'ai tapoté une valse qui m'avait tourné dans la tête tout au long du trajet.

Honorine est venue se mettre contre moi.

« J'ignorais que tu jouais du piano, Jean-Baptiste, me souffla-t-elle en me posant la main sur l'épaule.

– J'ai réappris grâce à toi », ai-je répondu en appuyant mon dos contre son ventre et sa poitrine.

### Mardi 7 juin

Très tôt ce matin, le commis de Germon a frappé à la porte. L'aube se levait à peine. Je suis descendu en chemise. Colette de Framon était à l'agonie. Elle était rentrée la veille de Châtelguyon et avait été saisie de crampes violentes à l'estomac.

Germon s'était rendu en hâte auprès d'elle et me demandait de venir lui apporter mon assistance. Le temps de m'habiller, de sauter sur mon cheval et je galopais à la suite du garçon dans le soleil levant.

J'ai monté quatre à quatre l'escalier qui conduit à la chambre. Ma malheureuse amie était allongée sur sa couche et se débattait comme en proie à un assaut furieux, le lit qui avait vu tant de nos ébats était dévasté comme aux plus impétueux d'entre eux.

Germon, blême, s'est approché de moi.

« Je n'y comprends rien, dix fois cette nuit j'ai eu l'impression qu'elle allait se calmer, et à chaque coup, ce faible apaisement n'était que le prélude à une nouvelle crue de ses élancements. Au début, il n'y avait qu'une série de crampes semblables à celles d'un accouchement puis vers minuit, ces douleurs se sont portées sur la poitrine, sans que celles de l'utérus ne cessent pour autant. À présent, elle montre une violente fièvre. Tout à l'heure, j'ai pris sa température, j'ai compté plus de trente-neuf degrés et je gage qu'elle est encore montée. Son pouls est parfois sec et percutant, parfois filant et presque insensible. Je n'y entends rien.

– Et à part cela, qu'avez-vous tenté ?

– Lorsque j'ai vérifié que les souffrances, malgré leur apparence, ne sauraient être celles de l'enfantement, je me suis dit que nous étions peut-être en présence d'une atteinte viscérale et d'une irritation aiguë des intestins, d'autant que j'ai constaté un vif ténesme anal, je lui ai donc administré un clystère de lait malté, qui, un temps, me parut avoir aboli le symptôme, mais tout de suite après, il s'intensifia, augmenté de ce violent spasme du buste, qui semble vouloir l'étouffer, c'est alors que je vous ai envoyé chercher. »

Je ne sais rien de pire pour un médecin que de voir toutes ses hypothèses déjouées par le mal. En premier lieu, il fallait abaisser la fièvre. Nous avons administré une forte décoction d'écorce de quinquina et j'ai exigé que l'on prépare un grand bain d'eau le plus froid possible. Nous l'y avons portée, ce qui a donné l'impression de l'apaiser un peu.

Le répit se prolongea une heure ou deux, mais vers vêpres, elle râla. Ses mains étaient crispées et ses ongles entraient dans ses paumes. Ses traits se contractaient. Son visage était en proie à la plus intense angoisse. Son corps gesticulait dans une totale dislocation, puis tout se figea et un rictus apparut sur ses lèvres.

Son regard endolori se posa sur moi et elle articula avec une voix de petite fille : « Mais c'est Jean-Baptiste ! Bonjour, Jean-Baptiste ! Mon amour. »

Puis elle retomba dans ses draps.

Sa peau était brûlante. Ses yeux chaviraient et allaient de moi au mur. Brutalement sa main s'empara de la mienne, l'attira vers son ventre, alors qu'elle écartait les cuisses ; sa force était stupéfiante et elle s'écria cette fois d'un ton extraordinairement grave : « Mais c'est Jean-Baptiste ! Bonjour, Jean-Baptiste ! Baise-moi donc, mon chéri. »

« Avez-vous essayé votre méthode chinoise ? ai-je murmuré à Germon en résistant.

– Vous croyez ?

– Essayez donc, vous dis-je, si cela ne fait rien, cela ne peut nuire. »

Il sortit ses aiguilles de sa trousse. Il piqua la première juste au milieu du front, et immédiatement Colette se calma. Au fur et à mesure qu'il disposait les styles, le corps se détendait et retrouvait cette douce carnation pour laquelle j'avais tant brûlé. La crise s'effaçait doucement. Nous la pensâmes sauvée.

Soudain, elle me saisit la main.

« Pardonne-moi.

– Mais de quoi veux-tu ?

– Ne me demande rien. Si un jour tu m'as aimée...

– Je te pardonne. »

Elle souffla « Merci », ses yeux se remplirent de larmes, sa respiration devint sifflante et elle expira dans mes bras.

Je suis rentré à Rapilly, où Honorine m'attendait. Je grelottais. Elle m'a déshabillé et m'a mené à mon lit. Elle s'est couchée tout habillée à mes côtés sans me questionner.

## Lundi 13 juin

Mercredi, lors de ma consultation du matin, le maire de Saint-Philibert s'est porté chez moi. Un de ses administrés venait de mourir à la suite d'une colique sanglante qui l'avait pris la veille à l'aurore et l'avait emporté vers minuit. D'autres personnes montraient maintenant les mêmes signes, et il craignait une contagion de dysenterie, compte tenu des chaleurs de ces dernières semaines. Comme Germon surgissait, je l'ai engagé à se rendre avec moi jusqu'au bourg. Si ce que je soupçonnais s'avérait, nous ne serions pas trop de deux.

En arrivant dans le village, nous avons trouvé présente cette odeur méphitique et stagnante qui est la marque de l'infection. Cette puanteur emplissait tous les espaces et la brise ne parvenait pas à la dissoudre. Dans presque chaque foyer, je trouvai un malade à un stade particulier de l'atteinte. J'ai vite compris que nous étions en présence d'une épidémie dysentérique et peut-être même cholérique, ce qui obligeait à des précautions d'hygiène lourdes, à commencer par l'isolement de l'agglomération à au moins une lieue de ses abords.

J'ai donc requis le maire de procéder aux demandes nécessaires auprès du préfet et d'interdire tout accès par la maréchaussée. Puis Germon et moi sommes allés visiter les malades pour réaliser un premier tri, de façon à épargner ce qui pouvait encore l'être.

En fait, la crise avait débuté au moins une semaine plus tôt, ce qui expliquait la grande diversité des situations que nous avions devant nous. J'ai réquisitionné un hangar pour y transporter ceux qui étaient atteints et ainsi les isoler du reste, encore sain, de la population.

Vers six heures, nous avions séparé les cas les plus avancés des autres et les avions confinés dans la partie la plus aérée de la grange.

Il se trouvait là huit malades, dont quatre femmes affectées de diarrhées continuelles, de douleurs intestinales extrêmement vives et de ténesmes des plus pénibles. Ils présentaient tous les marques permanentes de la maladie, une peau terne et sèche, sans suées. Deux d'entre eux, un individu d'une quarantaine d'années et une dame un peu plus jeune, montraient déjà de véritables symptômes cholériques, avec un faciès altéré, un amaigrissement général. Leurs yeux étaient excavés, leur langue froide et leur voix éteinte. Chez l'homme, la mort, qui survint dans le soir, fut précédée par des signes d'asphyxie. La fille était atteinte d'un hoquet irrépressible qui l'emporta dans la matinée du lendemain.

Germon et moi avons travaillé toute la soirée à tenter de sauver ce qui pouvait l'être. Nous nous sommes endormis sur place au matin.

Germon pensa alors au traitement qu'il avait vu appliquer dans les régions intertropicales, à savoir les purgatifs de diverses natures, qui à la fin de la journée semblèrent apporter un mieux chez certains.

Dans tous les degrés de la maladie, nous avons toujours commencé par user de l'ipéca comme vomitif, mon choix était motivé par l'action heureuse que ce médicament exerce sur les sécrétions intestinales.

Ainsi nous sommes parvenus à la nuit sans déplorer d'autre victime.

Ce matin, pourtant, la situation a empiré brusquement, huit des dysentériques bénins que nous traitions par le tartrate double de potasse et de soude, à la dose de quinze pour cent grammes d'eau de tilleul édulcorée, sont passés au stade supérieur. Leurs crampes abdominales étaient plus aiguës encore, ils éprouvaient une envie incessante d'aller à la selle, le plus souvent sans résultat, et les douleurs devenaient plus fréquentes et quelquefois insupportables. Leur langue était rouge, rassise. Quand le besoin se faisait vivement sentir, on trouvait parfois des nausées, mais il n'y a eu jamais de vomissements : la soif était vive, l'anorexie complète ; l'abdomen était soit sensible, soit complètement indolore à la pression ; chez deux malades, j'ai remarqué, dans les moments de la plus grande énergie du ténesme anal, un autre vésical très prononcé avec suppression d'urine ; la peau était chaude, le plus souvent sèche, rarement couverte de sueur ; ordinairement, elle était humide peu après les évacuations les plus douloureuses ; le pouls était petit, concentré, accéléré ; le faciès, altéré et grippé.

Je n'en puis plus, ni de l'odeur ni de la fatigue.

### Mardi 14 juin

Voici huit jours que dure l'épidémie, et nous avons encore perdu quatre patients cette nuit. Ce qui monte le nombre à quinze. Depuis mercredi, j'ai traité les autres cas difficiles à l'ipéca à la brésilienne, une infusion avec dix grammes de racine concassée pour cent cinquante d'eau bouillante, que je vais renouveler chaque midi avec le même marc.

Ce matin, j'ai commencé à obtenir des déjections et une sueur de plus en plus abondante, j'ai donc entrepris d'administrer des lavements albumineux et des onctions avec des pommades à la belladone.

Pour deux, les vomissements ont persisté aujourd'hui encore, je leur ai donné du calomel à la mesure de dix onces en trois ou quatre portions. Je vais continuer pendant trois ou quatre journées, puis je poursuivrai par quelques doses de petit-lait malté. Tous ces patients étaient maintenus à une diète stricte, surtout pour les boissons. Pour apaiser leur soif toujours très vive, nous lavions les bouches par de l'eau acidulée avec du citron, en faisant bien attention qu'ils n'en avalent pas.

Pour les malades dont l'état s'est stabilisé sans atteindre ce stade ultime, j'ai eu recours au lactosérum manne en comptant dix grammes pour deux cent cinquante de lait, à raison d'une fois toutes les huit heures. Dès vendredi, le sang a disparu des selles, qui ont repris l'odeur habituelle, ce qui est de très bon augure.

Je crois que nous sommes parvenus à maîtriser l'épidémie. J'ai laissé comme consigne de continuer le traitement pendant deux ou trois jours.

## Mercredi 15 juin

Cette semaine a été un véritable tourbillon.

Ce n'est qu'à présent que je regarde d'un peu plus loin le sort funeste de Colette, et plus je m'en éloigne, plus mon cœur se serre. Je ne sais pourquoi, je me sens une responsabilité dans cette tragédie. Non parce que je n'ai pu la sauver, mais à cause de la maladie elle-même dont je me perçois intuitivement comme l'agent. Cette nuit, avant que de m'endormir, j'ai songé aux mots que m'avait dits Duchaume tantôt : « On a lâché les chiens contre vous », et après ma propre crise, à mon retour de Paris : « Bientôt un de vos familiers va dépérir ; ce sera lui ! » Toute ma raison se révulse à cette idée, mais malheureusement il ne suffit pas de ne pas croire aux choses pour les effacer.

Pendant l'épidémie de dysenterie à Saint-Philibert, Colette a été mise en terre et avec elle une part importante de mes convictions et de mes certitudes. Mon amertume vient de ce que je suis le jouet d'événements dont je ne puis même pas envisager les fondements. Depuis le début de cette année, j'ai l'impression d'avoir été un pantin manipulé de toute part. Les fils des désirs, des ambitions, des devoirs et des peines se sont tendus pour agiter mes membres et chaque fois que je pensais agir de ma propre initiative, je m'apercevais que d'autres les secouaient pour me mener, par-devers moi, où ils le désiraient. Il ne subsiste que des soupçons avec lesquels je ne puis vivre, mais que je ne veux pas élucider, de peur de me retrouver face à l'incompréhensible.

Je ne suis pas seul dans ce cas, et les manipulateurs eux-mêmes étaient sujets à cette espèce de fatalité. Nul ne voit le réel, mais une image projetée qui n'a ni sens ni raison.

Ce matin, vers dix heures, le couple Gatiniaux est venu dans un char à bœuf pour ma consultation. La mère a résolu de ne pas en passer par l'opération et de garder sa tumeur. Je n'y puis rien ! Savent-ils sur quel chemin ils s'engagent ? Du moins pourront-ils penser qu'ils l'ont choisi !

Depuis dimanche, Honorine est chez sa vieille tante qui est trépassée hier. Je n'aurais jamais cru que cette absence me toucherait à ce point et révélerait un aussi vaste vide dans ma vie.

Je relis la lettre de mon fils. Il a fait fortune dans la lointaine Amérique. Je trouve dans le ton de ses mots un accent qui ne trompe pas et qui est celui d'un homme bien établi. Il voit l'avenir avec détermination. Il m'invite à le rejoindre au-delà des océans et je dois avouer que cette idée est en train de suivre son bonhomme de chemin dans mon imagination.

Je vais m'endormir en rêvant des Amériques.

438

## Jeudi 16 juin

Aujourd'hui, c'était le mariage de Marguerite Délicieux. On me reçoit toujours aux noces villageoises avec un respect évident, mais on n'attend qu'une chose, que je m'en aille. Les curés qui bénissent les unions ne sont pas mieux lotis. Il convient que l'abbé et le médecin s'éloignent pour que s'accomplisse la substance du rite et que les vieilles alliances païennes se renouent dans le secret des alcôves.

De retour de la noce, je me suis arrêté un instant sur le tertre qui domine ma maison et je crois bien que c'est là que j'ai décidé de m'en aller moi aussi vers les Amériques.

En parvenant chez moi, j'ai trouvé une nouvelle lettre de Rochambaud arrivée dans le début de l'après-midi. Le voici à présent qui connaît les fastes de la victoire et en même temps les revers atroces des actions des humains. Que restera-t-il, dans l'histoire des souffrances des soldats victorieux, sinon le silence au milieu des fracas des musiques ?

Il a bien raison, les êtres ne sont rien, les affaires des rois ne les concernent pas, ils donnent leur vie et ce sont les symboles qui en récoltent la gloire.

Cette missive, avec le décalage de la durée, m'a replongé dans la fable de Louise qui a disparu depuis plus d'une semaine et que, depuis, nul n'a vue. Je me suis un instant demandé où elle pouvait bien être, la silhouette aperçue près de la cabane de Duchaume m'est revenue en mémoire, mais j'ai chassé cette image de mon esprit.

Incidemment, Rochambaud en est rendu à la même réflexion que la mienne. Seul l'amour est le suffisant moteur de la vie des hommes.

## Vendredi 17 juin

Je suis passé à Martigny-sur-l'Ante chercher des nouvelles de Vérone de Persigny. Je m'attendais à trouver une loque, j'ai découvert un matamore, prêt à en découdre avec l'Empereur lui-même.

« Ils ont mis dans mon lit une putain, et ils se sont imaginé que j'allais m'écrouler pour cela. Si ces beaux messieurs avaient baisé autant que je l'ai fait, ils auraient appris qu'un coup de queue n'a aucune incidence sur l'honneur d'un homme. Pour qui me prennent-ils ? Elle s'appelait en réalité Angèle Crémant. Bien sûr que vous le savez, il paraît que vous-même en avez tâté ! Vous comprendrez alors ce que je veux dire. Une sacrée gaillarde, à se damner, certes ! À épouser, pourquoi pas ! Mais à regretter, jamais ! N'est-ce pas ! Une sorcière en plus – parce qu'ils n'ont pas lésiné, les salauds –, elle donne dans la messe noire, oui mon cher, des curés de pacotille prononcent des offices à l'envers sur son ventre et la foutent au moment de l'Ite, tout cela pue ! Remarquez que je devrais en rire, ce sont des mômeries, ni les premières ni les dernières que je verrai. Puisque vous êtes bien avec eux, la prochaine fois que vous les rencontrerez, signalez-leur bien que je les emmerde. »

J'ai poursuivi ma tournée vers Falaise et je me suis rendu à la maison Duchâtel, où je n'étais pas allé depuis la disparition de Mademoiselle Luke. Clotilde m'attendait dans le petit salon. La bâtisse était étrangement silencieuse. D'habitude, de nombreuses pensionnaires venaient me saluer avant que j'entame ma visite. Les vitraux qui masquaient les fenêtres aux regards extérieurs projetaient sur Clotilde une multitude de couleurs qui se mélangeaient à celles de ses vêtements et leur donnaient l'aspect d'un caraco de comédienne.

Elle ferme son établissement et les filles sont parties poursuivre leur chance ailleurs, munies du pécule qu'elle s'était préoccupée de leur constituer. Elle a refusé de céder la maison comme un repreneur le lui proposait pour offrir à celles qui le désireraient cette opportunité de refaire leur vie. Elle m'avait attendu pour me saluer une dernière fois et me remercier des services que je lui avais rendus. Je n'ai pas été vraiment surpris de cette décision mais la nostalgie s'empara alors de moi, cette femme allait me manquer. J'ai donc pris congé comme je l'aurais fait d'une grande dame. Elle en fut, je crois, touchée. Les mots et les actes sont souvent moins importants que l'attitude que l'on y met.

Sur le chemin de la maison Fernier, un huissier de la mairie m'indiqua que Fortier désirait me voir chez lui, pour une affaire personnelle. Je n'en avais guère envie mais je m'y suis rendu. Il me guettait sur le seuil, l'air assez préoccupé. Je l'ai suivi dans une chambre, où se tenait une jeunette qui ne devait pas avoir plus de vingt ans. Assez jolie ma foi, mais avec dans les yeux une espèce de trouble qui lui donnait un aspect évanescent. Elle était assise, vêtue de sa seule chemise et de ses bas, sur une chauffeuse. Son corset avait été délacé et gisait par terre. Elle pleurait doucement. Je lançai un regard interrogatif à Fortier.

« C'est une jeune fille de ma connaissance, me dit-il, elle s'est évanouie tout à l'heure. »

Le lit était défait et je remarquai une tache sombre au milieu des draps, signe évident d'une défloration. Je demandai donc à Fortier de sortir et de m'envoyer une autre femme pour assister à mon exploration. Il m'a regardé avec un brin d'ironie dans l'œil mais a agi comme je voulais.

La fille palpitait tel un animal forcé par une chasse et jetait des regards éperdus pour trouver une issue. J'ai essayé de la tranquilliser et de l'amener à s'allonger sur le lit. Quand elle a compris mes intentions, elle s'est mise à frémir et à claquer des dents puis s'est effondrée, en proie à une fulgurante crise d'épilepsie, l'écume aux lèvres, ses yeux roulaient et montraient leur blanc. J'ai pris un coussin pour protéger sa tête et lui ai donné ma main à mordre de façon qu'elle ne se mange pas la langue. Elle s'est doucement calmée. Je lui ai fait des compresses d'eau de Cologne et lui ai administré une once de valérianate.

C'est à ce moment-là que la mère est arrivée. À ma grande surprise, elle ne s'étonna nullement de l'état de son enfant. Elle se contenta de lui ordonner de se rhabiller sans même me jeter un regard. La demoiselle s'est levée et a commencé à se vêtir avec docilité. J'ai voulu m'interposer.

« Ce qui vient de se passer ne vous regarde pas. D'ailleurs, quoi que vous pensiez, quoi que vous racontiez, je le démentirai. »

Elle s'en alla avec sa fille, sans plus se préoccuper de moi. Je suis demeuré, inutile et humilié, seul au milieu de la pièce, devant ce lit défait. La gouvernante me scrutait, l'air soumis et atterré. Le majordome est alors entré.

« Monsieur s'en est allé, il avait une obligation, il m'a notifié qu'il vous rappellerait plus tard.

– Qui était cette jeune femme ?

– Je l'ignore, Monsieur.

– Que faisait-elle ici ?

– Je ne sais rien, Monsieur. Monsieur n'aura qu'à le demander à Monsieur quand il le verra. D'ailleurs, Monsieur a laissé une lettre pour Monsieur. »

Et il me tendit une enveloppe cachetée. Elle contenait cinq cents francs en billets. Voilà donc ce que je vaux et à quoi je sers. Il était inutile que je questionne qui que ce soit sur ce que j'avais vécu là. Je me heurterais toujours au mur de la résignation et de la lâcheté.

Je me doutais bien qu'il était nécessaire de traverser la boue pour mener ses projets à bien, mais je sous-estimais jusqu'à quel point.

Je suis ensuite passé à la maison Fernier, car telle était mon intention première. Doriane m'a annoncé qu'elle était désormais certaine de poursuivre son commerce, puisque sa principale concurrente venait de fermer boutique. Elle avait d'ailleurs repris deux pensionnaires de la Duchâtel, les malheureuses ignorent dans quoi elles vont tomber.

La pauvre Léontine était à bout, elle manifestait le plus grand désarroi. Elle ne savait plus à qui ni à quoi se vouer. Je lui ai proposé de l'aider, car après tout elle était encore indemne de toute maladie. Elle devait arrêter de vendre son corps, pour commencer ailleurs une nouvelle vie avec sa fille.

« Doriane ne voudra pas.

– Je me charge de Doriane.

– Je n'ai rien.

– Je vous donnerai de quoi vous remettre. Préparez vos affaires. »

Je suis ensuite allé voir Doriane et je lui ai racheté Léontine Cugnière contre l'argent de Fortier. Elle me regardait avec cet air salace de celles qui imaginent toujours le mal où que ce soit. Je ne l'ai détrompée en rien et j'en ai même rajouté.

Léontine s'est installée dans ma voiture et nous sommes partis pour Cordey. Les Ferrier étaient déjà à table, j'ai annoncé que je prenais Nelly, mais que nos accords pourraient encore courir quelques mois. Là encore, je n'ai vu que sourires entendus et même, alors que l'enfant nous rejoignait dans la calèche, la nourrice m'a souhaité beaucoup de bonheur.

Nous nous sommes dirigés vers Taillebois. Bucard a parfaitement compris ce que je désirais et il a accepté de loger Léontine jusqu'à ce que je découvre une solution pour lui permettre de se récupérer.

## Dimanche 19 juin

Hier, Vertou de la Planche épousait Victorine Dreux dans la petite chapelle de son château. L'abbé Bucard les a unis pour le meilleur et pour le pire. J'ignore si ces noces seront favorables, l'état de Vertou est bon, mais son accident l'a largement diminué et j'ignore si de tels emportements au cerveau restent sans récidive. Au moins la mariée est-elle désormais en sécurité et ne risque-t-elle pas de se trouver jetée à la rue en cas de malheur. Quelquefois les alliances de circonstance se révèlent plus heureuses que celles suscitées par l'inclination, d'autant que le commerce qu'entretenaient auparavant Victorine et Vertou n'était pas indemne d'au moins une certaine affection. L'union a pareillement été enregistrée à la mairie et a fait l'objet d'un contrat que maître Desœuvre avait préparé et qui garanti à l'épousée une certaine espérance sur son futur.

Lorsque je suis rentré, Honorine était en larmes. Elle ne comprenait pas que ce que je considérais sage pour Victorine ne puisse l'être pour elle également. Elle a raison et je vais prendre les justes mesures. Il va nous falloir envisager un autre mariage, et cette fois ce sera le mien.

Cette nouvelle lui a causé un soulagement que je n'imaginais pas, car elle était dans une grande crainte de mourir en état de péché mortel. Une bénédiction religieuse à laquelle je ne crois évidemment pas va lui permettre d'être totalement rassurée. Mais puisque ces phénomènes m'indiffèrent, pourquoi n'en pas donner le bénéfice à celle que j'aime ?

On a retrouvé Louise.

Elle se dissimulait tout simplement à la maison depuis quinze jours. Ernest l'avait recueillie et la cachait dans la grange au-dessus de l'écurie où il loge. Honorine s'en doutait, et ce soir, comme notre commis prenait plus que nécessaire à sa propre subsistance dans notre garde-manger, elle l'a suivi et elle a dévoilé le pot aux roses. Elle les a amenés à mon bureau. J'ai été surpris. Je ne crois pas m'être mal comporté avec Ernest et encore moins avec cette fille, je n'ai donc pas compris qu'ils se défient de moi et en ai retiré une certaine amertume.

Ensuite, j'ai lu à Louise le mot de Brutus que je gardais à son intention.

Elle l'a écouté avec une grande nervosité avant de m'avouer qu'elle ne l'aimait plus et qu'elle avait résolu de faire sa vie avec un autre qui accepterait son enfant. Elle a continué en m'affirmant qu'elle n'aurait pas les moyens d'attendre le retour de Brutus dans cinq ans, qu'il risquait de mourir dans cette guerre et qu'il la laisserait seule, ne pouvant compter sur personne avec la honte d'être une fille-mère, une femme de rien. Je voyais son visage se clore et son front se buter, comme si tous ces pauvres mots d'amour n'avaient pour conséquence que de l'affermir dans sa décision irrévocable. J'ai voulu savoir qui était l'autre mais elle s'est refermée dans une attitude de défi, prête à sortir les griffes. Je lui ai aussi dit que Brutus n'était pas au courant de son état. Elle s'est mise à rire en affirmant que cela arrangeait tout.

Toute cette histoire me laisse un goût bien amer dans la bouche.

Le nouvel amant de Louise n'est autre qu'Ernest. Il est venu, voici un instant, m'informer de son désir de s'en aller et m'a demandé son compte. Je l'ai sommé d'attendre que je trouve quelqu'un pour le remplacer. Il est parti comme un chien furieux.

### Samedi 25 juin

C'est aujourd'hui la Saint-Jean, et l'année ancienne s'en va dans les feux qui se sont allumés partout aux alentours. Ce sont de petites aubes au-dessus des coteaux et par tout le bocage. Il n'est pas de village ni de hameau qui n'ait incendié son bûcher. Les jours vont commencer à décroître et nous ramener doucement à l'hiver. Un cycle se termine qui prélude à un nouveau. Une fois de plus, les humains passent la porte des dieux. Pour moi, celui-ci sera différent de ceux qui ont précédé. Toute ma semaine s'est déroulée à le préparer.

Lundi, après mon habituelle tournée, je suis parti pour Caen. J'avais prévenu Honorine que je ne reviendrais pas avant vendredi soir. J'ai visité tous mes patients du lundi, chacun allait du mieux qu'il pouvait. Cela m'a tenu jusqu'à quatre heures et j'ai directement pris la route de Caen.

Je suis ensuite allé chez ma fille pour lui annoncer la naissance de son neveu, et j'ai dîné puis couché chez elle. Je ne me voyais pas retourner à l'Hôtel du Lion, ni revoir Marguerite. Il vaut mieux trancher radicalement dans les histoires finies, cela évite bien des souffrances à tout le monde. D'autant que mes résolutions sont maintenant bien affirmées, même si je n'en ai soufflé mot à quiconque.

Je n'avais pas prévenu de ma venue. J'ai donc partagé le repas habituel du couple, tout entier dans l'économie, viande froide de la veille, mayonnaise, légumes bouillis.

À la fin, je me suis isolé avec mon gendre, il m'a signé un billet à ordre de trois mille francs sans oser me demander ce que je comptais en faire et m'a garanti qu'il prendrait les époux Mangin pour assurer la garde du château du chevalier de Bourdan. J'ai dormi dans une chambre qu'ils réservaient au début de leur mariage à un enfant, et qui, pour l'heure, sert surtout aux amis de passage.

Mardi matin, j'ai quitté leur foyer et emprunté le chemin du Havre.

J'allais dans une forte presse. L'Empereur a refusé la grâce de Claude Cheminade et il allait être exécuté le jour même sur la place publique prévue pour cela devant la prison. J'ignorais que ce dénouement interviendrait si rapidement.

Je ne voulais pas assister à ce crime légal qui consiste à couper la tête à un homme. Je ne puis le supporter pour de plus grands criminels que l'apprenti forgeron de Fourneaux-le-Val, mais tout a concouru à m'entraîner vers la maison d'arrêt, ne fût-ce que parce qu'elle est située sur la route du Havre que je devais emprunter.

La foule se bousculait pour ne rien manquer du spectacle. Toutes sortes de voitures convergeaient également vers le lieu de l'exécution. Je n'ai eu d'autre choix que de suivre le courant joyeux et impatient de cette marée humaine. Toutes les classes de la société étaient représentées, dames en crinoline dans des tilburys ou des calèches, levées de bon matin, messieurs en claque et frac, ouvriers en blouse et casquette, femmes en cheveux ou en bonnet, chacun s'en allait à la kermesse sanglante.

Sur la place, la troupe délimitait un vaste cercle tangent à la porte de la prison, au centre duquel se dressait la machine peinte en rouge vif. Le ressac de la masse se heurtait à ce barrage symbolique et, au fur et à mesure que la presse se faisait plus grande, la circonférence se rétrécissait, mais avec une retenue respectueuse, sous la simple pression mécanique de la foule. Nul ne tenait vraiment à être trop près des bois de justice. Quelque part un loustic lança une plaisanterie qui déclencha quelques rires vite réprimés. On entendait des toux et des raclements de gorge. Une folle nervosité courait dans l'air, comme si cette mort annoncée était un exorcisme pour toutes celles qui n'avaient pas été prévues et qui ne manqueraient pas de survenir.

À huit heures précises, le lourd portail s'ouvrit en grand. Cette béance découvrait la cour ensoleillée de la prison et ses pavés brillants.

Un silence d'orage s'installa.

Pendant quelques instants, il ne se passa rien. La respiration de la foule était comme suspendue. Alors, on vit sortir un petit groupe d'hommes en habit. Je reconnus Flavigny qui, en tant que procureur général, est tenu d'assister à l'exécution. Quelques minutes auparavant, il avait dû lire la sentence et notifier le refus de la grâce impériale. Il était blême et bien loin du joyeux compagnon du Théâtre-Lyrique. Tous tentaient de faire bonne figure. Il se creuse un gouffre entre la notification de la mort et la matérialité de la découvrir accomplissant son œuvre devant soi. Flavigny, qui fanfaronnait dans son bureau, devant moi, sur les désirs de la populace et les raisons supérieures pour lesquelles il allait ordonner à son substitut de demander la tête, était confronté à une réalité qui le replaçait, malgré lui, face à cette égalité humaine qui réside dans la souffrance et dans la peur.

Quelques instants plus tard, complètement garrotté, les pieds liés, soutenu et traîné par les deux aides du bourreau, la chemise décolletée largement sur son cou, les cheveux coupés à l'arrière comme à l'emporte-pièce, Claude Cheminade apparut. Il semblait un sac trop lourd que l'on trimbale avant de le jeter dans une carriole. Ses sabots balayaient le sol sur le pavé et laissaient deux traces parallèles sur le sable qui délimitait en blanc l'espace du sacrifice. Un jeune prêtre se tenait à ses côtés et brandissait un crucifix devant son visage, comme pour lui masquer la machine qui l'attendait. Claude Cheminade était comme hébété. Il n'était déjà plus de ce monde. Il n'était qu'un simple objet. Ses yeux tournaient de toute part sans trouver où s'accrocher.

Les murmures de la foule s'estompèrent et le silence s'installa. Les aides du bourreau présentèrent l'adolescent devant la planche dressée et l'y ligotèrent sans ménagement.

Le choc de la bascule qui s'abat. La lunette qui tombe sur le cou. Un sifflement, le couperet qui claque contre le bois. Le corps qui roule dans la panière d'osier. La bourriche que l'on y verse et qui contient, dans la sciure, la tête tranchée. Puis le départ du fourgon vers le carré des suppliciés. Les ordres qui résonnent et la troupe qui forme ses rangs pour retourner au pas vers son casernement.

La foule n'avait pas une seule fois crié à mort. Elle se dissipa comme un nuage après l'averse. J'ai fait flotter mon fouet et je suis parti vers Le Havre.

Sept heures après, je me suis présenté devant le bac qui traverse l'estuaire, au sortir de Honfleur. Lorsque je suis parvenu sur l'autre rive de la Seine, il était trop tard pour que je puisse me rendre aux Messageries maritimes. J'ai donc pris une chambre dans un hôtel du port pour attendre le lendemain.

Les bruits de la rade ne cessent jamais, même au plus profond de l'obscurité, on entend les wagons de la gare, les sifflets des maîtres d'équipage des navires qui déchargent à la lueur des torches, tout un remue-ménage qui ne permet un sommeil que d'épuisement.

Je suis donc descendu et je me suis installé dans un de ces cabarets du débarcadère qui restent ouverts toute la nuit et qui servent à manger à toute heure. Là des marins désœuvrés lorgnaient les filles. Parfois, un couple s'esquivait par une porte du fond et revenait quelques minutes plus tard. Cela riait beaucoup, criait très fort. Et cette fièvre effaça les images épouvantables de la matinée qui m'avaient hanté tout au long de mon voyage. Le rictus abominable de l'enfant auquel on avait coupé la tête, sa mimique terrible lorsque nous nous en étions saisis alors qu'il tentait de mettre le feu à la grange, cette feinte humilité qu'il avait pendant le procès et son cri, « Maman », au prononcé de la sentence, cette multiplicité d'expressions misérables se mêlait dans ma mémoire.

J'ai commandé je ne sais combien d'absinthes, je les ai doucement laissées couler sur ma cuillère et mon sucre, et je ne suis allé me coucher qu'avec la certitude que mon sommeil serait indemne de rêves.

Le lendemain j'ai pénétré dans la haute bâtisse des Messageries maritimes et j'ai acheté deux billets de première classe pour Boston. En rentrant, j'ai fait le détour par Taillebois. Je désirais demander à Bucard de célébrer rapidement mes noces avec Honorine et lui annoncer mes résolutions.

« Vous ? Un mariage religieux ?

– Et pourquoi pas ?

– Mais vous ne croyez en rien.

– Elle, si. Cela m'est un argument suffisant.

– Je suppose que vous avez raison. Pour ce qui concerne votre protégée, je n'ai pas de gouvernante. Nous nous entendons bien avec Léontine et la petite est charmante. Si vous n'avez pas d'autre projet, je vous propose de la garder chez moi. Elle est d'accord. »

Nelly jouait près de la table et le soleil entrait par la fenêtre.

Notre départ est fixé au trois septembre au soir. Je n'ai que le temps de régler mes affaires. À mon retour, je prendrai une retraite que je mérite bien. Je remplacerai mon jardin de simples par des parterres de fleurs. Germon se chargera de ma clientèle et j'enverrai au diable l'Empereur et l'Académie. Honorine et moi, comme de vieux amants, nous nous aimerons jusqu'à ce qu'il advienne ce qu'il doit.

Ce matin, Ernest est venu me présenter François Daubel pour le remplacer comme palefrenier. J'en ai profité pour faire mes comptes avec lui, je lui dois cinquante francs, auxquels j'ai rajouté une prime de dix francs. Cela n'a pas semblé le satisfaire.

*Épilogue*

Elle regarde la côte de Long Island approcher lentement dans la brume du petit matin.

Un soupir lui compresse le sternum. Elle ne peut s'attacher qu'à des détails infimes, le bois brillant de la rambarde où elle s'accoude, le cuivre de la cloche de marine, la dentelle de ses manches. Au loin de petits personnages vont sur la grève. Dans l'immensité de l'océan tout lui paraît minuscule.

Dans un repli secret de la chemise de maroquin vert, elle a trouvé soigneusement pliés en quatre des feuillets où elle a reconnu l'écriture de son époux. Sèche, précise, d'une seule traite sans la moindre rature, avec cette légère tendance à s'abaisser au fur et à mesure vers le coin droit de la page. Il savait toujours ce qu'il fallait dire.

*À Monsieur le Colonel Charles Louis*
*Marie Rochambaud*
*Officier de la Légion d'honneur*

*Mon Colonel,*
*Je me rapproche de vous pour vous informer d'une bien pénible nouvelle. Mon beau-père, le docteur Le Cœur, est*

décédé le mois passé dans des circonstances où sa servante Honorine a elle aussi perdu la vie.

Mon épouse aurait eu trop de peine à vous conter les événements qui ont amené à une telle tragédie, en conséquence je me substitue à elle, d'autant que je suis aussi l'exécuteur testamentaire du défunt. Les ultimes volontés du docteur Le Cœur nous laissent supposer que vous étiez un de ses plus chers amis.

Durant ces derniers mois, il avait porté son attention sur une fille de la région qu'il avait tenté de secourir, contre l'avis que je lui avais donné, il y a quelques semaines. Il n'a pas jugé bon de prêter l'oreille à ce conseil et bien mal lui en a pris. Cette fille connue pour ses mœurs dissolues s'est donc introduite dans la maison et s'y est installée comme si elle appartenait à sa famille. Il semble qu'elle se soit acoquinée avec le commis d'écurie et que tous deux aient résolu de s'emparer de ce que possédait mon beau-père pour émigrer aux Amériques.

Les rêves de ces gens-là ne s'encombrent pas de contingences, ils n'avaient pas d'argent et ont pensé que le docteur Le Cœur en gardait chez lui assez pour refaire leur vie ailleurs. Ils ne pouvaient pas savoir que sa fortune a depuis longtemps été déposée entre mes mains et que je lui servais une rente en fonction de ses demandes, puisqu'il lui arrivait plus souvent qu'à son tour de soigner gratis ses patients. Les gendarmes supposent que, ne croyant pas ses dénégations, les deux misérables l'ont torturé et qu'il s'est éteint sous leurs coups. Ils se sont ensuite retournés vers Honorine qui leur a révélé où elle cachait ses maigres économies. Ils ne l'ont pas moins massacrée avant de s'enfuir.

La gendarmerie du Havre les a pris au moment où ils allaient embarquer sur un navire en partance, munis de *billets de première classe achetés par le malheureux docteur. Cette preuve les a perdus. Ils ont passé des aveux complets. Ils seront jugés aux assises du Havre, dans le courant du mois. Nul doute qu'ils n'y laissent leurs têtes, ils ne méritent assurément que la guillotine, ils n'ont pas la moindre circonstance atténuante.*

*La fille Bayard, c'est son nom, est enceinte, ce qui pourrait lui sauver la vie. Mais je vous garantis que je mettrai tous mes efforts à ce que cela ne survienne pas, même si je dois remonter jusqu'à l'Empereur lui-même. Toute pitié pour ces gens ne ferait qu'inciter leurs pareils à profiter de notre faiblesse.*

*D'autre part, aux termes d'un codicille à son testament remis entre mes mains le trente avril mille huit cent cinquante-neuf et inscrit au rôle de mon étude sous le numéro mille sept cent deux, le défunt avait désiré vous léguer sa bibliothèque, ses notes et ses instruments.*

*Je les ai donc fait entreposer à votre intention et à vos frais. Vous pourrez les récupérer lorsque vous le voudrez, le coût du gardiennage est de deux francs par jour. Si toutefois vous ne désirez pas profiter de cet héritage, je vous serais reconnaissant de me le faire savoir dans les plus brefs délais afin que j'accomplisse les formalités nécessaires à ce que le tout revienne aux autres héritiers. Je vous informe d'autre part que les frais de ce legs, droits de succession et honoraires, se montent à huit cent soixante-dix francs.*

*Je puis vous assurer que toutes les estimations ont été effectuées sous contrôle de mon ami maître Ferry, commissaire-priseur à Rouen, et que nous avons tenté, compte tenu de mes relations personnelles avec le défunt, d'en réduire les débours au minimum.*

*Vous trouverez ci-joint un inventaire complet des biens devant vous revenir. En cas d'accord, je vous serais reconnaissant de bien vouloir m'en retourner le bordereau revêtu de votre signature et de la mention « Bon pour acceptation de l'héritage » ainsi qu'un billet à ordre à mon nom de la somme susdite.*

*Je me tiens à votre disposition pour toute information supplémentaire et je vous prie de recevoir, mon Colonel, l'expression de ma respectueuse considération.*

*Cela fait à Caen, le vingt-quatre juillet mille huit cent cinquante-neuf.*

*Maître Jean Mortier, notaire.*

Elle fixe l'eau sombre qui remonte le long de la coque noire du navire. Une masse presque solide, d'un seul tenant, comme un tissu de soie. L'écume roule en tourbillons et s'efface mollement dans le sillage de la proue. Elle ferme les yeux et, pour la première fois depuis longtemps, elle laisse les larmes couler sur ses joues.

C'en est fini de sa rage. Ses bras se tendent au-delà du bastingage, ses doigts s'ouvrent et le paquet lié d'un ruban bleu chute dans le courant.

Il surnage quelques secondes avant de s'engloutir.

DU MÊME AUTEUR

*Aux Éditions Albin Michel*

CHRONIQUES DES QUATRE HORIZONS, 1998.

*Composition IGS*
*Impression : Imprimerie Floch, juin 2010*
*Éditions Albin Michel*
*22, rue Huyghens, 75014 Paris*
*www.albin-michel.fr*
*ISBN : 978-2-226-21515-4*
*N° d'édition : 19198/01 – N° d'impression : 77009*
*Dépôt légal : août 2010*
*Imprimé en France.*